btb

Aus Freude am Lesen

Ein schöner Frühlingsabend im Jahr 1912: Es ist Emerald Torringtons zwanzigster Geburtstag. Das schon etwas heruntergekommene Sterne-Anwesen blitzt und glänzt, ein großes Dinner mit Freunden der Familie ist geplant. Doch ein Zugunglück, nur ein paar Meilen entfernt, sorgt dafür, dass eine Schar derangiert aussehender Passagiere vor der Tür steht und Einlass begehrt. Von nun an läuft nichts mehr nach Plan – und dann taucht auch noch ein Nachzügler auf, der ein dunkles Geheimnis mit der Hausherrin teilt. Während draußen ein nächtlicher Sturm heraufzieht, beginnen drinnen Anstand und Dekorum davonzuwehen und dem Chaos den Weg zu bereiten …

Sadie Jones, 1967 in London geboren, arbeitete als Drehbuchautorin, unter anderem für die BBC. 2005 verfilmte John Irvin ihr Drehbuch »The Fine Art of Love« mit Jacqueline Bisset in der Hauptrolle. Ihr preisgekröntes Romandebüt »Der Außenseiter« wurde in Großbritannien auf Anhieb ein Nr.-1-Bestseller und war auch in Deutschland ein großer Erfolg. »Der ungeladene Gast« ist ihr dritter Roman.

Sadie Jones

Der ungeladene Gast

Roman

Aus dem Englischen
von Brigitte Walitzek

btb

Die Originalausgabe erschien 2012 unter dem Titel
»The Uninvited Guests« bei Chatto & Windus, London.

FSC
www.fsc.org
MIX
Papier aus verantwortungsvollen Quellen
FSC® C083411

Verlagsgruppe Random House FSC® N001967
Das für dieses Buch verwendete FSC®-zertifizierte
Papier *Lux Cream* liefert Stora Enso, Finnland.

1. Auflage
Genehmigte Taschenbuchausgabe Juni 2014,
btb Verlag in der Verlagsgruppe Random House GmbH, München

Umschlaggestaltung: semper smile, München
Umschlagmotiv: © Trevillion Image / Michael Trevillion; Shutterstock / Mark Payne
Druck und Einband: CPI – Clausen & Bosse, Leck
LW · Herstellung: sc
Printed in Germany
ISBN 978-3-442-74772-6

www.btb-verlag.de
www.facebook.com/btbverlag
Besuchen Sie auch unseren LiteraturBlog www.transatlantik.de

Fred, Tabitha, Daisy

»Und Mylords Tafel ist so wohlbestellt,
Um selbst am Styx die Geister zu versuchen.«

Lord Byron, *Don Juan*

EDWARD SWIFT REIST AB

Seit ihrer Vermählung mit Edward Swift drei Jahre nach dem Tod ihres ersten Gatten, Horace Torrington, hatte Charlotte ihren gewohnten Platz am Frühstückstisch aufgegeben, um besser auf die Bedürfnisse ihres neuen Ehemannes eingehen zu können. Insbesondere brauchte er Hilfe beim Bestreichen seines Toasts und beim Schneiden von Fleisch, da er im Alter von dreiundzwanzig Jahren bedauerlicherweise aus einer über die Auffahrt seines damaligen Wohnsitzes in County Wicklow, Irland, dahinrasenden Kutsche gefallen war und beim Zusammenstoß mit den schmalen Rädern ebendieser Kutsche den linken Arm eingebüßt hatte. Charlotte, die vorher immer das Fenster und die weite Landschaft im Blick gehabt hatte, saß nun links von Edward und hatte ihn im Blick.

Ihre beiden ältesten Kinder, Emerald und Clovis, neunzehn und zwanzig Jahre alt, für die die Bezeichnung »Kinder« zu dem Zeitpunkt, als wir ihnen begegnen, jedoch keineswegs unzutreffend ist, mochten die neue Sitzordnung nicht. Genauso wenig wie sie Edward Swift mochten oder billigten. Ungeachtet seiner Einarmigkeit fanden sie, dass er einfach nicht zu ihnen passte.

Das Buttermesser mit dem Perlmuttgriff auf dem Mittelfinger balancierend, machte Clovis Torrington die Augen schmal und sah seine Mutter an. Seine Augen hatten etwas überaus Dramatisches, und er machte sie – mit beeindruckender Wirkung – oft schmal, wenn er andere ansah.

»Wir *können* Sterne nicht aufgeben«, konstatierte er.

»Es wäre in der Tat sehr zu bedauern«, gab sein Stiefvater ihm recht.

Clovis kräuselte abfällig die Lippen.

»Clovis …«, tadelte seine Mutter.

Edward tupfte sich die Lippen sorgfältig mit seiner Serviette ab.

»Ist schon gut, Charlotte«, sagte er und küsste sie beim Aufstehen auf die Stirn. »Bei meiner Rückkehr, Clovis, werden wir mehr wissen. Und bis dahin solltet ihr alle – deine Schwestern, du, und eure Mutter natürlich – euch keine Sorgen machen. Genießt Emeralds Geburtstag und versucht, euch nicht zu grämen. Es tut mir sehr leid, nicht hier sein zu können, um eure Gäste zu begrüßen.«

Charlotte erhob sich ebenfalls und schob ihren Arm in seinen.

»Ihr beide seid schrecklich ungezogen«, warf sie ihren Kindern über die Schulter zu, als sie mit ihrem Mann das Zimmer verließ.

Emerald, die während des ganzen Frühstücks kein Wort gesagt, sondern nur in starrer Zurückhaltung dagesessen hatte, sah ihren Bruder an. Die Tränen in ihren Augen ließen sowohl sein mürrisches Gesicht als auch den riesigen Wandteppich verschwimmen, der hinter seinem Kopf hing – eine Jagdszenerie mit Rehen und Hunden, eine verblichene, vielschichtige Schilderung rasender Verfolgungsjagden über einen blumenübersäten Waldboden, die sie in- und auswendig kannte.

»Wir sollen uns also nicht ›grämen‹«, mokierte sich ihr Bruder über den Ausdruck, den sein Stiefvater benutzt hatte und der ›trotzig‹ und ›verdrossen‹ in nichts nachstand.

Emerald schüttelte den Kopf. In seiner gegenwärtigen Stimmung war Clovis die Verkörperung aller drei Begriffe. »Ach, Clovis«, sagte sie.

Aus der Eingangshalle drang Edwards volltönende Stimme mühelos bis zu ihnen.

»Ach, übrigens, Clovis! Ferryman müsste dringend ausgeritten werden. Falls du es heute noch einrichten könntest, wäre ich dir sehr verbunden.«

Seine gutmütige Autorität hätte einnehmend gewirkt – liebenswert sogar –, wäre nicht allein schon die Existenz des Mannes den Geschwistern ein Dorn im Auge gewesen. Und so brauste Clovis denn auch sofort auf: »Soll er seinen verdammten Gaul doch gefälligst selbst ausreiten!«

Emerald schob ihren Teller beiseite.

»Bei allem, was recht ist: Das kann er wohl schlecht, wenn er in Manchester ist, um das Haus zu retten«, sagte sie, stand auf und verließ das Zimmer durch die andere Tür, um ihrer Mutter und ihrem Stiefvater nicht erneut begegnen zu müssen.

Clovis folgte ihr nicht. Er gehörte nicht zu denen, die anderen folgen. Im Gegenteil war es eher so, dass andere ihm folgten.

Unfähig, ihre düstere Stimmung von sich abzuschütteln, wanderte Emerald eine Weile in der Küche auf und ab, sehr zum Verdruss von Florence Trieves und Myrtle, bevor sie durch die Seitentür in den Garten verschwand.

Es war der letzte Tag im April. Sie registrierte, wie außergewöhnlich sanft für die Jahreszeit die Luft ihr Gesicht umfächelte, dachte aber vor allem an die geharnischte Gardinenpredigt, die sie sich selbst halten wollte. Sollte sie dabei laut werden, wollte sie lieber ein gutes Stück vom Haus entfernt sein.

Die Luft war erfüllt vom wirren, herben Duftgemisch neuen Lebens, das sich aus der feuchten Erde hervorreckte. Dünne Wolkenfetzen überzogen einen wässrigblauen Himmel. Links von ihr lag die Tür zum Küchengarten und zu den Ställen. Vor ihr, sich im breitesten geometrischen Schwung weit und weiter ausdehnend, lag die Landschaft, die von Sterne beherrscht wurde. Sie erstreckte sich unter und vor ihr bis hin in eine verwischte, leuchtendblaue Ferne, in der die Felder ineinander verschwammen und die Hügel sich in nichts auflösten.

Das Haus selbst erhob sich auf einem Stück Land, das so exakt halbkreisförmig, so akkurat gerundet war, dass es an eine Tortenplatte erinnerte, die von einer kultivierten Gesellschaft von Riesen in der Landschaft zurückgelassen worden war. Dichter, weicher Rasen, ähnlich einer flauschigen Decke, die man über einen Tisch breiten mochte, ließ die geschäftigen Muster der verstreut darunterliegenden Felder, Hecken, Kühe und Dörfer wie Spielzeugminiaturen aussehen, die die Fantasie eines Kindes hervorgebracht hatte.

Ein Stück vom Haus entfernt bildete ein Graben am Rand des Gartens die Grenze zwischen Ordnung und freier Natur. Er wurde gesäumt von einer kniehohen, exakt geschnittenen Buchsbaumhecke, die verhindern sollte, dass unachtsam herumtollende Hunde in die Tiefe stürzten. Es war auch schon vorgekommen, dass kleine Kinder über die Kante purzelten, doch glücklicherweise war der Abhang im Fallen bedeutend sanfter, als es auf den ersten Blick schien. Als Clovis und Emerald noch klein waren, hatten sie oft Anlauf genommen und sich sehr zum Schrecken von Besuchern, die mit der Topografie nicht vertraut waren, in den vermeintlichen Abgrund gestürzt, nur um vergnügt lachend wieder zum Vorschein zu kommen, übersät vom Flaum des Löwenzahns, gespickt mit den langen Halmen der Hundsquecke oder mit Matsch verkrustet.

Nun jedoch wanderte Emerald mit hängendem Kopf an der Rundung der niedrigen Buchsbaumhecke entlang wie ein einsames Karussellpferd.

»Dieser hoffnungslose Kummer wegen nichts als ein paar Zimmern und einem ziemlich schadhaften Dach ist absolut irrational«, begann sie ihre Strafpredigt. »Und, offen gestanden …« Sie blieb stehen. »… ziemlich lachhaft.«

Sie drehte sich zum Haus um, dessen Fenster hier und da aufblitzten. »Es hat überhaupt keinen Zweck, mich so anzusehen«, herrschte sie es an.

Sie überquerte die Kiesfläche und begab sich in den Teil des Gartens mit den Blumenrabatten und der Sonnenuhr. »Dabei gibt es nicht einmal den Vorwand einer langen Familientradition!«, fuhr sie immer noch laut und aufgebracht fort.

Es stimmte. Die Torringtons hatten keineswegs schon seit Generationen auf Sterne gelebt. Soweit Emerald wusste, hatten die Torringtons seit Generationen überhaupt nirgends im Besonderen gelebt. Sie waren eine alles andere als fest verwurzelte, sondern vielmehr eine den Geboten der Not folgende Familie, deren Mitglieder ihren Lebensunterhalt das eine Mal in einem Kontor, das andere Mal in einer Fabrik oder auch im Schifffahrtswesen verdienten, nach Frankreich gingen, um in einer Näherei zu arbeiten, oder vorübergehend zu Hause, in Somerset, Shropshire oder Suffolk, irgendeinen unbedeutenden Beitrag zu irgendeinem größeren Vorhaben leisteten, indem sie beispielsweise einen unwichtigen Bestandteil einer mächtigen Kathedrale oder einer Balkenbrücke entwarfen. Einige waren Kaufleute gewesen, ein oder zwei in Stellung. Es hatte einen Künstler gegeben, ein paar Soldaten. Alle tot. Alle tot.

Das Leben ihres eigenen Vaters hatte sich nur dadurch ausgezeichnet, dass er es gewagt hatte, Sterne zu kaufen. Das Haus und das dazugehörige Land waren, als er noch nicht lange mit Charlotte verheiratet war, unbesonnenerweise auf dem Höhepunkt einer finanziellen Erfolgssträhne erworben worden, die sich leider als nur vorübergehend – um nicht zu sagen zufällig und glücksbedingt – erwies. Im Schein von Charlottes Bewunderung hatte Horace geglaubt, Torrington sei vielleicht der Name eines Mannes, dessen Familie in einem solchen Haus lebte. Horace hatte Sterne ebenso geliebt, wie er Charlotte und später seine Kinder liebte: voller Loyalität, Großzügigkeit und

Dankbarkeit. Auch die Kinder, die sich als das Ende einer Linie sahen, wie Kinder es (zu Recht) immer tun, liebten Sterne so, wie erschöpfte Reisende nach einem Leben der Migration ihr erstes und letztes Zuhause lieben mögen. Sterne war die Mythologie der Ehe ihrer Eltern, die Hinterlassenschaft ihres Vaters, und sie hatten dort eine unvergleichlich glückliche Kindheit verlebt. Darüber hinaus war das Haus wirklich wunderschön und die Wirkung, die es auf ihre Seelen hatte, von unschätzbarem Wert. Einmal gefunden, hassten alle den Gedanken, Sterne wieder aufgeben zu müssen. Unglücklicherweise aber hatte Horace Torrington zum absolut ungünstigsten Zeitpunkt, den er sich hätte aussuchen können, seine Geschäfte zugunsten der Landwirtschaft aufgegeben, von der er nicht das Geringste verstand, was zur Folge hatte, dass er bei seinem viel zu frühen Tod haushoch verschuldet war. Emerald fand es überaus merkwürdig, dass eine derart katastrophale finanzielle Situation wie die, in der sie steckten, mit dem harmlosen Begriff »in den roten Zahlen sein« umschrieben wurde, wo schwarz doch eine viel passendere Farbe gewesen wäre. Jedenfalls war die immer drückender werdende Schuldenlast, die ihr Vater hinterlassen hatte, wie ein schwarzes Loch, das sie alle jederzeit zu verschlingen drohte.

Genau genommen bestand Sterne aus zwei Häusern – das eine ein ungewöhnliches, niedriges, zweistöckiges, bezauberndes Herrenhaus aus rotem Backstein, erbaut um das Jahr 1760 herum, in dem die Familie lebte; das andere – Vorgänger und Gefährte zugleich – schloss sich als die lange Seite eines L nach hinten daran an, ein großes, scheunenähnliches Gebäude aus Naturstein, in dem einer der ersten Lords des Anwesens das Feuer entfacht und sein Wildbret geröstet hatte, das jetzt jedoch in beschämender Vernachlässigung so gut wie leer stand.

In der geschäftigen Spülküche des neuen Hauses gab es eine niedrige Treppe mit flachen Stufen, die zu einer mächtigen Holztür führte, die meist verriegelt und verrammelt war und durch die man in das höhlenartige Innere des alten Hauses gelangte. Untrennbar miteinander verbunden, wie siamesische Zwillinge, waren die beiden Häuser in den weiten, von Balken und Sparren durchzogenen Dachböden. Wenn man sich dort oben aufhielt (was die Kinder oft getan hatten, um in den staubigen Weiten herumzutoben oder im tanzenden Licht, das durch die Fenster fiel, zu lesen), ließ sich die Nahtstelle nur bei sehr genauer Betrachtung entdecken, denn die Rippen des Dachs und die Bohlen des Fußbodens waren in beiden Häusern ähnlich geartet, und es herrschte immer nur dämmriges Halblicht. Im Lauf der Jahre war oft die Rede davon gewesen, das ältere Gebäude abzureißen, aber es besaß so viele praktische und amüsante Verwendungsmöglichkeiten, vor allem als Lagerraum und an Regentagen, dass sie es nicht über sich gebracht hatten, es tatsächlich zu tun.

Im Hof wuchs eine Magnolie in der Ecke, in der beide Gebäudeteile aneinanderstießen. Als Kind hatte Emerald sich immer wieder aus einem der Flügelfenster auf einem Treppenabsatz gelehnt und versucht, die riesigen Blüten zu berühren. Sie reckte sich so weit hinaus, wie sie konnte, bis die straffen Nähte ihres Kleids unter den Armen fast nachgaben und ihre Finger zu zittern begannen. Der kleine Clovis, der sich damals noch kein romantisches Bild von sich selbst zugelegt hatte, hatte sich aus demselben Fenster gelehnt, um zu spucken. Sein Ziel war es, seine Treffsicherheit und Reichweite so zu verbessern, dass er das Innere der Blüten traf. Um die Distanz zwischen Haus und Baum zu überbrücken, musste er die Spucke mit großer Energie aus sich herausbefördern, und mit acht Jahren gelang es ihm tatsächlich. Es war ein triumphaler Tag für ihn. Emerald hingegen hatte ungeachtet ihres sehnsüchtigen Naturells auch eine praktischere Ader, gab ihre Kampagne, die Blüten zu berühren, mit zwölf Jahren auf und verlegte sich stattdessen darauf, den Baum erst zu zeichnen, später zu malen und schließlich kleine Stückchen davon abzuknipsen, um sie unter ihrem Mikroskop in Augenschein zu nehmen, hatte aber dennoch nie das Gefühl, ihn *wirklich* berührt zu haben. Vielleicht ist ein prosaischeres Ziel – treffsicheres Spucken zum Beispiel – einfacher zu erreichen.

Inzwischen war sie an der Auffahrt angelangt, einer langen, von riesigen, schwarzen Eiben gesäumten Allee. Die Eiben waren als Hecke angelegt und etwa zweihundert Jahre lang als solche kultiviert worden, hatten sich dann aber, völlig vernachlässigt, ganz nach eigenem Gutdünken verselbstständigt und boten sich dem Auge nun als unförmige, missgestaltete Prozession dar. Es gab undurchdringliche Dickichte. Es gab harzige, ineinander verwachsene, hoch aufragende Gestrüppe, in deren Tiefen sich Höhlen verbargen, die an Hexenhäuschen gemahnten und in denen man spielen oder sich verstecken konnte. Es gab Lücken zwischen ihnen, die es nicht hätte geben dürfen.

Emerald, die bei Tag eine entschlossene, praktische junge Frau war, träumte oft, dass sie absolut unbekümmert und sorglos über die dunkle Allee galoppierte, die zum Haus führte, das Donnern der Pferdehufe in den Ohren. Manchmal flog sie im Traum auch hoch über Sterne hinweg wie ein Vogel, unter sich die Dächer, die Kamine, die Ställe, die Gärten und die weite Landschaft. Dann stürzte sie erwachend zur Erde zurück, lag ganz allein in ihrem Bett und weinte um ihre verlorene Grenzenlosigkeit.

Jetzt wandte sie sich erdgebunden und niedergeschlagen von den düsteren Eiben ab, um deren trostlose Tiefen nicht länger betrachten zu müssen, begab sich in den Teil des Gartens, der den Blumen vorbehalten war, kniete vor der frisch aufgebrochenen Erde einer Rabatte nieder und brach in Tränen aus. Es gab in diesem Augenblick keine gescheiten Worte mehr, auf die sie zurückgreifen konnte, nur noch kindliche. Hoffentlich findet Edward eine Möglichkeit, uns zu retten, dachte sie und war sich dabei voller Bitterkeit bewusst, dass der verhasste Stiefvater plötzlich zu ihrem sehnlichst herbeigewünschten Retter geworden war.

Die Tränen erfüllten keinesfalls ihre Aufgabe, ihr wieder zu einem klaren Kopf zu verhelfen, sondern drohten vielmehr, sie ganz und gar zu überwältigen. Jeden Augenblick würde sie sich der Länge nach auf das Blumenbeet werfen. Dabei war heute ihr Geburtstag, sie musste glücklich sein, und zwar bald. Sie schniefte, wischte mit dem Ärmel entschlossen über ihr Gesicht und blickte einen Augenblick wie versteinert vor sich hin. »Gut!«, sagte sie dann.

Nachdem sie noch einen Moment wie blind auf das vernachlässigte Beet geblickt hatte, begann sie, Unkraut zu jäten, ließ die Fingerspitzen an den noch schwächlichen Stängeln nach unten wandern, um sie aus der Erde zu zupfen. Bald schon waren ihre Hände kalt und schmutzig, aber im Gras neben ihr lag ein welkendes Häufchen Unkraut, und sie sinnierte, dass eine nützliche Betätigung ein großer Trost sein kann.

Die private Verabschiedung von Charlotte und Edward fand in ihrem Schlafzimmer statt, das genau in der Mitte des Hauses über der Eingangstür lag. Es hatte ein tief herabgezogenes Erkerfenster, umrankt von einer sehr alten, verschwenderischen Rose, deren bonbonfarben gestreifte Knospen – ebenso wie auch die Landschaft – vom Bett aus zu sehen waren. Auf diesem Bett ließ Charlotte sich nun in meisterlicher Trägheit nieder, um Edward, der kurz vor seiner bevorstehenden Abreise in seinen fest geschnürten Schuhen über die leicht verbogenen Bodendielen stapfte, dass der Frisierspiegel auf seinem Ständer nur so klirrte, von seinen Sorgen abzulenken.

Er war ein mittelgroßer, untersetzter, hellhäutiger Mann mit breiten, kantigen Schultern (sein linker Arm war ziemlich weit oben sauber abgetrennt worden, und zwar auf eine Weise, die den Schnitt dieser Schultern nicht in Mitleidenschaft gezogen hatte, obwohl die eine zwangsläufig stärker ausgebildet war als die andere) und durchdringenden, blassblauen Augen. Nach einer Weile blieb er stehen und setzte sich zu ihr. Voller Wärme und Vitalität sagte er: »Charlotte, ich werde alles für dich tun, was in meiner Macht steht.«

Edward sagte oft derartige Dinge, aber anders als viele andere Menschen, die Charlotte auf Anhieb in den Sinn kamen, meinte er sie auch.

Edward Swift war der jüngste Sohn eines anglo-irischen Architekten. Ohne jede Aussicht auf eine Erbschaft hatte er mit charakteristischer Hartnäckigkeit seinen eigenen Weg gemacht. Er hatte am Trinity College in Dublin Jurisprudenz studiert und war anschließend nach London gegangen, um seinen Beruf auszuüben. Die folgenden Jahre seines Lebens sind für diese Geschichte ohne Belang. Es genüge zu sagen, dass er sich, als er Charlotte Torrington kennenlernte – eine Frau von großer, bewegender Schönheit, noch in Trauer um den kürzlich dahingeschiedenen Horace Torrington –, auf der Stelle in sie verliebte. Er verliebte sich so heftig, wie Charlotte trauerte, und dort, in den Abgründen des Kummers und der sexuellen Anziehung, fanden sie zueinander.

Als sie heirateten, waren die beiden älteren Kinder Charlottes, Emerald und Clovis, nicht nur schockiert über die Schnelligkeit, mit der ihre Mutter allem Anschein nach in ein glücklicheres Leben zurückfand, sondern auch – und das zutiefst – über Edwards helle Haut und die blonden Haare, die allein einem Verrat gleichkamen. Ihr Vater war groß und sehr dunkel gewesen, mit schwarz bewimperten, derart strahlenden Augen, dass sie die Bezeichnung Torrington-Augen verdienten. Emerald und Clovis waren ebenfalls dunkel und besaßen ebendieselben faszinierenden, graublauen Augen. Ihre Mutter war zwar hellhaarig, aber voll und ganz vereinnahmt und zu einer echten Torrington geworden, und außerdem war sie eben ihre *Mutter.* (Zudem konnten auch ihre Augen sich durchaus sehen lassen.) Aber Edward Swift war, nun ja, *blond.*

Und dann war da der Arm. Der schreckliche Unfall, der ordentlich festgesteckte Ärmel – was bei einem anderen Mann vielleicht romantisch gewesen wäre, war bei einem *blonden* Stiefvater absolut verabscheuungswürdig.

Wovon Clovis und Emerald nichts wissen konnten, das waren die vielen Abende, an denen Edward Charlotte im Arm gehalten hatte, während sie um Horace weinte und ihre Tränen seinen Hals, seine Brust, seine Schulter benetzten. Er hatte sie durch die Qual begleitet, einen Mann zu betrauern, den er nicht einmal kannte, begleitete sie, wenn nötig, immer noch und hatte inzwischen alles für Sterne getan, denn er wollte nicht, dass Charlotte auch um das Haus weinen musste. Ein anderer Mann hätte vielleicht unermüdlich darauf hingearbeitet, seine neue Frau in seine eigene Welt hineinzuziehen, hätte versucht, ihre Vergangenheit durch den Aufbau seiner Zukunft auszulöschen, aber Edward Swift akzeptierte vorbehaltlos alles, was Charlotte war, einschließlich der Bürde, die Sterne darstellte, einschließlich ihrer unergründlichen, unbotmäßigen Sprösslinge.

Widerstrebend verbrachte Edward einen großen Teil seiner Zeit in Manchester, wo er einer erfolgreichen Kanzlei angehörte; widerstrebend nicht etwa, weil er arbeitsscheu gewesen wäre – er war ein gewissenhafter Anwalt und stolz auf seinen Beruf –, sondern weil er es hasste, nicht bei Charlotte sein zu können, in die er immer noch hoffnungslos vernarrt war. Seine nun bevorstehende Reise hatte allerdings nichts mit seiner eigenen Karriere zu tun, sondern galt dem Versuch, das Haus seiner Frau vor der Versteigerung zu retten. Vor einem Jahr hatten sie die größte der zum Anwesen gehörenden Farmen an den Sohn des Pächters verkauft, einen rechtschaffenen, gut aussehenden jungen Mann namens John Buchanan. Der dringend benötigte Kapitalzufluss hatte viel dazu beigetragen, Schulden abzuzahlen und diverse Mauern und Dächer des Anwesens zu reparieren, aber das Geld war mit alarmierender Schnelligkeit dahingeschwunden und inzwischen auf fast nichts zusammengeschrumpft. Edward, dem klar war, dass Sterne ihnen durch die Finger glitt, verwarf dennoch jeden Gedanken an ein angemesseneres, kleineres Haus näher an der Stadt, denn das hätte Charlotte das Herz gebrochen, und beschloss, Sterne zu retten. Er war kein Spieler; er besaß nichts, was er hätte verkaufen können; er musste sich das Geld borgen, etwas, das ihm zutiefst widerstrebte. Dieses Widerstreben war ihm deutlich anzusehen, als er nun in Charlottes schönes, blasses Gesicht blickte.

»Mein Liebes«, sagte er. »Verlang nicht von mir, dass es mir auch noch *Spaß macht,* mir Geld von einem Mann zu leihen, dessen Geschäftspraktiken ich verabscheue und dessen politische Einstellung mir absolut zuwider ist.«

(Dies bezog sich auf den anvisierten Geldgeber, einen Industriellen, dessen Moralvorstellungen sehr zu wünschen übrig ließen.)

»Du weißt, du musst das nicht tun«, sagte Charlotte, das Gesicht von ihm abgewandt. Eine Träne kullerte über ihre Wange. Sie wischte sie hastig fort – allerdings nicht so hastig, dass er sie nicht bemerkte hätte.

»Natürlich muss ich«, sagte er und küsste ihre feuchten, salzigen Finger.

Zehn Minuten später saß Edward auf dem Beifahrersitz des Autos, den Koffer hinter sich festgezurrt, einen Ausdruck grimmiger Entschlossenheit auf dem Gesicht, während Robert die Anlasskurbel drehte.

Emerald, noch immer mit Unkrautzupfen beschäftigt, richtete sich auf und beobachtete, wie sie mit aufheulendem Motor davonbrausten, dass der Kies hinter ihnen aufspritzte. Der Lärm schreckte den Spürhund Forthright auf, der unter den Eiben ein Nickerchen gemacht hatte und nun mit wölfischem Geheul hinter dem Auto hersetzte. Im Vorbeifahren erblickte Edward Emerald, hob den Arm und winkte ihr zu.

»Einen schönen Geburtstag, Emerald!«, rief er über den Motorenlärm hinweg. Kurz darauf waren das Auto, der Hund, ihr Stiefvater, Robert und der Koffer im Dunkel der Bäume verschwunden, die bei jedem Wetter düster wirkten, ganz besonders jedoch, so schien es ihr, an diesem Morgen.

Das Motorengeräusch verklang. Stille senkte sich herab.

Hier und heute, am Morgen ihres zwanzigsten Geburtstages, nachdem sie nicht nur aus ihren vielen Bemühungen herausgewachsen war, die Magnolie zu berühren, sondern auch, man musste es zugeben, aus vielen anderen Dingen, die das Leben vielleicht zu bieten hatte, nachdem sie ihr Mikroskop, ihren Zeichenblock, ihre Jungmädchenträume von Vornehmheit und dergleichen weggepackt hatte, kniete Emerald vor dem kläglichen Blumenbeet und stellte fest, dass die Feuchtigkeit durch den dicken Leinenstoff ihres Rocks und die gestrickten Strümpfe bis zu ihren Knien gedrungen war.

»Welch ein schöner Geburtstag«, sagte sie zu sich selbst. »Ich muss unbedingt aufhören, Selbstgespräche zu führen.«

Die Schleife unter ihrer Büste hing schlaff herab. Als sie sie zurechtzupfte, wurde ihr Blick von etwas angezogen, und sie sah genauer hin, um zu erkennen, was es war.

In der Nähe der Eiben, in ihrem Schatten, stand reglos eine kleine, weiße Gestalt. Emerald richtete sich auf, stopfte das Häufchen Unkraut in die tiefe Tasche ihres Rocks und wischte ihre schmutzigen Finger achtlos daran ab.

»Bist du das, Smudge?«, rief sie, und der dritte Torrington-Nachkömmling, ein Kind noch, antwortete mit einem dünnen Ja.

Emerald ging über den Rasen auf die Gestalt zu, die unter den Eiben stand und deren Wust schwarzer Haare, ähnlich einem rußigen Heiligenschein, mit den Schatten verschmolz.

»Großer Gott, ich dachte, du bist im Bett. Hast du nicht gesagt, du fühlst dich nicht wohl?«

»Ich fühle mich auch nicht wohl«, antwortete das Kind.

Emerald ging zu ihrer Schwester und nahm ihre Hand. »Deine Finger sind ja kalt wie Eis«, sagte sie. »Komm sofort mit ins Haus.«

Durch die Hintertür, die ihnen am nächsten lag, gelangten sie in eine mit Steinfliesen ausgelegte quadratische Halle im hinteren Teil des Hauses. Bei einem Ständer mit Stöcken und Regenschirmen, die kreuz und quer aneinanderlehnten, blieb Emerald stehen, legte die Hände unter das Gesicht des Kindes, hob es an und betrachtete es prüfend. »Was wolltest du denn draußen?«

»Mir war langweilig.«

»Hast du ein Feuer in deinem Zimmer?«

»Ich wollte keins.«

»Jedenfalls gehen wir jetzt nach oben und packen dich wieder ein.«

Sie gingen die hallende Hintertreppe mit den nackten Holzstufen hinauf.

»Wo ist Clovis?«

»Keine Ahnung. Als ich ihn zuletzt gesehen habe, saß er noch beim Frühstück. Und schmollte.«

»Er schmollt oft. Ich nicht. Es würde euch sowieso nicht auffallen.«

Nur zu wahr. Smudge geriet oft in Vergessenheit. Wie schon Clovis und Emerald vor ihr musste sie sich meist selbst um ihre Erziehung kümmern, aber anders als ihre beiden Geschwister war sie dabei allein. Clovis und Emerald hatten einander gehabt, wenn sie im Ebben und Fluten der Verpflichtungen ihrer Eltern sich selbst überlassen blieben. Aber das Alleinsein machte Smudge nichts aus. Von ihrer Mutter mal verhätschelt, mal vernachlässigt, fand sie immer wieder Dinge, mit denen sie sich vergnügen konnte.

Sie hatten einen Treppenabsatz erreicht und gelangten durch eine mit grünem Stoff bespannte Tür in einen Korridor, der die ganze Länge des Hauses einnahm und schließlich zu Smudges Zimmer führte, dem einzigen Schlafzimmer, das an das alte Haus angrenzte, dessen düstere Tiefen genau hinter der Wand lagen, an der ihr kleines Eisenbett stand. Wie gern hätte sie sich mit einem Löffel durch diese Wand gegraben und auf der Spielmannsgalerie auf der anderen Seite getanzt.

Wenn schon Smudge selbst oft vergessen wurde, so erst recht ihr Zimmer, und sie nutzte die Freiheit, die sich ihr dadurch bot, um damit zu tun, was immer ihr in den Sinn kam. Mit Muscheln, die sie am Strand von Southport gesammelt und an die Wand über ihrem Kamin geklebt hatte, hatte sie ihren Namen – IMOGEN – geschrieben, und dann, um jeglicher Verwechslung vorzubeugen, mit Kohlestift ein (SMUDGE) hinzugefügt. Sie hatte versucht, ihre Körpergröße an der Wand zu messen und dann die des Katers Lloyd, der beiden King-Charles-Spaniels Nell und Lucy und des Stallhunds Forthright, Forth genannt. Allerdings hatten diese Experimente sie nicht wirklich zufriedengestellt. Sie hatte nie eine befriedigende Antwort auf die verzwickte Frage gefunden, ob man bei Hunden und Katzen den höchsten Punkt ihrer Köpfe, die sie nie still hielten, als Maß nahm oder die Schultern, die sich leicht mit Rückgrat und Hals verwechseln ließen. Zudem hatte sie die Tiere erst in Zoll gemessen, es sich dann anders überlegt und war auf Handbreit als korrektes Maß umgestiegen, da Pferde in Handbreit gemessen wurden und folglich wohl auch alle anderen Vierbeiner. Der getigerte Kater Lloyd maß übrigens für gewöhnlich zweieinhalb Handbreit (oder zehn Zoll), die Spaniels etwas mehr.

Unbefriedigt von ihren durch Anmerkungen ergänzten Messmarkierungen, hatte sie viele Stunden damit verbracht, die Umrisse der Tiere zu zeichnen, wozu sie sie an die Wand quetschte und mit ihren Beinen und ihrem ganzen Körper dort festhielt. (Da der Spürhund Forthright nicht ans Haus gewöhnt war, war er als Modell nicht ganz einfach gewesen, zumal er auf seine hündische Art auch keinerlei Rücksicht auf Teppiche nahm. Zu guter Letzt hatte er Smudge unter lautem Gebell, mit dem er dagegen protestieren wollte, so lange in dem kleinen, hoch oben gelegenen Zimmer von ihren rücksichtslosen, kindlichen Armen an die feuchte, schmutzige Tapete gequetscht zu werden, durch den ganzen Korridor hinter sich hergeschleift.)

Eigentlich hatte sie vorgehabt, den Tieren anschließend ein Fell zu malen, aber Haare und Fell sind außergewöhnlich schwierig zu zeichnen, und jedenfalls war sie noch nicht dazu gekommen. Es genüge zu sagen, dass ihre Wände alles andere als makellos waren.

Emerald brachte Smudge ins Bett und stopfte die gesteppte Decke um sie fest. »Warst du wieder auf dem Dach?«, fragte sie.

»Nicht in letzter Zeit.«

»Du weißt, dass du das nicht darfst. Du könntest runterfallen und dir das Genick brechen, und was würde Ma dann sagen?«

»Du und Clovis, ihr geht doch auch aufs Dach.«

»Aber nur, um nach undichten Stellen zu suchen.«

Smudge rutschte tiefer unter die Decke, bis nur noch ihre schwarzen Augen mit den violetten Schatten darunter und ihre unwirklich dunklen Haare über dem verblichenen Blumenmuster der Steppdecke zu sehen waren.

»Em?«, fragte sie mit undeutlicher Stimme.

Emerald war schon an der Tür.

»Meinst du, ich bin nachher gesund genug, um auf deine Geburtstagsparty zu kommen?«

»Das will ich doch hoffen. Wer soll mir denn sonst helfen, die Kerzen auszublasen? Ich bin viel zu alt, um sie alle allein zu schaffen.«

»Du bekommst also einen Kuchen?«

»Ach du meine Güte. Nicht wenn ich mich nicht darum kümmere«, sagte Emerald, lief aus dem Zimmer und machte die Tür hinter sich zu.

Sobald sie weg war, hob Smudge das kleine, blasse Gesichtchen aus den Bettdecken. Sie schien aufmerksam auf etwas zu lauschen, setzte sich dann auf und presste das Ohr an die Wand hinter sich, die an das alte Haus grenzte.

»Hm«, sagte sie stirnrunzelnd. »Niemand da.« Sie sah sich in ihrem allem Anschein nach leeren Zimmer um, legte sich wieder hin und zog die Decke bis unter das Kinn, während sich draußen ein kalter Frühlingswind erhob.

Auf der Suche nach Mrs Trieves kam Emerald am Frühstückszimmer vorbei, wo sie Clovis entdeckte, der vor dem Kamin auf dem Boden lag und lustlos an den Kanten einer Zeitung herumzupfte. Die beiden King-Charles-Spaniels Nell und Lucy lagen auf dem abgewetzten Samtsofa neben ihm und drehten schnüffelnd die Nasen in Emeralds Richtung, als sie in der Tür stehen blieb.

»Du willst also nicht mit Ferryman ausreiten?«

Clovis sah mit düsteren, umwölkten Augen zum Fenster.

»Mein Gott, Emerald! Hast du schon einmal daran gedacht, dich bei der Polizei zu bewerben?«, grummelte er. »Soweit ich weiß, suchen sie dort immer Leute zum Schikanieren missliebiger Mitmenschen.«

»Ich werde um zehn mit Levi ausreiten – falls du es dir anders überlegen solltest. Das Wetter scheint umzuschlagen, deshalb würde ich sagen, je eher, desto besser. Übrigens, um wie viel Uhr kommt eigentlich der Zug, der deine Liebste zu meinen Festlichkeiten bringt?«

Clovis rollte sich stöhnend auf den Rücken und sah zu den Stuckverzierungen an der Decke auf.

»Patience Sutton«, stöhnte er. »Um wie viel Uhr kommt eigentlich der Zug, der die *unsägliche* Patience Sutton und ihre Mutter zu den Festlichkeiten bringt? Wolltest du das fragen? Die *unsägliche* Patience Sutton ist nicht meine Liebste – und wird es niemals sein.«

»Sie ist ein sehr nettes Mädchen. Außerdem sind wir inzwischen erwachsen. Sie wird dich nicht mehr wie ein kleines Kind behandeln …«

Clovis raufte sich die Haare genau so wie ein Dichter, gefangen im quälenden Prozess der Kreativität, es tun mochte, aber Clovis war nicht im Prozess der Kreativität gefangen, sondern in den Klauen einer weitaus schlimmeren Qual: Hybris.

»Als würde es mich interessieren, was die *unsägliche* Patience Sutton tut«, sagte er barsch.

»Ich weiß wirklich nicht, was du gegen sie und ihre Mutter hast! Ich vermisse sie schrecklich, seit …« Sie unterbrach sich kurz. »Erinnerst du dich denn nicht mehr, wie viel Spaß wir immer hatten? Und falls du zu Patience unhöflich sein solltest, oder zu ihrer Mutter …«

»Ihre *Mutter* ist das Ende aller Hoffnung.«

»*… oder zu ihrer Mutter,* bist du auf meiner Geburtstagsfeier nicht willkommen. Habe ich mich klar und deutlich ausgedrückt?«

»Ja, Sir.«

»Falls man es überhaupt als Feier bezeichnen kann. Trotzdem verlasse ich mich darauf, dass du dich wie ein Gentleman verhalten wirst.«

»Ja, Sir.«

»Du weißt, dass ich dich über alle Vernunft liebe – gegen jede Vernunft. Aber jetzt muss ich mit Mrs Trieves über meinen Kuchen reden.«

»Kannst du ihr sagen, sie soll einen Schokoladenkuchen machen?«

»Ich glaube nicht, dass wir Schokolade haben.«

Clovis stöhnte erneut auf und machte sich wieder daran, an der Zeitung herumzuzupfen. Die Hunde legten die Schnauzen auf ihre seidigen Pfoten und blickten ihn liebevoll an.

In der Tür änderte Emerald ihre Absicht und kam wie ein Wirbelwind ins Zimmer zurückgefegt.

»Dieses Feuer ist verboten heiß«, rief sie, während sie, hektisch mit den Händen vor ihrem Gesicht herumfächelnd, durchs Zimmer eilte.

»Aber ich bin halb erfroren.«

Sie zog die Regulierungsklappe krachend herunter. »Hast du eigentlich eine Ahnung, was Kohlen heutzutage kosten?«

Clovis rollte sich auf den Rücken. »Nein – genauso wenig wie du.«

»Wenn du es genau wissen willst, hat uns Sterne allein in diesem Winter mehr als zwölf Guineen nur für Feuerung gekostet.«

»Willst du nicht noch ein ›Da hast du es‹ anhängen?«

Emerald ließ sich neben den Hunden auf das Sofa plumpsen, sah sich im Zimmer um und steckte eine verirrte Haarsträhne zu den anderen. »Da hast du es«, sagte sie.

Clovis hatte die Arme schützend vor das Gesicht gehoben, aber zu seiner Überraschung setzte Emerald ihre Attacke nicht fort.

»Die Pferde bekommen allmählich ihr Sommerfell«, sagte sie im Plauderton. »Das von Levi glänzt schon richtig, und das von Ferryman würde auch glänzen, wenn er nicht erst so spät im Jahr geschoren worden wäre. Im Freien fühlt es sich schon richtig großartig an, wenn man erst einmal draußen ist – und heute Morgen, als ich im Garten gearbeitet habe, habe ich eine Schwalbe gesehen …« Beim Sprechen zupfte sie geistesabwesend an den gefleckten Pfoten der Spaniels herum. »Ich dachte, vielleicht reite ich bis zur Zehntscheune und dann an der Grenze von Hurtle entlang – willst du nicht doch mitkommen?«

»Nicht um *ihm* einen Gefallen zu tun.«

»Nicht *ihm,* Clovis, sondern mir, deiner dich allzeit liebenden Schwester – und Ferryman, der vom Frühlingsgras bald so aufgebläht sein wird wie ein Ballon, wenn er nicht ein bisschen Bewegung bekommt, und …« Sie unterbrach sich.

Clovis warf ihr unter den Armen hervor einen scheuen Blick zu. »Und …?«, brummte er.

»Dir selbst, weil du in letzter Zeit der absolut fürchterlichste Miesepeter geworden bist.«

»Ach, bin ich?«

»Ja, bist du.«

»Der absolut fürchterlichste?«

»Genau. Ich weiß wirklich nicht, was in dich gefahren ist.«

»Ach nein, weißt du das wirklich nicht?«

»Hör auf! Hör auf mit diesen albernen Rückfragen. Das hast du schon gemacht, als du acht warst. Es ist unvergleichlich enervierend. Du tust es nur, um einen zu ärgern.«

»Ach ja, tue ich das?«

Emerald warf ein Kissen nach ihm. Er wich ihm aus, indem er sich lachend zur Seite rollte. Als er an den Kaminvorsatz stieß, richtete er sich auf und fuhr sich mit der Hand über das Gesicht.

»Du weißt sehr gut, was ›in mich gefahren‹ ist. Was glaubst du denn, wie es sich für einen Mann anfühlt, seine Position an einen hinterhältigen, einarmigen irischen Anwalt abtreten zu müssen …«

»Nur der Korrektheit halber, Herr Vorsitzender: Es war nicht deine Position, sondern die unseres Vaters.«

Bei der Erwähnung ihres Vaters verstummten beide. Emerald wandte sich wieder den Hunden zu und streichelte ihre Ohren und ihre runden, knochigen Köpfe.

»Ich glaube nicht, dass Vater gewollt hätte, dass du so wirst, wie du geworden bist«, sagte sie dann, ohne ihn anzusehen.

Der Name ihres Vaters hatte etwas Kummervolles in den Raum gebracht, das drückend in der Luft lag. Clovis winkelte die Beine an, schlang die Arme um die Knie und sah Emerald niedergeschlagen an. Seine Haare fielen wirr zur Seite. Der ungesellige und offen gestanden mehr als unleidliche Clovis der letzten drei Jahre wirkte auf einmal völlig verändert, so wie Licht ein graues Meer zu funkelnder Vielschichtigkeit erweckt.

»Du solltest so etwas nicht einfach so daherplappern«, sagte er gekränkt, und plötzlich sah sie das ganze Ausmaß seines Kummers, seines Verlusts, seines Scheiterns. Sie kniete sich vor ihn, um ihn anzusehen.

»Ach, Clovis«, murmelte sie und küsste ihn auf die Stirn.

Er war ihr dankbar. »Ich vermisse ihn so sehr«, sagte er gefühlvoll und fügte, zu seiner üblichen Form zurückkehrend, hinzu: »Und unseren Stiefvater würde ich am liebsten mit einer rostigen Sense zerstückeln.«

»Würdest du nicht.«

»Na ja …«

Sie zog ihn am Ohr. »Willst du nicht doch mit mir ausreiten?«

Falls Clovis irgendetwas war, dann so unberechenbar wie Quecksilber. »In zehn Minuten auf dem Hof«, rief er, sprang auf und stürmte aus dem Zimmer.

Die Hunde hüpften aufgeregt bellend vom Sofa und setzten mit anmutigen Sprüngen hinter ihm her.

»Zehn Minuten sind zu wenig«, rief sie ihm nach, aber er war schon weg.

Emerald stand auf und klopfte ihren Rock ab. Dabei fiel ihr Blick auf eine gerahmte Fotografie von Horace Torrington, die auf dem Kaminsims stand. Darauf war er hinter ihrer Mutter zu sehen, die, in eine Fülle weißen Musselins gekleidet, vor dem gemalten Hintergrund eines Gartens auf einem Stuhl saß. Ihr Busen wirkte riesig, wie es der damaligen Mode entsprach, ihre schmale Taille wurde durch einen Satingürtel betont. Horace, der mit stolz gerunzelter Stirn in die Kamera blickte, sah mit seinem steifen Kragen, eine Hand auf den Knauf eines Ebenholzstocks gelegt, attraktiv und respektabel aus. Emerald ging zum Kamin, stützte die Ellbogen auf den Sims und betrachtete das Porträt, obwohl sie es in- und auswendig kannte.

Die ineinander verflochtenen Ranken des silbernen Rahmens und die feine Körnung des Fotopapiers befanden sich nur Zentimeter vor ihren ruhigen Torrington-Augen. Ihre Eltern, winzig und still, füllten ihr ganzes Blickfeld.

»Heute ist mein Geburtstag«, sagte sie zu ihrem stirnrunzelnden Vater, aber sein Ausdruck veränderte sich nicht. »Ich bin sicher, du würdest mir gern Glück wünschen und mir zur Feier des Tages einen Kuss geben, wenn du könntest. Ach, wäre das schön.«

Der letzte Geburtstag seiner Tochter, den Horace Torrington miterlebt hatte, war ihr sechzehnter gewesen. Sie hatte sich die Haare zum ersten Mal hochgesteckt und zum ersten Mal ein Korsett getragen und war sehr verwirrt gewesen, als er sich, nachdem er ihr ein sehr nettes Kompliment über ihr Aussehen gemacht hatte, von ihr abwandte, damit sie seine Tränen nicht sah. »Du siehst wirklich wunderschön aus«, hatte er gesagt. »Es hat nichts mit dir zu tun. Sondern nur mit dem Vergehen der Zeit.«

Emerald fand Florence Trieves in ihrem kleinen Arbeitszimmer, einem Raum gleich neben der Küche, in dem ihr Schreibtisch und ein niedriger Sessel mit Knopfpolsterung standen. Nicht weggefegte Kuchenkrümel und Kohlesplitter vor dem Kamin verrieten, dass dieses Zimmer immer das letzte war, das von

Pearl Meadows gemacht wurde, und Florence Trieves, die trotz ihrer Angst vor Mäusen eine zwar nicht sehr ausgeprägte, aber hartnäckige schlampige Ader hatte, fegte das Zimmer so gut wie nie selbst aus.

Emerald, die Clovis' zweifellos vorübergehende gute Laune so weit wie möglich nutzen wollte, hatte nur den Wunsch, so schnell es ging zu den Ställen zu kommen.

»Können wir vielleicht später über die Gästezimmer reden, Mrs Trieves? Ich möchte nur wissen, ob wir Schokolade für einen Geburtstagskuchen haben. Falls nicht, ist es auch nicht schlimm, ein einfacher Biskuitkuchen ist mir genauso recht.«

Florence Trieves in ihrem üblichen schwarzen Seidenkleid saß, mit den Abrechnungen beschäftigt, an ihrem Schreibtisch. Sie war verwitwet, und zwar schon seit der Zeit Königin Viktorias, und ein großer Teil von ihr lebte immer noch in dieser Zeit der Trauer und der Zurückgezogenheit. Wenn sie in ihrer schwarzen Seide und den geknöpften Stiefeln in den Tiefen des alten Hauses umherging, um Backpulver oder Mehl aus den Regalen zu holen, konnte man das Gefühl haben, sie passe viel besser in das alte als in das neue Haus.

Sie und ihr Mann waren mit Charlotte bekannt gewesen, bevor diese Horace kennenlernte, und gingen nach ihrer Heirat bei den beiden in Stellung. Die genaue Art und Weise ihrer Bekanntschaft war den meisten, außer ihnen selbst, unklar, aber zu ihrer Ehre hatte sich Florence Trieves zu einer ausgezeichneten Hauswirtschafterin entwickelt. Sie war einst, wie Charlotte, eine Schönheit gewesen; die beiden mussten mit zwanzig, in Bloomsbury, vor ihren jeweiligen Eheschließungen, ein beeindruckendes Bild abgegeben haben. Florence Trieves' Verzicht auf ein romantisches Leben – und auf jede Mode – hatten viel zu dem Bild beigetragen, das Emerald und Clovis von einer Witwenschaft hatten, und ließen die schnelle Wiederverheiratung ihrer Mutter im Gegensatz dazu umso schockierender scheinen.

»Wir können über die Gästezimmer reden, wann immer Sie wollen, Miss Em, aber dadurch werden auch nicht mehr von ihnen bewohnbar«, sagte Florence Trieves. Sie hatte die Gewohnheit, beim Sprechen an der kleinen Uhr herumzuspielen, die sie an ihren steifen Busen geheftet trug. »Miss Sutton wird das Zimmer neben Ihrem bekommen und Mrs Sutton das gestreifte am Ende des Flurs. Und um den Kuchen machen Sie sich mal keine Sorgen, aber ich werde nicht mit Ihnen darüber reden. Wer hätte denn je gehört, dass ein Mädchen sich um seinen eigenen Geburtstagskuchen kümmern muss.«

Sehr viel unbeschwerter lief Emerald los, um sich für den Ausritt umzuziehen: ein Überraschungskuchen, den sie nicht selbst backen musste; eine Freundin aus Kindertagen mit dem Zug unterwegs, um sie zu besuchen, und kein Stiefvater bis zum Sonntag … kindliche Aufregung über ihren (man durfte das Wort nur flüstern) *Geburtstag* durchflutete sie.

Grellgrüne neue Grashalme zwängten sich durch die Ritzen des Kopfsteinpflasters auf dem Hof vor den Ställen; eine weitere Aufgabe für Roberts Sohn Stanley, den Stalljungen, aber auf Sterne gab es so viele drängendere Arbeiten zu erledigen, und es war schier unmöglich, die Pferde jetzt, wo sie ihr Winterfell verloren, in einem einigermaßen gepflegten Zustand zu halten. Wenn es regnete, verkrustete der Matsch auf ihrem Fell zu harten Fladen, die beim Trocknen rissig wurden und so fest an ihnen klebten wie feuchtes Mehl auf einem Tisch nach dem Brotbacken. Der junge Stanley konnte stundenlang daran herumkratzen, während Ferryman oder Levi – oder welches Pferd auch immer – mit schläfrig hängenden Ohren und nickendem Kopf eindöste, bis die Uhr leise schlug oder Robert ihn anherrschte, gefälligst voranzumachen. Dann war er plötzlich wieder ganz in der Gegenwart mit all den vielen Dingen, die noch zu tun waren, gab dem Pferd einen Klaps aufs Hinterteil und schalt sich für seine Selbstvergessenheit.

Da sein Vater mit Mr Edward zum Bahnhof gefahren war, oblag es Stanley, Levi und Ferryman für den Ausritt fertig zu machen. Vater und Sohn waren entsprechend Roberts unumstößlichem Gesetz immer schon um fünf Uhr morgens auf den Beinen und arbeiteten vor dem Frühstück zwei Stunden, also hatte Stanley einen guten Teil des Vormittags Zeit, die Pferde schön zu machen. Mit seinen gerade mal dreizehn Jahren war Stanley, der ohne Mutter aufwachsen musste, ein bisschen in Emerald verliebt und fettete Levis Hufe ganz besonders sorgfältig ein.

Edward Swift war (wie auch Horace Torrington vor ihm) sehr genau in allem, was mit den Pferden zu tun hatte, und duldete nicht, dass seine Stiefkinder die Pferde, oder die Pferdeknechte, warten ließen. Clovis, der sein ganzes Leben lang mit seinem Vater ausgeritten und ein zwar verwegener, aber auch rücksichtsvoller Reiter war, gab sich im Beisein von Edward in diesen Dingen gern nonchalant, kam zu spät und nachlässig gekleidet angeschlendert, ließ es Robert gegenüber – den er liebte – an Höflichkeit mangeln und den Pferden – die er noch mehr liebte – jede Zappeligkeit und Ungebärdigkeit durchgehen. War sein Stiefvater allerdings nicht da, kehrte er sofort zu seiner guten Erziehung zurück, sodass es eine Freude war, ihn so, wie Emerald es nun tat, in seinem Umgang mit den Ställen und ihren Bewohnern zu beobachten.

»Guter Mann, danke«, sagte er mit einem Lächeln zu Stanley, gefolgt von einem »Brav, stillgestanden« an Ferryman, der in seiner Ungeduld, endlich loszukommen, mit den Hufen über das Kopfsteinpflaster scharrte, dass die Funken nur so stoben.

Emerald saß still auf Levi, der voller Stolz und Vorfreude den glänzenden schwarzen Hals reckte. Er war, damals vierjährig, ein Geschenk ihres Vaters zu ihrem zehnten Geburtstag gewesen, und ihr Umgang miteinander war unendlich vertraut. In der Erwartung, dass er eine Höhe von siebzehn Handbreit erreichen würde, hatte man ihm den Namen Leviathan gegeben. Diese Erwartung hatte er nicht erfüllt und war eher kleinwüchsig geblieben, dafür aber war er vom Charakter her exzessiv anhänglich. Er besaß die Loyalität der Schwachen.

Klappernd verließen sie den Hof und versuchten, die Pferde, die den machtvollen Frühling witterten und mochten, einigermaßen ruhig zu halten.

Emerald war nie im Damensattel geritten, sondern hatte immer schon, was viel bequemer war, den Herrensitz vorgezogen, und zwar lange bevor er sich bei modernen jungen Frauen durchsetzte. Charlotte, die in, unter und zwischen vielen Beschäftigungen und Welten aufgewachsen war, eine davon die Welt der Pferde, war seit jeher der unkonventionellen Überzeugung, der Damensattel sei eine lächerliche Vorrichtung, mit der weder Dame noch Pferd gedient war. Wegen ihrer vermeintlich obszönen Art des Reitens mit gespreizten Beinen wurde Emerald nicht zur Jagd eingeladen, aber falls ihre vielleicht unüblichen Reitvorlieben ein Grund dafür waren, dass die Torringtons nicht Teil der besseren Gesellschaft der Umgebung geworden waren, so zweifellos nicht der einzige.

Zum Reiten bevorzugte Emerald weiche Männerstiefel mit braunem Umschlag und einen soliden, voluminösen Rock, der (von Florence Trieves) zu einer gigantischen Hose umgeschneidert worden war. Oben herum trug sie dazu irgendeine von mehreren unbeschreiblich kleidsamen Jacken, grün, mitternachtsblau, ginsterbraun oder taubengrau, mit eng anliegenden Taillen, Samtkragen und Falten hinten, die von einem Knopf aus aufsprangen und in geraffte, den Rumpf verbergende Schöße übergingen. Diese Jacken waren nur vermeintlich eine Extravaganz, die sie ohne jedes schlechte Gewissen genoss, da es sich um die verschmähten Hälften konventioneller Reitkostüme handelte, die irgendwie ihrer Gefährten verlustig gegangen waren (wahrscheinlich weil sie einer Kundin mit ungewöhnlichen Proportionen nicht gepasst hatten) und spottbillig über die Kleinanzeigen in den Lokalzeitungen ergattert werden konnten, wo Emerald sie zwischen verschwommen formulierten Angeboten für Korsetts, Zahnprotesen und Wäscheseife aufspürte. Außerdem liebte sie es, dazu eine Melone aufzusetzen, die sie allerdings nicht immer finden konnte.

Charlotte erhob sich nach ihrer dankbaren und leidenschaftlichen Verabschiedung von Edward erst wieder vom Bett, als sie die Pferde davonreiten hörte, und ging zum Frisiertisch, um sich die Haare zu richten.

Den Mund voller Haarnadeln, musterte sie ihr Spiegelbild, ähnlich wie ein Kutscher vielleicht abschätzt, wie viel Leben noch in seiner alten Schindmähre steckt: Wie viele Tonnen würden ihre Beine noch tragen, wie viele Meilen das Herz noch durchhalten? Mit ihren achtundvierzig Jahren fing ihr kompliziertes Wesen allmählich an, sich in ihren Zügen zu zeigen.

Charlotte hatte immer jenes faszinierende Etwas besessen – man mochte es Charme nennen oder die Fähigkeit, dem Zuschauer ein Spiegelbild seiner selbst vorzuhalten. Was immer es war, es hatte ihr nicht nur gute Dienste geleistet. Das Beste, was ihr je passiert war, war, mit siebenundzwanzig Horace Torrington zu begegnen und sich in ihn zu verlieben. Nachdem sie durch ihn Beständigkeit gelernt hatte und die Freude, sich an einem anderen Menschen zu begeistern, fand sie beides mit Leichtigkeit wieder, als sie Edward Swift traf.

Sie frisierte sich fertig und dachte über den Vormittag nach: die Szenen beim Frühstück – Clovis' Unhöflichkeit, Edwards unerschütterliche Freundlichkeit. Dabei fiel ihr auf, dass sie ihrem jüngsten Kind an diesem Tag noch gar nicht begegnet war, und stirnrunzelnd erkannte sie, dass sie Smudge auch am gestrigen Tag, an dem sie bekannt gegeben hatte, sie fühle sich nicht wohl, kaum zu Gesicht bekommen hatte. Mit einem Kopfschütteln, so als sei eine Fliege an ihr vorbeigeflogen, verließ sie das Zimmer. Charlotte besaß viele gute Eigenschaften, war jedoch rücksichtlos eigensüchtig, und sie wäre die Erste gewesen, die das freimütig eingestand.

Die Spülküche war frisch geschrubbt; Becken und Abtropfgestelle warten auf den Abwasch, der da kommen würde.

Eine in Musselin eingewickelte Lammkeule lag auf einer Marmorplatte. Gläser mit Senf, backsteingroße Butterstücke, eine Tüte mit Rosinen, Bündel von intensiv rosafarbenem, unten mit Erde verkrustetem Treibhausrhabarber, mit Schnur zusammengebunden, lagen, standen und lehnten neben einem panierten Schinken, dicken, gläsernen Milchflaschen, feucht glänzenden Würstchen … Ein großes, marmoriertes Heft, wie man es vielleicht als Rechnungsbuch für kleinere Ausgaben verwendet, lag vor Florence Trieves auf dem Tisch. Handbeschriebene lose Seiten quollen wie Bannsprüche daraus hervor und brachten das Gummiband, das alles zusammenhielt, fast zum Platzen.

Nachdem Florence alle nur erdenklichen Zutaten aus Speisekammer, Schränken und altem Haus zusammengesucht hatte, stand sie, umgeben von überquellenden Arbeitsflächen, in der Küche, band sich eine Schürze über das schwarze Kleid und verschaffte sich mit einem entschlossenen Ausdruck auf dem Gesicht einen Überblick über den potenziellen Missklang möglicher Gerichte, als wollte sie deren Zutaten zur Unterwerfung zwingen, bevor sie begann, sie harmonisch aufeinanderabzustimmen.

Charlotte, in der Küche angelangt, blieb beim Anblick dieser Überfülle, die ihr schier entgegenquoll, wie angewurzelt stehen.

»Ich bin sicher, es war unbedingt nötig, *sämtliche* Schränke komplett leer zu räumen, Mrs Trieves?«, sagte sie säuerlich zu Florence.

»Auf die Art weiß ich wenigstens, wo ich stehe«, antwortete Florence gleichermaßen bissig.

Eine Fünfpfundtüte Zucker, ein gutes Stück heruntergerollt, stand auf der Kante der Anrichte, eine hölzerne Schaufel steckte einladend in der kristallinen Landschaft. Charlotte konnte nicht widerstehen, die Schaufel noch ein wenig tiefer in den Zucker zu stoßen, nur um zu fühlen, wie die kleinen Körnchen trocken nachgaben.

»Ist alles bis zum Montag durchgeplant?«

»Ja, sicher. Von Emerald und mir.«

»Ich beneide Sie darum, das Essen kochen zu können – statt mit den Gästen reden zu müssen.«

»Ein Telegramm ist gekommen.«

»Ach ja?«

Florence Trieves zog das geöffnete Telegramm aus ihrer Schürzentasche und reichte es Charlotte.

»Gibt es in diesem Haus denn *überhaupt* keine Privatsphäre mehr?«, murmelte Charlotte vage.

»Das wissen Sie doch.«

Charlotte überflog das Telegramm, während Florence jeden der fünf Knöpfe an ihren schwarzen Manschetten aufknöpfte und die Ärmel bis zu den knochigen Ellbogen hochkrempelte. »Myrtle wird gleich da sein, sobald sie mit den Schlafzimmern fertig ist«, sagte sie. »Und natürlich musste sich Pearl Meadows ausgerechnet den heutigen Tag aussuchen, um krank zu werden …«

Pearl Meadows war das Hausmädchen, das nur stundenweise aushalf und just an diesem Morgen mit der Begründung, sich nicht wohlzufühlen, einen hastigen und hochgradig ungelegenen Rückzug aus Sterne angetreten hatte.

»Oh verflixt! So eine Hinterlist!«, rief Charlotte, und Florence hob fragend den Kopf. »Camilla Sutton hat angeblich die Grippe – ich wäre sehr überrascht, wenn das auch nur annähernd der Wahrheit entspräche, der alten Schabracke ist alles zuzutrauen – und schickt Patience stattdessen mit ihrem Bruder Ernest, der der größte Langweiler aller Zeiten ist.«

»Camilla Sutton? Sollte ich sie kennen?«

Gereizt antwortete Charlotte: »Natürlich sollten Sie sie kennen, wie Sie sehr gut wissen. Die Suttons waren sehr oft hier, als Horace noch – noch am Leben war.«

»Aha.«

»*Grünauge,* Florence – und ich *mag* sie. Aber vielleicht mag sie mich nicht mehr.«

»Wie auch immer. Jedenfalls kann Edmund sich mit Emerald und Clovis unterhalten, und Sie wären frei ...«

»Er heißt *Ernest,* nicht Edmund. Und Emerald und Clovis werden sich gewiss nicht mit ihm unterhalten *wollen.* Patience ist ja schon wie ein langer Marsch über ein matschiges Stoppelfeld, aber Ernest ist das absolute Grauen.«

»Ich glaube, ich erinnere mich vage.«

»Als Kind war er ein wieseliger kleiner Streberling – hat ständig irgendwas mit Netzen gefangen und es angestarrt. Und Emerald dazu ermutigt, sich mit unangemessenen Dingen zu beschäftigen. Jetzt hat *sie* anscheinend irgendwas in Cambridge belegt, und er studiert Medizin. Was auch sonst.«

»Verstehe, ein *Wissenschaftler.«* Dies in einem Tonfall düsterer Verdammnis.

»Und er hat rote Haare.«

»Himmel, ja! Und schielt.«

»Genau das ist er – er trägt eine *Brille.«*

»Dafür kann er schließlich nichts.«

»Mag sein, Florence. Aber obwohl es vielleicht viele Menschen gibt, die eine Brille brauchen, ist es nur ein ganz bestimmter Typ, der auch tatsächlich eine trägt. Mir ist ein leidenschaftlicher, hilflos blinzelnder Mann allemal lieber als einer, der seine Sicht durch eine kleine Drahtbrille korrigiert und sich unter Kontrolle hat.«

»Sein korrigierter Blick wird sich aller Wahrscheinlichkeit nach eher auf Emerald richten als auf Sie«, sagte Florence mit einem spöttischen Lächeln.

»Oder Sie!«, gab Charlotte zurück, ließ das dornige Thema fallen und fragte: »Gibt es eigentlich eine Geburtstagstorte?«

»Gibt es. Schokolade. Mit grünen Rosen.«

»Mit *grünen* Rosen?«

»Wegen Emerald. Emerald bedeutet schließlich Smaragd.«

»Aber Rosen sind nicht grün, meine Liebe.«

»Emeralds Zuckerrosen sind es. Gestern Abend eingefärbt und perfekt geformt.«

»Von Myrtle?«

»Von mir. Bei Kerzenlicht.«

»Sicher sehen sie überaus merkwürdig aus, und Ernest und Patience Sutton werden mit dem Eindruck nach Berkshire zurückkehren, dass wir nicht gesellschaftsfähig sind.«

»Sind wir doch auch nicht«, erwiderte Florence.

Unvermittelt brach Charlotte in ein fröhliches Lachen aus und wirkte in diesem Augenblick wie eine ausgelassene Titania.

»Mein Gott«, schmetterte sie mit plötzlich durchdringender Stimme. »Genau das sind wir, Florence! Nicht gesellschaftsfähig.« Und Florence, die sich vorbeugen musste, weil ihr Korsett nichts anderes zuließ, lachte mit ihr, ächzend wie eine Konzertina, die eine Weile nicht benutzt wurde und sich erst warmspielen muss.

»Gesellschaftsunfähig, wie ich bin, werde ich Sie Ihren Kochkünsten überlassen«, sagte Charlotte, verließ den Raum und warf über die Schulter zurück: »Was gibt es zum Mittagessen?«

Florence wischte sich eine Träne aus dem Augenwinkel. »Es wird heute früher stattfinden müssen, wegen des ganzen

Affenspektakels mit der Vorbereitung, und es gibt nur die aufgewärmte Pastete von gestern Abend.«

»Wunderbar«, trällerte Charlotte und schwebte davon.

Smudge beugte sich aus ihrem Fenster. Die Luft war unwirtlich, das Wetter umgeschlagen, und der Himmel sah in allen Richtungen drohend und düster aus.

»Wo sind Clovis und Emerald?«, hauchte sie. Smudge war zwar gerne allein, aber hin und wieder kam ihr das Gewebe ihrer Umgebung unberechenbar vor, und sie sehnte sich anstelle der Geister ihrer Vorstellung nach Gesellschaft aus Fleisch und Blut. Wie zur Antwort wurden die Bäume von einem unbehaglichen Schütteln durchlaufen, und ein Windstoß trug die fast unhörbaren Hufschläge der zurückkehrenden Pferde an ihr Ohr.

Die Pferde tauchten aus dem Tunnel der Eiben auf, als träten sie aus dem Dunkel der Kulissen auf eine nur schwach beleuchtete Bühne. Clovis hob die Hand und riss einen schwärzlichen Zweig von dem zerzausten Baum, der über ihm aufragte.

»Ah! Wieder zu Hause«, seufzte er, gefolgt von einem »Oh!«, denn ein riesiges, glänzendes Auto, blitzend vor Chrom und schimmerndem blauem Lack, parkte majestätisch, glamourös, beunruhigend und betörend mitten auf der Auffahrt.

»Himmel!«, rief Emerald, als beide Pferde ängstlich scheuten. Levi machte einen Satz nach hinten und prallte gegen Ferryman, der Anstoß daran nahm, sich aufbäumte und den Kies aufspritzen ließ.

»Dummchen«, sagte Emerald zu Levi und beruhigte ihn mit einer kaum merklichen Bewegung, einem winzigen Anziehen der Zügel. »Es ist nur ein Auto, und davon hast du doch schon eine Menge gesehen.«

Levi verdrehte dramatisch die Augen und sah abfällig auf den Rolls-Royce herab, der zurückzustarren schien. Die schlanke silberne Dame ragte zwischen seinen gläsernen Augen hervor wie ein kleines, bösartiges Geweih.

»Es ist keineswegs *nur* ein Auto, Em«, sagte Clovis, der Ferryman ebenfalls beruhigt hatte. »Hat nicht *Farmer* John Buchanan genauso ein beeindruckendes Fahrzeug?«

»Clovis«, mahnte Emerald.

Nachdem die Pferde ihren Spaß gehabt hatten, ließen sie sich hinters Haus bringen, während zwischen Bruder und Schwester eine stumme Kommunikation stattzufinden schien.

»Hör auf!«, brach es schließlich aus Emerald hervor. Clovis' stumme Form der Kommunikation – vielsagende Blicke und hochgezogene Augenbrauen – hatte sich für sie als zu beredt erwiesen.

»Komm schon, Em. Farmer John Buchanan ist schließlich ein gut betuchter Mann.«

Sie ritten so dicht nebeneinander, dass sich ihre Knie gelegentlich berührten.

»Und?«

»Und meiner brüderlichen Aufmerksamkeit ist nicht entgangen, dass du – obwohl er sich Sterne Hektar für Hektar einverleibt – einen sehr hohen Platz in seiner Wertschätzung einnimmst.«

Sie schüttelte sich. »Ich bitte dich, Clovis! Hör auf, mich verkuppeln zu wollen. Eher würde ich ...« Es gelang ihr nicht, sich ein Schicksal vorzustellen, das schlimmer wäre als eine Ehe mit John Buchanan. »Eher würde ich meine Haare verkaufen. Also halt die Klappe, wie du selbst sagen würdest, du ungehobelter Jüngling. Genauso gut könnte ich dich auffordern, Patience Sutton zu heiraten!«, kam sie zum Schluss.

»Pax! Pax! Kein Grund, so zu reden. Wir werden es nie wieder erwähnen«, versprach Clovis. »Holla, Stanley!«, rief er dann, glitt mit langen Beinen von Ferryman herunter und führte ihn zu seiner Box. »›Ungehobelter Jüngling‹«, rief er über die Schulter zurück. »Sehr schön.«

Emerald stieg ab, schmiegte die Wange an Levis feuchten Hals und küsste ihn. »Komm mit«, sagte sie. »John Buchanan kann warten.« Und sie brachte das Pferd zu seiner Box.

Zehn Minuten später zog Emerald, die Wangen rosig, die Haare völlig zerzaust, wundervoll nach Pferd riechend, am Schirmständer ihre Stiefel aus. Sie überlegte, ob sie sich ein wenig frisch machen sollte, verwarf die Idee dann aber, um niemanden auf falsche Gedanken zu bringen. Sie war gern bereit, sich in ihrer exzentrischen Reitkleidung blicken zu lassen, wenn sie dadurch die Fallstricke der Romantik umgehen konnte.

Auf der Suche nach John Buchanan ging sie durchs Haus und fand ihn im Salon. Höflich auf der Kante einer niedrigen Polsterbank balancierend, saß er Charlotte gegenüber. Die Polsterbank war eigentlich nur für höfliches Balancieren auf der Kante geeignet, da sie völlig morsch und durchgesessen und nur noch das leere Versprechen einer Sitzgelegenheit war. Jeder, der sich auf der gepolsterten Mitte niederlassen wollte, fand sich unversehens auf dem Boden wieder. John hatte sich erst zu spät, als es kein Zurück mehr gab und er praktisch schon vor der Bank stand, daran erinnert, dass er zur Schadenfreude aller Anwesenden schon einmal Opfer dieser speziellen Torrington'schen Menschenfalle geworden war, und so balancierte er jetzt wacker auf dem Rahmen der Bank, die Augen auf Charlotte gerichtet.

Bei Emeralds Erscheinen drehte er den Kopf in ihre Richtung und war überwältigt von ihrer Vitalität und ihrer taufrischen, rosigen Haut, gleichzeitig aber auch bass erstaunt über ihre Clownshose. Er erhob sich.

»Mr Buchanan«, begrüßte sie ihn. »Mutter.«

»Ja …«, hauchte Charlotte mit matter Stimme. »John Buchanan ist hier.« Und sie erhob sich anmutig und verließ das Zimmer, wobei sie sich wie suchend mit vager Dringlichkeit umblickte. In der Tür blieb sie stehen und murmelte: »Ich muss nach den Hühnern sehen.«

John Buchanan und Emerald blieben allein zurück, eine Situation, die alles andere als ideal war. Emerald wippte unter dem schmutzverkrusteten Saum ihrer Reitbekleidung nervös mit dem bestrumpften Fuß auf und ab.

»Ich wusste gar nicht, dass Sie Hühner haben«, sagte John.

Es widerstrebte Emerald, einzugestehen, dass sie keineswegs welche hatten. Sie fühlte sich verpflichtet, ihrer Mutter, die sich angesichts des überfallartigen Besuchs John Buchanans in den Hafen erfundenen Geflügels geflüchtet hatte, nicht in den Rücken zu fallen.

»Möglich, dass Robert welche angeschafft hat. Und ich glaube, Devlin hat früher welche gehalten.«

John Buchanan sah sie ernst an.

»Wie ich sehe, sind Sie mit dem Auto da«, machte Emerald Konversation.

»Ja«, antwortete er und fügte hilfreich hinzu: »Ich bin damit hergekommen.«

In der Stille, die auf diese Enthüllung folgte, waren laufende, gestiefelte Schritte zu hören. Einen Augenblick später kam Clovis, augenscheinlich als eine – nicht sehr überzeugende – Anstandsdame abkommandiert, ins Zimmer gestürmt. In der Tür bremste er ab und hielt John mit einem barschen »John!« die Hand hin.

John erhob sich, um ihn ebenfalls zu begrüßen. »Clovis, wie geht's?«

»Sehr gut, danke der Nachfrage.«

Clovis sprach im ironischen Ton eines Jungen, der in einer Schulaufführung einen Langweiler spielt, und Emerald zuckte innerlich zusammen, als sie ihn hörte, da sie fürchtete, er sei in der beleidigenden Stimmung, die er sich üblicherweise für ihren Stiefvater aufsparte. Aber Clovis zügelte sich. »Ich spiele ein bisschen Schach«, verkündete er und ging in seinen matschigen Stiefeln zum Fenster, vor dem das Brett auf einem Rosenholztisch bereitstand. Er setzte sich und fing an, die Figuren aufzustellen.

»Ich hoffe nur, er streitet nicht wegen jedem Zug mit sich selbst!«, sagte Emerald und fügte verlegen hinzu: »Wollen wir uns nicht setzen?«

Sie setzten sich – dieses Mal vermied John die defekte Polsterbank und nahm neben Emerald auf dem Sofa Platz. Clovis beugte sich stirnrunzelnd über die Schachfiguren.

»Hat Mutter Ihnen …« Emerald warf einen Blick auf die Uhr aus Goldbronze, die auf dem Kaminsims stand und noch nie funktioniert hatte, »… irgendetwas angeboten?«

»Nein.«

Emerald wollte ihm gerade einen Tee anbieten, als John in seine Jacke griff und ein kleines, marineblaues Kästchen hervorzog, das mit einem schmalen weißen Satinband umwunden war.

»Herzlichen Glückwunsch zum Geburtstag, Miss Torrington.«

Hinter ihm sah Clovis mit wilden, erstaunten Augen von seinen Schachfiguren auf, was Emerald veranlasste, den Blick hastig auf ihre Hände zu senken.

»Oh«, sagte sie. »Ich bin nicht sicher, ob ich …«

»Bitte, nehmen Sie es«, sagte er.

Emerald nahm das Kästchen und platzierte es auf ihrer Handfläche. Sie war sich ziemlich sicher, dass sie ein Paar geschmacklose Ohrringe darin finden würde, und schämte sich zutiefst für diese herablassende Einstellung.

»Mr Buchanan«, begann sie und sah ihn wieder an. Er war ein extrem geometrischer Mann: absolut symmetrisch, ohne komplizierte Ecken oder Konturen, die den Betrachter verwirrten. Er hatte einen geraden Mund, eine kräftige Stirn, dunkle, ordentlich und gerade geschnittene und gekämmte Haare, breite Schultern … Er war in jeder Hinsicht *ebenförmig,* und von eher mächtiger Statur – das heißt, er war groß, und man konnte sich vorstellen, dass er ein beeindruckendes Bild abgeben würde, wenn er aus einer Badehütte käme, sollte er je etwas so Frivoles tun, wie in eine hineinzugehen, und obwohl die Torringtons ihn immer als *Farmer* John Buchanan bezeichneten, war John Buchanan ein Fabrikbesitzer, der unbeirrt dem Erfolg zustrebte. Sein Vater war der Farmer, und John, der bereits ein kleines Vermögen gemacht hatte, hatte die Pacht aus Dankbarkeit oder Sentimentalität für ihn gekauft, obwohl es mit der Landwirtschaft rapide abwärtsging.

Sein Vermögen, seine Großzügigkeit, seine Zuneigung zu Emerald – demonstriert durch diesen unerwarteten Besuch an ihrem Geburtstag wie auch durch die Unbeholfenheit seiner Unterhaltung – waren der Grund dafür, dass Charlotte ihre Tochter mit ihm allein gelassen hatte, um sich auf die Suche nach imaginären Hühnern zu begeben.

Emerald blickte in die kantigen, wohltuend anzusehenden Ebenen seines Gesichts.

»Haben Sie vielen Dank, Mr Buchanan«, sagte sie, »für dieses unerwartete und großzügige Geschenk …«

»Sie haben das Kästchen noch nicht aufgemacht, Miss Torrington«, unterbrach Buchanan sie ungezwungen. »Es könnte sich als ein sehr ärmliches Geschenk herausstellen.«

»Dennoch habe ich das Gefühl, gleich zu Beginn etwas klarstellen zu müssen. Wenn meine Annahme dieses Geschenks Sie zu der Vorstellung verleiten sollte, der Vorstellung, dass ich – dass ich – nun ja, dass ich …«

Sie hatte so entschlossen begonnen, nun jedoch merkte sie, dass das Ende ihrer kleinen Ansprache sich ihr entzog. Aber zu ihrer Überraschung reagierte John mit einem fröhlichen, unbeschwerten Lachen.

»Miss Torrington«, sagte er mit herzlicher und angemessen wohlwollender Stimme. »Wir haben als Kinder miteinander gespielt. Bevor Sie heranwuchsen und zu *Miss Torrington* wurden, waren Sie für mich Emerald, Emmy, die kleine Em … Und wenn ich Ihnen jetzt eine Kleinigkeit als Geschenk überreichen möchte, sollten Sie daraus keine Schlussfolgerungen ziehen, die mich in ein romantischeres Licht tauchen, als ich es verdiene.«

Emerald wäre am liebsten im Erdboden versunken. Ihr Gesicht, das nicht an Erröten gewöhnt war, fühlte sich glühend heiß an. Oh, ihr Stolz, ihre Arroganz.

»John«, brachte sie mit Mühe hervor.

Im Gegensatz zu ihr sah John Buchanan ganz und gar heiter und gelassen aus. »Ach, kommen Sie, Emerald, fangen wir doch nicht mit so etwas an. Meine Erfahrungen mit dem schöneren Geschlecht, die zugegeben durch die Schicklichkeit eher begrenzt waren, haben mir gezeigt, dass alle Damen zu der Vorstellung neigen, dass alle Herren eine extrem hohe Meinung von ihnen haben.« Emerald war sprachlos. »Obwohl ich Sie natürlich über die Maßen mag. Ich meine, ich halte *sehr* große Stücke auf Sie …« Er betonte das Wort, was galant von ihm war.

Hinter ihm vergrub Clovis das Gesicht in den Händen, und Emerald wünschte, sie säße auf der kaputten Polsterbank, könne sich hineinfallen lassen und unter dem Möbelstück verstecken, bis diese Demütigung vorbei war. Es blieb ihr nichts anderes übrig, als das Kästchen zu öffnen.

Es enthielt eine zarte, wunderschön gearbeitete Kamee an einem hauchfeinen Goldkettchen.

»Sie ist wunderschön«, sagte sie leise.

»Vielleicht könnte Ihr Bruder sie Ihnen umlegen?«, sagte John. »Denn ich möchte auf keinen Fall einen falschen Eindruck erwecken. Gute alte Em!« Und er lachte erneut, schlug sich auf den breiten Oberschenkel und erhob sich.

Auch Clovis erhob sich und wippte, die Hände in den Taschen vergraben, auf den Fußballen auf und ab, während Emerald hervorsprudelte: »Hätten Sie vielleicht Lust, heute Abend zum

Dinner zu uns zu kommen? Ich veranstalte eine kleine Gesellschaft. Eine sehr kleine Gesellschaft. Meine Freundin Patience Sutton und ihre Mutter …«

»Sie brauchen mich nicht mit der Gästeliste zu locken«, sagte John und umschloss ihre Hand herzlich mit seinen beiden Händen. »Wenn es zwischen uns irgendwelche Misshelligkeiten gegeben hätte, würde diese Einladung sie komplett aus der Welt schaffen. Ich nehme sie gerne an. Sehr gerne sogar. Und freue mich auf heute Abend. Und verabschiede mich hiermit. Nochmals vielen Dank.«

Er lächelte Clovis vertraulich an, hob die Hand grüßend an seinen nicht vorhandenen Hut und war verschwunden.

»Clovis, begleite ihn hinaus«, zischte Emerald giftig, und Clovis flitzte aus dem Zimmer.

»Nicht so schnell, alter Knabe. Ich begleite Sie zu Ihrem Wagen«, hörte sie ihn rufen und sank erneut auf das Sofa.

»Ich bin wirklich die dümmste Gans, die es je gab«, stöhnte sie, warf sich gegen die unnachgiebige vergoldete Lehne und schlug sich mit dem Handrücken gegen die Stirn. Die andere Hand tastete zitternd nach John Buchanans Geschenk und spielte gedankenverloren damit herum.

Sie hörte das tiefe gutturale Dröhnen des anspringenden Rolls-Royce-Motors. Ein paar Augenblicke später kam Clovis zurück.

»Ich kann ihn trotzdem nicht leiden«, sagte er. *»Gute alte Em!«* Und er brach in hysterisches Lachen aus.

Der von dunklen Regenwolken verhangene Himmel des Vormittags war von hohen, stürmischen Böen aufgerissen worden und lächelte nun enteneierblau und sonnig auf die Torringtons herab, die missmutig beim Lunch saßen.

Der Platz von Smudge war leer. Sie nahm ihre Mahlzeiten oft erst dann ein, wenn es ihr in den Kram passte, aber als Florence Trieves die Pastete auf den Tisch stellte, sagte Emerald: »Sollen wir vielleicht nachsehen, ob Smudge sich besser fühlt?« Und beschloss, direkt nach dem Lunch genau das zu tun.

Die von gestern übrig gebliebene Kaninchenpastete mit Schinken hätte in einer frischen Schüssel appetitlicher ausgesehen als in der verkrusteten, schmuddeligen vom Vorabend, aber Florence hatte es offenbar nicht für nötig befunden, sie auszuwechseln, und alle spürten, dass es besser war, nichts dazu zu sagen. Erfreulicher anzusehen war ein großer Topf mit weißen, neuen, reichlich mit Petersilie bestreuten Kartoffeln, also würden sie nicht hungrig bleiben müssen. Allerdings konnte sich Charlotte ein »Eine Servierschüssel wäre für die Kartoffeln netter gewesen, Mrs Trieves« nicht verkneifen.

»Mag sein«, antwortete Florence und ging, um den Senf zu holen. Sie selbst würde ihre Pastete in der Küche essen, im Stehen. Seit sie Witwe war, misstraute sie allen Freuden der Sinne und hielt sich nicht gern damit auf, da sie fürchtete, allzu sehr in Versuchung geführt zu werden.

Nachdem sich Emerald beim Frühstück zu elend gefühlt hatte, um viel zu sich nehmen zu können, war sie nun, nach ihrem Ausritt, geradezu ausgehungert und aß mit großem Appetit, bis ihre Mutter aufseufzte und sagte: »Und was ist nun mit John Buchanan?«

»Was meinst du damit – ›was ist nun mit John Buchanan‹?«, antwortete Emerald ausweichend.

»Weich mir nicht aus«, sagte Charlotte, die so etwas natürlich sofort merkte.

»Ich würde lieber nicht näher darauf eingehen, Mutter.«

»Näher darauf eingehen? Worauf? Ihr jungen Leute habt eine bemerkenswerte Weise, Dinge auszudrücken. Hat dein Zusammentreffen mit John Buchanan etwas ergeben, worauf wir näher eingehen müssten?«

»Ach, Mutter!« Emerald hörte auf zu essen. »Was möchtest du denn wissen?«

»In aller Kürze?«

»In allerkürzester Kürze.«

»Ob er dir einen Antrag gemacht hat.«

»Einen Antrag?« Dies von Clovis, der sich um ein Haar verschluckt hätte.

»Clovis, mein Lieber, kein Grund, sich unflätig zu benehmen.«

»Herrg...«

»Oder auszudrücken. Emerald?«

»Mach dich nicht lächerlich, Mutter. Er hat über das rein Nachbarschaftliche hinaus keinerlei Interesse an mir.«

»Ich sehe doch, wie er dich ansieht«, sagte Charlotte mit dem Scharfblick der Expertin. »Und Benzin ist teuer. Wenn ich dir also widersprechen dürfte ...«

»Ich hätte auch widersprochen«, kam es spöttisch von Clovis. »Bis die fragliche Person Emerald einen unmissverständlichen Stüber auf die metaphorische Nase versetzte, weil sie sich angemaßt hatte anzunehmen, sein Geschenk sei eine *Liebesgabe.«*

»Clovis!«, stöhnte Emerald.

»Ich bitte um eine Erklärung«, befahl ihre Mutter.

Emerald seufzte. »John hat mir ein Geschenk überreicht, worauf ich sagte, ich sei nicht – nun ja, er dürfe nicht annehmen – ach, du weißt schon. Woraufhin es *furchtbar peinlich* wurde, denn er bekundete klipp und klar, er sei *mitnichten* an einer Romanze interessiert. Ich stand da wie eine Vollidiotin, er sah aus wie der nette Bursche, der er zweifellos ist, und jetzt würde ich die ganze Angelegenheit lieber vergessen, wenn es euch nichts ausmacht.«

»Schön gesagt«, sagte Clovis. *»Gute alte Em.«*

Emerald versetzte ihm einen geharnischten Tritt, der allerdings keine größere Wirkung zeitigte, da sie keine Schuhe anhatte. Unbeeindruckt warf Clovis Lucy und Nell, die auf seinen Füßen lagen und ihm die Finger leckten, ein Stück Pastetenkruste zu, und von da an herrschte eine ausgedehnte Stille, in der sie weiteraßen und jeweils ihren eigenen Gedanken nachhingen.

Charlotte brach das Schweigen, indem sie ihren Stuhl abrupt zurückstieß und mit rauer Stimme sagte: »Ich soll also jeden Gedanken an eine Verbindung zwischen dir und John Buchanan aufgeben, ja?«

Emerald und Clovis sahen sie mit großen Augen an.

»Ich fürchte, das wirst du wohl müssen«, sagte Clovis, und Emerald fügte hinzu: »Ich wusste gar nicht, dass du dich mit derartigen Gedanken getragen hast.«

»Habe ich aber. Doch jetzt werde ich damit aufhören.« Und sie verließ das Zimmer, ohne ihr Besteck korrekt abgelegt zu haben.

Emerald, die allzeit liebende, allzeit pflichtgetreue Tochter, folgte ihr auf dem Fuß. Clovis, der gleichermaßen liebende, allerdings weniger pflichtgetreue Sohn, ließ sich den Rest der Pastete schmecken.

Am Fuß der Treppe blieb Charlotte stehen und sackte in sich zusammen. Emerald, die inzwischen bei ihr angelangt war, wusste nicht, was sie tun sollte.

»O Gott«, sagte Charlotte.

»Mutter, bitte …«

Charlotte sah sich gehetzt in der erhabenen Halle von Sterne um.

»Es ist ein großer Fehler, je zu glauben, dass man ein Zuhause hat«, sagte sie mit gebrochener Stimme und ließ sich auf die unterste Stufe der Treppe sinken.

Emerald fühlte sich absolut hilflos. »Vielleicht kommt dein Mann ja mit guten Nachrichten zurück.«

»Ich kann es dir genauso gut gleich sagen: Die Sache ist so gut wie aussichtslos.«

»Nein!«, rief Emerald entsetzt. Sooft sie wegen Sterne auch schon geweint hatte, konnte sie in ihrem kindlichen Herzen doch nicht wirklich glauben, dass sie vielleicht tatsächlich irgendwo anders würde leben müssen. Sie hatte sich sogar ihren Ehemann – wer immer er auch sein würde – in Sterne vorgestellt und nie darüber nachgedacht, dass er andere Pläne haben könnte. Sie setzte sich vor ihre Mutter auf den steinernen Boden und sah zu ihr hoch.

»Wir hoffen gegen jede Hoffnung«, fuhr Charlotte fort, »aber wer verleiht heute schon noch Geld gegen Ackerland? Dazu noch, wenn es viel zu abgelegen ist, als dass man es als Bauland nutzen könnte?«

»Ich weiß«, sagte Emerald. »Sterne ist zu weit von allem entfernt und für niemanden von Nutzen.«

»Alle ziehen vom Land weg. Die Cottages stehen leer. Trotzdem versucht Edward just in diesem Augenblick, sich Geld von einem Mann zu leihen, einem Industriellen, der seine Arbeiter geradezu schändlich behandelt. Es ist grauenhaft.« Damit fing Charlotte ernsthaft an zu weinen, mit stoßweisen, hohen Schluchzern, nicht den üblichen, liebreizenderen Äußerungen des Kummers, die sie ihrem Mann gegenüber an den Tag legte. *»Meine Schuld. Meine Schuld«,* schluchzte sie in ihre tränennassen Hände. »Ich habe euch mit dieser Vorstellung von Dauerhaftigkeit aufgezogen, ich hätte mich damit begnügen sollen, immer auf Wanderschaft zu sein und nie etwas Eigenes zu besitzen, keine Liebe und kein Zuhause.« Ihre Stimme klang jetzt fast hysterisch.

»Mutter, Mutter …«, rief Emerald und tätschelte sie beruhigend, während sie gleichzeitig nach einer Ablenkung suchte, irgendeinem Schimmer, der ihrer Mutter wieder Hoffnung geben würde.

»Und dann«, weinte Charlotte, *»dann* hatte ich, tief im Inneren meines Herzens, wie dumm, wie dumm, die Hoffnung, dass du und John Buchanan euch verlieben würdet. Er ist so *reich!«* Das Wort brach rau vor Bedürftigkeit aus ihr hervor. »So reich!«, wiederholte sie mit hoffnungslosem Sehnen. »Generationen und Generationen von uns hätten ausgesorgt gehabt. *Ausgesorgt!«*, rief sie noch einmal, denn der Ausdruck schien ihr zu gefallen, und schlug dabei mit der Faust, mit der sie ihr zusammengeknülltes Taschentuch umklammerte, in die Handfläche der anderen Hand. »Eine gute, sichere Zukunft hätte vor uns gelegen. Es wäre doch nur eine Ehe …«

Aber hier unterbrach Emerald sie.

»Nur eine Ehe?«, sagte sie ungläubig. »Du hast gut reden, Mutter, du hast *zweimal* aus Liebe geheiratet. John Buchanan mag zwar sein Auskommen mehr als reichlich verdienen, einfach indem er aussieht wie der aufrechte, redliche, rechtschaffene Bursche, der er zweifellos ist, und gut Freund mit jedem. Aber im nächsten Augenblick erweist er sich als absoluter Tölpel durch und durch. Soll das etwa die Grundlage für fünfzig Jahre Ehe sein? Für Kinder? Für ein Leben?«

Charlotte gab noch nicht auf: »›Absoluter Tölpel durch und durch‹ ist sicherlich ein wenig hart, selbst für dich, Emerald, mit deinen überhöhten Maßstäben. Schließlich hat der Mann es geschafft, einen guten Teil von Manchester aufzukaufen, seit er sich als Geschäftsmann etabliert hat. Und er ist nicht einmal dreißig.«

»Nun, Mutter, das Thema hat sich sowieso erledigt, da er keinerlei Interesse an mir hat. Das hat er mir heute unmissverständlich klargemacht.«

»Es wäre so *nett* gewesen.«

Emerald sah sie geringschätzig an, erbarmte sich aber sofort wieder; ihre Mutter machte ein Gesicht wie eine Frau, die zusehen muss, wie der allerletzte Zug nach Hause mit ihrem Gepäck an Bord um eine Kurve entschwindet: sehnsüchtig, zunehmend hoffnungslos, verloren.

»Es tut mir leid, Mutter«, sagte sie und meinte es auch. »Wirklich und ehrlich leid. Du hast ja recht. Ich sollte nicht so streng sein. *Wenn* John Buchanan an mir interessiert wäre, hätte ich vielleicht *gelernt,* seine guten Eigenschaften zu schätzen. Wie auch immer, ich habe ihn zum Abendessen eingeladen …«

»Wirklich?« Ein kleiner Schauder durchlief Charlottes Körper. Fast konnte man sehen, wie sie sich Zentimeter für Zentimeter straffte. Sie witterte Hoffnung.

Einen Moment zögerte sie, bevor sie mit ausgesuchter, wohldurchdachter Beiläufigkeit sagte: »Es war wirklich sehr großzügig von ihm, seinem Vater die Farm zu kaufen.«

»Ja, das war es.«

Sie wartete erneut, stand dann auf und bemerkte: »Wie ich höre, ist er in der Stadt sehr gefragt, aber nicht sehr an *Äußerlichkeiten* und den *Begleiterscheinungen* seines Erfolgs interessiert – Soireen und Bällen und Theaterlogen und dergleichen.«

Es war kein Geheimnis, dass Emerald den genannten hypothetischen Freuden abgeschworen hatte, um ernsthafteren – und realistischeren – Beschäftigungen nachzugehen: Lesen, Gärtnern und noch etwas, woran sie sich im Augenblick nicht erinnern konnte. Was alles sehr armselig klang, verglichen mit den Dingen, die John sich leisten konnte, wenn er wollte.

»Ach ja?«, sagte sie leise.

Charlotte, eine Expertin auf dem Gebiet der Manipulation, wusste genau, wann sie es gut sein lassen musste. »Wie auch immer!«, sagte sie energisch und klopfte mit einem letzten Schniefen ihren Rock ab. »Ich gehe jetzt wohl besser auf mein Zimmer und versuche, zu etwas Würde zurückzufinden.«

»Für mich fehlt es dir nie an Würde, Mutter«, sagte Emerald automatisch.

Sie hatte zwar nie verstanden, wieso ihre Mutter so großen Wert auf Würde legte, wusste aber, dass es so war, und machte ihr deshalb sooft es ging das Kompliment: »Sehr würdevoll, Mutter.«

»Du bist ein Schatz«, sagte Charlotte, tätschelte ihr den Kopf und lief leichtfüßig die Treppe hinauf.

»Ich werde jetzt nach Smudge sehen«, rief Emerald ihr nach.

»Ja, tu das«, lautete die kaum noch hörbare Antwort ihrer Mutter.

»Smudge?« Keine Antwort aus Smudges Schlafzimmer.

»Smudge?«, lockte Emerald noch einmal, bevor sie den Türknauf drehte. Niemand wusste wieso, aber auf Sterne war jeder Türknauf anders. Dieser hier war aus schlichtem Porzellan ohne jede Verzierung. Andere waren bemalt, wieder andere aus farbigem Glas oder aus Messing, und dazu gab es welche aus geschnitztem oder einfachem Holz. Die Torringtons machten die Viktorianer dafür verantwortlich.

Smudge schlief. Emerald setzte sich auf ihr Bett und ergriff ihre Hand, die oben auf der Decke lag. Als Smudge die Augen aufschlug, sagte Emerald: »Hallo, kleine Smudge. Soll ich dir etwas zu essen bringen?«

Smudge klang schlaftrunken. »Nein. Oder vielleicht doch?«

»Tust du nur so, als wärst du krank, oder ist diese Krankheit echt?«

»Echt, glaube ich.«

»Soll ich Dr. Tod rufen?«

Natürlich war das nicht sein richtiger Name. Sein richtiger Name klang nicht einmal annähernd wie »Tod«, sondern lautete Harris. Während der Krankheit ihres Vaters hatte der Spitzname einen zunehmend morbideren und schrecklicheren Klang angenommen, war ihnen aber zu sehr in Fleisch und Blut übergegangen, um ihn aufzugeben. Und in den letzten, von Verzweiflung erfüllten Tagen seines Lebens war er plötzlich wieder lustig geworden. Sie alle, einschließlich des entkräfteten Horace, hatten sich bei mehr als einer Gelegenheit kaum noch halten können vor Lachen, wenn der Name Dr. Tod fiel. Hatten gelacht, bis ihnen die Tränen kamen.

»Ich weiß nicht. Würde er kommen?«

»Natürlich. Was für Symptome hast du denn?«

»Symptome?« Die blasse Stirn des Kindes legte sich in Falten.

»Tut dir der Kopf weh? Hast du Schmerzen? Keinen Appetit?«

»Ich bin nicht sehr hungrig, aber das liegt, glaube ich, daran, dass ich eine ganze Dose Kekse gegessen habe, die ich unter dem Bett hatte.«

Emerald bückte sich, um nachzusehen. Tatsächlich stand unter dem Bett eine offene, innen golden schimmernde Keksdose, in der nur noch ein paar Krümel lagen.

»Du weißt doch, dass du keine Kekse mit nach oben nehmen sollst. Sie locken die Mäuse an.«

»Wir haben doch längst Mäuse. Da können wir sie genauso gut willkommen heißen.«

»Es hat einfach keinen Zweck, mit Kranken zu streiten.«

Smudge kicherte.

»Mutter möchte, dass du am Abendessen teilnimmst«, sagte Emerald, obwohl ihre Mutter nichts dergleichen gesagt hatte. Das Kind erholte sich sofort auf wundersame Weise.

»Wirklich? Mit den anderen Gästen? Famos.«

»Wo um alles in der Welt hast du dieses ›famos‹ her?«

»Von Clovis.«

»Du solltest es nicht benutzen.«

»Nur wenn ich muss.«

Emerald griff sich die Keksdose und stand auf. »Hattest du noch andere Besucher?«

»Was meinst du damit?«

»Clovis oder Mutter oder Mrs Trieves?«

»Nur die Tiere. Aber ich glaube, sie mögen keine kranken Menschen.« Plötzlich fing Smudge an zu weinen. »Sie sind wieder gegangen«, sagte sie.

Emerald beugte sich über sie und küsste sie.

»Dummchen«, sagte sie. »Ich hole dir etwas Suppe und Brot. Du bist ja schon ganz wirr im Kopf. Die Hunde lieben dich, und Lloyd liebt dich auch. Sieh nur. Da ist er ja schon.«

Der getigerte Kater kam gewichtig ins Zimmer stolziert, mit dem Gebaren, das Katzen so an sich haben, wenn sie einem mitteilen wollen: Ich weiß genau, dass ihr über mich redet, aber ich werde euch trotzdem nicht beachten.

Er gab sich sehr überrascht, als Emerald ihn hochhob und auf Smudges Bett setzte, wo er sich gnädigerweise festhalten ließ und zu schnurren anfing.

Nun, da Lloyd ihr Gesellschaft leistete, waren Smudges Tränen schnell versiegt, und Emerald ging nach unten, um etwas Suppe zu besorgen, falls es welche gab.

In der Küche herrschte heller Aufruhr. Es war ein Wunder, dass keine Spur davon ins Haupthaus übergeschwappt war. Florence Trieves und Myrtle schufteten wie die Berserker und waren zwischen Mehlwolken und Dampfschwaden kaum zu sehen, während sie zwischen Schränken und Tischen hin und her hasteten und, völlig aufgelöst und erhitzt, bei Emeralds Erscheinen nur kurz innehielten, um den Kopf zu heben und zu fragen: »Was ist?«

Eine Tonschüssel enthielt ein Dutzend aufgeschlagene Eier – leuchtende Dotter, umschmeichelt von glasigem Eiweiß. Zwei bleichsüchtige, frisch geschlachtete Hühnchen lagen zerteilt auf einem Brett. Der Rhabarber war geputzt, geschnitten und zu drei leuchtend rosa Bergen aufgeschichtet worden.

»Ich wollte nur wissen, ob vielleicht etwas Suppe da ist«, stieß Emerald nervös hervor, während das spitze Gesicht von Florence und das (in der Regel) freundliche runde von Myrtle sie in offener, empörter Verwunderung ansahen.

»Suppe?«, rief Florence Trieves in einem Ton, als hätte Emerald nach Kanincheneiern verlangt.

Von Myrtle kam nur ein Geräusch, das sich in etwa wie »Grmpf« anhörte.

Emerald dachte daran, wie sie selbst, Clovis und ihre Mutter Kaninchenpastete und Kartoffeln gegessen und sich dabei gestritten hatten. Nun war Charlotte in ihrem Zimmer, mit zwar verquollenen Augen, aber einem immerhin gut gefüllten Magen, und Clovis saß wahrscheinlich wieder vor dem Kamin und vertrieb sich die Zeit mit rührseligen Selbstbetrachtungen, während Smudge ganz allein oben lag, ohne dass sich jemand um sie kümmerte, hungrig und so weiß wie das Laken, mit dem sie zugedeckt war.

»Ja, nur ein bisschen Suppe oder etwas Ähnliches«, sagte sie. »Für Smudge. Etwas Brühe würde auch reichen.«

»Der Ochsenschwanz, Mrs Trieves. Wie wäre es mit der Brühe vom Ochsenschwanz?«, schlug Myrtle mit aller gebotenen Vorsicht vor (Florence Trieves hatte sie einmal geohrfeigt, und keine noch so große Freundlichkeit, die sie Myrtle gegenüber seitdem an den Tag legte, konnte die Erinnerung daran auslöschen).

Tatsächlich war am Vormittag ein Ochsenschwanz der Gelatine wegen ausgekocht worden, und ganz am Anfang des Prozesses hatten sie einen Teil der Brühe abgeschöpft. Emerald erhielt die Erlaubnis, etwas davon, angereichert mit ein wenig gekochtem Gemüse, das in den perligen Tiefen schwamm, zusammen mit einem Stück Weißbrot zu Smudge zu bringen.

In ihre Kissen gelehnt, nahm Smudge die Gabe huldvoll entgegen.

»Ich würde ja gern bleiben und noch ein bisschen mit dir plaudern, Smudgy, aber der Zug kommt um vier, Pearl Meadows hat Fahnenflucht begangen, und das Haus ist nicht annähernd fertig, um die Suttons zu empfangen. Ich muss unbedingt die Truppen sammeln.«

»Ist gut«, sagte Smudge lammfromm. »Aber erwarte nicht, dass ich die Karotten esse.« Und Emerald ließ sie aufs Neue allein.

Die beiden Stunden zwischen eins und drei vergingen in hektischer Aktivität. Alle Haushaltsmitglieder – Charlotte, Emerald, Clovis (der erst ausgeschimpft werden musste), Florence Trieves und Myrtle – hasteten von Zimmer zu Zimmer, klopften Kissen und Polster auf, rückten Tische und Teppiche zurecht, staubten Treppengeländer und alle nur erdenklichen gläsernen und silbernen Ornamente ab, die im Haus herumhingen und -standen. In einem Kissen wurde eine Mäusefamilie entdeckt – was für ein perfektes Zuhause für sie! Doch es gab nur sehr wenig Spinnen. Sterne war kein schmutziges oder ungepflegtes Haus, aber Staubwedel sind nun einmal besser dazu geeignet, Spinnen zu vertreiben, als kleine Nagetiere, und das Aufklopfen von Kissen und Polstern ist für völlig überlastete Dienstboten ein Luxus. Angesichts all der vielen Mäuse, die Lloyd fing, und der zahlreichen anderen, die er durch seine Pfoten schlüpfen ließ, bedauerte Florence oft, dass man die kleinen Biester nicht einfach aufspießen und rösten und sich an ihren knusprigen, korngemästeten Schenkeln gütlich tun konnte.

»Sie ernähren sich besser als wir«, sagte sie.

Aber in der Küche lag die riesige, fleischige Zunge des Ochsen in all ihrer Pracht auf einer großen geblümten Servierplatte. Sie war bereits gehäutet und zu einem großen Teil von Florences disziplinierender Hand in rasierklingendünne, fast durchsichtige Scheiben geschnitten worden, die sich wie Blütenblätter wellten – rot, salzig, zart, feucht. Auf einem Bett aus krauser Petersilie wartete die Zunge ungeduldig auf ihren abendlichen Auftritt im Speisezimmer.

Florence und Myrtle hatten lange und schwer geschuftet, mit fantastischen und fantasievollen Ergebnissen. Abgesehen von dem mit smaragdgrünen Rosen verzierten und mit glänzender Glasur überzogenen Geburtstagskuchen auf seiner hohen Kristallplatte gab es Schüsseln mit Sahne; es gab Gewürzgurken, diverse Gratins, Schweinefleisch, als Farce oder gehackt, gewürzt mit Muskatblüten, Kapern und Thymian. Speckrinden umhüllten eher magere Komponenten, Zitronen und Kerbel verliehen Fetträndern Würze.

Das Haus schimmerte stolz vor sich hin.

Porzellanschalen und Glasvasen waren gefüllt mit kleinen Blumenarrangements aus dem Garten: Hyazinthen, Maiglöckchen und Narzissen. Ihr wundervoller Duft, vermischt mit Möbelwachs und blauem Holzrauch, zog sich durch Zimmer, Flure und Treppen. Aus einem kühlen Korridor, erfüllt vom Geruch brennender Feuer, konnte man in ein Schlafzimmer treten und dort vom Duft feuchter Blüten begrüßt werden, den ein Topf wilder Veilchen verströmte, und vom Duft warmer, frisch gestärkter und messerscharf gebügelter Laken und Kopfkissenbezüge.

Sonnenstrahlen, die gelegentlich ihren Weg durch die Scheiben fanden, ließen die Farben der verblassten Teppiche aufleuchten, aber das Wetter war überaus wechselhaft. Ebenso häufig wurden die Zimmer in kühles Halbdunkel getaucht, nur erhellt von den lodernden Flammen in den Kaminen.

Wie auf ein Kommando hin hielten die Mitglieder des Haushalts alle auf einmal in ihren Aktivitäten inne, stellten fest, wie verschwitzt und schmutzig sie waren, und machten sich ebenso hastig, wie sie die Hausarbeit erledigt hatten, ans Umziehen, denn der Zug würde in weniger als einer Stunde eintreffen. Die Frauen halfen sich gegenseitig in ihre Unterkleider. Normalerweise wurden auf Sterne keine Korsetts getragen, wenn allerdings Gäste erwartet wurden, verlangte die Eitelkeit mehr noch als die Schicklichkeit, dass man sich in sie hineinzwängte.

»Ich bade zuerst!«, schrie Clovis und rannte, von Emerald verfolgt, die Treppe hinauf.

»Keine Schlangen im Korridor! Schließlich ist das hier keine Fremdenpension«, sagte Charlotte – die durchaus Erfahrungen mit dem ein oder anderen dieser Etablissements gemacht hatte.

»Wir können doch genauso gut unsere Waschständer benutzen. Und ja, Clovis, du kannst als Erster baden, sonst kommst du zu spät zum Zug.«

»Und natürlich wäre es undenkbar, die Geduld der unsäglichen Patience auf die Probe zu stellen«, sagte Clovis, schon dabei, seinen Kragen abzunehmen, und verschwand im Badezimmer.

»Du bist kein bisschen witzig, egal was du denkst«, sagte Emerald zu der geschlossenen Tür.

EIN SCHRECKLICHER UNFALL

Lady war ein nützliches Pony, das – mehr kleines, gedrungenes Pferdchen – mit Leichtigkeit in der Lage war, den Brougham zu ziehen, sofern die Fahrt nicht zu lang und die Fracht nicht zu schwer war. Das Auto war im Vergleich zum bewährten Team, bestehend aus Lady und dem geschlossenen Einspänner, unpraktisch klein und zudem unzuverlässig und deshalb in seiner Box gleich neben der von Ferryman zurückgelassen worden – die schwarzen Reifen im Stroh, mit dem der gepflasterte Boden bestreut war, der Kühler kalt.

Robert, der kurz vor dem Mittagessen von seiner ersten Fahrt zum Bahnhof mit Edward Swift zurückgekommen war, stand um Viertel nach drei abfahrbereit vor der Eingangstür, aber Clovis ließ sich natürlich wie üblich Zeit. Er litt wieder einmal an einer seiner niedergedrückten Stimmungen und kam, statt sich zu beeilen, so langsam aus dem Haus geschlichen, dass Robert erst einmal einen kleinen Riss in einem seiner ledernen Kutschhandschuhe begutachten musste, um ihn nicht anzuschreien.

Mit für den Fall plötzlicher Regengüsse geschlossenem Verdeck rollte die Kutsche zwischen den Eiben hindurch gemächlich vom Haus weg. Robert weigerte sich nämlich, in den Trab zu gehen, bevor die Straße erreicht war, weil er fürchtete, Lady könnte sich einen Muskel zerren, wenn sie sich nicht erst im Schritttempo aufwärmte.

Um Viertel vor vier fing Myrtle an, Emerald die Haare zu machen, die dichter, dunkler und länger waren als die ihrer Mutter, für gewöhnlich aber nur hastig hochgerafft und ungeduldig mit Nadeln festgesteckt wurden. Emerald wusste nie genau, ob sie wirklich alle Nadeln gefunden hatte, wenn sie ihre Haare abends löste. Sie waren so schwer, dass sie ihren Kopf im wahrsten Sinn des Wortes nach unten drückten und eine arge Belastung für ihren Hals darstellten, wenn sie müde war. Die Erleichterung, sie abends über ihren Rücken fallen zu lassen, ganze Hände voll davon zu fassen und Strähne für üppige Strähne auszubürsten, bevor sie sie zum Schlafen zu einem losen Zopf flocht, gehörte zu den Freuden ihres Lebens (auch wenn sie halb damit rechnete, dabei eines Tages auf ein Mäusenest zu stoßen).

Während Myrtle sich an ihren Haaren zu schaffen machte, puderte Emerald sich das Gesicht so langsam sie nur konnte, um der Langeweile entgegenzuwirken. Anders als ihre Mutter schminkte sie sich nie die Lippen, sondern stäubte nur etwas Puder über Gesicht und Dekolleté und trug gelegentlich, so wie jetzt, einen Hauch von Rouge auf ihre Wangen auf.

»Wenn du noch lange an meinen Haaren herumfummelst, Myrtle, werde ich mich, nur um etwas zu tun zu haben, derart angemalt haben, dass ich wie ein Clown aussehe, «, sagte sie.

»Fast fertig, Miss Em«, antwortete Myrtle, den Mund voller Haarnadeln, gab Emerald aber trotzdem erst nach weiteren zwanzig Minuten frei. Aber die Mühe hatte sich gelohnt, und sie konnte nicht leugnen, dass ihre Haare einfach wundervoll aussahen: seidig glänzend, kunstvoll ineinanderverschlungen und über einem kleinen Rahmen so hoch aufgetürmt, dass ihr cremeweißes Gesicht mit der weichen Wangenlinie im Vergleich dazu wie das eines kleinen Kätzchens wirkte.

»Myrtle, du vergeudest bei uns deine Zeit. Du könntest mit Haaren ein Vermögen verdienen.«

»Ja, Miss Em«, sagte Myrtle. »Sollen wir für die Party den Kamm hineinstecken?«

»Oder Federn …«, sagte Emerald und stand auf.

Sie besaß zwei Nachmittagskleider, die sie an ihrem Geburtstag tragen konnte, und stieg nun vorsichtig in eins davon hinein. Es war ein alter Freund. Sie hatte es schon zu ihren beiden letzten Geburtstagen getragen, und einmal zu Weihnachten, mit einem Samtschal darüber, damit es der Jahreszeit entsprach. So still sie konnte, stand sie am Fenster, während Myrtle die Knöpfe am Rücken zumachte. Im Allgemeinen bevorzugte Emerald Kleider, die sie allein an- und ausziehen konnte, aber wenn es sein musste, nahm sie Myrtles Hilfe in Anspruch.

»Es ist schon fast fünf. Wo bleiben sie nur?«

Myrtle war mit den Knöpfen fertig. »Wenn sonst nichts mehr ist, Miss Em?«

»Nein, natürlich nicht. Vielen Dank für deine Hilfe.«

Myrtle ließ sie allein, und sie blickte, an ihren Nägeln herumkauend, in Richtung Tor. Ihr Zimmer war ein Eckzimmer, sodass kaum etwas, was auf Sterne geschah, dem Blick aus seinen Fenstern entging, aber die Allee war zu dunkel, und sie konnte nur an den Schatten herumrätseln, die immer dichter wurden.

Von außen betrachtet, dachte Emerald, gab sie sicherlich ein romantisches Bild ab: die anmutige junge Frau am hohen Fenster ihres anmutigen alten Hauses, die nervös auf die Ankunft ihrer Gäste wartete, während eine hin und wieder zwischen den Wolken hervorlugende Nachmittagssonne die Scheiben aufblitzen ließ. Sähe man dieses Bild, würde man kaum annehmen, dass die junge Dame nur auf ihren mürrischen Bruder, eine Freundin aus Kindertagen, deren Mutter und John Buchanan wartete. So ausgedrückt, klang es kein bisschen aufregend.

Beim Gedanken an John Buchanan allerdings, der in romantischer Hinsicht so ganz und gar kein Interesse an ihr hegte und dessen gleichmütige Bewunderung in ihrer Schicklichkeit zum

Haareausraufen verwandtschaftlich gewesen war, ging sie zum Frisiertisch zurück, schraubte ein kleines Döschen auf – das ihre schamlose Mutter voller Hoffnung dort hingestellt hatte – und tupfte einen Hauch roter Farbe auf ihre Lippen. Ihr Gesicht wirkte auf der Stelle strahlender und lebendiger, nicht zuletzt wegen des kurzen, mutwilligen Aufblitzens ihrer Augen.

»So, du eingebildeter John Buchanan«, sagte sie, spitzte den Mund zu einem Lippenstiftkuss und streckte die Zunge heraus.

Plötzlich stand Smudge in der Tür.

»Mit wem redest du da?«

»Mit mir selbst. Ich muss es mir unbedingt abgewöhnen.« Sie drehte sich zu ihrer Schwester um.

»Du siehst wunderschön aus«, hauchte Smudge hingerissen. »Schade, dass du dich nur für Patience Sutton so schön gemacht hast.«

»Genau das habe ich auch gedacht, Smudge«, sagte Emerald, ohne John zu erwähnen.

»Schöner als eine Märchenprinzessin.«

»Und das ist das Problem mit hübschen Kleidern. Man kommt dadurch auf Ideen, die nur mit einer Enttäuschung enden können.«

»Das darfst du nicht sagen, Em«, rebellierte Smudge gegen diesen Zynismus. »Schließlich kannst du nicht *wissen,* was passieren wird.«

Just in diesem Augenblick, wie als Reaktion auf das, was sie gesagt hatten, so als hätten die zahllosen, nicht aufeinander abgestimmten Zahnräder des Zufalls plötzlich doch für einen kurzen Moment ineinandergegriffen, hörten sie den Brougham draußen vorfahren.

Ungewöhnlich war, dass Lady im sehr schnellen Trab über den Kies kam. Räder und Hufe klangen unrhythmisch und laut, und dann folgten das Knirschen laufender Schritte und ein lautes Rufen.

Smudge war als Erste am Fenster.

»Es ist Clovis! Was hat er bloß?«

Emerald raffte ihren Rock und lief gemeinsam mit Smudge zur Tür, wo die beiden in ihrer Hast zusammenprallten. Sie hielten sich jedoch nicht weiter damit auf, sondern rannten auf die Treppe zu.

Auf dem Absatz stießen sie auf ihre Mutter.

»Was ist passiert?«, fragte sie, und sie liefen zu dritt nach unten und erreichten die Halle in dem Moment, in dem die Haustür aufflog.

Außer Atem, das Gesicht totenblass, die Arme weit ausgebreitet, verkündete Clovis: »Es hat einen schrecklichen Unfall gegeben. Ein Zugunglück!«

Die beiden Frauen eilten auf ihn zu, während Smudge zitternd zurückblieb.

»Mein Gott, wo?«, rief Charlotte.

»Auf einer Nebenlinie!« Die Antwort war irgendwie seltsam. Auf einer Nebenlinie? Welcher? Und wo?

»Einer *Nebenlinie?«,* wiederholte Emerald.

Sie hörten Robert nach Stanley rufen und das gedämpfte, hektische Geräusch von Hufen und Reifen auf Kopfsteinen, das sich von der Rückseite des Hauses näherte.

»Ja«, antwortete Clovis. »Anscheinend ist ein Waggon komplett aus den Schienen gesprungen …«

»Was ist mit Patience?«, wollte Emerald erschrocken wissen.

»Nichts, nichts. Sie ist hier«, sagte Clovis und trat einen Schritt zur Seite.

Und hinter ihm, mit einem angespannten, ängstlichen Gesicht unter einem feschen Strohhut mit blumengeschmückter Krempe, stand die stets adrette Patience Sutton. Überwältigt von Erleichterung und Wiedersehensfreude, umarmte Emerald ihre Freundin.

»Patience! Ist mit dir wirklich alles in Ordnung?«

Patience sah ziemlich mitgenommen aus. »Emerald«, sagte sie. »Ja ... es war nicht unser Zug, der entgleist ist, zum Glück, aber – die armen Leute – es ist auf einer Nebenlinie passiert.« Wieder diese Nebenlinie.

»Wo denn genau?« In diesem Augenblick erblickte Emerald auf dem Kies hinter Patience eine hochgewachsene Gestalt, bei der es sich zweifelsfrei nicht um Camilla Sutton handelte. »Und wer um alles in der Welt ist *das?*«

Patience sah sie verwirrt an.

»Ernest natürlich!«

»Ernest? Aber wo ist deine Mutter?«

»Wir haben ein Telegramm geschickt.«

»Wirklich?«

Charlotte, die in ihrer Selbstvergessenheit nicht daran gedacht hatte, die Nachricht von Camilla Suttons Erkrankung weiterzugeben, warf ein: »Clovis, hat es Tote gegeben?«

»Ich weiß es nicht«, antwortete er. »Ich weiß nur, dass sie Leute hier bei uns, auf Sterne, unterbringen müssen. Wir sollen den Brougham und das Fuhrwerk schicken. Da ist Robert ja schon ...«

»Leute hier bei uns unterbringen?«, rief Charlotte. »Wieso denn das?«

In seiner Hast klang Clovis kurz angebunden. »Weil es ganz hier in der Nähe passiert ist und die Passagiere ...«

»Wir haben überhaupt nichts gehört«, wunderte sich Charlotte.

»Nein, Mutter, natürlich nicht. Aber es ist Meilen von jedem Bahnhof entfernt passiert.«

Emerald sah, dass der junge Mann, von dem Patience behauptete, er sei ihr Bruder Ernest, den Emerald als klein und schmächtig und so schreckhaft wie ein Häschen in Erinnerung hatte, seine Jacke ausgezogen hatte, um Stanley zu helfen, Ferryman rückwärts zwischen die Deichselstangen des Fuhrwerks zu manövrieren, damit Robert ihn anschirren konnte.

»Wer hat denn gesagt, wir sollen das Fuhrwerk schicken?«, fragte sie ihren Bruder.

»Und was soll das heißen, sie müssen Leute bei uns unterbringen?«, kam es indigniert von Charlotte.

»Wir haben auf der Straße einen Mann getroffen. Einen Schaffner.«

Er wurde von Patience unterbrochen, die mit klarer Stimme sagte: »Ich denke, es war ein Dienstmann.«

Clovis drehte sich zu ihr um. »Was?«

»Ich denke, es war ein *Dienstmann,* kein Schaffner«, wiederholte Patience geduldig.

»Es war ein Schaffner«, beharrte Clovis.

»Nein, definitiv ein Dienstmann. Schließlich fuhr er auf einem Fahrrad.«

Clovis warf ihr einen aufgebrachten Blick zu. »Du musst es ja wissen!«

Sie blieb ungerührt. »Doch, doch, es war ganz bestimmt ein Dienstmann, da bin ich mir sicher. Er trug eine Mütze wie ein Dienstmann.«

»Du irrst dich. Aber was immer seine Funktion, er war ziemlich aufgeregt und hat gesagt, es habe einen schrecklichen Unfall gegeben und wir müssten Hilfe schicken.«

»Also kamen wir her«, beendete Patience den Satz und lächelte zu Clovis auf, der sie nicht beachtete und fortfuhr: »Wir sollen Passagiere von Tibbets Cross hierherbringen und dann auf die Eisenbahngesellschaft warten.«

»War es George?«, erkundigte sich Charlotte mit gepresster Stimme.

»Nein, Mutter, es war *nicht* George. Ich kenne *George*. Es war ein anderer Mann, ein älterer Mann. Er sagte, es wäre das Beste …«

»Meinst du, älter als der Bursche, der uns am Bahnhof geholfen hat?«, fragte Patience und zupfte die Perlmuttknöpfe an ihrer Manschette einen nach dem anderen zurecht. »Das finde ich nämlich nicht. Falls *das* George war, würde ich eher sagen, dass dieser Mann bedeutend jünger war.«

Emerald wurde von dem Drama, das sich hinter den beiden abspielte, durch deren Wortwechsel abgelenkt. Ernest und die beiden Pferdeknechte hatten ihre liebe Mühe mit Pferd und Fahrzeug. Ernests Gesicht konnte sie nicht sehen, beobachtete aber, wie er eine Hand fest auf Ferrymans Hals legte, während die andere das Zaumzeug gepackt hielt, denn Ferryman, der als Reitpferd nicht daran gewöhnt war, angespannt zu werden, wehrte sich mit aller Macht dagegen und scharrte derart mit den Hufen, dass der Kies aufspritzte.

»Ich sage dir, er hatte graue Haare! Aber findest du wirklich, dass es so wichtig ist, wie alt der Bursche war?«, sagte Clovis zu Patience.

»Clovis«, mischte Emerald sich ein, ohne die Augen von der Szene hinter ihm zu lösen. »Hör auf zu streiten und kümmere dich lieber um das Pferd.«

Er gehorchte ihr dankbar. Im gleichen Augenblick betrat Florence Trieves die Halle, blieb hinter Smudge stehen und legte die Hände auf die knochigen Schultern des Kindes.

»Was ist passiert?«

»Es hat ein Zugunglück gegeben«, sagte Charlotte.

»Auf irgendeiner Nebenlinie«, fügte Emerald hinzu.

»Und wir sollen uns um die Passagiere kümmern«, sprach Charlotte aufgewühlt weiter. »Niemand scheint sich einigen zu können, was genau passiert ist. Aber anscheinend soll Sterne eine Zwischenstation für die Überlebenden sein, bis die Eisenbahngesellschaft zu einer Regelung gefunden hat.«

»Das hat uns gerade noch gefehlt«, stöhnte Florence Trieves. Ihre Hand zuckte hoch und befingerte angespannt die Uhr an ihrer Brust. Dann stieß sie ein »Mein Gott« aus, da sie erst jetzt die Männer bemerkte, die sich mit Ferryman abmühten, der immer größeren Anstoß daran nahm, zum Rückwärtsgehen gezwungen zu werden, und ein für ein so großes Pferd sehr hohes und schrilles Wiehern von sich gab.

Die Frauen – auch Smudge, die sich aufgeregt und entsetzt zugleich an Florences Rock klammerte – traten auf die Veranda hinaus, um besser sehen zu können.

»Ho!«, rief Robert, als das Pferd unvermittelt einen Satz nach vorn machte.

Clovis bekam einen Stoß von Ferrymans mächtigem Kopf ab, wurde nach hinten geschleudert und trat dabei auf Ernests Jacke, die auf dem Boden lag. Er bückte sich, hob sie auf, schüttelte sie aus und warf sie als eine Art Scheuklappe über den Kopf des Pferdes.

»Das ist Ernests Jacke«, quietschte Patience, aber das Pferd, das jetzt nichts mehr sehen konnte und orientierungslos war, stand einen Moment später endlich in der Deichsel.

Ernest und Robert machten sich daran, die Riemen festzuzurren. Dabei fiel Emerald auf, dass Ernest, von dem sie immer noch nur den Rücken sehen konnte, sehr kräftige und gerade Schultern hatte und einen halben Kopf größer war als Robert.

»Hör zu, Emerald«, sagte Clovis. »Stanley und ich nehmen das Fuhrwerk und Robert den Brougham. Ihr anderen bleibt hier.«

»Wieso kann ich nicht auch mitkommen?«, wollte Emerald indigniert wissen.

»Falls es Ihnen nichts ausmacht, Miss Em«, wandte Robert sich an sie, »wäre es besser, wenn keiner von Ihnen mitfährt. Wenn Sie hierbleiben, haben wir mehr Platz für die Passagiere. Und jetzt sollten wir uns wirklich auf den Weg machen, wie der Dienstmann gesagt hat.«

Emerald gab ein Geräusch von sich, das einem »Hmpf« sehr nahekam, aber Charlotte, die Herrin des Hauses, entschied die Angelegenheit.

»Völlig richtig, Robert. Sie und Stanley kommen sicher allein zurecht. Emerald und Clovis, ihr bleibt beide hier. Und jetzt fahren Sie schon!«

Clovis stieß einen abgrundtiefen Seufzer aus und kehrte allen den Rücken zu.

»Dann los«, sagte Robert mit entschlossener Stimme, tippte an seine Mütze, sprang auf das Fuhrwerk, dirigierte Ferryman in einem säuberlichen Halbkreis in Richtung der Eiben und ließ die Zügel auf den widerspenstigen Rücken des Pferds klatschen.

Bald waren das Fuhrwerk und die Kutsche in Erfüllung ihrer Mission in einem nie da gewesenen schnellen Trab verschwunden. Die Zurückbleibenden standen auf der Veranda und sahen ihnen nach. Die Allee dämpfte das Geräusch der Räder, das Klappern der Hufe wurde leiser.

Sie waren weg.

Die kleine Gruppe wandte sich dem Haus zu.

»Mein Gott«, sagte Patience, wieder die Munterkeit in Person, die Wangen rosig. »Was für eine unkonventionelle Ankunft. Was für eine Aufregung. Hallo, Mrs Swift.«

»Hallo, Patience«, antwortete Charlotte ohne großen Enthusiasmus und mit einem sehr flüchtigen Blick auf Patience, während sie grazil ihre Röcke raffte, um in die Halle zurückzugehen.

»Und das ist Ernest«, verkündete Patience.

»Hallo«, sagte der junge Mann, der sich soeben hemdsärmelig und leicht außer Atem zu ihnen gesellte.

»Ja, richtig …« Charlotte blinzelte kurz in seine Richtung und machte große Augen. Kokett, wie sie ungeachtet ihres nahenden fünfzigsten Geburtstags immer noch war, plusterte sie augenblicklich ihr Gefieder auf. »*Mr* Sutton, muss ich inzwischen wohl sagen«, gurrte sie. »Oder sogar *Doktor* Sutton?«

»Noch nicht, fürchte ich.«

»Wurdest du am Ort des grässlichen Geschehens nicht gebraucht?«

»Anscheinend nicht. Ich habe meine Hilfe natürlich angeboten.«

»Natürlich.«

Ernest schien nicht zu wissen, wie er diese Bemerkung aufnehmen sollte, und schwieg.

Inzwischen waren alle wohlbehalten im Haus angelangt. Emerald schloss die Tür.

»Sie werden frühestens in einer Stunde mit den Überlebenden zurück sein«, sagte sie in dem Versuch, ihre Gedanken zu sammeln.

»Wie viele Überlebende sie wohl antreffen werden? Und in welcher Verfassung sie wohl sind?«, warf Patience voller Enthusiasmus ein.

»Hat dieser Eisenbahnangestellte mehr gesagt als nur ›Überlebende‹?«

»Nichts Hilfreiches«, sagte Clovis. »Alles war ziemlich – hektisch.«

»Ja, nicht wahr?«, stimmte Patience ihm zu und unterbrach sich dann abrupt. »Ist das etwa die kleine Imogen?«, rief sie herzlich, als sie das Kind zum ersten Mal bemerkte. »Als ich dich das letzte Mal gesehen habe, warst du gerade mal sieben! Und ich weiß noch sehr gut, wie du nur ein Winzling in der Wiege warst.«

Ihre Stimme fächelte über Smudge hinweg wie die leise schwingenden Perlenfransen eines Kronleuchters. Smudge lächelte zu ihr auf.

»Dein Kleid gefällt mir«, sagte sie hingerissen.

Das Kleid war aus primelfarbenem Musselin und hatte eng anliegende Spitzenmanschetten, die die Hände halb bedeckten.

Für die neueste orientalische Mode hatte Patience sichtlich nichts übrig.

»Vielen Dank. Dein Nachthemd gefällt mir auch.«

Erst in diesem Augenblick bemerkten die Mitglieder der Familie das schmuddelige Nachthemd, das Smudge anhatte, und ihre nackten Füße.

»Himmel, Smudge«, rief Charlotte, deren Hals sich mit roten Verlegenheitsflecken überzog. »So kannst du doch nicht herumlaufen!«

»Es ist wegen des schrecklichen Unfalls. Da musste ich doch nach unten kommen.«

»Das stimmt, Mutter. Sei nicht böse mit ihr«, versuchte Emerald zu beschwichtigen, da sie sah, wie Zorn auf ihr jüngstes Kind in Charlotte aufwallte.

»Imogen! Sofort nach oben!«

Patience und Ernest stellten sich taub, während die zerknirschte Smudge den Kopf einzog. Ein unbehagliches Schweigen breitete sich aus.

All ihre Vorbereitungen waren vergeblich gewesen. Emeralds Geburtstagsfeierlichkeiten hatten in absoluter Unordnung und Verwirrung begonnen. Verzweifelt suchte sie nach etwas Angemessenem, was sie sagen konnte, nach irgendetwas, das ihrer Mutter und ihren Freunden versichern würde, dass die Gebote der Gastlichkeit bald wieder Anwendung finden würden. Gerade wollte sie die Bibliothek und Tee vorschlagen, als sie innehielt, mitten in der Bewegung erstarrt wie bei »Die Reise nach Jerusalem«.

Sie gehorchte einer Eingebung, einem vielleicht aus früheren Zeiten übrig gebliebenen Instinkt; dem Instinkt, der eine Maus auf ihren kurzsichtigen Wegen innehalten lässt, wenn eine Katze sie vom Stuhl aus beobachtet; der einen vor dem Kamin liegenden Hund plötzlich zittern und winseln lässt, obwohl niemand in der Nähe zu sehen ist.

Und während sie noch zögerte, traf sie völlig unerwartet ein heftiger Windstoß von hinten, drang durch ihr Kleid, blies alle Gedanken an die Konventionen aus ihrem Kopf. Die schwere Haustür war geschlossen, aber die Kälte traf Emeralds Rücken, hatte ihren Weg durch Pfosten und Scharniere gefunden – durch das solide Holz selbst, so schien es, so wie eine unsichtbare kalte Strömung einen manchmal unvermittelt erfasst, wenn man aus dem Meer steigt, und einem den Atem verschlägt.

Innehaltend betrachtete sie die Gesichter ihrer Freunde und ihrer Familie, die aber anscheinend nichts bemerkt hatten, sondern herumstanden und darauf warteten, dass sie ihnen die Stärkung oder Erfrischung anbot, die zu erwarten sie jedes Recht hatten. Aber der Windstoß hatte bewirkt, dass die Luft überall um sie herum laut flüsterte und wisperte, und sie konnte nicht anders, sie musste dem nachgehen.

»Was ist?«, fragte Clovis, als Emerald den Kopf drehte und über die Schulter nach hinten sah.

Sie ging zur Tür, öffnete sie und blickte hinaus in die stürmische Luft. Zitternd, den Blick nach rechts gewandt, die Auffahrt hinunter, gab sie sich alle Mühe, das Bild, das sich ihren Augen bot, zu erkennen.

Plötzlich stand Clovis neben ihr. Er folgte ihrem Blick und stieß einen leisen Pfiff aus. »Meiner Treu«, sagte er. »Sie sind da.«

Alle kamen an die Tür geeilt. Smudge linste hinter Florences Rock hervor.

Es stimmte. Eine kleine Gruppe von Menschen trat langsam und dicht gedrängt aus dem Dunkel der Auffahrt auf die Kiesfläche. Es war schwierig auszumachen, wie viele es waren.

»Sie müssen Robert verfehlt haben … wie seltsam!«, rief Emerald. »Schnell, Mutter.«

Florence Trieves und Smudge blieben in der Tür stehen, während sich Emerald, Charlotte, Clovis, Patience und Ernest in Bewegung setzten, um die Überlebenden zu begrüßen.

Es war eine seltsame Begegnung: Die in frische Farben – festliches Pfauenblau, schimmerndes Grün, leuchtendes Kupfer – gekleideten Mitglieder des Haushalts trafen auf die gedämpften Töne der Reisebekleidung der unter Schock stehenden, apathischen Passagiere.

»Ist der Dienstmann bei ihnen?«, fragte Patience, den Hals reckend, da die anderen ihr die Sicht versperrten.

»Nein«, sagte Clovis, als sich Emerald, allen voran, dem ersten der Passagiere näherte.

»Haben Sie das Fuhrwerk und die Kutsche nicht gesehen?«, fragte sie sie. »Hat die Eisenbahn Sie allein losgeschickt? Sind Sie verletzt?«

Keiner von ihnen antwortete.

»Sie kommen doch von der Unfallstelle?«, fragte Clovis. »Man hat uns gesagt, wir sollen Sie erwarten.«

Sie hoben gleichzeitig die Köpfe, so wie eine Herde Kühe auf der Weide die Köpfe dreht, um einen im Vorbeigehen zu beobachten. Der Schock hatte sie in eine einheitliche Masse verwandelt, als hätte das Erlebnis, das hinter ihnen lag, sie in einer seltsamen, blutlosen Betäubung verschmolzen.

»Willkommen auf Sterne«, versuchte Emerald es noch einmal mit munterer Stimme. »Ich bin Emerald Torrington. Sie müssen Furchtbares durchgemacht haben.«

Clovis, der neben ihr stand, sah auf sie hinab. Sie begegnete kurz seinem Blick und wandte sich, bestärkt durch seine Nähe, erneut den Passagieren zu, die sich unruhig bewegten und sie benommen und wie geblendet anstarrten.

Jetzt, da sie direkt vor ihnen stand, sah sie, dass die Passagiere, anders als sie zuerst gedacht hatte, keineswegs alle ähnlich gekleidet waren, sondern nur durch ihre Mäntel, Schals, Hüte und die anderen monochromen Bestandteile ihrer Reisebekleidung zur Uniformität verschmolzen wurden. Bei genauerem Hinsehen nahm sie hier ein Stückchen Rot wahr, das zu einem

Kleid gehörte, dort das Efeugrün einer Männerweste, und auch andere Farben hoben sich allmählich hervor.

Dann ergriff eine von ihnen leise das Wort. Es war eine blasse junge Frau mit aschblondem Haar, das, straff nach hinten gekämmt, ein unscheinbares Gesicht umrahmte, dessen Haut ebenso fahl wirkte wie die Haare. Ein dicker, löchriger schwarzer Wollschal war fest um ihren Hals geschlungen, wie um ihren Kopf auf den Schultern festzuhalten.

»Man hat uns fürs Erste hierhergeschickt«, sagte sie. »Wir sind Ihnen so dankbar, dass Sie uns aufnehmen – Sie nehmen uns doch auf?«

Ihre Augen sahen Emerald bittend an, sodass Emerald ganz plötzlich verlegen wurde – einfach weil sie Emerald war, die in all ihrer Vitalität vor diesem bedauernswerten Wesen stand.

»Natürlich«, sagte sie und fügte lahm hinzu: »Sie Ärmste. Bitte, folgen Sie uns.« Und sie drehte sich entschlossen um, ergriff Clovis' warme Hand und führte die kleine Prozession zurück zum Haus.

Die geschwächten Passagiere trotteten hinter ihnen her, und die ganze Gruppe bewegte sich langsam auf Florence und Smudge zu, die in der Haustür standen.

Und so wurden die Überlebenden unter vielen Bekundungen des Willkommens und des Trostes ins Haus geleitet.

Clovis wurde auf Levi losgeschickt, um Robert und Stanley zurückzuholen, während sich die Damen des Hauses rund um den Arbeitstisch der Vorratskammer versammelten, die ihnen der geeignetste Ort für eine ungestörte Unterhaltung schien.

»Sicher wurden die Verletzten mit Krankenwagen weggebracht«, meinte Emerald.

Wässriges, rosiges Blut tropfte von der Arbeitsplatte zwischen den Frauen. Ringsum standen auf allen vier Seiten Regale voller Einmachgläser, Fleischkonserven, beschrifteter Dosen, abgedeckter Krüge und Terrinen, und dazu alle möglichen köstlich duftenden Lebensmittel.

»Es ist schon fast sechs. Hat irgendjemand gesagt, wann die Angestellten von der Eisenbahn kommen und uns diese Leute wieder abnehmen wollen?«, fragte Charlotte.

»Ich fürchte, nein.«

»Wird man sie zu einem anderen Zug bringen?«

»Ich weiß es nicht, Mutter. Frag Clovis, wenn er zurückkommt. Er war schließlich derjenige, der mit dem Dienstmann gesprochen hat.«

»Ich dachte, es war ein Schaffner?«

»Was immer er war, er hat sie alle hergeschickt«, sagte Emerald bestimmt. »Und es ist anzunehmen, dass er auch irgendeinen Plan hatte, wie sie wieder von hier wegkommen. Jedenfalls können wir sie nicht ewig im Frühstückszimmer lassen.«

Die Passagiere waren ins Frühstückszimmer geführt worden, und Myrtle hatte den Auftrag erhalten, dort ein Feuer für sie anzuzünden – eine beträchtliche Unannehmlichkeit, da das Frühstückszimmer das einzige war, in dem das Feuer noch nicht vorbereitet worden war: Schließlich war es erst Nachmittag.

(»Ausgerechnet ins Frühstückszimmer«, hatte sie gebrummt. »Wieso können wir sie nicht in die Scheune stecken, bis die Eisenbahn das Problem gelöst hat? Ich sehe wirklich nicht ein, wieso die Familie sich damit belasten soll, wo sie alle so durcheinander und konfus sind; es ist einfach nicht fair. Und noch dazu, wo ich ganz allein bin. Am Montag drehe ich dieser Pearl Meadows den Hals um.«)

Trotzdem hatte sie, unter den Augen der bedrückten Passagiere, die in ihren Mänteln im Halbkreis um sie herumstanden und sich flüsternd miteinander unterhielten, die Asche weggebracht und die Kohlen angeschleppt und das Anmachholz angezündet.

»Haben die etwa noch nie ein Hausmädchen gesehen? Ist eine Tapete ein Schock für sie?«, schimpfte Myrtle beim Arbeiten innerlich vor sich hin. Aber ihr Zorn legte sich, sobald sie das Zimmer verlassen hatte. Und während sie ihren üblichen, überaus dringenden normalen Arbeiten nachging, verschwanden die ungeladenen Gäste im Frühstückszimmer völlig aus ihrem Gedächtnis.

Die Suttons waren auf die andere Seite des Hauses komplimentiert worden – das heißt, sobald es gelungen war, Ernest davon abzubringen, jeden einzelnen der Passagiere auf Verletzungen zu untersuchen. Er, der bislang zu niemandem aus der Familie mehr als ein oder zwei Worte gesagt hatte, entpuppte sich als wahrer Quell der Beredsamkeit, als sich ihm die Gelegenheit einer medizinischen Vor-Ort-Studie bot. Allerdings hatte er sich, von Charlotte ins Schlepptau genommen, damit begnügen müssen, sich im Vorbeigehen zu erkundigen: »Fühlen Sie sich schwach? Haben Sie Schmerzen? Sir? Madam? Schwindelgefühle?«, bevor er seiner Schwester endlich in die Bibliothek folgte. An diesem Punkt angelangt, hatten Emerald und Charlotte sich entschuldigt und sich in die Vorratskammer geflüchtet, um mit Florence über Notwendigkeiten zu reden.

»Wenn wir zumindest einen *Anschein* von Normalität wahren können, bis die Leute von der Eisenbahn kommen«, jammerte Charlotte, an ihrem Taschentuch herumzerrend.

»Ich wäre nur froh, es wäre nicht ausgerechnet an Ihrem Geburtstag passiert«, sagte Florence zu Emerald.

»Unsinn.« Emerald griff nach einem kleinen Porzellankrug und schnupperte daran.

»Zitronencreme«, erklärte Florence voller Stolz.

Emerald hob das Tüchlein an, mit dem der Krug abgedeckt war, tunkte den kleinen Finger hinein und leckte ihn ab. »Ein Gedicht«, lobte sie.

Florence war sichtlich erfreut. »Es liegt an den Nelken. Nur die wenigsten Leute denken daran, Nelken an Zitronencreme zu tun.«

»Könnten wir vielleicht beim Thema bleiben, Mrs Trieves«, giftete Charlotte, deren gewöhnliche Vagheit völlig aus ihrem Verhalten verschwunden war. »Ich würde den nicht gerade revolutionären Vorschlag machen, *allen* Tee anzubieten, den Suttons, den Passagieren, einfach allen. Wir haben doch wohl genügend Tassen?« Dann fiel ihr wieder ein, wer sie war – die Hausherrin! »Aber das gehört nicht zu meinen Aufgaben. Ich überlasse das alles Ihnen, Mrs Trieves. Wenn wir mit der Eisenbahn gesprochen haben, werden wir eine klarere Vorstellung davon haben, wie sehr und vor allem für wie lange wir derart beeinträchtigt sein werden. Einverstanden?«

»Tee?«, sagte Florence mit müder Stimme, denn für sie war Tee die arbeitsintensivste und ineffektivste Form der Nahrungsaufnahme überhaupt. Man musste Wasser aufsetzen, die Kanne anwärmen, den Tee ziehen lassen. Porzellan, Milch, Zucker, alles musste hin und her geschleppt werden, und wofür? Für ein dünnes Getränk, das sich auf seinem Weg durch den Körper praktisch überhaupt nicht veränderte. Sie konnte sich daran erinnern, Tee einst geliebt zu haben, inzwischen aber bedeutete er ihr nicht mehr als Wasser. »Ja, wahrscheinlich«, sagte sie.

»Ja, einverstanden, Mutter.«

»Und wir müssen alle ein wachsames Auge auf die Wertsachen und den Zierrat haben. Ich möchte auf keinen Fall, dass wir mit diesem jämmerlichen Haufen gleich auch dem halben Silber Auf Wiedersehen sagen. Also gebt das bitte an die Gäste weiter. Außerdem müssen wir versuchen, ein Mindestmaß an Würde zu bewahren. Wenn doch nur Edward hier wäre!«

Zum ersten Mal, seit sie ihn kannte, hätte auch Emerald es fast geschätzt, wenn ihr Stiefvater anwesend gewesen wäre – zumindest in der Vorstellung.

Die drei Frauen verließen die Vorratskammer, um zu versuchen, den Anschein von Normalität zu wahren. Charlotte hüllte sich in ihre Stola, Emerald lupfte ihre alte Freundin, das rostrote Nachmittagskleid, vom fettigen Küchenboden, und Florence raschelte in ihrem düsteren Schwarz hinter ihnen her, um in der Küche das Wasser für den von ihr so ungeliebten Tee aufzusetzen.

Charlotte erschauderte, als sie und Emerald an der fest geschlossenen Tür des Frühstückszimmers vorbeikamen.

»Wir müssen auf der Stelle die Eisenbahn anrufen«, sagte sie. »Oh, aber zuallererst … *die Suttons!*«

Sie sprach den Namen in einem derart abfälligen Ton aus, dass Emerald sich gezwungen sah zu bemerken: »Du könntest ruhig etwas netter zu Patience sein, Mutter. Oder meinst du, sie merkt nicht, wie sehr du sie verabscheust?«

»Sie verabscheuen? Wie kommst du denn darauf? Ich hege die allergrößte Bewunderung für moderne Akademikerinnen. Zwar bin ich mir nicht ganz sicher, ob die kleine Patience meinem vorgefassten Bild entspricht, aber möglicherweise ist ihr Verstand so scharf wie ein Rasiermesser – falls sie je aufhören sollte, so affektiert zu tun.«

»Ach, Mutter!«

Sie wurden von lautem Gelächter hinter der geschlossenen Tür unterbrochen, das die beiden Frauen wie aufgeschreckte Ponys einen Satz zur Seite machen ließ.

»Was um alles in der Welt …« Charlotte war blass geworden.

»Wagen wir es, nachzusehen?«

»Wahrscheinlich werden sie jetzt, da sie sich aufgewärmt und erkannt haben, wie glücklich sie sich schätzen können, absolut ungebärdig und überhaupt nicht mehr zu handhaben sein.«

»Musst du immer so abfällig über alle reden? Diese Menschen haben ein schreckliches Erlebnis hinter sich«, fuhr Emerald auf und öffnete, sich von ihrer Mutter distanzierend, trotzig und mitfühlend die Tür zum Frühstückszimmer.

»Ist alles zu Ihrer Zufriedenheit?«, erkundigte sie sich freundlich, aber wer immer eben gelacht hatte, war jetzt mit Stummheit geschlagen.

Sie wichen sogar vor ihr zurück, als hätte sie die Absicht, sie zu tadeln. Es war schwer vorstellbar, dass das ungebärdige Gelächter aus dieser stillen und starrenden Masse gekommen sein sollte. Sie schienen kaum der Sprache fähig.

Emerald blickte hilfesuchend über ihre Schulter, aber wie nicht anders zu erwarten, war Charlotte verschwunden; Emerald sah nur noch ihren verräterischen Rücken, der soeben um die Ecke huschte.

Sie blickte in die ihr zugewandten Gesichter. Vorhin, auf der Auffahrt, waren sie ihr weniger zahlreich vorgekommen. Da waren es vielleicht zehn gewesen; jetzt schienen es eher zwölf oder vierzehn zu sein – aber sie konnte nicht gleichzeitig zählen und sprechen und wollte auf keinen Fall unhöflich erscheinen.

»Myrtle wird Ihnen gleich Tee bringen«, verkündete sie.

»Vielen Dank«, sagte ein Mann, der mit ausgestreckten Händen vor dem Kamin stand. Eine Frau neben ihm, vielleicht seine Frau, sprach als Nächste.

»Haben Sie schon etwas von der Eisenbahn gehört?«, fragte sie, und ein anderer warf ein: »Haben sie gesagt, wie lange es noch dauern wird?« Und noch jemand anderes flüsterte drängend: »Wir müssen wirklich weiter«, worauf mehrere andere zustimmend nickten und brummten.

»Ich werde sofort anrufen und Ihnen dann Bescheid geben. Ich entschuldige mich für – für die Verzögerung.« Sie kam sich vor wie eine Eisenbahnangestellte, als sie das sagte, wusste aber nicht, was sie sonst hätte sagen können. Sie machte einen Schritt zurück und zog die Tür mit fester Hand hinter sich zu.

Ohne zu hart urteilen zu wollen – diese Leute waren irgendwie unheimlich! Emerald hoffte nur, dass sie sich nicht aus dem Frühstückszimmer herauswagen würden.

Sie erreichte die Halle, wo ihre feige Mutter wartend auf der Treppe stand.

»Ich gehe jetzt auf mein Zimmer.«

»Und was ist mit den Suttons?«, zischte Emerald und deutete auf die Tür der Bibliothek.

»Ich weiß nicht, Emerald. Kümmere du dich um sie.«

Emerald war eine intuitive junge Frau. Sie durchschaute die ausgefeilten Manöver ihrer Mutter und gab sich alle Mühe, ihre eigene Verzweiflung darüber, von ihr im Stich gelassen zu werden, beiseitezuwischen und allen Widrigkeiten zum Trotz freundlich zu bleiben. »Es ist gut, Mutter«, sagte sie. »Es spielt keine Rolle.«

»Was meinst du denn damit?«, antwortete Charlotte gereizt.

»All diese Leute! Ehrlich, Mutter, die Suttons stören sich nicht daran.«

Charlotte blieb stehen, die Hand noch auf dem Geländer. »Emerald«, sagte sie eisig. »Wenn du denkst, es interessiert mich auch nur einen Deut, was die *unsägliche* Patience Sutton oder ihre Brillenschlange von Bruder denken …«

»Pst …« Emerald sah schuldbewusst zur geschlossenen Tür der Bibliothek hinüber. »Komm mit – nach oben.«

Sie huschten die Treppe hinauf, und Emerald führte ihre Mutter entschlossen bis zur Sicherheit ihrer Schlafzimmertür, wo sie mit leiser Stimme fortfuhr: »Ich denke schon, dass es dich einen Deut interessiert. Ich denke, es interessiert dich mehr als nur einen Deut. Camilla Sutton war Teil deiner wundervoll konventionellen Kindheit, wie du selbst immer so liebevoll gesagt hast …« Sie unterbrach sich. »Wieso ist sie eigentlich nicht mitgekommen?«

»Ach, sie hat ein verlogenes Telegramm geschickt. Angeblich hat sie eine Erkältung. Aber das glaube ich keine *Minute!*«

»Das hättest du mir ruhig sagen können. Übrigens sieht Ernest ihr überhaupt nicht ähnlich. Aber wieso sollte sie lügen?«

Charlotte hatte ihr Taschentuch neuerlich zusammengeknüllt und zupfte nun zerstreut daran herum wie ein Kind, das eigentlich nur wegwill und schmollt, weil es gezwungen ist, Rede und Antwort zu stehen.

»Woher soll ich das wissen? Vielleicht verabscheut sie mich. Weil ich kein Geld habe. Weil ich Edward geheiratet habe.«

Emerald wand sich unter dem Gewicht dieser Eingeständnisse. Sie musste sich um die Suttons kümmern, sie musste die Eisenbahn anrufen – aber nein, schon wieder war sie gezwungen, ihrer kraftlosen, schwächelnden, sonnenhungrigen Kletterpflanze von Mutter eine Stütze zu sein. Sie atmete tief ein, um Kraft zu schöpfen.

»Ma, Edward ist ein ausgezeichneter Anwalt. Und ich würde meinen, dass er ein durchaus akzeptabler Ehemann ist.« Jetzt war es schon so weit gekommen, dass sie ihren Stiefvater verteidigte! Seine Abwesenheit während dieser Krise schien dem Bild, das sie von ihm hatte, unendlich gutzutun.

»Ja, aber – na ja, du weißt schon – sein Arm – und niemand kennt ihn. Und Camilla gehört zu den Leuten, die Bridge spielen und Besuchskärtchen hinterlassen und in den vornehmsten Kreisen verkehren. Während ich – nun ja, während ich das alles eben nicht tue.«

»Aber das war doch nie anders, Mutter. Ich bin überrascht, dass es dir plötzlich etwas auszumachen scheint.«

»Es macht mir etwas aus, dass sie mich fallen lässt und dazu auch noch ihre lästigen kleinen Spione ausschickt, um zu erkunden, was wir so treiben, und dann haben wir ausgerechnet diese – *diese Leute* am Hals. Es ist demütigend!«

»Diese lästigen kleinen Spione, wie du sie nennst«, brauste Emerald auf, »sind zufälligerweise meine Freundin Patience, die vielleicht ein bisschen konventionell sein mag, aber auch absolut lieb ist, und ihr Bruder, der …« Sie suchte nach Worten. »Der ebenfalls ein absolut feiner Mensch ist.«

Charlotte gab sich wieder vage.

»Wie du meinst, Emerald. Dann sind sie eben absolut hinreißend. Ich lege mich jetzt trotzdem ein Weilchen hin und überlege, was zu tun ist.«

»In Ordnung, Mutter, geh nur. Aber mach dir bitte keine Sorgen. Ich werde die Eisenbahn anrufen, diese Leute werden bald weg sein, und wir werden das erlesenste Abendessen aller Zeiten haben. Und vergiss nicht, John Buchanan wird ebenfalls kommen!«

Sie hätte sich selbst einen Tritt versetzen können, weil sie die Hoffnungen ihrer Mutter in Hinsicht auf John Buchanan schürte, aber Charlotte bedachte sie mit ihrem liebreizendsten Lächeln.

»Richtig«, sagte sie und verschwand getröstet in ihrem Zimmer. »Lass das Silber nicht aus den Augen«, lautete ihre letzte, durch die geschlossene Tür gedämpfte Anweisung.

Emerald hastete nach unten, um sich um die Suttons zu kümmern. Aus den Augen, aus dem Sinn, tröstete sie sich im Hinblick auf ihre Mutter, aber sie hätte genauso gut die armen, unter Schock stehenden Passagiere meinen können, denn in ihrer Hast, ihren Pflichten nachzukommen, hatte sie sie, genau wie Myrtle, völlig vergessen. Auch der längst überfällige Anruf bei der Eisenbahn war in Vergessenheit geraten.

Ebenso dachte sie mit keinem Gedanken daran, dass das Frühstückszimmer nicht sehr groß war oder das Feuer vielleicht niedergebrannt sein konnte.

Während Charlotte in ihrem Zimmer ihren Träumen von Etikette nachhing, sorgte Emerald unerschütterlich dafür, dass diese Etikette gewahrt wurde, und leistete Ernest und Patience in der Bibliothek Gesellschaft, ungeachtet aller ungewöhnlichen

Ereignisse, ungeachtet der unerwarteten Passagiere und Clovis' schlechter Laune. Denn nachdem er sich nützlich gemacht und Robert und Stanley zurückgeholt hatte, glaubte er, nun jedes Recht zu haben, sich in einer seiner schwarzen Stimmungen zu suhlen.

»Man kann nicht einmal sagen, ob es schon dunkel ist oder ob es nur am *Wetter* liegt«, sagte er, warf sich auf einen der Fenstersitze und schielte in den stürmischen Nachmittag hinaus.

Das Feuer, um das sich niemand gekümmert hatte, war in sich zusammengesunken. Ernest fütterte es mit Apfelholzscheiten und mühte sich mit dem Kohleneimer ab, während Emerald den Tee einschenkte (den Myrtle gebracht hatte, die, nachdem sie sich um das Feuer im Frühstückszimmer gekümmert hatte, eine neue Schürze nötig gehabt hätte, allerdings noch nicht dazu gekommen war, sie zu wechseln).

Smudge hatte es immer noch nicht fertiggebracht, sich von Patience loszureißen und sich endlich anzuziehen, sondern kniete hingerissen zu ihren Füßen und sah bewundernd zu ihr auf. Patience blickte in die Flammen, gab der Erschöpfung nach, die ihren zierlichen Körper vereinnahmte, und erlaubte sich, den Ausdruck eifriger Begeisterung, der ihr praktisch zur Gewohnheit geworden war, zumindest für einen Augenblick abzulegen.

»Ich muss sagen, ich bin sehr erleichtert, dass wir nicht bei einem Zugunglück gestorben sind«, sagte sie.

Emerald lächelte sie an. »Ich auch, Patience. Es hätte meine Party völlig ruiniert«, sagte sie und reichte ihr eine Tasse Tee.

»Danke. Ich wüsste gern, ob tatsächlich jemand gestorben ist«, fuhr Patience bedrückt fort, die zarte Stirn in Falten gelegt. Die Tasse klirrte gegen die Untertasse.

Vom Fenster war ein Grollen zu hören.

»Sagtest du etwas, Bruder?«, fragte Emerald und fixierte Clovis mit einem Blick, von dem sie hoffte, dass er eisig war.

Clovis schüttelte sich wie ein nasser Hund und setzte sich auf. »Ich habe mich nur gefragt«, sagte er zu Patience, »ob dir dieser Gedanke tatsächlich gerade erst jetzt gekommen ist? Ob jemand gestorben ist, meine ich.«

Patience und Emerald tauschten einen Blick. »Wir hatten schließlich noch nicht viel Gelegenheit, darüber zu reden«, sagte Patience und wandte betont die schmalen Schultern von ihm ab.

»Brrrr«, machte Clovis und schüttelte sich so dramatisch, dass alle zusammenzuckten.

»Ich würde meinen«, begann Ernest in gemessenem Ton, »dass der Eisenbahnbedienstete, als er von einem ›schrecklichen Unfall‹ sprach, durchaus meinte, dass es Tote gab. Oder zumindest Verletzte.«

»Ja«, sagte Patience. »Der Dienstmann sagte ›schrecklich‹. Da muss man sich wohl das Schlimmste vorstellen.«

Ohne auf Ernest einzugehen, fuhr Clovis damit fort, auf Patience herumzuhacken.

»Allerdings hat der *Schaffner* keine näheren Einzelheiten genannt, oder? Daher ist das alles reine Vermutung.«

Patience war ziemlich pikiert, aber nur für einen Augenblick. Da sie zwei Jahre älter war als Clovis, hatte sie entschieden, dass er für eine potenzielle Verbindung nicht infrage kam. Zu Hause in Berkshire und auch in Cambridge, wo sie seit Kurzem Geschichte studierte, gab es jede Menge älterer, ernsthafterer Männer, die ein Auge auf sie geworfen hatten, dachte sie, und sie hegte keinerlei Absichten in Bezug auf dieses *Kind,* diesen Clovis Torrington. Trotzdem irritierte es sie, wie oft ihre Gedanken unsicher um sein jugendlich-romantisches Aussehen kreisten – selbst in den Jahren, in denen sie sich nicht gesehen hatten. Bei ihrer letzten Begegnung war sie unbekümmerte siebzehn gewesen und er ein ungestümer Fünfzehnjähriger. Die Beerdigung seines Vaters zählte sie nicht als Besuch, doch selbst bei dieser traurigen Gelegenheit hatte sie das beunruhigende Bedürfnis verspürt, ihn in die Arme zu nehmen und ihm über die Haare zu streichen. Damals hatte sie sich diesen Wunsch mit schwesterlicher Anteilnahme erklärt, aber nun entlarvte ihr flatternder Puls diese Erklärung als Lüge.

Ungeachtet ihrer gemeinsamen Vergangenheit und ihres pochenden Herzens schlug die Waagschale der Macht, entschied Patience in diesem Augenblick, zweifellos zu ihren Gunsten aus. Schließlich konnte er ihre Gedanken nicht lesen und würde folglich nie erfahren, wie faszinierend sie es fand, ihn anzusehen.

Sie wandte den Blick ab und sagte herzlich: »Gut gemacht, Ernest«, denn das Feuer im geräumigen Kamin loderte wieder hell auf. Ernest setzte sich.

»Eigentlich hättest *du* dich um das Feuer kümmern müssen, Clovis«, sagte Emerald vorwurfsvoll. Er setzte sich aufgebracht zur Wehr.

»Wozu zum Teufel haben wir Dienstboten?«

Emerald widerstand der Versuchung, ihm die Nase abzubeißen. Sie hatte sich selbst das Versprechen gegeben, vor den Gästen nicht mit ihrem Bruder zu streiten, aber er verhielt sich so unmöglich, dass sie nicht wusste, ob sie ihr Versprechen würde halten können.

»Es war sehr nett von dir, dich um das Feuer zu kümmern«, sagte sie liebenswürdig zu Ernest.

»Nicht der Rede wert«, antwortete er und klopfte sich die Knie ab. Ihr fiel auf, dass er etwas zu groß für den Sessel war, ein Möbelstück mit Knopfpolsterung und kurzen Dackelbeinen aus Mahagoni.

Als sie ihn unauffällig unter gesenkten Lidern hervor betrachtete, stellte sie fest, dass sie entgegen ihrem ersten Eindruck von vorhin den Jungen von früher doch mit Leichtigkeit wiedererkennen konnte. Die Adlernase und das kantige Kinn, die das schmale Kindergesicht beherrscht hatten, fügten sich nun perfekt in die nicht unattraktiven, asymmetrischen Züge. Die grellroten Haare waren zu einem rötlichen Braun nachgedunkelt, aber die Augen, die, es ließ sich nicht leugnen, vor dem erzwungenen Tragen einer Augenklappe befremdlich im Widerspruch zueinander gestanden hatten, waren immer noch – sie riskierte einen weiteren Blick – auf frustrierende Weise unergründlich. Verborgen hinter Brillengläsern, waren sie für sie ein Rätsel gewesen, solange sie Ernest kannte, aber bis zu diesem Moment hatte sie sich noch nie Gedanken darüber gemacht.

Ernest tat so, als bemerkte er ihre Musterung nicht, innerlich jedoch wand er sich unter ihrem Blick, einem Blick, der trotz der sanften Wimpern und obwohl er immer nur kurz bei ihm verweilte, geradezu durchdringend war. »O mein Gott«, dachte er hilflos, aus der Fassung gebracht. »Sie lacht über mich.«

»In diesem Zimmer gibt es doch ein Geheimversteck, oder?«, fragte Patience überraschend.

»Das weißt du noch?«, lächelte Emerald, und die Erinnerung an kindliche Versteckspiele milderte die erwachsenen Anspannungen, die inzwischen vorherrschten.

»War es nicht …« Patience sah sich um, betrachtete die Wände und die Regale.

Die Bibliothek mit ihrer schimmernden Holzverkleidung war ein überaus angenehmer Raum. Als Charlotte und Horace das Haus bezogen hatten (zu einer Zeit, als Charlotte mit nichts anderem beschäftigt war, als das ungebärdige, in Spitzen gekleidete Baby Emerald durch die Gegend zu tragen, zu schieben oder sonst wie zu transportieren), wurde die Bibliothek als Billardzimmer benutzt, und die Regale enthielten eine abscheuliche Majolikasammlung oder wurden auf andere Weise zweckentfremdet. Die Torringtons gaben den Viktorianern die Schuld und machten sich daran, dem Raum seine ursprüngliche Bestimmung zurückzugeben, erst mit gut hundert Lieblingsbüchern aus ihrem bisherigen Domizil, einem (unspektakulären) Vororthaus, dann durch gelegentliche, hoch geschätzte Neuerwerbungen anlässlich aufregender Besuche in Auktionshäusern. In späteren, finanziell knapperen Jahren sorgten gleichermaßen befriedigende Ausflüge in staubige Antiquariate dafür, dass sich die schimmernden Regale bis zum Bersten füllten.

»Ich glaube … es ist irgendwo hier«, sagte Patience, stand auf und stellte ihre Teetasse ab (die *irgendjemand* nun wegtragen und abwaschen und abtrocknen und wegräumen musste). Sie trat ans Fenster mit der tiefen Einbuchtung der Sitznische und klopfte prüfend an die Vertäfelung auf der linken Seite.

»Falsch!«, rief Smudge vergnügt.

»Ich weiß noch, dass wir uns gemeinsam dort versteckt haben, Emerald. Du warst auch dabei, Ernest!«

Clovis drehte sich zur Seite, um Patience nicht ansehen zu müssen, und tat so, als wäre er unendlich erschöpft.

»Ich habe mich einmal einen ganzen Nachmittag drin versteckt, und niemand hat mich gefunden«, prahlte Smudge und vergaß zu erwähnen, dass sie niemandem gesagt hatte, dass sie sich verstecken wollte, und niemand sie vermisst hatte. »Ich bin eingeschlafen«, krähte sie.

Beim Anblick von Smudge, die immer noch barfuß und immer noch in ihrem schmuddeligen Nachthemd auf dem Boden saß, schossen Emerald all die vielen Dinge, die sie noch erledigen musste, bevor der Abend erfolgreich beginnen konnte, durch den Kopf. Sie erinnerte sich auch wieder an die erschreckende Tatsache, dass das Frühstückszimmer voller fremder Leute war, ihre Mutter sich irgendwo versteckte, ihr Bruder ein ichbezogenes Ekel war, in der Küche eine Hilfe fehlte und sie selbst immer noch die verflixte Eisenbahn anrufen musste (die übrigens höflicherweise Sterne hätte anrufen können, wo sie ihnen allen derartige Unannehmlichkeiten aufgebürdet hatte).

»Smudge, findest du nicht, du könntest dich endlich anziehen?«, sagte sie. »So kannst du nicht länger herumsitzen. Also sei ein braves Mädchen und lauf und zieh dich um. Wir anderen werden es auch gleich tun.«

»Ich werde strahlend schön aussehen«, sagte Smudge und stand auf. »Ihr werdet Augen machen.«

»Sehr schön. Und jetzt lauf.«

Mit einem letzten bedauernden Blick auf Patience verließ Smudge das Zimmer.

»Was für einen Eindruck ihr von uns haben müsst«, sagte Emerald, als sie weg war. »Ich habe euch noch nicht einmal eure Zimmer gezeigt, und ihr wollt euch doch sicherlich – sicherlich …« Sie deutete auf Ernests arg mitgenommene Kleidung. Er musste die Reise durchaus elegant angetreten haben, sah nun jedoch ziemlich beklagenswert aus; sein Jackett, das Clovis dazu benutzt hatte, Ferryman die Augen zu verhüllen, mochte Gott weiß wo in Wind und Wetter herumliegen. Aus diesem Grund war er immer noch in Hemdsärmeln, und ein fehlender Manschettenknopf ließ eine seiner Manschetten steif abstehen, doch die guten Manieren verboten ihm, den Ärmel einfach umzukrempeln. Seine braunen Schnürschuhe waren voller Matsch, und sowohl sein Hemd als auch eins seiner Hosenbeine wiesen lange Streifen grünlichen Schleims auf, die aussahen, als ließen sie sich nie wieder entfernen. (Ferryman hatte friedlich auf der Weide vor sich hin gegrast, als man von ihm verlangt hatte, sich vor das Fuhrwerk spannen zu lassen, und sein Geifer war von daher frühlingsgrün und würde bleibende Flecken hinterlassen.)

»Ich weiß nicht einmal, ob eure Sachen schon aus dem Brougham geholt wurden – alles war so chaotisch … Lasst uns nach oben gehen. Clovis kann derweil Robert ausfindig machen, damit er sich um eure Sachen kümmert – machst du das, Clo? Was haltet ihr davon?«

»Hervorragend«, sagte Patience. »Geh voran, Em. Und mach dir keine Gedanken. Wir werden trotz allem mächtig Spaß haben, da bin ich mir ganz sicher.«

Voller plötzlicher Dankbarkeit küsste Emerald ihre Freundin auf die Wange und nahm ihre Hand.

»Clovis!«, rief sie dann mit scharfer Stimme. »Würdest du bitte aufhören, faul in der Gegend herumzuliegen wie ein übergewichtiger Mops. Mach dich auf die Suche nach Robert und sorg dafür, dass das Gepäck ins Haus gebracht wird.«

Patience nahm den Arm ihres Bruders, und sie verließen als fröhliches Dreiergespann das Zimmer.

Sie begaben sich die Haupttreppe hinauf, wobei sie über die Schultern zu den Räumlichkeiten auf der anderen Seite der Halle hinübersahen. Kein Geräusch drang durch die Türen des Frühstückszimmers, dafür war Florence Trieves' tragende Stimme, die Myrtle anblaffte, mehr heißes Wasser zu bringen, nicht zu überhören.

Vor ihrem inneren Auge sah Emerald, wie das schwarze Telefon auf dem Tisch unter der Treppe den Hals reckte und vorwurfsvoll zu ihr aufsah, aber im oberen Stockwerk war es, als hätte es keinen Unfall auf einer Nebenlinie gegeben. Alles war so, wie es sein sollte. Emerald zeigte Patience und Ernest, wo das Badezimmer lag (das sich seit ihrem letzten Besuch weder von der Stelle bewegt hatte noch mit irgendwelchen Neuerungen ausgestattet worden war), und Patience bekundete über alles helles Entzücken. Zu Emeralds Kummer blieb Charlottes Tür fest geschlossen.

»Ich bin so gespannt, ob das Geschenk, das ich dir mitgebracht habe, dir auch gefallen wird«, sagte Patience, die beim Gehen auf den Fußballen wippte. »Es ist so lange her, seit wir uns gesehen haben. Vielleicht hast du dich völlig verändert.«

»Ich glaube, ich habe mich überhaupt nicht verändert«, sagte Emerald, wohl wissend, dass das eine Lüge war, aber zwischen ihr und ihrem kindlichen Ich lag eine dichte Nebelwand des Kummers und zahlloser kleiner Entbehrungen, die sie nicht anrühren wollte.

»Dein Zimmer«, sagte sie zu Patience.

Es war das Zimmer gleich neben ihrem eigenen und hatte die gleiche Tapete: große Pfaue, die keck über die Schultern auf kleine Schüsseln blickten, die mit exotischen Früchten und Trauben gefüllt waren.

»Perfekt! Genau wie ich es in Erinnerung hatte!«, rief Patience und klatschte entzückt in die Hände.

»Eigentlich soll das Abendessen um acht Uhr stattfinden. Aber es ist schon halb sieben. Sollen wir zumindest acht *sagen?*«

»Ja, sagen wir acht.«

»Und wann soll ich Myrtle zu dir schicken? Wann möchtest du, dass sie kommt?«

»Ist sie schnell?«

»Wie der Blitz.«

»Und gut mit Haaren?«

»Ein Genie.«

»Ich möchte sie nicht völlig vereinnahmen.«

»Unsinn.«

»Um sieben?«

»Ist gut.«

»Bis dann!«, strahlte Patience und schloss ihre Tür. Ernest starrte die Decke an.

»Du bist ein kleines Stückchen weiter untergebracht«, sagte Emerald mit dem Gefühl, ihn bei irgendetwas zu unterbrechen.

Während sie zu seinem Zimmer gingen, machte er sich an seinem Ärmel zu schaffen, völlig darauf konzentriert, die beiden Enden der Manschette zusammenzufügen.

Emerald öffnete die Tür zum Zimmer mit der gestreiften Tapete. Unerklärlicherweise machte es sie verlegen, mit diesem veränderten, unerwarteten Ernest, der so viel größer war als sie und sich zu einem richtigen Mann gemausert hatte, auf der Schwelle zu stehen. Jahrelang hatte sie nicht an ihn gedacht, von einem obligatorischen »Wie geht es Ernest?« in ihren Briefen einmal abgesehen. Doch hätte jemand den Namen Ernest Sutton erwähnt, wären vor ihrem inneren Auge sofort leuchtende Bilder, wie Diapositive, aufgetaucht. Sie selbst und ein rothaariger Junge, damit beschäftigt, unter dem Mikroskop Grashüpfer, Würmer, Schimmel zu begutachten; Spiele mit Patience und Clovis; Verstecken, Blindekuh. Wie sie ein Tuch straff und fest über Ernests Augenklappe banden und juchzend um ihn herumrannten. Sterne war damals ein Haus der Kinder gewesen, mit problemlosen, vorhersehbaren, zweiarmigen Eltern. Jetzt waren aus den vier Kindern von damals Erwachsene geworden: Erwachsene mit ordentlich geschnürten Schuhen, hochgesteckten Haaren, zugeknöpften Westen. Erwachsene, die gefällig miteinander plauderten und Sätze wie »Ach wirklich, wie interessant!« von sich gaben. Und ihr Vater war tot. – Ihre jüngeren Ichs waren durch ihre Reserviertheit und seine überraschende Männlichkeit ersetzt worden.

Als sie auf der Schwelle des Schlafzimmers stand, kam Emerald der Gedanke, dass der Medizinstudent Ernest Sutton mit großer Wahrscheinlichkeit bereits – sie wusste nicht genau, wie sie es ausdrücken sollte, nicht einmal sich selbst gegenüber – nackte Frauenkörper gesehen hatte. Sicherlich hatte es sich um Leichen gehandelt, aber trotzdem. Ebenso sicherlich waren sie unbekleidet gewesen. Der Gedanke war beunruhigend, die Mahagonischnörkel des Bettes schienen sie lüstern anzugrinsen.

Ernest selbst nahm das Schlafzimmer augenscheinlich nicht einmal wahr, genauso wenig wie die Tatsache, dass er, nur durch ein paar Zentimeter dünne Luft und ein paar Schichten Kleiderstoff getrennt, neben Emerald Torringtons unbekleidetem Körper stand. Er betrat einfach das Zimmer und machte ohne ein weiteres Wort die Tür vor ihrer Nase zu.

Als sie ihn nicht mehr vor Augen hatte, löste sich der Bann, und sie war mit einem Ruck wieder sie selbst.

»Ein komischer Kauz«, sagte sie zu sich selbst. Und dann: »Aber das war er ja schon immer.«

Sie drehte sich in dem Augenblick um, als Robert und Stanley in Arbeitsstiefeln und Hemdsärmeln, nach Pferd und Feuer riechend, von der hinteren Treppe her in den Korridor kamen, beladen mit einer großen Kleidertruhe und mehreren darauf gestapelten Koffern.

»Sehr schön«, sagte Emerald und trat beiseite, um sie vorbeizulassen. »Ist Ferryman immer noch beleidigt, weil er vor das Fuhrwerk gespannt wurde, Robert?«

»Zumindest frisst er ganz zufrieden, Miss Em, danke der Nachfrage.«

»Freut mich, das zu hören.« Und sie hüpfte die Treppe hinunter.

Während sie sich entfernte, öffnete Ernest die Tür und suchte sein Gepäck unter dem seiner Schwester heraus.

»Vielen Dank, guter Mann. Wie heißen Sie noch mal?«, erkundigte er sich.

»Robert, Sir, und das ist mein Sohn Stanley.«

Im Großen und Ganzen war Robert ein gut aussehender, ordentlich rasierter Bursche. Allerdings hatte er ein enormes Furunkel am Hals. Die Haut ringsum war gerötet und sah glühend heiß aus, aber noch war das Furunkel nicht reif. Ernest hätte es nur allzu gern untersucht, hielt die Hände aber fest an die Seiten gepresst.

»Sie sollten das da behandeln lassen, Robert«, sagte er. »Es sieht übel aus.«

»Ich habe es schon mit Essigumschlägen und warmer Milch versucht, Sir«, lautete seine Antwort. »Aber es scheint nicht zu helfen. Ich muss gestehen, es puckert ziemlich heftig, Sir.«

»Das kann ich mir denken«, sagte Ernest mit gerunzelter Stirn. »Sie müssen die Umschläge so heiß wie möglich machen, um den Eiter herauszuziehen. Falls es bis morgen Abend nicht aufgegangen ist, kommen Sie damit zu mir, ja?« Dabei vollführte er mit der rechten Hand eine zustechende Bewegung, seine Brille glitzerte. Robert sah mit Recht alarmiert aus. »Ich bin Arzt«, fügte Ernest erklärend hinzu.

Vater und Sohn, die Mützen in den Händen, waren bereits dabei gewesen, das Zimmer rückwärtsgehend zu verlassen. Jetzt blieben sie stehen. »Ah«, machte Robert.

»Zumindest werde ich bald einer sein; ich bin in meinem letzten Studienjahr.«

»Ich verstehe, Sir.«

»Aber Furunkel kommen schon im ersten Jahr vor«, fuhr Ernest fort, um ihn zu beruhigen.

»Es würde mir eine Fahrt ins Dorf an meinem freien Nachmittag ersparen«, sagte Robert zurückhaltend, denn er hatte Ernests heftige, bedrohliche Geste von eben noch nicht völlig überwunden.

»Sicher.«

»Vielen Dank, Sir. Komm jetzt, Stanley.« Beide hoben grüßend die Hand an die Stirn und verabschiedeten sich.

Ernest löste den Gurt um seinen Koffer und machte sich, vor sich hin murmelnd, ans Auspacken.

»Prachtvoller Bursche … bedauerlich, dass es keine Verletzten gab … nicht zu ändern … nur ganz normale häusliche Unpässlichkeiten …« Ein gefaltetes Hemd in jeder Hand, unterbrach er sich, rief sich ins Gedächtnis, dass er sich vorgenommen hatte, keine Selbstgespräche mehr zu führen, und trat ans Fenster.

Der Blick in die Abenddämmerung zeigte ihm den ordentlichen, halbkreisförmigen Rand des Rasens. Weiter konnte er nicht sehen, da ein Nebel sich wie ein schnell herabfallender Theatervorhang zwischen Sterne und den Rest der Landschaft gelegt hatte.

Er hatte das Gefühl, durch und durch in der Gegenwart verhaftet zu sein: Der milchige Dunst; die dichten, dicken Mauern des Hauses; das gleichmäßig verteilte Gewicht der Hemden in seinen Händen; all das kristallisierte sich in diesem einen Augenblick, der in seiner Intensität für Ernest etwas Seltenes war.

»Sterne ist ein wirklich schönes Haus«, sagte er laut, mit tief empfundener Zufriedenheit. In den vergangenen Wochen hatte er fast ununterbrochen gearbeitet, war völlig aufgegangen in der alles durchdringenden Formaldehydluft der mit Ölfarbe gestrichenen Laboratorien, hatte kaum einen Augenblick zum Nachdenken gehabt, erst recht nicht, um sich den Aufenthalt von Samstag bis Montag auf Sterne anlässlich Emerald Torringtons Geburtstag vorzustellen, der ihm durch die (durchaus echte) Grippeerkrankung seiner Mutter zugefallen war.

Emerald Torrington. Als Kind hatte er sie als Ganzes gesehen, sie, als *Emerald,* als Selbstverständlichkeit genommen. Aber vorhin in der Bibliothek zu sitzen, vollgesabbert von einem Pferd, und ihren Blick auf sich zu spüren, war fast unerträglich gewesen. Sein Erwachsensein verlieh ihrer Schönheit eine neue Eindringlichkeit, überzog das Knochengerüst der Begierde mit cremehellem Fleisch. Während er einst zufrieden gewesen war, einfach nur in der Nähe ihres unverbildeten Zaubers zu sein, konnte er nun nicht anders, als sich zu wünschen, sie für sich allein zu haben – so ihrer unwürdig er sich auch fühlte. Er lächelte. Nein, Ernest Sutton, sie ist nicht für dich bestimmt, dachte er für sich. Ein Mädchen wie sie ist nicht für schielende Sterbliche gedacht. (Sein Schielen war zwar korrigiert worden, nicht jedoch das Bild, das er von sich selbst hatte.) Und er fuhr damit fort, seine Sachen auszupacken, ohne sich auch nur im Geringsten an der Ungewöhnlichkeit zu stören, mit der dieser Tag bisher verlaufen war. Vielmehr freute er sich auf den vor ihm liegenden Abend.

Unten in der Halle, endlich allein, griff Emerald nach dem Telefon und hob den Hörer ab. Hinter sich, ein Stück den Korridor entlang, konnte sie die Reisenden im Frühstückszimmer hören. Sie redeten und lachten, und die nicht näher bestimmbaren Geräusche wirkten in den Hallen und Fluren von Sterne, die nur an die Familie Torrington und die Hunde gewöhnt waren, irgendwie unpassend.

Sie drückte die kühle Muschel des Hörers an ihr Ohr, die geflochtene Schnur schmiegte sich an ihren Unterarm wie ein toter Wurm. Die Leitung war selbst im Idealfall voller Störungen, jetzt jedoch machte der Lärm der Tee trinkenden Passagiere es schwer, irgendetwas deutlich zu hören.

Mit der für ihn typischen Begeisterung für alles Neue und Teure hatte Horace Torrington das Telefon noch im letzten Jahr seines Lebens installieren lassen. Die meisten der Anrufe, die über das Gerät getätigt worden waren, hatten Dr. Tod gegolten. Für Emerald war das Telefon, schwarz, wie es war, seitdem so sehr mit Gefühlen der Trauer verbunden, dass sie es nur höchst ungern benutzte. Die Begeisterung und Verwunderung der Familie über die an Zauber grenzende Modernität des Apparats war schnell dem größeren, hässlichen Staunen gewichen, das mit dem Dahinsiechen des Fleisches und mit dem Tod einhergeht. Jetzt bemühte sich Emerald um eine Verbindung, ertrug die Traurigkeit, die das elektrische Klicken in ihrem Herzen auslöste, und wartete darauf, dass Elsie Goodwin im Dorf auf sie aufmerksam wurde und mit ihr sprach. Die Leitung blieb still, aber hinter ihr wurden die Geräusche der Passagiere lauter, ganz so, als hätte jemand eine Tür geöffnet. Sie lauschte gespannt, bis schließlich das vertraute Knacken ertönte, das normalerweise Elsies durchdringendes, hohes, laut geschrienes »Vermittlung!« ankündigte, aber dann – hörte sie nichts mehr.

Elsies Begrüßung aus dem Nebenraum des Postamts, ihr Zuhause und ihr Laden, wurde nicht durch die lose von Mast zu Mast geschlungenen Drahtmeilen bis an Emeralds Ohr geleitet. Sie hörte nur ein leises Rauschen wie Wind, der durch ein langes Rohr fegt.

»Verflixt«, sagte sie und hängte den Hörer ein, während die Geräusche der gestrandeten Passagiere hinter ihr wieder leiser wurden. Ein paar Minuten später hatte sie sie völlig vergessen.

Währenddessen fragten sich die Besucher im Frühstückszimmer, was aus ihnen werden sollte. Sie waren ohne genauere Erklärung hierhergeschickt worden, und obwohl sie dankbar waren für den Tee und das warme Feuer, war ihre Reise verhängnisvoll gewesen und gewaltsam unterbrochen worden, und sie wünschten sich nur, endlich weiterzukommen.

»Ich würde einfach gern weiterkommen«, sagte eine kleine Frau, die ein kränkliches Kleinkind an ihre Brust drückte.

»In einen Unfall verwickelt zu sein ist etwas Schreckliches«, äußerte ein hohlwangiger Mann, in dessen Augen sich der Feuerschein tanzend spiegelte.

Sie waren unzufrieden. Seit dem Unfall hatte sich ihrer ein Hunger bemächtigt, vielleicht hervorgerufen durch den Schock, eine Leere, die der Tee ein wenig abgemildert hatte, die sich jetzt jedoch mit Macht wieder in den Vordergrund drängte.

»Einer von uns sollte gehen und sich kundig machen«, sagte jemand, und die anderen stimmten ihm zu.

»Ja, einer von uns sollte gehen und sich kundig machen.«

Und die vielen Menschen im Frühstückszimmer mit dem nur noch kläglichen Feuer und den überall verstreuten Teetassen, die sich in den Ecken zusammengekauert und auf sämtlichen Sitzgelegenheiten verteilt hatten, nickten mit einem zustimmenden Murmeln.

»Hunger«, sagten sie, in Bewegung kommend, ihre Mäntel fester um sich ziehend.

»Wir haben Hunger.«

»Hunger.«

Es war Viertel vor sieben. Florence Trieves hatte die dicke schwarze Seide ihres Kleides unter den Armen und zwischen den Brüsten durchgeschwitzt. Ihre Oberschenkel fühlten sich heiß an, die feuchte Baumwolle ihres Schlüpfers scheuerte faltig zwischen ihnen, und ihre Füße in den fest geschnürten Stiefeln waren angeschwollen. Sie war zwischen Kessel und Hackbrett hin und her gelaufen, zwischen Küche und Vorratskammer; hatte geschnitten, gerührt und mit fliegenden Fingern hastig, aber umsichtig dies und das auf kostbaren Servierplatten angerichtet, bis sie glaubte, in Tränen ausbrechen zu müssen.

»Mrs Trieves?« Myrtle mit ihrem runden, glänzenden Gesicht wollte schon wieder etwas von ihr, wie schon den ganzen Nachmittag, wie schon den ganzen Tag, außer zwischendurch, wenn sie plötzlich für scheinbar endlos lange Zeiten verschwand, natürlich gerade dann, wenn sie am dringendsten gebraucht wurde.

»Ma'am?«

»Ja? Wo bist du nur *gewesen,* Myrtle?«

»Ich habe Mrs Swift die Haare gemacht, Ma'am.«

Florence war mit den Gedanken schon wieder woanders. »Ach so, ja.«

»Und wo Pearl Meadows nicht da ist, muss ich jetzt als Nächstes Wasser auf die Zimmer bringen, und Miss Em hat gefragt, ob ich auch Miss Sutton die Haare machen kann, und da wollte ich fragen, ob ich den Tisch vielleicht erst *hinterher* decken kann, bloß muss ich mich ja auch noch um die Feuer kümmern.«

Florence versuchte, tiefer zu atmen, als ihre Kleidung es zuließ.

»Ist gut, Myrtle. Bring das Wasser nach oben und kümmere dich um Miss Sutton, falls sie schon so weit ist. Ich mache so lange hier weiter. Wir …« Sie unterbrach sich und blickte mit leeren Augen auf die Wand neben Myrtles Kopf. »Wir …«

»Ma'am?«

»Die Passagiere …« Die drückende Schwere des Gedankens an das Frühstückszimmer, vollgepackt mit Fremden in Mänteln, ließ sie erstarren. »Ma'am?« Florence spürte, wie der Schweiß an der Innenseite eines ihrer dünnen Beine herablief. Sie riss sich zusammen, konzentrierte sich wieder auf die noch zu erledigenden Arbeiten und sagte in aller Hast: »Lass mich nachdenken: Der Tisch muss gedeckt werden, die Feuer nachgelegt, der Wein bereitgestellt. Heißes Wasser auf die Zimmer, Haare, ankleiden, Vorspeisen, das restliche Abendessen, und natürlich Mrs Swifts Toilette.«

»Ja, Ma'am.«

Ihre Stimme stieg zitternd an, als sie hinzufügte: »Und dann dieser Unfall …« Sie bekam sich wieder unter Kontrolle. Das tat sie immer. »Nun ja.« Stille. »Ich denke, wir beide zusammen schaffen das schon.«

Myrtle schluckte. »Ja, Ma'am. Mrs Swift ist übrigens so gut wie fertig.«

»Vielen Dank. Dann lauf los. Bring das heiße Wasser nach oben.«

Myrtle verschwand: in die Spülküche, um die Emaillekrüge mit heißem Wasser zu füllen, dann die Hintertreppe hinauf, die unter ihrem Gewicht und dem der Krüge ächzte.

Es gab zweierlei, wofür Smudge sich ankleiden musste: die Party und ihr Großes Unterfangen. Ein Blick durch das offene Fenster verriet ihr, dass es draußen nicht nur ziemlich dunkel war, immerhin war es schon nach sieben, sondern auch der Geruch von Donner in der Luft hing. Smudge hätte nicht genau sagen können, wie Donner roch – vielleicht wie aufgewirbelter Kohlenstaub –, wusste aber, dass sie seinen intensiven Geruch immer schon gekannt hatte. Auch den von Blitz, der beißender und für jeden wahrnehmbar war – wie Schießpulver und Zitronen. Ja, ein Gewitter zog auf, und als sie sich aus ihrem Fenster hoch über dem gekiesten Hof beugte und der Pfad, der am alten Haus entlang zum Küchengarten und zu den Ställen führte, winzig unter ihr lag, wie ein Band, konnte sie spüren, wie die Luft sich auflud. Sie stellte sich gern vor, dass die konzentrierte Elektrizität in den Telefondrähten und die dünne Elektrizität in der Luft sich gegenseitig zum Schwingen brachten.

Sie schnupperte die Dunkelheit, die mit der Nebelwand vor ihr verschmolz, die – ganz schwach – die Lichter des Hauses widerspiegelte. Die grobkörnigen Sterne über ihr wurden immer wieder von huschenden Wolken verdeckt, als der Wind an Kraft gewann.

»Ja«, hauchte sie. »Ich bin froh, dass ich meine Wollstrümpfe angezogen habe.«

Sie trug ein mitternachtsblaues Samtkleid, das Emerald gehört hatte und ihr viel zu weit war, und darunter zwei Schlüpfer, ein wollenes Leibchen, ein Unterhemd und einen Unterrock aus steifem Taft, der ein oder zwei versengte Stellen von einem zu heißen Bügeleisen aufwies. Da das Kleid auch zu lang war, band sie sich einen Seidenschal von Clovis als Gürtel um die Taille, zog das Kleid locker darüber und war sehr angetan von ihrer Aufmachung. Es war Zeit, nach unten zu gehen.

Als sie nach dem Türknauf griff, fing er an, sich langsam und wie von selbst zu bewegen.

Einen Augenblick lang glaubte sie, ihn mit ihrer bloßen Absicht bewegt zu haben, aber da kam ihre Mutter herein.

»Smudge, mein Liebling.«

Charlotte, die Myrtle *rücksichtslos* – es gab kein anderes Wort dafür – mit Beschlag belegt hatte, war elegant und opulent in moirierte Seide gekleidet und sah aus wie eine Meerjungfrau. Oben auf ihren hochgetürmten, dichten blonden Haaren thronte eine Tiara. Smudge hätte den Spitzenkragen und die Diamanten am schlanken Hals ihrer Mutter nur zu gern berührt, hütete sich aber wohlweislich und verschränkte die Hände auf dem Rücken. Charlotte umschlang ihre Tochter mit ihren nackten, duftenden Armen, wobei die Stola von ihren glatten Schultern glitt, setzte sich dann aufs Bett und nahm ihre Hand.

»Hast du dich für Emeralds Party so fein gemacht?«

»Hm.« Entweder registrierte ihre Mutter nicht, wie ausweichend diese Antwort klang, oder sie war nicht neugierig.

»Du siehst großartig aus.«

Sie musterte das Zimmer mit der schäbigen gelben Tapete und den dicken, gekritzelten, sich teils überschneidenden Umrissen der Tiere, die in Richtung Fenster marschierten, verschmiert und verkompliziert durch nachträglich eingefügte Details und missglückte Anfänge. »Und deine wundervollen Wände – wie klug du bist! Willst du wissen, was ich für deine Schwester habe?«

»Als Geschenk? O ja! Was ist es?«

»Du musst aber versprechen, es nicht zu verraten.«

Smudge platzte fast vor Neugier. »Versprochen.«

Charlotte, ein seltener Gast in Smudges Zimmer, ein Engel der Billigung, eine Göttin der Zerstreuung und vieler wichtiger Dinge, die Smudge nicht oft betrafen, flüsterte ihr ins Ohr: »Ein Kätzchen.«

Smudge war begeistert.

»Welche Farbe hat es?«, flüsterte sie mit Mühe.

»Es sieht ganz ähnlich aus wie du, Smudge: Es ist anthrazit.«

»Meinst du, Lloyd wird eifersüchtig sein?«

»Mit Sicherheit. Alle Katzen sind eifersüchtig. Aber das heißt nicht, dass wir uns von ihnen schikanieren lassen dürfen. Er hat seine Mäuse. Und er hat dich.«

»Stimmt, er hat mich. Er schläft oft hier, und er bringt mir seine Beute. Ich tue immer so, als würde ich sie aufessen, um höflich zu sein, aber dann werfe ich sie aus dem Fenster, sobald er …«

Charlotte wollte Smudges Geschichten nicht hören.

»Ja, Liebes, ist gut. Ich habe das Kätzchen von der Bowes-Farm. Was hältst du davon, wenn wir es Tenterhooks nennen?«

»Wegen der Krallen?«

»Möchtest du es Emerald beim Essen überreichen?«

»O ja! Darf ich es jetzt sehen? Bitte, Mutter.«

»Nein, nicht jetzt … Du weißt doch, dass ich dich nicht in meinem Schlafzimmer haben möchte.« Smudges Zeit war abgelaufen, Charlotte wurde wieder vage. »Ich dachte, ich tue es in eine Schachtel, das müsste eigentlich gehen, wenn es nicht für zu lange ist. Es ist noch sehr klein.«

Sie stand auf, gab Smudge einen weiteren Kuss und ging. Smudge schlang begeistert die Arme um ihren Oberkörper.

In ihren jadegrünen Seidenslippern trippelte Charlotte die Treppe zur Spülküche hinunter und öffnete, unten angekommen, die Tür. Der Blick, der sich ihr bot, war für sie ungewohnt – von der Rückseite der Spülküche, neben der Tür zum alten Haus. Vorbei an Türmen von abtropfendem, abgewaschenem Geschirr, noch unangetasteten Pfannen, in denen das Fett allmählich hart wurde, Stapeln von Tassen, Teekannen, Milchkännchen und Tabletts – ebenfalls unabgewaschen – fiel ihr Blick durch die breite Tür in die eigentliche Küche, wo Florence Trieves mit dem Rücken zu ihr konzentriert an irgendeinem unsichtbaren Gericht arbeitete, das ihr offenbar Schwierigkeiten bereitete, denn sie stieß ein lautes »Herrgott noch mal!« hervor und schüttelte frustriert den Kopf.

Emerald, ähnlich konzentriert, arrangierte Pâté auf einer ovalen Fischplatte, sorgfältig darauf bedacht, die Sülzeumhüllung nicht zu beschädigen, und rückte mit der Spitze ihres kleinen Fingers ein Lorbeerblatt zurecht. Sie war noch nicht zum Essen umgezogen, sah Charlotte, sondern trug noch ihr inzwischen ziemlich schlaffes Nachmittagskleid, das nicht so recht zu ihren perfekt frisierten Haaren passte.

»Braucht ihr Hilfe?«, bellte Charlotte, um die beiden zu erschrecken. Haushälterin und Tochter fuhren herum.

»Mutter!«

Florences Gesicht war puterrot. »Ach, Sie sind's. Ja. Halten Sie das hier.«

Charlotte überquerte die Steinplatten, nahm im Vorbeigehen eine weiße Schürze von einem Haken an der Tür der Spülküche und streifte sie sich über den Kopf.

»Das hier« war ein knotiger Hautlappen, den Florence mit einer dicken Nadel zunähen wollte, damit die aromatische bröselige Farce nicht aus dem Vogel entweichen konnte, in den sie fest hineingestopft worden war.

»Grundgütiger, Florence«, sagte Charlotte. »Sie können doch nicht im Ernst glauben, dass dieser Vogel rechtzeitig fertig wird? Es ist doch sicher schon nach sieben.«

»Zehn nach«, presste Florence durch zusammengebissene Zähne, stieß die Nadel in den Hautlappen und zog den leicht blutigen Faden durch.

Charlotte erbarmte sich ihrer und verzichtete auf weitere Boshaftigkeiten. »Emerald, du solltest wirklich gehen und dich umziehen. Ich bin ja jetzt hier. Was kann ich noch tun, um Ihnen zu helfen, Florence?«

»Nichts, Mrs Swift. So weit käme es noch. Außerdem sind Sie schon für die Party umgezogen. Ihre Juwelen könnten in die Suppe fallen.«

»Was ist noch nicht erledigt?«

»Fragen Sie lieber, was erledigt *ist*.«

»Sind die kümmerlichen Kreaturen noch im Frühstückszimmer?«

»Sind sie.«

»Ich habe versucht, die Eisenbahn anzurufen«, sagte Emerald. »Wir haben immer noch nichts gehört.«

»Was für eine unglaubliche Ineffizienz. Wo ist Myrtle?«

»Macht Miss Sutton die Haare.«

Charlotte verzog abfällig die Lippen. »Miss Sutton ...« Emerald gab ein ärgerliches Geräusch von sich, sagte aber nichts. »Und wenn sie mit *ihr* fertig ist?«

»Muss sie den Tisch decken.«

»Was? Der Tisch ist noch nicht gedeckt?« Charlotte war fassungslos.

»Nein.«

»Dann übernehme ich das.« Sie sah auf den zugenähten Vogel hinunter. »Kann ich dann gehen?«

Florence griff sich ein kurzes Messer und setzte es zu einem präzisen Schnitt an. »Ja«, sagte sie. »Danke.«

Emerald richtete sich auf und wischte sich die Hände an einem Tuch ab, das von ihrer Taille hing. »Ja, danke, Mutter«, sagte sie gerührt.

In der Tür legte Charlotte die Schürze ab, betastete prüfend ihr Haar und flüsterte: »Denkt ihr manchmal auch, es wäre besser, aufzugeben?«

»Das Haus?«, fragte Florence.

»Diesen Kampf, ja«, antwortete Charlotte, ohne auf Emeralds verzweifeltes Gesicht zu achten.

Florence warf ihr einen Blick zu, in dem die Vertrautheit von Jahren lag. »Nein, Charlotte«, sagte sie. »Wir halten uns doch sehr gut.«

»Wenn Edward zurückkommt, wird die Frage sich wahrscheinlich sowieso erledigt haben; dann werden wir es wissen, so oder so.«

Charlotte, Emerald und Florence verharrten in einem kurzen, aber zutiefst bedrückten Schweigen. Dann sagte Florence: »Nun gehen Sie schon, Mrs Swift.«

»Danke, Mrs Trieves. Vorwärts!«, rief Charlotte gleichzeitig aufmunternd und geistesabwesend, und machte auf dem Absatz kehrt.

Florence zog die Backofentür mit dem Fuß auf, griff sich, umwabert von der hervorquellenden Hitze, den schweren eisernen Bräter mit dem Vogel und schob ihn hinein. »Und Sie gehen und ziehen sich um, Emerald«, sagte sie. »Sie sehen furchtbar aus.« Emerald ging.

Charlotte betrat das Esszimmer, schloss beide Türen und zog die Vorhänge vor. Als sie sicher war, unbeobachtet zu sein, huschte sie geschäftig durch den großen Raum und arrangierte Besteck, Geschirr und Gläser mit zielstrebiger Akkuratesse. Bald schon war der Tisch gedeckt. Silber und Porzellan schimmerten auf Damast, Kerzenhalter und Schalen mit fest geschlossenen seidenen Rosenknospen zierten die Mitte der Tafel.

»Perfekt«, hauchte sie in der Tür und glitt aus dem Zimmer.

Sie würde sich ein Weilchen an ihr offenes Fenster stellen, um sich abzukühlen, dann ihre Hände gründlich mit Laugenseife waschen und sie anschließend mit Lavendelwasser einreiben, um jeden Rest Silberpolitur zu vertreiben. Niemand würde wissen, dass sie sich zu niederer Arbeit herabgelassen hatte.

Nur sechs der ungefähr ein Dutzend Uhren, die es auf Sterne gab, funktionierten, und davon zeigten nur drei wenigstens ungefähr die korrekte Zeit an. Es war irgendwann nach sieben. Alle zogen sich um oder waren sonst wie beschäftigt. In den unteren Räumen des Hauses war es still, nur in der Küche und im wimmelnden Bienenstock des Frühstückszimmers herrschte Aktivität. Es war die kostbare Ruhestunde vor dem Dinner, in der alles vorstellbar ist.

Smudge schlich allein die Treppe hinunter, stolz darauf, dass sie für ihr Großes Unterfangen keinen Mantel oder Ähnliches brauchte, da sie in weiser Voraussicht so viele Unterkleider angezogen hatte. Sie würde es bei jedem Wetter warm haben, und falls es zu irgendwelchen Kalamitäten kommen sollte, war sie zudem gut gepolstert.

Auf dem Treppenabsatz blieb sie stehen und spähte in die Halle und die Zimmer, die sie durch teils geöffnete Türen sehen konnte.

Vorsichtig schlich sie weiter nach unten und bekam nicht nur einen fürchterlichen Schreck, sondern fühlte auch ihre Pläne durchkreuzt, als ein lautes Klopfen an der Tür die Stille zerriss. Sie flitzte wieder nach oben und wartete auf die herbeieilenden Schritte, die sich um den Besuch kümmern würden – aber keine Schritte näherten sich. Das Klopfen wurde wiederholt. Wer immer der Dummkopf war, der draußen stand, er kam anscheinend nicht auf die Idee, die Klingel zu benutzen. Es war wirklich zu ärgerlich. Sie vermutete, dass es sich um Farmer John Buchanan handelte, ein wahrer Meister, wenn es darum ging, im unpassendsten Augenblick aufzutauchen, und zudem – selbst in Smudges Augen – ein ziemlicher Langweiler.

Seufzend trabte sie nach unten, um die Tür selbst zu öffnen, aber schon wurde ein drittes Mal dagegengeklopft, laut und reichlich unverschämt, dachte sie mit kindlicher Kritik, allem Anschein nach mit dem metallenen Griff eines Stocks.

Sie legte die Hand auf den großen eisernen Knauf und zog die Tür Zoll für Zoll auf.

Auf der Veranda davor, den Stock erhoben, um erneut zu klopfen, einen Ausdruck eifriger Begeisterung auf dem Gesicht – ein breites Grinsen, um genau zu sein –, stand nicht etwa John Buchanan, sondern ein völlig Unbekannter.

Er war nur etwa mittelgroß und eher zierlich, trug elegant spitz zulaufende Schuhe, einen lebhaften, munteren Gesichtsausdruck und einen buschigen, energisch gezwirbelten Schnurrbart.

»Ich fürchte«, rief er, »ich komme ziemlich spät.«

Smudge wusste nicht, was sie tun sollte. Seine Zähne blitzten, als er an seiner Nase entlang auf sie herabblickte und sie musterte. »Ich nehme an, ich darf eintreten?«

Smudge trat stumm beiseite und hielt über die Schulter Ausschau nach einem Erwachsenen, der ihr beistehen würde, aber es kam niemand. Nur ein Schwall fremder Stimmen, sicher die der Überlebenden, drang durch die Halle.

»Es tut mir leid, Unannehmlichkeiten zu bereiten, aber soviel ich weiß, wurde Bescheid gegeben?«

Smudge blieb immer noch stumm.

»Ich bin Charlie Traversham-Beechers. Ist die Dame des Hauses vielleicht zu sprechen? Würdest du sie vielleicht – holen?« Wieder entblößte er seine weißen Zähne.

»Imogen Torrington«, brachte Smudge endlich im Flüsterton hervor. Auf ihrem eigenen Terrain war sie ein durchaus selbstbewusstes Kind, aber das hier war alles andere als ihr Terrain.

Der Herr hielt ihr die Hand hin. »Wirklich? Sehr angenehm«, sagte er mit gewandtem, leicht näselndem Ton, umschloss ihre Finger mit seinen dick behandschuhten Händen und drückte zu.

In diesem Augenblick war ein Pfeifen zu hören, und Clovis, der noch an seiner Fliege herumzupfte, kam in makelloser Abendkleidung – im Frack – die Treppe herunter, die Haare geölt, die Bügelfalten seiner Hose messerscharf. Er war das absolut Willkommenste und Brüderlichste, was Smudge sich gewünscht haben könnte. Sie rannte zu ihm.

»Hallo, wen haben wir denn da?«, erkundigte sich Clovis.

Der Gentleman trat beflissen vor. »Charlie Traversham-Beechers. Ich glaube, Sie haben mich bereits erwartet.«

»Falls ja, weiß ich persönlich nichts davon«, gab Clovis liebenswürdig zurück, während Smudge sich hinter ihm versteckte und die Ohren spitzte.

»Meines Wissens hat die Eisenbahn Ihnen mitgeteilt, dass Sie mit Passagieren rechnen müssen«, erwiderte der Besucher.

»Passa… Oh! Sie gehören zu dem Unfall?«

»Richtig.«

»Wie außergewöhnlich.«

»Ja, es war ziemlich entsetzlich.«

Clovis ließ den Blick über Charlie Traversham-Beechers' äußere Erscheinung wandern. »Wo hat dieser Unfall eigentlich stattgefunden?«

»Auf der Nebenlinie.«

»Nach?«

»In der Nähe von Whorley. Irgendwelche Probleme mit einer Weiche, glaube ich. Der absolute Horror. Eine richtige Entgleisung. Hat man Ihnen das nicht gesagt?«

»Nicht im Detail. Furchtbar.«

»Das war es. Aber die meisten wurden bereits versorgt.«

»Ja, wir haben schon eine ganze Gruppe von Ihnen irgendwo hier …« Clovis sah sich um, als erwartete er, die bisherigen Besucher in den Schatten lauern zu sehen. »Aber wir haben nicht damit gerechnet, dass noch mehr kommen.«

»Haben Sie denn kein Telefon? Hat die Eisenbahn Sie nicht kontaktiert?«

»Da drüben steht es.« Clovis deutete auf das Gerät. »Aber wir haben nicht das Geringste gehört. Es tut mir leid, Sie müssen mich für entsetzlich unhöflich halten. Kommen Sie doch herein. Ich …« Er unterbrach sich, sah sich um und fragte sich plötzlich, was Emerald und seine Mutter jetzt wohl von ihm erwarteten. Was sollte er mit dem Fremden anfangen, ohne ihre ach so wichtigen Dinner-Arrangements durcheinanderzubringen? »Ich frage mich, wo die gute Mrs Trieves abgeblieben ist …« Plötzlich hatte er eine Idee. »Wissen Sie was, vermutlich sollte ich Sie erst einmal den anderen Überlebenden vorstellen.«

»Vermutlich. Vielen Dank«, sagte der Irrgänger, und die beiden begaben sich zum Frühstückszimmer und ließen Smudge allein.

Immens erleichtert sah sie sich eine Weile in der leeren Halle um, bevor sie sich an ihren ursprünglichen Zeitplan erinnerte. Sie durfte sich auf keinen Fall von ihrem Großen Unterfangen abbringen lassen. Sie zuckte die Schultern, schüttelte sich und huschte in den hinteren Teil des Hauses.

Clovis führte den Neuankömmling mit schnellen Schritten durch den Korridor und öffnete die Tür zum Frühstückszimmer, in dem die Gäste – die Überlebenden vielmehr – das Feuer umlagerten. Sie drängten sich darum herum, als hofften sie, im Kamin irgendetwas zu entdecken. Bei seinem Eintreten drehten sie sich aufgebracht und bedrückt um, und mehrere Stimmen riefen:

»Es gibt keine Kohlen mehr!«

»Kein Feuerholz!«

»Überhaupt nichts Brennbares!«

Clovis war wie vor den Kopf gestoßen. Sie alle – es schienen fünfzehn, zwanzig oder sogar mehr zu sein – drängten ungehalten auf ihn zu, und die Beschwerden, die sich übereinanderlagerten, klangen fast wie ein Chor: »Uns ist kalt! Wir haben Hunger!«

Um die Sache noch schlimmer zu machen, wandte sich der Neuankömmling, Charlie Treverish-Beacon oder Haversham-Trevor – Clovis hatte sich den verflixten Namen nicht gemerkt –, mit beträchtlicher Verwunderung zu ihm um und rief vorwurfsvoll: »Soll das etwa heißen, dass diese armen Teufel seit dem Unfall hier drin zusammengepfercht sind?« Und mit diesem verblüffenden Seitenwechsel löste er sich von Clovis und verschmolz mit finsterem Blick mit der Masse der Passagiere.

Clovis war so verwirrt, dass er nicht wusste, was er sagen sollte. Aber schon kam Haverish-Treechers wieder auf ihn zu. Er trug, wie Clovis jetzt erst sah, eine rote Weste von einer sehr intensiven Farbe, irgendetwas zwischen Pflaume und Rotwein;

eine rubinrote, portweinfarbene Weste, befremdlicherweise aber keine Krawatte, deren Fehlen seinem Näherkommen etwas Wildes verlieh.

»Es sind Frauen und Kinder hier. Wollen Sie etwa, dass sie vor Schwäche zusammenbrechen?«

Nun, da die kleine Menge einen Vorkämpfer und Fürsprecher gefunden hatte, verstummte sie wieder und beobachtete in aller Stille die beiden Männer, um zu sehen, wie die Sache ausgehen würde.

»Haben Sie denn keinen Tee bekommen?«, erkundigte sich ein nervöser Clovis und sah sich endlich unter den blassen Gesichtern um. Widerstrebend räumten sie ein, dass man ihnen Tee gebracht hatte, ein Eingeständnis, das fast so etwas wie eine stillschweigende Entschuldigung war. Niemand, dem Tee serviert wurde, hat wirklichen Anlass für ernsthafte Beschwerden.

»Auf ein Wort.«

Der Sprecher trat energisch auf ihn zu und beugte sich vertraulich vor. Clovis, wieder auf dem falschen Fuß erwischt, konnte gerade noch verhindern, dass er zurückzuckte. Das alles war zu befremdlich. Aber der Fremde lächelte.

»Könnten wir uns einen Moment draußen unterhalten?«

»Natürlich.« Es gab nichts, was Clovis lieber war, als dieses Zimmer verlassen zu können, in dem es inzwischen roch wie in einem Bahnhofswartesaal – nach ausdünstenden Mänteln und glitschigen Regenhäuten, nach feuchter Wolle und alten Teppichen, nach nassem Hund! Am liebsten hätte er auch dem wetterwendischen Mr Wer-immer-er-auch-war die Tür vor der Nase zugeschlagen und ihn bei den anderen zurückgelassen, wagte es aber nicht und fürchtete, sie würden sich alle auf ihn stürzen, wenn er es versuchte.

»Hier entlang«, sagte er mit ausdrucksloser Stimme.

Misstrauisch beäugt von den aufgebrachten Passagieren traten der junge Mann und der Besucher in die kühle Luft des

Korridors, aber zu Clovis' Überraschung brach der Gentleman, kaum dass die Tür hinter ihnen geschlossen war, in ein herzhaftes, ansteckendes Lachen aus.

Clovis merkte, dass auch er zu lächeln anfing, während er darauf wartete, über den Witz aufgeklärt zu werden, und Trevorish-Charlson tat ihm den Gefallen.

»Sollen die da drin ruhig denken, dass sich jemand für ihr Anliegen einsetzt.«

»Wie meinen?«

»Beschwichtigungstaktik. Sie werden jetzt stundenlang Ruhe vor ihnen haben!«

»Ah!«, machte Clovis. Der Gentleman lächelte erneut und tippte vielsagend mit dem Finger an seine Nase.

Clovis hatte den Mann völlig falsch eingeschätzt; er war wirklich ein überaus charmanter Bursche.

»Offensichtlich handelt es sich größtenteils um Passagiere der zweiten und dritten Klasse«, fuhr der Gentleman weltgewandt fort. »Sie denken oft nicht einmal daran, etwas zu verlangen, so wie *unsereins* es tun würde. Sie haben nicht dieselben Erwartungen. War es nicht lammfromm von ihnen, die ganze Zeit so geduldig zu warten?«

»Vermutlich ...«, sagte Clovis, der sich eingestand, dass er selbst die ganze Zeit keinerlei Notiz von ihnen genommen hatte. Dann fragte er, nur um irgendetwas zu sagen: »Haben Sie vielleicht irgendeine Vorstellung, wann man Sie alle abholen wird?«

»Nicht die geringste«, erwiderte der andere unbekümmert.

»Soweit ich weiß, wollte meine Schwester telefonieren. Vielleicht möchten Sie fürs Erste in der Bibliothek warten? Kommen Sie mit. Kann ich Ihnen vielleicht eine kleine Stärkung anbieten?« (Kaum ausgesprochen, bedauerte er sein Angebot, denn ihm graute vor der Vorstellung, die überarbeitete Myrtle oder, noch schlimmer, Mrs Trieves mit ihrer unterschwelligen Hektik um ein Stück Teekuchen oder sonst etwas Nahrhaftes zu bitten.)

»Einfach nur hier zu sein, ist mir Stärkung genug, mein Guter«, lautete die beruhigende Erwiderung seines neuen Freundes, und Clovis merkte, dass er ihm immer sympathischer wurde.

Gefolgt von seinem lächelnden Gefährten, ging er durch den Korridor. Hinter der Tür des Frühstückszimmers war es wieder still. Die Passagiere warteten geduldig auf weitere Entwicklungen.

Nur unterstützt durch kurze Stippvisiten einer völlig abgehetzten Myrtle, hatte Emerald sich in ihr Abendkleid mit seinen diversen Stützen und seinem sonstigen Drumherum gekämpft. Das Kleid, in Frühlingsfarben – einem diesigen Grün, einem sanften Rosa –, wurde an der Schulter von zwei perlenbesetzten Schnallen gehalten; oberhalb der Büste war es kaum noch schicklich zu nennen, unterhalb schmiegte es sich eng an ihren Körper an und ging dann über in einen seidig fließenden, mit zahlreichen Blüten bestickten langen und sehr engen Rock, dessen untere Hälfte unter einem tulpenförmigen Überrock hervorlugte wie der Stiel einer Blume.

Ihre Füße steckten in Schnallenschuhen, die von Zigeunern passend zum Kleid eingefärbt worden waren. (Die Zigeuner schlugen oft ganz in der Nähe ihr Lager auf und waren Meister im Schleifen von Messern, im Flicken von Töpfen und im Umfärben aller möglichen Dinge.) Myrtle hatte fünfzehn Minuten gebraucht, um die Knöpfe am Rücken des Kleids zu schließen. Es war bei Weitem das Schönste, aber leider auch das Umständlichste, womit Emerald je etwas zu tun gehabt hatte.

»Wenn ich es nicht so lieben würde, würde ich es verbrennen«, sagte sie. »Und ich muss wirklich aufhören, Selbstgespräche zu führen.« Und sie ging nach unten, um es noch einmal bei der Eisenbahn zu versuchen, bevor sich die Gäste im Salon versammelten.

Die Luft in der Halle war kalt. Als sie nach dem Hörer griff, überzog eine Gänsehaut ihre nackten Arme, sodass sich der

Flaum auf ihnen in einer vergeblichen Verteidigungsbemühung aufrichtete.

Dieses Mal prasselte Elsie Goodwins Stimme aus dem Hörer wie eine Ladung Schrotkugeln aus einer Kanone.

»Vermittlung!«

»Hallo, Elsie. Hier spricht Emerald Torrington, auf Sterne.«

»Oh, auf Sterne!«, kreischte Elsie, für die Wiederholungen sowohl Gewohnheit als auch Vergnügen waren.

»Könnten Sie mich bitte mit der Eisenbahnzentrale verbinden?«

Plötzlich war die Leitung still. Sie war so still wie ein dunkler Teich in einer ruhigen Nacht, in der man auf das Wasser hinausblickt und sich fragt, was sich wohl unter seiner tintigen Schwärze verbirgt. Das heißt, Elsies Stimme war verschwunden, und auch keinerlei Knistern war mehr zu hören. Stattdessen ertönte das laute, tragende Lachen eines Gentleman, allerdings nicht aus dem Hörer, sondern aus der Bibliothek. Eines fremden Mannes? Den Hörer noch in der Hand, beugte sich Emerald unter der Treppe hervor und reckte sich in Richtung Tür der Bibliothek, die teilweise offen stand und ihr einen weiten Blick auf den Raum dahinter bot.

Clovis' ausgestreckte Beine und Füße ragten in der Nähe des Kamins hervor. Immerhin hatte er schon seine Abendschuhe an, also würde sie ihm nicht den Kopf abreißen müssen. Da, schon wieder dieses Lachen, ein lautes, hohes *ha-ha-HA-HA!*

Sie beugte sich noch weiter vor, bis das Telefonkabel sich straffte, während sie gleichzeitig vergeblich versuchte, den Hörer ans Ohr gepresst zu halten, und sah nun auch das zweite Beinpaar im Raum, das dem Besitzer des Lachens gehörte. Dann standen beide Männer auf, wie um ihr zu Gefallen zu sein. Ihr Blick auf die beiden, quer durch die Halle und die teilweise geöffnete Tür des weitläufigen Raums, war nicht perfekt, dennoch ließ der Anblick des fremden Mannes sie alles andere vergessen – Elsie, die Eisenbahn und sogar ihren verflixten Geburtstag.

Sie sah ihn im Profil; größer als Clovis, das lange Kinn vor- und hochgereckt, um das Lachen auszustoßen. Der Schein des Feuers beleuchtete den unteren Teil seines Gesichts und ließ die tiefrote Seide seiner Weste aufschimmern.

Eine Weste aus roter Seide? Als Reisebekleidung?

Seine Haut wirkte in diesem Licht gelblich, seine Finger, die lang waren, besaßen dieselbe ölige Färbung. Verblüfft über die Aura der Hysterie und der Geheimnistuerei, die sowohl von dem geheimnisvollen Fremden als auch von Clovis ausging, zuckte Emerald innerlich zurück, während sie zugleich fasziniert war, sich fast sogar gezwungen fühlte, mehr in Erfahrung zu bringen.

Leise stellte sie das Telefon auf den Tisch, legte den Hörer daneben und merkte, dass sie sich auf Zehenspitzen auf die beiden zubewegte. Der Rest des Hauses war still, als sie sich der Tür näherte.

»Was ist so lustig?«, fragte sie auf der Schwelle.

Clovis sah sie an. Er hielt eine brennende Zigarre in der Hand. Wo hatte er die bloß her?

»Das ist meine Schwester Emerald«, sagte er mit einer lässig hingeworfenen Geste in ihre Richtung, ein Verhalten, das selbst für ihn ungewohnt unhöflich war. Er spielte sich vor dem Fremden auf, erkannte Emerald, und sie hätte es ihm am liebsten ins Gesicht gesagt.

Der Fremde sah über die Schulter zu ihr hin; Emerald fand seine Augen zutiefst beunruhigend.

»Es ist mir ein Vergnügen, Miss Torrington«, sagte er und kam mit einer halben Verbeugung auf sie zu, sein Name allerdings verlor sich im feuchten Stumpen der Zigarre, die er sich in den Mund steckte, um ihr die Hand zu reichen und zu schütteln.

Als er die Zigarre wieder aus dem Mund nahm, zog sich eine dichte Rauchwolke, immer dünner werdend, zwischen seinen Lippen und dem angeschnittenen Ende der Zigarre hin und senkte sich langsam auf sein Kinn herab. Emerald beobachtete es fasziniert. Schließlich riss sie den Blick verlegen von dem Mann los und sah Clovis fragend an.

»Zigarren? Schon vor dem Essen?«, sagte sie, und er stieß ein leises Jaulen aus, um sich über sie lustig zu machen. »Sind Sie einer der Passagiere?«, erkundigte sie sich, wieder an den Fremden gewandt, der sich mit der Zunge über die Unterlippe fuhr, wie um den entströmenden Rauch aufzufangen und zu verschlingen.

»Ja, Emerald, offensichtlich«, sagte Clovis und hätte sich dafür um ein Haar eine Ohrfeige eingefangen.

Sie war hin- und hergerissen zwischen dem Wunsch, ihren Bruder aus dem Zimmer zu zerren und zu fragen, was das alles zu bedeuten hatte, und der Angst, dieser widerliche Besucher könne sich während ihrer Abwesenheit an den Wertsachen vergreifen. Schließlich tat sie gar nichts und sah ihren Bruder nur verwirrt an.

»Ich fürchte, unsere Bekanntschaft hat keinen sehr glücklichen Anfang genommen, Miss Torrington«, kam es von dem Fremden. »Ich muss mich entschuldigen und nehme alle Schuld auf mich. Wo habe ich bloß meine Manieren gelassen?«

Er warf seine Zigarre ins Feuer. Clovis tat es ihm nach und machte ein mannhaft ernstes Gesicht.

»Ihr Bruder und ich haben uns gerade über etwas sehr Albernes unterhalten, nicht wahr, Clovis? Etwas wirklich sehr Albernes.«

»Über alle Maßen albern.«

»Und Sie kamen genau in dem Augenblick herein, als einer von uns eine ganz und gar nicht stubenreine Bemerkung gemacht hatte.« Letzteres wurde in einem spöttischen Ton geäußert.

»Natürlich nicht über eine Dame«, warf Clovis ein. Die beiden klangen wie ein eingeübtes Music-Hall-Duo.

»O mein Gott, nein, nichts dergleichen. Verflixt, Clo, mit jedem Wort graben wir unsere Grube nur noch tiefer.«

Clo?

»Verstehe«, sagte Emerald. »Ich möchte nicht unhöflich erscheinen, aber so leid es mir tut, das alles interessiert mich nicht im Geringsten. Ich wollte gerade die Eisenbahngesellschaft anrufen, um zu hören, ob bereits etwas in die Wege geleitet wurde, um Sie alle abzuholen, damit Sie endlich weiterkommen.«

»Auch ich hoffe«, murmelte er, plötzlich ernst, *»in Ihrem Interesse,* dass etwas in die Wege geleitet wurde, um uns alle abzuholen, Miss Torrington.« Dann milderte er ab, was wie eine Drohung hätte klingen können – offen gestanden wie eine Drohung klang –, und fügte hinzu: »Wie schrecklich, dass so etwas ausgerechnet am Geburtstag einer jungen Dame passieren muss.«

Das alles kam so glatt über seine Lippen, dass das Wort *Geburtstag* eine ganze Welt unerwünschter Intimität zu enthalten schien. Emerald war erneut zutiefst bestürzt.

»Ach, komm schon, Em. Hab dich nicht so.« Clovis klang entschlossen. »Ich habe unseren Freund bereits zum Essen eingeladen, also wird er heute Abend sowieso nicht in einem Eisenbahnwaggon abreisen. Nicht heute Abend, Em. Er bleibt zum Essen.« Dann fügte er mit einem winzigen Schimmer seines normalen Selbst liebenswürdig hinzu: »Falls es dir recht ist, Geburtstagskind?«

Es war ihr natürlich alles andere als *recht,* aber er hatte sie in die Ecke gedrängt, und sie sah nicht den geringsten Ausweg. Getrennt von Clovis war sie einfach verloren. Ihr war gar nicht bewusst gewesen, wie sehr sie zusammengehörten, selbst wenn sie miteinander stritten, und sie fühlte sich ohne ihn schwach und hilflos.

Clovis' neuer Freund neigte sich ihr entgegen, plötzlich verletzlich, während er auf ihre Antwort wartete. Er wippte auf seinen schimmernden, schmal geschnittenen Schuhen vor – obwohl er schockierenderweise keine Krawatte trug, war er recht elegant gekleidet, fast so, als wäre er auf dem Weg zu einem festlichen Abendessen gewesen –, und sein Gesicht war ohne das Feixen, das ihr so missfiel, durchaus charmant und offen wie das eines Kindes. Sie sah zwischen den beiden hin und her.

»Du siehst übrigens wundervoll aus«, sagte Clovis. »Hübsches Kleid.«

»Ja«, nickte der Gentleman. »Absolut wundervoll.«

»In Ordnung«, hörte sie sich mit schwacher Stimme sagen. »Ich meine, natürlich würden wir uns freuen, Sie als Gast bei uns zu haben.« Damit verließ sie das Zimmer.

»Famos. Großartig!«, rief einer der beiden hinter ihr her, aber sie hätte um nichts auf der Welt sagen können, wer von ihnen.

Sie ging zurück zum Telefon, obwohl sie keine große Hoffnung hatte, an diesem Abend noch einmal den Kontakt zu Elsie Goodwin herstellen zu können, und tippte mehrmals auf die bewegliche Höreraufhängung.

»Miss Torrington! Sterne!« Das misstönende Kreischen ließ sie zusammenfahren.

»Ja, hier ist Emerald Torrington.«

»Miss Torrington, ich habe einen Mr William Flockhart von der Eisenbahngesellschaft für Sie. Wenn Sie bitte einen Augenblick warten würden?«

»Ja, danke …«

»Danke *Ihnen!*«

Clovis und sein neuer Freund waren in die Halle geschlendert gekommen, während sich Elsie Goodwin, unsichtbar in ihrem Wohnzimmer, umständlich daranmachte, die notwendigen Verbindungen herzustellen. Und Emerald hörte den fremden Gentleman hinter sich fragen: »Torrington? Sagten Sie *Torrington?*«

»Ja«, bestätigte Emerald stirnrunzelnd.

»Ich weiß nicht, wo ich die ganze Zeit mit meinen Gedanken war. Das ist ja unglaublich!« Ihr Gast lachte entzückt auf. »Gerade eben noch hatte ich das Gefühl – aber dann dachte ich – nein, es kann nicht sein!«, rief er, und noch einmal: »Nein, es ist unmöglich. Aber andererseits sehen Sie beide ihr so ähnlich! Sie sind natürlich dunkler als sie, aber die Kinnpartie, die Wangenlinie, die Stirn, die … Bitte, sagen Sie: Sind Sie Tochter und Sohn von Charlotte Thompson, inzwischen Torrington?«

»Inzwischen Swift«, antwortete Clovis mit gepresster Stimme.

»Ja, sind wir. Sie kennen unsere Mutter?«, versuchte Emerald, die das Telefon für einen Moment völlig vergaß, Genaueres zu erfahren.

»Was für ein Zufall, nicht wahr?«, sagte er und schien ihr Gesicht minutiös in Augenschein zu nehmen, die Lippen halb geöffnet, als wollte er ihr Bild in sich hineintrinken.

In diesem Augenblick drang ein lautes Geräusch aus dem runden Hörer in ihrer Hand, und sie hielt ihn aufs Neue an ihr Ohr. »Hallo?«, sagte sie in die Sprechmuschel, die sie bisher an ihre Brust gedrückt hatte. »Hallo?« Sie tippte erneut auf die Gabel, allerdings ohne Erfolg. »Verflixt«, rief sie dann. «Ich glaube, wir sind getrennt worden. Und ich habe so lange gebraucht, um durchzukommen.«

Der Besucher legte die Stirn in kunstvolle Falten.

»Die Eisenbahn?«, fragte er, und als Emerald enttäuscht nickte, beugte er sich ein Stück näher zu ihr. »Es ist wirklich nicht leicht, sie zu fassen zu bekommen«, sagte er mit einem Zwinkern.

Smudge war immer ein bisschen nervös, wenn sie abends über den Hof zu den Ställen gehen musste. Sie hasste die Dunkelheit nach dem hellen Schein der Fenster des Hauses, bevor der erste Lichtschimmer der Ställe sie erreichte.

Sorgfältig gesicherte Lampen blieben in der Sattelkammer und unterhalb des Uhrenturms brennen, bis die abendlichen Stallarbeiten erledigt waren. Robert löschte sie, bevor er sich in seine Wohnung über der Sattelkammer zurückzog. Von da an herrschte pechschwarze Dunkelheit. (Smudge hatte einmal gesehen, wie zähflüssiges heißes Pech aus einem Eimer in die Ritzen hölzerner Futterkisten und Futtereimer gekippt wurde, und getreu seinem Ruf war Pech tatsächlich die absolut schwärzeste, dunkelste Substanz, die ihr je begegnet war: schwarz, heiß, mit einem durchdringenden, bitteren Geruch.)

Ein kalter Wind schlug ihr die Röcke um die Beine, als sie den Hof betrat. Die Kopfsteine unter den dünnen Sohlen ihrer Stiefel fühlten sich unebener an denn je. So schnell sie konnte huschte sie über den Hof und gelangte – nachdem sie einmal gestolpert war und sich das Knie angeschlagen hatte – zur Tür des Stalls. Die Pferde waren natürlich längst für die Nacht hereingebracht worden.

Die Luft im Stall war wärmer und erfüllt vom süßen Duft des Heus vom letzten Jahr, das nach Leben und sonnenbeschienenen Wiesen roch und, in Netze gefüllt, den Pferden als Futter diente. Sie hörte das rhythmische Mahlen ihrer Zähne, als sie sich daran gütlich taten, und dazwischen das lautere Knirschen verirrter Haferkörner oder das gelegentliche Klappern eines Hufeisens auf dem fischgrätgepflasterten Boden. Ihre Angst verflog, und sie griff vertrauensvoll über sich nach dem Haken, an dem die Halfter hingen. Sie störte sich nicht einmal daran, als eine dicke Spinne auf ihren Handrücken purzelte, sondern schüttelte sie einfach ab und ging an der Reihe der Boxen vorbei zur letzten und kleinsten, die Lady gehörte.

Die Pferde beobachteten sie neugierig. Von oben, auf der anderen Seite des Hofs, über der Sattelkammer, hörte sie Robert lachen und dann Stanleys höhere Stimme, die in das Lachen einfiel.

Sie blieb stocksteif stehen und spitzte die Ohren, registrierte all die anderen Geräusche draußen: das Rauschen des Windes in den Bäumen, das wie an den Strand schlagendes Wasser klang, den Todesschrei irgendeines kleinen Tiers.

»Komm her, Lady«, sagte sie zu dem Pony, als sie in die Box glitt. Lady bewegte sich, reckte den Hals und schnupperte an Smudges Kleidern herum. »Braves Mädchen, du kommst jetzt mit mir«, sagte Smudge so leise wie möglich, während sie gleichzeitig versuchte, ihre Stimme ganz ruhig und selbstsicher klingen zu lassen.

Sie führte Lady an den Boxen entlang. Levi hatte sich hingelegt. Sein schwarzer Schweif lag ausgebreitet auf dem Stroh. Nun hob er den Kopf von den angewinkelten Beinen, um sie zu beobachten. Ferryman dagegen machte den Hals lang, verdrehte die Augen und versuchte, ein Stück aus Ladys Rumpf herauszubeißen, aber Smudge schob seinen Kopf mit dem Ellbogen beiseite, wobei sie nur knapp den gelben Zähnen entging.

»Zurück, du gemeines Biest!«, zischte sie.

Im Inneren des Stalls hatten sich Ladys Hufe nicht besonders laut angehört, aber draußen auf dem offenen Hof machten sie einen schier entsetzlichen Lärm. Sie polterten geradezu auf den Kopfsteinen. (Smudge fragte sich, ob Mr Darwin je aufgefallen war, dass seine geliebte Evolution den Pferden ziemlich übel mitgespielt hatte, indem sie ihnen nicht erlaubte, außer Schritt, Trab und Galopp auch das Gehen auf Zehenspitzen zu erlernen. Dann hätten die ängstlichen, grasfressenden Tiere die Möglichkeit gehabt, sich an Raubtieren vorbeizuschleichen, statt ständig nur weglaufen zu müssen.) Smudge selbst ging auf Zehenspitzen, was allerdings rein gar nichts nützte: Ein Streifen gelben Lichts erschien über ihr und zerteilte die Luft wie ein Breitschwert, als Robert die Tür aufstieß und rief: »He! Wer da?« Seine Stimme klang so laut und herrisch, dass Smudge anfing, wie Espenlaub zu zittern. Weh dem armen Einbrecher, der Robert über den Weg lief, dachte sie.

»Ich bin's nur, Smudge«, antwortete sie kleinlaut.

»Sie – und Lady? Was hat das alles zu bedeuten, Miss Imogen?«

Smudge duckte sich unter Ladys Hals hindurch und sah zu Robert auf, der sich als Silhouette über ihr abzeichnete. Dann tauchte Stanley neben ihm auf, und sie sahen zu zweit auf sie herab. Smudge hatte das Gefühl, auf einem schwarzen Meer zu treiben, auf dem die beiden sie vom Ausguck eines Schiffs aus entdeckt hatten. Bloß dass sie nicht gerettet werden wollte.

»Nun?«

»Die Gäste wollen Lady sehen«, rief Smudge mit selbstsicher klingender Stimme. Allmählich fand sie Gefallen an der Aufregung der Täuschung.

»Jetzt? Wozu denn das?«

»Sie wollen sie sich ansehen, vorne vor dem Haus, weil ich ihnen so viel von ihr erzählt habe und sie ...« Ihre Stimme versagte, aber sie fasste sich wieder. »Ich glaube, sie wollen einfach nur nett zu mir sein.«

Das hörte sich großartig an, sie war begeistert von sich selbst. Am liebsten hätte sie einen Freudentanz aufgeführt. Das würde Robert auf jeden Fall glauben.

»Verstehe ... Aber wieso hat man mich nicht gerufen?«

»Weil Sie doch jetzt zu Abend essen. Und – und – weil ich so gebettelt habe, Lady selbst holen zu dürfen.«

Eine Pause trat ein, in der die ahnungslose Lady ein Schnauben ausstieß.

»Also gut. Und wie lange soll das Ganze dauern, Miss?«

Smudge gab sich ahnungslos. »Ach, ich weiß nicht. Bis sie genug davon haben. Sie wissen doch, wie Erwachsene sind.«

»Allerdings«, sagte er knapp. »Passen Sie jedenfalls auf Ihre Zehen auf, Sie haben ja nicht mal die richtigen Stiefel an. Und wenn ich Sie nicht bald wieder hier sehe, komme ich selbst zum Haus.«

»Ist gut, Robert. Danke.«

Smudge zog am Halfter und setzte ihren Weg durch die Dunkelheit fort. Jetzt, wo sie Roberts Autorität im Rücken und Lady an ihrer Seite wusste, hatte sie überhaupt keine Angst mehr, aber sie wartete, bis Robert die Tür zu seiner Wohnung wieder geschlossen hatte, und zählte bis zehn, bevor sie Lady über den Rasen führte.

Lady war es gewohnt, die Auffahrt zu benutzen, und Smudge musste ihr gut zureden, bevor sie die Hufe auf das Gras setzte. Aber sobald sie es getan hatte, senkte sie den Kopf, um zu fressen und mit ihren stumpfen Zähnen an den Halmen herumzurupfen. Rasen, gestutzt und verboten, war für das Pony wie eine Droge, und Smudge war gezwungen, Lady einen klatschenden Schlag auf den Bauch zu versetzen, damit sie mit der Völlerei aufhörte.

»Komm endlich«, sagte Smudge. Gemeinsam gingen sie aufs Haus zu.

Als sie es erreichten, blieben das Pony und das kleine Mädchen einen Moment abwartend unter der Magnolie stehen, deren weiße Blütenkerzen kein Licht warfen.

Smudge fühlte Ladys stoßweisen Atem warm auf ihrer Handfläche, als sie durch die Fenster spähte.

Niemand zu sehen.

Sie wartete, bis ihr wild hämmerndes Herz sich einigermaßen beruhigt hatte. Dann – und erst als sie überzeugt war, dass niemand sie beobachtete – näherte sie sich der Hintertür. Das Ende der Leine in der einen Hand, griff sie mit der anderen nach dem schweren Ring, drehte ihn und drückte die Tür auf. Lady zuckte beim Anblick des hellen Lichts ein wenig zusammen. »Nur keine Bange, Lady«, sagte Smudge und führte sie entschlossen weiter.

Der Schirmständer versetzte Lady einen kurzen Moment lang in Angst und Schrecken, aber Smudge duldete jetzt, wo sie ihrem Ziel so nahe waren, keine Unbotmäßigkeiten. »Brav, brav, schön weitergehen«, befahl sie.

Ihr Großes Unterfangen war in greifbare Nähe gerückt. An diesem Samstag, dem Vorabend des Ersten Mai, würde das Pony namens Lady in Kohlestrichen verewigt werden. Sie musste Lady nur dazu bringen, ihr brav Modell zu sitzen, und schon wäre es erledigt. Beim Gedanken an die Modell *sitzende* Lady musste Smudge die Hand vor den Mund schlagen, um ein Kichern zu unterdrücken. Natürlich würde Lady nicht wirklich *sitzen,* nur Zirkusponys setzten sich hin, auf Fässer oder auf Clowns und dergleichen, und dafür war Lady viel zu würdevoll und viel zu gewichtig.

»Pst, Lady«, flüsterte sie. »Komm mit. Wir gehen jetzt rein.«

Das Pony tat den ersten Schritt ins Innere des Hauses.

So also verteilten sich die Bewohner von Sterne zwischen sieben und acht Uhr abends auf das Haus (die Mehrheit der Tiere nicht mitgerechnet, die, sofern nicht anderweitig vermerkt, entweder schliefen oder den Menschen zwischen den Beinen herumliefen): Robert und Stanley waren bei ihrem Abendessen, bestehend aus Brot, Käse und Mixed Pickles; das Pony Lady und Smudge hatten gerade die hintere Halle betreten; die schwitzende Florence Trieves hackte in der Küche auf Myrtle herum; Emerald war in ihrem Zimmer und beruhigte ihre Nerven nach ihrer verwirrenden Begegnung mit dem neuen Gast in der Halle; Charlotte, die Puderquaste in der Hand, ging in ihrem Zimmer umher und betupfte verdrossen ihren blassen Hals, ohne sich des neuen Gastes bewusst zu sein (allerdings war ihr charakteristischerweise die Anwesenheit der ihr bereits bekannten Gäste ein Dorn im Auge, ebenso charakteristischerweise war ihr das erbarmungswürdige Scharren des Kätzchens Tenterhooks in seinem kleinen Gefängnis unter ihrem Bett absolut gleichgültig). Und die Überlebenden im Frühstückszimmer waren dabei, ihre feuchten Mäntel auszuziehen und begierig der Dinge zu harren, die da kommen sollten.

Patience, perfekt frisiert und voller Vorfreude, hüpfte aus ihrem Zimmer zu dem ihres Bruders und klopfte.

»Ernest?«

»Müssen wir?« Er öffnete die Tür.

»Ich denke schon. Bist du fertig? Nein, wie ich sehe, noch nicht. Ich kann ja verstehen, dass die Fliege dir Probleme bereitet, Ernest, aber ein Kamm? Jeder kann mit einem Kamm umgehen!«

»Ich habe – nein, nicht …«

Sie hatte seine Hand genommen und zog ihn vor den Spiegel des Frisiertischs, wo sie ihn auf den Stuhl drückte, seine Fliege neu band und ihm mit dem Kamm durch die dichten Haare fuhr, die sie anschließend mit etwas Pomade bändigte. Patience lebte in der ständigen Angst, andere könnten sich über Ernest lustig machen, obwohl das seit seiner Kindheit nie wieder geschehen war. Es gab nichts, was sie mehr fürchtete, als ihn gedemütigt zu sehen; es war für sie ein unerträglicher Schmerz. Einmal hatte sie einem Jungen, der drei Jahre älter war als sie, die Nase blutig geschlagen, weil er Ernest »Karottenkopf« und »Schielauge« gerufen hatte.

Nachdem sie eine Weile mit Fliege und Kamm herumhantiert hatte, gab sie ihn frei, und sie verließen gemeinsam das Zimmer, überaus elegant und passend für die abendliche Feier ausstaffiert. Als sie Arm in Arm die Treppe hinuntergingen, verkündete Patience: »Es wird ein wundervoller Abend werden, nicht wahr, Ernest?«

Die Stimme, die ihr antwortete, war jedoch nicht die ihres Bruders, sondern eine, die rauer und schärfer klang als seine. Sie gehörte dem Gentleman mit dem Schnurrbart, dem neuen Gast, dem Eindringling, der ihre Schritte auf den hölzernen Stufen gehört hatte, aus seinem Sessel in der Bibliothek aufgesprungen war und die Tür aufgerissen hatte, um zu rufen: »Ein überaus wundervoller Abend!«

Bruder und Schwester blieben stehen und musterten ihn verwundert – den maulwurfschwarzen Serge seines Jacketts, die schneeweiße Hemdbrust, das Hemd selbst, das am Hals schockierenderweise offen stand, und die kirschrot aufblitzende Weste.

Clovis kam in seinem Gefolge in die Halle geschlendert, lachend, umgeben von einer Wolke Zigarrenrauch.

»Charlie Burbisham-Tr… – darf ich Ihnen Miss Patience Sutton und ihren Bruder Ernest vorstellen. Sie sind …«

»Sehr erfreut«, sagte der Herr und blickte mit seinen sehr schwarzen Augen in ihre glockenblumenblauen. »Überaus erfreut.«

»Ganz meinerseits«, kam es weltläufig von Patience, der es gelang, sich ihren Schock sowohl über das Aussehen dieses Neuankömmlings als auch über Clovis' reichlich ungebührliches Verhalten nicht anmerken zu lassen – von den skandalösen Rauchwolken, die aus der Bibliothek drangen, ganz zu schweigen.

Der gleichermaßen verblüffte wie beherrschte Ernest streckte dem anderen die Hand hin, und die weißen Handschuhe der beiden trafen sich zu einem festen Griff.

Patience, winzig im Vergleich zu den Männern um sie herum, klappte anmutig ihren Fächer auf und wieder zu. Alle vier standen einen Augenblick beisammen, ohne zu ahnen, dass soeben ein Pony durch die Hintertür ins Haus gebracht worden war. Irgendwo schlug eine Uhr.

»Hat es gerade acht geschlagen?«, erkundigte sich Patience. (Nein, hatte es nicht.) »Ist es wirklich schon so spät?«

»Keine Ahnung«, sagte Clovis. »Sollen wir hineingehen?« Und er führte den Weg an, ohne eine Erklärung zur Anwesenheit des neuen Herrn abzugeben.

»Wer um alles in der Welt ist das?«, flüsterte Patience ihrem Bruder ins Ohr.

»Anscheinend ein Freund von Clovis«, antwortete Ernest, wobei er nur den Mundwinkel bewegte.

Patience verdrehte die Augen auf eine Weise, die »Alles sehr ungewöhnlich« bedeutete, und erhielt ein lautloses »Bizarr!« ihres Bruders als Antwort.

Sie hatten den Salon erreicht. Clovis stieß die Tür auf, und die kleine Gruppe trat ein. Die einzige Ausnahme bildete der neue Gast, der lautlos durch den Korridor davonhuschte. Ohne aus dem Schritt zu kommen, öffnete er geräuschlos die Tür des Frühstückszimmers, beugte sich hinein und flüsterte: »Ich tue mein Bestes.« Er tippte sich bedeutungsvoll mit dem Zeigefinger an die Nase, wie er es vorhin Clovis gegenüber getan hatte, machte die Tür wieder zu und trabte zurück, um sich den anderen anzuschließen.

Keine Geräusche gestelzter Fröhlichkeit drangen bis zu Smudge, die Lady die Treppe hinaufführte.

Es hatte einen kniffligen Augenblick gegeben, als das Pony das hohle Dröhnen seiner eigenen Hufe auf dem Holz gehört und erschrocken einen Satz nach hinten gemacht hatte, aber Smudge, der Verzweiflung nahe, hatte ihm gut zugeredet.

»Komm schon«, drängte sie. »Es ist überhaupt nicht weit!« Lady war nach wie vor skeptisch. »Na komm, geh schön die Treppe rauf, Lady. So ist's brav.«

Und Lady war die Treppe hinaufgegangen, deren Holz, anders als das der Vordertreppe, nicht gewachst und poliert war. Die Vorderhufe fanden die Stufen mit Leichtigkeit, das

Hinterteil bewältigte den Anstieg ohne Probleme, das Poltern allerdings war furchtbar. Trotzdem – niemand kam.

Der Treppenabsatz stellte eine neue Herausforderung dar. Die Tür musste offen gehalten werden, damit das Pony durchgehen konnte, und dann mussten sie durch den ganzen langen Flur, vorbei an Zimmer um Zimmer. Wenn die Küchentreppe doch bloß breiter gewesen wäre! Von dort hätten sie es viel näher gehabt bis zu Smudges Zimmer. Sie war inzwischen ganz hibbelig vor Aufregung. Ihre Finger zögerten lange, angstvolle, hassenswerte Sekunden über dem Türknauf. Dann ergriff sie ihn. Ihre Hände waren schweißnass, ihr Mund trocken. Mit einem überlauten Klicken drehte sie den Knauf.

Dahinter war es warm, Lampen brannten den ganzen Korridor entlang und machten ihn so behaglich und heimelig, wie sie ihn noch kaum je gesehen hatte.

Sie wollte die Tür gerade weiter aufmachen, als sie hörte, wie die Tür ihrer Mutter – ihrer Mutter! – geöffnet wurde. Hastig zog sie sie wieder zu.

Sie hörte Charlottes schnelle Schritte, eine weitere Tür – noch näher – und dann, so unverkennbar wie der Hufschlag eines Pferdes, das Geräusch der Toilettenspülung. Hysterie wallte in Smudges Brust auf. Gleich würde sie anfangen zu lachen, würde sich krümmen vor Lachen, würde sterben vor Lachen. Und als sei auch Lady mit dem Geräusch einer gezogenen Kette vertraut, hob sie den Schweif und ließ einen feuchten Haufen grasiger, dampfender Pferdeäpfel genau am Kopf der Treppe auf den Absatz fallen.

»O Lady«, hauchte Smudge, der das Kichern vergangen war. »Das war nicht sehr nett.«

Lady, die ihren Status als Hauspony inzwischen als selbstverständlich hinnahm, bewegte nur gleichgültig die Ohren, während zu hören war, wie Charlotte in ihr Zimmer zurückging. Alles war wieder still.

Smudge machte die Tür weit auf.

»Jetzt oder nie«, flüsterte sie und führte das Pony in den breiten Korridor.

Aus den anderen Zimmern waren keine Geräusche zu hören, keine Stimmen. Es gab nur das gleichmäßige, gedämpfte Poltern der Pferdehufe auf dem Boden. Der süßliche Dunggeruch, der um sie herum in der Luft hing, verlor sich allmählich. Smudge widerstand dem Bedürfnis, Lady zum Trab anzutreiben, da sie fürchtete, die Pferdehufe könnten dann durch die Decke brechen und Putz und Mörtel auf die verängstigten und aufgebrachten Menschen darunter herabrieseln lassen. Wie wütend sie sein würden! Sie stellte sich vor, wie sie erschrocken nach oben blickten und ihr mit der Faust drohten.

Ladys sorgfältig eingeölte Hufe wirkten hier drinnen nicht ganz so sauber wie draußen, aber sie bewegte sich über die Teppiche, als wäre sie seit jeher daran gewöhnt. Smudge führte sie an den Lampen vorbei, vorbei an den düsteren alten Gemälden, am Gästezimmer, am Zimmer ihrer Mutter … sie führte das Pony *am Zimmer ihrer Mutter vorbei!* Die Aufregung brauste über sie hinweg wie ein Windstoß, riss sie fast von den Füßen. Vor Begeisterung hätte sie zu gern laut geschrien, wäre am liebsten juchzend den Korridor hinauf- und hinuntergerannt, wollte jubeln und Rad schlagen, dass ihre Unterwäsche hervorblitzte, so lange, bis ihr schwindlig wurde. Das Ankleidezimmer ihrer Mutter, das gestreifte Zimmer, das von Clovis … Sie hatten es geschafft, sie waren an der Ecke, umrundeten sie. Ihre Hand legte sich auf den Türknauf, drehte ihn, die Tür war offen. Ihr Zimmer – wie winzig es aussah! – lag vor ihr, und dann, dann war das Pony drinnen.

Smudge hatte einige Mühe sich umzudrehen, weil Ladys Hinterteil gegen das Bett stieß, aber sie schaffte es, machte die Tür wieder zu und schloss sie ab.

Plötzlich fühlte sie sich so schwach, dass sie sich gegen die verschlossene Tür lehnen musste. Ihr Puls und jeder fühlende

Teil von ihr sackten nach unten. Sie schien in einen Abgrund zu stürzen, kam sich vor wie eine zum Zerreißen gespannte Geigensaite, die von einem Moment auf den anderen durchschnitten wurde und nun schlaff und haltlos herunterhing. Beim Gedanken an das, was sie getan hatte, wurde ihr ganz schwindlig, sie fühlte sich schwach und außer Atem. Vernunft und fiebrige Verwunderung tobten in ihr.

Lady dagegen schien nicht die geringste Ahnung zu haben, in welch ungewöhnlicher Situation sie sich befand. Gedankenvoll beschnupperte sie die Bettdecke, aber Smudge sah, dass ihre Gedanken nicht sehr tiefgründig waren.

Sie richtete sich wieder auf, knotete Clovis' Tuch fester um ihre Taille und fand allmählich ihr Gleichgewicht wieder. Sie hatte sich den perfekten Abend ausgesucht, niemand würde das Pony bemerken, während die Party im Gang war – Erwachsene konnten sich immer nur auf eine Sache konzentrieren. Sie war dabei, ihr Großes Unterfangen in die Tat umzusetzen. Ein Lächeln breitete sich auf ihrem Gesicht aus.

»Ich glaube, ich besorge dir lieber etwas zu essen«, sagte sie zu dem Pony. »Nicht dass du anfängst, dich zu langweilen, und die anderen durch dein Wiehern auf uns aufmerksam machst.«

STINTE UND SCHERBEN

John Buchanans blauer Rolls-Royce glitt zwischen den beiden unpraktisch kleinen Torhäuschen hindurch, die den Anfang der Auffahrt zu Sterne bildeten. Im selben Moment erhellte der erste Blitz die sanft geschwungenen Zinnen und hob den scharf gezackten Schotter hervor, mit dem der Weg befestigt war. Das Krachen des Donners folgte wenige Augenblicke später, so als schlage jemand mit einem Nudelholz auf einen Blecheimer, um die Ratten zu verscheuchen. Aber John auf seinem bequemen Ledersitz, eingehüllt in das behagliche Schnurren des Autos, brauchte die Elemente nicht zu fürchten. Er musste nicht einmal mit dem Stab für die Scheibenwischer herumhantieren, denn noch fielen nur ein paar große, vereinzelte Regentropfen, und das Haus war jenseits des Tunnels der Auffahrt problemlos auszumachen.

Mit einer Erregung, die fast vergleichbar war mit der, die man bei einem Kauf empfinden würde, beobachtete er, wie das Licht der Scheinwerfer über Bäume, Gärten und Mauern streifte und in geheime, nächtliche Bereiche eindrang. Alles hoben sie hervor, und als er anhielt, verharrten sie auf der Veranda, die ihm Schutz bieten, und auf der Haustür, die ihn willkommen heißen würde.

Er schaltete Scheinwerfer und Motor ab, stieg aus, streifte die Autohandschuhe ab und bewegte seine steifen Finger. Dann warf er die Handschuhe ins Auto und näherte sich – auf die Minute pünktlich – dem Haus.

Auf der Veranda, außerhalb der Reichweite des Regens, der jetzt in Schwaden gegen die Fenster prasselte wie eine Handvoll Steinchen, betätigte John gebieterisch und anhaltend den Klingelzug.

Er musste lange warten, während von drinnen das aufgeregte Bellen der Spaniels zu hören war, bevor Mrs Trieves in ihrem ewig schwarzen Kleid ihm öffnete.

»Guten Abend, Sir«, lächelte sie – wenn nicht unbedingt herzlich, so doch immerhin in der Absicht, ihn willkommen zu heißen.

John Buchanan scheuchte die um ihn herumspringenden Hunde gutmütig beiseite, trat ein und sagte jovial: »Guten Abend, Mrs Trieves; dieses Mal werde ich erwartet.«

»Kommen Sie herein, Sir, lassen Sie mich Ihren Mantel nehmen. Kusch, Nell! Die Familie ist im Salon – wenn Sie mir bitte folgen wollen.«

»Ich denke, ich weiß, wo der Salon ist, Mrs Trieves.«

»Natürlich, Sir. Dann entschuldigen Sie mich bitte.«

Er hatte sie mit seiner Bemerkung nicht wegschicken wollen, aber sie huschte wie der Blitz davon – so als habe sie etwas Dringendes zu erledigen. Die Hunde rannten hinter ihr her, und er stand allein in der hohen, quadratischen Halle. Vor ihm schwang sich die Treppe nach oben, und in der Stille machte das riesige Feuer sich bemerkbar. Er konnte hören, wie die Flammen über das Holz leckten.

Wäre Sterne sein Haus, dachte er, würde er sofort elektrische Leitungen verlegen lassen – überall, von ganz oben bis ganz unten. Er würde Licht in all die dunklen Ecken bringen, alles mit elektrischem Strom beleuchten, so wie jedes zivilisierte Gebäude neuerdings taghell beleuchtet wurde. Es würde natürlich bedeuten, hinter die ganzen Wandverkleidungen vordringen zu müssen, aber die ließen sich leicht entfernen, und der knifflige Stuck auch. Schon wollte er hingehen und prüfend dagegenklopfen, um sich ein Bild davon zu machen, in welchem

Zustand alles war, als er Frauenschritte auf der Treppe hörte. Einen Augenblick später tauchte Emerald auf.

Sie kam als schimmernde Lichtgestalt auf ihn zu. Zum zweiten Mal an diesem Tag war er verwirrt und dachte unerklärlicherweise an die bodenlose Polsterbank im Salon, stellte sich vor, wie er unter allgemeinem Gelächter hindurchbrach.

»Hallo, John. Was für ein Wetter. Hat es Sie schlimm erwischt?«

»Nein, nicht wirklich …«

Sie trug seine Kamee. »Haben Sie schon von unserem Abenteuer gehört?«

»Abenteuer?«

»Von dem Unglück, meine ich.«

»Unglück?«

»Dem Zugunglück.«

»Guter Gott.«

»Ja, auf der Nebenlinie, nicht weit von hier.«

»Hat es Tote gegeben?«

»Das wissen wir nicht. Aber sie haben einen Teil der Überlebenden hierhergeschickt, und natürlich haben wir gern geholfen, aber die elende Eisenbahn hat immer noch niemanden geschickt, um sie wieder abzuholen, und deshalb sind sie – nun ja, sie sind immer noch hier.«

John sah sich in der Halle um. »Wo haben Sie sie denn hingesteckt?«

»Im Augenblick sind sie alle im Frühstückszimmer. Möchten Sie sie sehen?«

Er zögerte. Mit etwas Derartigem hatte er nicht gerechnet, und er war kein Freund von Überraschungen. »Nun – ja, wahrscheinlich.«

»Kommen Sie mit.« Sie ging vor durch die Halle. Der Kamm in ihren Haaren schimmerte grün und bernsteinfarben. Er hätte ihn gern berührt.

Am Frühstückszimmer angekommen, legte sie die Hand auf den Knauf und sah zu ihm hoch.

»Wenn ich die Tür öffne, fangen sie wahrscheinlich alle an, auf uns einzureden«, sagte sie.

»Dann lassen wir es eben, wenn Sie nicht wollen.«

»Die Ärmsten sind sicher völlig erschöpft.«

Sie machte die Tür auf: Das Zimmer war leer. Keine Menschenseele zu sehen. Nur der Geruch nasser Wollmäntel hing noch in der Luft.

»Wo können sie bloß sein?«, fragte Emerald.

John war ebenso perplex wie sie – mehr noch. »Wie viele sind es denn? Kann es sein, dass sie einfach von selbst gegangen sind?«

»Es sind eine ganze Menge. Und ich weiß nicht.«

In diesem Moment kam Myrtle – in frischer Schürze und Haube – aus dem Durchgang geschossen, der zur Küche führte, und machte Anstalten, an ihnen vorbeizuflitzen. Sie hielt mehrere Kerzen in den Händen.

»Myrtle, weißt du, wo die Passagiere abgeblieben sind?«

Myrtle blieb stehen und vollführte einen hastigen Knicks. »Ja, Miss Em. Mrs Trieves hat sie ins Studierzimmer gesteckt, weil sie ihr ständig in die Quere kamen.«

Das Studierzimmer ging im hinteren Teil des Hauses von der Halle ab. Es war ein dunkler, nur selten benutzter Raum, der gegenüber dem Frühstückszimmer den Vorteil hatte, weiter von der Küche und der bevorstehenden Party entfernt zu sein.

»Ich verstehe. Danke. Ich muss mich wirklich darum kümmern, dass sie abgeholt werden.«

Emerald wirkte so besorgt und abgehetzt, wie er sie noch nie erlebt hatte. Er war an eine lebensprühende Emerald gewöhnt, die er bewunderte, nicht an eine besorgte.

»Sie tragen meinen Schmuck«, sagte er, um auf wichtigere Dinge zu sprechen zu kommen.

Ihre Finger berührten die Kamee an ihrem Hals, die in der Mulde ihres Schlüsselbeins ruhte.

»Herzlichen Glückwunsch zum Geburtstag.«

Automatisch lächelte sie. »Vielen Dank, John. Kommen Sie, gehen wir zu den anderen.«

Der Salon war von Farben durchflutet, die die Luft geradezu zu durchtränken schienen. Dunkelorange, Gold, Rosa, Kerzenschimmer und dazu die Gestalten von Rehen, Vögeln und Einhörnern, auf Chintz, Gobelin, Tuch und als Holzschnitzerei, sie alle wirkten in der Grandiosität seiner blassen Proportionen fast unwesentlich, schwebend. Die Anwesenden – Patience, Ernest, Clovis und der neu dazugekommene Gentleman, erinnerten an Figuren aus einem Ballett. Sie waren nicht mehr prosaisch, sondern voller Grazie, eins mit dem Haus.

Clovis war damit beschäftigt, ungeschickt einen der Vorhänge vor das Fenster zu ziehen, um die Nacht auszuschließen, unterbrach sein Tun aber, als Emerald und John hereinkamen. Patience, die auf einem Stuhl saß, erhob sich, um sie zu begrüßen. Sie trug Weiß – oder zumindest eine Farbe, die Weiß sehr nahekam –, aber auch ihr Kleid hatte die Farben des Raumes angenommen. Ernest stand in der Nähe eines großen, goldgerahmten Gemäldes. Als er Emerald sah, durchfuhr auch ihn, ebenso wie John, ein schwindelndes Gefühl, und er verschränkte die Hände auf dem Rücken noch fester, wie um sich selbst Halt zu geben. Der Gentleman hatte auf der zerbrochenen Polsterbank Platz genommen und fühlte sich dort, wie es schien, durchaus behaglich, denn wie durch ein Wunder war es ihm gelungen, den kaputten mittleren Teil zu vermeiden. Er sprang auf, als John und Emerald das Zimmer betraten. Sein schwarzer Schnurrbart zuckte erfreut.

»Das Geburtstagskind!«, rief Patience.

»Das hier ist John Buchanan«, übernahm Emerald die Vorstellung. »Clovis, wo ist Mutter?«

Clovis zuckte die Schultern, hob als Gruß an John nachlässig die Hand und fuhr sich dann damit durch die Haare, die daraufhin wirr in die Höhe standen und sich erst in den nächsten Minuten langsam wieder legten.

»Guten Abend, John«, sagte er. »Sind Sie vorhin nach Hause gefahren, oder haben Sie in der Zeit, in der wir uns umgezogen haben, draußen herumgelungert?«

John ließ sich nicht aus der Ruhe bringen. »Guten Abend, Clovis«, sagte er umgänglich.

»Du siehst absolut himmlisch aus, Emerald«, kam es von Patience.

»Vielen Dank. John, darf ich Ihnen Miss Patience Sutton vorstellen«, fuhr Emerald fort. »Und ihren Bruder, Ernest Sutton. Ernest, Patience, John Buchanan.«

Alle reichten sich die Hand und nickten oder vollführten eine kleine Verbeugung, zeigten sich mit der Schüchternheit des frühen Abends erfreut über die Bekanntschaft. Alle – mit Ausnahme des zu Gast weilenden Passagiers – waren noch in einem Alter, in dem eine Dinnerparty sich anfühlte wie früher, als sie sich mit den Schuhen ihrer Mütter und den Zylindern ihrer Väter verkleidet und nur so getan hatten, als ob.

»Und das ist … ich muss mich entschuldigen, ich habe Ihren Namen vergessen.«

»Charlie Traversham-Beechers. Sehr erfreut.«

Es war zehn Minuten vor acht. Sie gruppierten sich zu einem lockeren Kreis.

»Charlie ist ein Eindringling«, verkündete Clovis aufgekratzt. »Eigentlich gehört er zu den anderen Passagieren, aber zum Glück habe ich ihn unter ihnen herausgepickt.«

»Das stimmt. Ich entschuldige mich in aller Demut für meine Aufmachung. Meine Abendgarderobe befindet sich in meinem Gepäck, und ich habe nicht die leiseste Ahnung, wo das abgeblieben ist.«

»Es muss eine sehr enervierende Erfahrung sein«, sagte Patience mitfühlend und wandte den Blick von den dunklen Haaren ab, die am Ansatz seines am Hals offenen Hemds zu sehen waren.

Charlie brach in fröhliches Gelächter aus, und die anderen fielen in sein Lachen ein, ohne recht zu wissen, wieso eigentlich.

»Eine enervierende Erfahrung!«, lachte er. »Vermutlich ist das auch eine Möglichkeit, die Auswirkungen eines schrecklichen Zugunglücks zu beschreiben, Miss Sutton. Enervierend!«

Patience errötete bis an die Wurzeln ihrer blonden Haare. »Ich meinte das verlorene Gepäck«, sagte sie leise.

»Natürlich, natürlich.«

Ernest trat zu seiner Schwester, blieb neben ihr stehen und bot ihr durch seine Anwesenheit stumme Unterstützung, während der Gentleman fortfuhr: »Ich hatte nicht damit gerechnet, hier ein Haus vorzufinden. Vermutlich hatte ich überhaupt keine Vorstellung, was ich erwarten sollte. Es kommt schließlich nicht jeden Tag vor, dass der Eisenbahnwaggon, in dem man sitzt, mir nichts, dir nichts aus den Gleisen geworfen wird.«

»Furchtbar … Und dann wurden Sie von den anderen getrennt?«, erkundigte sich Emerald, die Näheres erfahren wollte.

»Ja, ich trottete hinter ihnen her, oder sie hinter mir, und dann – es war wirklich ein Glück, dass ich dieses Haus gefunden habe, muss ich sagen.«

»Für uns auch«, sagte Clovis liebenswürdig, allerdings stand er mit dieser Meinung ziemlich allein da.

»Hat der Dienstmann Ihnen den Weg zum Haus beschrieben?«, versuchte Patience, sich nicht vom Thema abbringen zu lassen. (»Der *Schaffner«,* murmelte Clovis, aber Patience achtete nicht auf ihn.)

»Und hat man Ihnen gesagt, was mit Ihnen allen geschehen soll?«, fügte Emerald hinzu.

»Und waren Sie auch zu Fuß unterwegs? Hat denn niemand von Ihnen das Fuhrwerk und die Kutsche gesehen?«, lautete Ernests logische Frage. Von ihnen allen wirkte er am gelassensten, schien am wenigsten beeinflusst von der bizarren Vitalität des Gentleman.

»Ach, du meine Güte, so viele Fragen. Ich will versuchen, sie der Reihe nach zu beantworten.« Sich einem nach dem anderen zuwendend, deutete er nacheinander auf sie. »Ja, hat er. Nein, man hat uns gar nichts gesagt. Ja, wir mussten alle zu Fuß gehen, und es war verflixt unbequem und weit und breit kein Fahrzeug in Sicht. Diese Schuhe sind für Teppiche und Bewunderung gemacht, nicht dafür, über Lehmwege zu stapfen. Die anderen armen Teufel sind wahrscheinlich eher an Schusters Rappen gewöhnt.«

Damit waren sie um keinen Deut klüger.

In diesem Augenblick war aus einem der oberen Zimmer ein lautes Krachen zu hören. Alle blickten zur Decke, an der die Kronleuchter zitterten.

»Donner oder ein Möbelstück?«, fragte Clovis.

»Du hast doch keinen von ihnen nach oben gelassen, oder?«, fragte Emerald nervös.

»Ich habe nicht die leiseste Ahnung, wo die Leute sind, Em«, sagte Clovis ohne jede Spur von schlechtem Gewissen. »Ich war bis vor ein paar Minuten mit unserem Freund in der Bibliothek. Mrs Trieves ist für sie verantwortlich. Übrigens, soll ich Ihnen vielleicht einen Kragen und eine Fliege ausleihen? Ich bin sicher, dass ich beides irgendwo finden kann.«

»Ja, natürlich. Daran hätten wir auch schon früher denken können!«, antwortete der Gentleman und lachte erneut.

»Warten Sie. Es dauert nur einen Augenblick«, sagte Clovis und galoppierte aus dem Zimmer, aber Charlie Tramerson-Beamer folgte ihm mit einem schmeichlerischen Feixen.

Es war nicht Lady, die den Frisiertisch umgeworfen hatte, sondern Smudge selbst, als sie sich darauf kniete, um die Ohren des Ponys nachzuzeichnen. Vor Schreck hatte Lady einen Satz nach hinten gemacht und war gegen die Tür geprallt. Diese beiden Geräusche zusammen bildeten den Krach, der unten im Salon zu hören gewesen war. Nun saß Smudge mit weit gespreizten Beinen auf dem Boden und hielt mit einer Hand den schweren Spiegel fest, der gefährlich zwischen umgekipptem Frisiertisch und Boden in der Schwebe hing, während sie mit der anderen die Leine des Ponys umklammerte.

»Braves Mädchen, Lady. Ganz ruhig, ruhig«, sagte sie beschwichtigend, und Lady blieb ganz still stehen, während Smudge den Spiegel vorsichtig aufrichtete, der zum Glück nicht zerbrochen war – Pony und Kind waren nur um Haaresbreite vor sieben Jahren Pech verschont geblieben –, und ihre überall verstreuten Kohlestifte einsammelte.

»Ich muss jetzt gleich nach unten gehen, Lady. Und du bist derweil ein braves Mädchen und wartest schön, bis ich zurückkomme.«

Lady sah aus wie ein Pony, das vielleicht tun würde, was es geheißen wurde, vielleicht aber auch nicht.

In seinem Zimmer kramte Clovis auf der Suche nach etwas Passendem für den Hals seines Freundes im Schrank herum. Währenddessen ging Charlotte in ihrem Zimmer umher, ohne auf das klägliche Miauen zu achten, das aus der Schachtel unter dem Bett drang. Im Salon lächelte Emerald – Rouge auf den Wangen und wieder ganz Herrin ihrer selbst – John Buchanan liebenswürdig an. Der allerdings wandte sich, ohne sie zu beachten, Patience zu.

»Wir kennen uns bereits, Miss Sutton«, sagte er. »Von früher, als wir noch Kinder waren. Das ist inzwischen viele Jahre her, aber ich erinnere mich noch gut an Sie und finde, Sie haben sich überhaupt nicht verändert. Allerdings hatten Sie damals einen anderen Bruder dabei, denn …«, er wandte sich fragend an Ernest, »wir sind uns noch nicht begegnet, nicht wahr?«

»Sie irren sich, wir kennen uns durchaus. Ich bin Ernest«, sagte Ernest.

»Ja, das ist Ernest«, bestätigte Patience.

»Ernest? Hieß so nicht auch der Junge, an den ich mich von damals erinnere?«, fragte John.

»Das war ich. Ich erinnere mich noch gut an Sie, John«, half Ernest ihm auf die Sprünge.

»Merkwürdig«, sagte John stirnrunzelnd. »Ich fürchte, ich erinnere mich überhaupt nicht an Sie.«

»Nun, da ich keinen anderen Bruder habe, war es definitiv dieser hier – Ernest eben«, sagte Patience ein wenig pikiert.

»Verstehe«, brummte John nachgiebig, allerdings mit der Miene eines Menschen, der kein großes Aufheben wegen einer Sache machen will, jedoch sehr wohl weiß, dass er im Recht ist. Er war stolz auf sein Gedächtnis. Er war stolz auf sehr viele Dinge. Und insgeheim war er absolut sicher, dass es einen anderen Bruder gegeben hatte, einen mit karottenroten Haaren und einer Augenklappe, den diese beiden gut aussehenden Geschwister entweder vergessen hatten oder aus irgendeinem Grund vor ihm geheim halten wollten. Aber da er die Suttons nicht gut der Lüge bezichtigen konnte, ließ er die Sache auf sich beruhen.

Ernest nahm für einen Augenblick seine Brille ab, um sich die Augen zu reiben, und Emerald ertappte sich dabei, dass sie sich praktisch vorbeugte, um sein Gesicht ohne die Brille in Augenschein nehmen zu können. Erst als er sie wieder aufsetzte, löste sich der Bann, unter dem sie gestanden hatte, und sie wandte sich wieder John zu. Sie fand keine höfliche Möglichkeit zu sagen: Ja, Sie haben recht. Ernest hat sich so verändert, dass er praktisch nicht wiederzuerkennen ist. Er war unzweifelhaft kein sehr einnehmendes Kind und sieht jetzt völlig anders aus.

Also sagte sie nur: »Es muss irgendwann Ostern gewesen sein, als ihr alle euch kennengelernt habt.«

»Du hast recht!«, rief Patience, aber es blieb ihnen erspart, in ihrem kollektiven Gedächtnis nach nostalgischen Erinnerungen an Ostereier und Pfänderspiele herumzukramen, die Horace Torrington sich für sie ausgedacht hatte, weil die Tür erneut geöffnet wurde. Clovis und sein neuer Freund kamen, übers ganze Gesicht strahlend, ins Zimmer, wobei Clovis auf die steife Hemdbrust und die weiße Fliege deutete, die Charlie mit fahlen Fingern zurechtzupfte.

»Na, was sagen Sie nun?«, fragte Charlie mit einem sonnigen Lächeln. »Was sagen Sie nun?«

Vielleicht, dachte Emerald, hatte sie den Mann vorhin falsch eingeschätzt. Er schien entschlossen, alle für sich einzunehmen.

»Sie sehen sehr elegant aus, Mr …« Sie schüttelte den Kopf, weil sie den Namen schon wieder vergessen hatte. »Wirklich sehr elegant. Und wer hätte gedacht, dass Clovis mehr als ein ordentliches Hemd in seinem Schrank hat? Clo, würdest du bitte ein Scheit nachlegen? Es ist kaum zu glauben, dass das Feuer schon wieder …«

Ein gewaltiger Donnerschlag – laut genug, um die dicken Wände zu durchdringen – ließ sie mitten im Satz innehalten und die anderen Gäste erschrocken und entzückt nach Luft schnappen.

»Genau das Richtige an einem Abend wie diesem!«, rief Charlie vergnügt, und alle drängten sich wie in Erwartung eines Feuerwerks an die hohen Fenster. Sie spähten durch das Glas, versessen auf mehr Donner, mehr wild zuckende elektrische Entladungen. Der Regen prasselte gegen die Scheiben. Hinter ihnen wurde die Tür geöffnet.

Alle drehten sich um.

Charlotte, ein lebendes Gemälde im Rechteck der Tür, erwartete ihre Begrüßung.

»Mutter …«

»Guten Abend …«

Charlottes bisher bewundernder Ausdruck – der entweder denen galt, die sie betrachtete, oder aber ihr selbst – verwandelte sich plötzlich in etwas, das Entsetzen gleichkam und das sie nicht überspielen konnte. Ihre Finger krampften sich so fest um den Türknauf, in diesem Fall einen aus Kristall, dass sie weiß wurden, und sie blickte den neu zu ihnen gestoßenen Gentleman wie gebannt an.

»Sie?«, sagte sie.

»Ja.« Die Stimme des Besuchers klang gelassen, aber seine katzenartige Stille wirkte bedrohlich. »Und doch habe ich das Gefühl, mich erneut vorstellen zu müssen, obwohl *mein* Name sich, anders als der Ihre, nicht verändert hat. Mrs Swift, nicht wahr?«

»Ja, Charlotte Swift«, murmelte sie, ohne ihre außergewöhnlichen Augen von seinem Gesicht zu lösen.

Getrieben von dem Gefühl, ihre Mutter beschützen zu müssen, obwohl sie nicht wusste, wovor eigentlich, trat Emerald neben sie.

»Mutter, der Herr war ebenfalls im Zug. In dem, der entgleist ist. Clovis hat ihn zum Essen eingeladen.«

Und Clovis fügte hinzu: »Ma, das hier ist Mr … Charlie sagte, ihr beide kennt euch?«

Unvermittelt stimmte Charlotte ihr undefinierbarstes und liebenswürdigstes Lachen an.

»Wir kennen uns tatsächlich, Clovis. Charlie Traversham-Beechers ist ein alter Bekannter. Allerdings ist das schon viele Jahre her.« Sie schien keine Probleme zu haben, sich an seinen Namen zu erinnern.

»Elf Jahre, um genau zu sein«, sagte er.

»Nur elf? Ich bin *so* überrascht, Sie zu sehen. Wie entzückend, dass es Sie ausgerechnet hierher verschlagen hat. Die Schicksalsgöttinnen müssen Sie geleitet haben.« Sie lachte erneut. »Missgünstige, was den Zug betrifft, wohlgesinnte insofern, als Sie dadurch nach Sterne geführt wurden. Ich bin entzückt, dass Sie uns beim Essen Gesellschaft leisten wollen. Das heißt, wenn es meiner Tochter recht ist. Es ist nämlich ihr Geburtstag, müssen Sie wissen.«

Sie bedachte Emerald, die sie in diesem Moment anbetungswürdig fand, mit einem Lächeln.

»Du siehst wunderschön aus, Mutter«, sagte sie.

»Nicht annähernd so schön wie du, mein Liebling. Dein Kleid ist ein absoluter Triumph«, antwortete Charlotte, obwohl sie dabei nicht ihre Tochter ansah, sondern die vier Männer im Raum. »Hallo, Patience. Und willkommen, Edm... Ernest. Ein herzliches Willkommen an alle!« Sie schlenderte zwischen ihnen umher und begrüßte jeden Einzelnen mit großer Offenheit. »Was für ein aufregender Tag es für uns war – natürlich nicht annähernd so aufregend wie für Sie, Mr Traversham-Beechers. Ich nehme an, die arme Mrs Trieves hat zumindest *versucht,* das Essen anzukündigen? Eventuell sogar mehr als einmal?«

In diesem Augenblick ging die Tür auf, und Florence Trieves, sehr adrett, von einem Stückchen Lauch in ihren Haaren und einem gehetzten Gesichtsausdruck abgesehen, stand vor ihnen.

»Das Essen ist angerichtet, Mrs Swift«, sagte sie und wollte sich wieder zurückziehen, wurde dabei aber unterbrochen beziehungsweise, als hätte sie einen Schlag erhalten, gewaltsam daran gehindert durch den Anblick des elegant ausstaffierten Besuchers, der sich seinerseits, fast auf Zehenspitzen stehend, bemühte, von ihr bemerkt zu werden. Fast konnte man meinen, er habe, einem Trommelwirbel hinter den Kulissen folgend, Haltung angenommen. Wie erstarrt sah Florence ihn an.

»Wa... wa...«, stotterte sie, löste den Blick dann mühsam von seinem Gesicht und sah ihre Arbeitgeberin an. Das zitternde Stückchen Lauch fiel aus ihren Haaren.

Charlotte hielt sie mit Blicken fest. »Wir haben noch einen weiteren Gast, Mrs Trieves«, verkündete sie gelassen, von allen beobachtet. »Ich glaube, Sie kennen ihn noch nicht?«

Es folgte eine kurze, ausdrucksvolle Stille, in der vieles mitschwang.

»Nein, natürlich nicht. Danke, Ma'am«, sagte Florence und machte abrupt kehrt.

Charlotte drehte sich strahlend zum Zimmer um und zögerte nur ganz kurz, als der Eindringling, Traversham-Beechers, vortrat und ihr seinen Arm anbot. Die anderen wandten sich einander zu und überlegten, wer der Etikette nach wen zum Essen führen musste, und im Schutz der allgemeinen Verwirrung sagte Traversham-Beechers zu Charlotte: »Ich bin so froh, dass du uns Zuflucht gewährst – mir insbesondere.«

Sie bedachte ihn mit einem durchdringenden, ängstlichen Blick. »Habe ich denn eine Wahl?«, murmelte sie, nur für seine Ohren bestimmt.

»Komm«, war alles, was er darauf erwiderte, und er klopfte aufmunternd auf seinen Unterarm.

Sie schob ihre Hand durch seinen Ellbogen, sodass ihre blassen Finger leicht auf seinem schwarzen Ärmel ruhten.

»Geh du bitte voran, Emerald. Mr Buchanan!«, rief sie mit gekünstelter Unbeschwertheit.

John vollführte eine kleine Verbeugung vor Emerald, nahm ihre Hand und zog sie fest unter seinen Arm. Emerald war erleichtert, dass er endlich Notiz von ihr nahm; sie hatte schon angefangen, sich unsichtbar zu fühlen. Ebenfalls erleichtert war sie, dass sie nicht gezwungen war, Ernests Arm zu nehmen, da sich allein beim Gedanken daran, ihn zu berühren, die bloße Haut an ihren Armen, ihrem Dekolleté und ihrem Hals plötzlich noch nackter anfühlte. Es war keine unangenehme Nacktheit, ganz im Gegenteil, aber gerade deswegen sehr aufwühlend. Der Mann entkleidete sie, ohne sie auch nur anzusehen. Johns solide

Gegenwart war Schutz, und sie klammerte sich an seinen Unterarm wie an einen Anker.

Da es nun schon zwei Paare gab, blieben Clovis, Patience und Ernest als verlegenes Dreiergespann zurück. Clovis warf Patience einen Blick zu, bei dem es vielen anderen Mädchen angst und bange geworden wäre, aber da er entsprechend der Regeln gesitteten Benehmens keine andere Wahl hatte, trat er auf sie zu und reichte ihr seinen Arm. Sie nahm ihn.

»Clovis«, sagte sie.

»Patience«, antwortete er steif.

Obwohl sie einander nicht ansahen, waren sie sich der Nähe des jeweils anderen zutiefst bewusst. Clovis konnte nicht umhin zu bemerken, dass Patience angenehm nach irgendetwas Blumigem duftete; und sie konnte nicht umhin, die Hitze wahrzunehmen, die von ihm ausstrahlte und im krassen Gegensatz zu seiner zur Schau gestellten Unterkühltheit stand.

Nur Ernest hatte niemanden, den er zum Essen führen konnte.

»Wir sind formiert. Ernest, würdest du bitte die Nachhut bilden und uns Rückendeckung geben?«, lautete Charlottes etwas obskure Anweisung, und die Gesellschaft verließ das Zimmer.

Trappelnde Füße im Flur hinter ihnen kündigten die Ankunft von Smudge an. In der Hoffnung, sich unauffällig unter sie mischen zu können, ging sie die letzten Schritte auf Zehenspitzen.

»Kein Haarband?«, tadelte ihre Mutter, und Smudge griff hastig an die Seite ihres Kopfes, wo eine große, nachlässig gebundene Schleife schlaff herunterbaumelte. »Außerdem riechst du nach Pferd. Warst du wieder in den Ställen?«

Unter den Blicken ihrer Mutter, ihrer Geschwister und der Gäste, die alle unauffällig versuchten, den Stallgeruch zu erschnuppern, wischte Smudge ihre schmutzigen Hände an ihrem blauen Samtrock ab.

»Ja«, gab sie zu.

»Geh und wasch dir auf der Stelle die Hände«, befahl Emerald.

»Oh nein!«, protestierte Smudge. »Dann müsst ihr aber auf mich warten. Und wer führt mich zum Dinner?«, wollte sie, von einem Fuß auf den anderen trippelnd, wissen.

»Ich, Miss Imogen«, sagte Ernest mit fester Stimme und machte sich bereit, so lange zu warten, wie Smudge brauchte, um sich herzurichten.

»Gut. Vielen Dank«, murmelte Charlotte. »Sollen wir dann?« Und sie machte Anstalten, ihn zurückzulassen.

Genau da klingelte das Telefon.

Alle blieben stehen und lauschten auf das harsche Geräusch, das aus der fernen Halle zu ihnen drang. Wie immer klang es gebieterisch und modern, an diesem Abend aber auch auf misstönende Weise Unheil verkündend.

Sie warteten.

Das Telefon klingelte weiter. Nach einer ganzen Weile hastete Myrtle an ihnen vorbei, völlig außer Atem und damit beschäftigt, ihre Haube zurechtzurücken. Mit sich brachte sie den verlockenden Duft von Röstzwiebeln und Schmorfleisch.

Sie erreichten die Tür des Speisezimmers genau in dem Augenblick, als Myrtle zurückgetrottet kam und vergeblich versuchte, den Anschein zu erwecken, sie habe nichts anderes zu tun, als das Telefon zu beantworten.

»Mrs Swift, Ma'am? Miss Torrington? Es ist die Eisenbahn. Wegen der Passagiere.«

»Oh – an die habe ich überhaupt nicht mehr gedacht«, sagte Charlotte. »Muss ich wirklich ausgerechnet jetzt mit diesen Leuten sprechen?«

»*Bitte,* Mutter«, flehte Emerald. »Vielleicht wollen sie sie endlich abholen ...«

»Clovis, würdest du?«

»Ach, verflixt …«

»Soll vielleicht *ich* den Anruf entgegennehmen?«, schlug Charlie Traversham-Beechers mit seltsam gebieterischer Stimme vor. »Ich hatte bereits früher mit der Eisenbahn zu tun.«

»Nein!«, kam es scharf von Charlotte. »Nicht *Sie!*«

Als sie die Halle erreichten, lenkte ein lautes Klicken sie ab – allerdings kam es nicht aus dem Telefon, sondern aus dem Studierzimmer.

Alle beobachteten gebannt, wie der Knauf sich drehte und die Tür immer weiter und weiter geöffnet wurde. Dicht gedrängt kamen die Passagiere zum Vorschein. Wie Käfer, die man aus einem Schuhkarton schüttelt, quollen sie aus dem Zimmer hervor. Es schienen so viele zu sein! Vorhin war es doch höchstens ein Dutzend oder so? Jetzt waren es mindestens zwanzig. Die Familienmitglieder und die Gäste blieben stehen und blickten ihnen entgegen. Falls irgend möglich, sahen die ungeladenen Gäste noch armseliger und schäbiger aus als bei ihrer Ankunft. Ein paar von ihnen schlenderten ziellos zu den Fenstern, um in den Regen hinauszublicken, der in tausend kleinen Rinnsalen, die die stürmische Aussicht zersplitterten, an den Scheiben hinabrann.

Aufschreckend erinnerte Emerald sich an das Telefon und eilte hinüber. Die elenden Gesichter wandten sich ihr zu, um sie zu beobachten.

»Die Eisenbahn«, flüsterten sie sich gegenseitig zu. »Die *Eisenbahn.*«

Gäste, Familienmitglieder und Passagiere standen in der Halle herum, während Emerald zu dem Tischchen mit dem Telefon lief.

Sie griff nach dem Hörer.

Durch die pulsierenden Leitungen und die lange, geflochtene schwarze Schnur drang an diesem windigen Abend ein knackendes, scharrendes Geräusch an ihr Ohr, wie Wellen, die über Kiesel schäumen und sie klickend gegeneinanderschleudern.

Aus weiter Ferne flüsterte eine leise, müde Stimme: »Hallo?«

»Hallo? Ist dort die Eisenbahngesellschaft?«, fragte Emerald unsicher.

»Ja«, antwortete die leise Stimme, und doch hatte Emerald aus irgendeinem Grund große Zweifel, dass es sich tatsächlich um die Eisenbahngesellschaft handelte. Die Stimme klang eher wie die eines Kindes, eines geschwächten Kindes. »Ja, hier spricht die Great Central Railway«, sagte die Stimme, und eine kleine Gruppe, die flüsternd am Fenster stand, drehte die Köpfe, um Emerald anzusehen.

Die Wellen spülten über die fernen Kiesel, vor und zurück, vor und zurück. Schließlich vibrierte eine Klingel. Sie klingelte und klingelte. Dann bellte eine laute männliche Stimme: »Ja, hallo?«

Unwillkürlich zuckte Emerald zusammen und hielt den Hörer ein Stück von ihrem Ohr weg.

»Ja bitte?«, sagte sie.

»Madam, geht es um den heutigen Unfall auf der Nebenlinie?«

»Ja, ja!«

Die Stimme war jetzt so laut, dass sie trotz des Sturms für alle hörbar war.

»Wir haben weitere Passagiere für Sie!«

»Weitere Passagiere?«, rief Emerald völlig entgeistert. Alle anderen waren ebenfalls fassungslos. Fassungslos und zutiefst bestürzt.

»Mehrere. Und sie müssen abgeholt werden. Sie haben die Gruppe verfehlt, die wir vorhin geschickt haben. Wie konnte das passieren?« Der Tonfall des Mannes war nun extrem scharf. »Wie, wenn ich fragen darf? Sie mussten sich auf eigene Faust durchschlagen!«

Emerald war schockiert über seine Aggressivität. Was hatten sie bloß getan, um das zu verdienen?

»Wir – nun, wir …«

»Sie dürfen die neue Gruppe auf keinen Fall verfehlen. Wir haben sie bereits zu Ihnen geschickt. Es gibt kein anderes geeignetes Haus in der Gegend. Sie müssen unbedingt unterwegs abgeholt werden, haben Sie das verstanden? Abgeholt und untergebracht.«

»Ja, wir holen sie«, hörte sie sich mit ruhiger Stimme sagen, ohne auf das flehentliche Gesicht ihrer Mutter zu achten.

»Sehr gut. Übrigens werden wir Sie heute Abend nicht mehr erreichen können«, fuhr die Stimme fort. Herrisch, blechern, wie ein Lautsprecher auf einer politischen Versammlung, der die Leute auffordert, sich zu zerstreuen, schallte sie quakend durch die Halle von Sterne. »Wir können heute Nacht nichts mehr tun. Haben Sie das verstanden?«

»Wirklich nicht?«, fragte Emerald. Ihr elfenbeinfarbenes, grünes und rosa Partykleid mit den fließenden Konturen, ihre üppigen braunen Haare, ihr glitzernder, perlenbesetzter Kamm, ihr cremeweißer Hals und ihr energisch hochgerecktes Kinn waren der Brennpunkt, auf den sich die Blicke all der vielen unterschiedlichen Menschen richteten. »Können Sie wirklich gar nichts tun?«, wiederholte sie.

»Nein«, sagte die Stimme noch lauter als bisher. »Sie müssen bis zum Morgen allein zurechtkommen. Es ist Ihre Pflicht. Wissen Sie, wie abgelegen Sie sind? Wissen Sie, wie weit jegliche Hilfe zu Ihnen hinausfahren muss? Sie müssen allein zurechtkommen. Unbedingt. Hören Sie mich noch?«

Emerald senkte den Kopf. »Ja, ich höre Sie.«

Hastig, als wäre Emerald, nachdem man ihr das klargemacht hatte, bereits in Vergessenheit geraten und als wäre es an der Zeit, sich anderen, drängenden Aufgaben zuzuwenden, fügte die Stimme hinzu:

»Die Great Central Railway entschuldigt sich für Ihre Unannehmlichkeiten. Auf Wiedersehen.« Ein lautes Knacken verriet, dass das Gespräch beendet war.

Allgemeine Stille.

Dann kreischte Elsie Goodwins Stimme: »Ach du meine Güte!«

Und ein Klicken. Und wieder Stille.

Die Familienmitglieder und die Gäste betrachteten die dicht zusammengedrängten Gesichter der Reisenden, die Reisenden starrten vage zurück. Charlie Traversham-Beechers, der Charlottes Arm für den Moment losgelassen hatte, stand ein Stück abseits, mit dem Rücken an der Wand, die Handflächen dagegengepresst, ein Glitzern in den Augen, das entweder Entschlossenheit oder Triumph ausdrücken konnte. Niemand achtete auf ihn, bis auf Smudge, die bei seinem Anblick zurückwich.

Emerald sah sich unter den Anwesenden um: Smudge in der Nähe der Treppe; die eifrigen, eleganten Gestalten ihrer Freunde und ihrer Familie; die finsteren, enttäuschten, unruhigen Fremden.

»Nun denn«, sagte sie. »Wie Sie gehört haben, wird es der Eisenbahngesellschaft nicht möglich sein, Sie noch heute abzuholen. Vielleicht hat das Wetter etwas damit zu tun.«

Wie um ihre Worte zu unterstreichen, prasselte der Regen noch gnadenloser gegen die Fenster.

Die Passagiere schienen sich nicht zu bewegen. Tatsächlich aber schoben sie sich näher.

»Ich bedaure sehr, dass Sie Ihren Weg nicht fortsetzen können«, fuhr Emerald fort. »Und es tut mir leid wegen Ihrer – Ihrer Unannehmlichkeiten.«

Immer noch kamen die Reisenden langsam auf sie zu.

»Was wollen Sie denn noch?«, rief Charlie Traversham-Beechers mit lauter Stimme und brach den Bann ihres kollektiven

Blicks. Sein Ton klang sehr gebieterisch. »Alles Weitere später«, sagte er.

»Ich verspreche es«, fügte Emerald hinzu.

Beschwichtigt oder aber eingeschüchtert, wichen die Passagiere langsam zurück. Mit ruckhaften Bewegungen, wie die flackernden Bilder einer rückwärts abgespulten Filmrolle, zogen sie sich ins Studierzimmer zurück und schlossen die Tür.

»O mein Gott!«, ächzte Charlotte *sotto voce* und stieß ein leises, hysterisches Lachen aus.

Smudge schob sich neben sie und ergriff ihre Hand.

»Mutter«, sagte sie. »Sie haben bestimmt Hunger.«

Charlotte sah sie kalt an. »Sei nicht albern, Smudge. Sie können unmöglich erwarten, auch noch durchgefüttert zu werden.«

»Wir sollten uns wirklich mehr um sie kümmern«, räumte Emerald ein, die nach dem Zusammentreffen mit den Fremden immer noch leise zitterte und tief Luft holte, um wieder ruhiger zu werden.

»Nicht an deinem Geburtstag«, sagte Charlotte.

Alle zögerten kurz, betrachteten die geschlossene Tür des Studierzimmers und erforschten ihr Gewissen.

Dann lächelte Traversham-Beechers. Seine Stimme glitt in die Stille hinein wie eine Schlange in einen Schlafsack. »Alles schön und gut«, sagte er. »Aber was ist mit den anderen, die unterwegs sind? Sollten Sie nicht besser die Anweisungen befolgen? Sollten Sie nicht jemanden schicken, der sie abholt?«

Emerald nickte. »Jemand muss Robert bitten, sich mit Stanley auf den Weg zu machen und sich um sie zu kümmern. Clovis?«

»Ist gut, ich flitze zu den Ställen«, sagte Clovis. Und flitzte.

»Das alles«, sagte Charlotte in die Stille hinein, die auf seinen Abgang folgte, »ist ja sehr unterhaltsam, aber was ist mit dem Essen? Sollen wir endlich hineingehen?«

Sie hielt ihrem schnurrbärtigen Begleiter den Arm hin.

In diesem Augenblick ertönte ein gedämpftes Scheppern, ein splitterndes, nachhallendes Geräusch, gefolgt von einem kurzen Aufschrei. Die Gäste sahen sich ein wenig nervös um. Dieses Mal waren weder Donner noch umstürzende Möbel die Ursache des Lärms. Vielmehr schien er aus Richtung der Küche zu kommen.

Die Geburtstagsgesellschaft nahm an einem Tisch Platz, auf dem keinerlei Speisen zu sehen waren.

Befremdlicherweise roch es intensiv und verlockend nach Mockturtlesuppe, ein Geruch, der in der kalten Luft hing wie Dampf, der sich soeben erst aufgelöst hat. Die Terrine jedoch, sollte es eine gegeben haben, war nirgends zu sehen. Alle fragten sich, wo sie hingekommen sein konnte.

Ein paar Minuten zuvor war Myrtle, nachdem sie Emerald ans Telefon gerufen hatte, ins Esszimmer gehastet, um die schnell kalt werdende Suppe zu holen und in der Küche warm zu halten, bis die Gäste sich wieder eingefunden hatten. Unglücklicherweise waren ihre Finger noch fettig vom Abwaschen des Tiegels, in dem der Kalbskopf für die Suppe überbrüht worden war. Das Fett auf ihrer Haut, das im kalten Wasser hart geworden war, fing unter der Wärme der schweren, vergoldeten Terrine mit der Mockturtlesuppe an zu schmelzen und machte ihre Finger schlüpfrig, und in der Küchentür war die randvolle Terrine ihrem Griff entglitten, auf die Steinfliesen aufgeschlagen und zersprungen.

Die reichhaltige Suppe ergoss sich, gemischt mit Porzellanscherben und -splittern, völlig unbrauchbar geworden, in einem glitzernden, unfassbaren Schwall über die Küchenschwelle, unter den Schrank, auf die Fläche vor dem Herd und in Ritzen, Rinnen und Winkel, deren Existenz niemand sich je vorgestellt hatte. Stumm vor Entsetzen schöpften Florence und Myrtle die heiße Flüssigkeit mit den Händen auf, versuchten, ihrer mit grauen

Scheuerlappen Herr zu werden, schaufelten sie auf alte Zeitungen und versenkten sie im Müll. Das dauerte eine Weile. Florence ersparte der zutiefst zerknirschten Myrtle jede Strafpredigt. Viel schlimmere Dinge waren ihnen beiden zugestoßen – oder würden ihnen noch zustoßen. Dennoch war der Verlust der Suppe ein schwerer Schlag: das Abbrühen des Kalbskopfes, das Zerkleinern des Gehirns, die Unmengen von Madeira und das gewissenhafte Formen jedes winzigen Hackbällchens waren umsonst gewesen. Es war eine bittere Niederlage.

Clovis, der dem verständlicherweise nicht sehr begeisterten Robert den Auftrag erteilt hatte, sich zusammen mit Stanley auf die Suche nach den neuen Passagieren zu begeben, stand zitternd und tropfend in der Tür von Roberts behaglicher Bleibe über der Sattelkammer und beneidete die beiden um die Überreste ihres Abendessens, die noch auf dem geschrubbten Tisch standen. Es war vielleicht eine bescheidene Mahlzeit, aber immerhin *war* es eine Mahlzeit, im Gegensatz zu seinem bislang nur hypothetischen Dinner.

Während die beiden tüchtigen Männer sich für den Aufbruch in die Nacht fertig machten, von Kopf bis Fuß in Ölzeug gekleidet wie die Besatzung eines Rettungsbootes, kehrte Clovis völlig ausgehungert ins Speisezimmer zurück. Als er seinen Platz inmitten der kleinen, nervösen Gruppe einnahm, kam ihm der Gedanke, dass jetzt nur noch sie selbst, Florence und Myrtle auf Sterne waren, und sonst gab es niemanden auf Meilen und Meilen im Umkreis.

Die Sitzordnung der kleinen Gesellschaft gestaltete sich wie folgt: Emerald saß an der einen Schmalseite des Tischs, flankiert von Ernest Sutton und John Buchanan; Smudge und der zusätzliche Gast saßen sich in der Tischmitte gegenüber, wo Smudge seine auffallend kirsch-pflaumenfarbene Weste voller Staunen beäugte; Clovis, am anderen Ende des Tischs, hatte seine Mutter und Patience Sutton als Nachbarinnen. Der Tisch bot so viel Platz, dass sich mehrere unsichtbare Personen zwischen sie hätten setzen können, ohne dass es eng geworden wäre.

Die Uhr auf dem Kaminsims tickte nicht, die Zeit verging lautlos, die Tür wurde nicht geöffnet. Weder Myrtle noch Florence Trieves erschienen mit irgendeinem Teil des Essens, mit keiner noch so kleinen Vorspeise, keinem Amuse-Bouche, keiner Krume, keinem Krümel, keinem nichts. Emerald schob den Fuß auf der Suche nach Wärme und Trost unter einen der beiden schlafenden Spaniels. Jenseits der Wände des Speisezimmers lagen in der einen Richtung häusliche Plackerei und in der anderen herrenlose Gäste, dachte sie, während sie den Blick durch die rauchigen Tiefen des Raums schweifen ließ, über die hohen Kerzen in ihren Leuchtern und die goldenen Flammen, die sich züngelnd in die blaue Luft reckten.

»Emerald, ich hoffe, du empfindest es nicht als unangemessen«, ergriff Patience schüchtern das Wort. »Aber da wir es anscheinend mit einer … einer Verzögerung zu tun haben, wäre es dir vielleicht recht, wenn ich dein Geschenk jetzt hole?«

»Oh!«, machte Emerald. »Ja, gerne.«

Charlotte erhob sich anmutig von ihrem Stuhl. »Wollen wir beide dann auch nach dem Geschenk sehen?«, sagte sie und schwebte mit einem über die schlanke Schulter geworfenen »Smudge?« aus dem Raum.

»Also gut, Geschenke«, sagte Patience aufspringend.

Emerald blieb als einziges weibliches Wesen in der Gesellschaft von John, Ernest, Clovis und Charlie Traversham-Beechers zurück. Es war eine überaus ungewöhnliche Situation.

Die Weine, die hochprozentigeren Getränke und die Liköre in ihren Karaffen reihten sich wie gigantische, kantig geschliffene Juwelen auf der Anrichte aneinander und warteten auf den ersten Gang.

Früher hatte Theodore Trieves, Florences verstorbener Ehemann, unterstützt von einem Hausdiener, den Posten des Butlers auf Sterne bekleidet. Seitdem hatten drei Männer – Wiggs, Morton und Stoves, alle ohne Hausdiener zu ihrer Unterstützung – den Posten mit unterschiedlichem Erfolg innegehabt. Seit das Torrington-Swift'sche Vermögen noch weiter geschwunden war, gab es überhaupt keine männlichen Hausbediensteten mehr, die die entsprechenden Pflichten übernehmen konnten. Wenn die Familie gelegentlich einmal alkoholische Getränke zu sich nahm – hin und wieder ein Glas Champagner, immer ein großer Genuss –, so war Edward der dafür zuständige Mann, beim Öffnen der Flaschen unterstützt von seiner zweiarmigen Frau oder seinem Stiefsohn.

Heute Abend hätte Florence Trieves die Getränke servieren sollen, aber Emerald wusste, dass allzu viele Aufgaben auf der Hauswirtschafterin und Köchin lasteten, die im Übrigen nirgends zu sehen war. Von daher war es vielleicht angebracht, diese spezielle Aufgabe einem geeigneten Mann zu übertragen. Niemand wäre geeigneter gewesen als ihr Bruder, aber Clovis fummelte an seinen Kragenknöpfen herum, die ihn offenbar piesackten, und bemerkte ihren Blick nicht. (Nachdem er bereits sein ganzes Leben lang Krägen getragen hatte, dachte Emerald, hätte er sich eigentlich inzwischen daran gewöhnen können.) Farmer John Buchanan saß steif zu ihrer Linken, anscheinend gelähmt durch die Verzögerung; er und die stehen gebliebene Uhr schienen viel gemein zu haben, dachte sie. *Ihn* würde sie auf keinen Fall bitten. Es hätte aussehen können, als böte sie ihm eine Vertraulichkeit an, und sie hatte sich in dieser Hinsicht an diesem Tag schon einmal in die Nesseln gesetzt. Ernest sah sie zwar an, aber unerklärlicherweise war der Gedanke, seinem Blick zu begegnen, ihr unangenehm. Sie konnte nicht einmal in seine Richtung sehen, ohne zutiefst verlegen zu werden, ein unhaltbarer Zustand beim Dinner, wo man absolut verpflichtet war, sich mit seinen Nachbarn zu unterhalten. Sie versuchte, das Wort WEIN mittels gedanklicher Wellen ins Hirn ihres Bruders zu senden, aber es war Traversham-Beechers, der ihre Gedanken las.

»Wie Miss Sutton möchte ich auf keinen Fall den Eindruck der Ungebührlichkeit erwecken«, äußerte er seidenglatt. »Aber fänden Sie es entsetzlich unhöflich von mir zu erwähnen, dass eine Vielzahl von Karaffen bereitsteht, sich aber anscheinend niemand einfindet, die Köstlichkeiten unter die Leute zu bringen?«

Ohne eine Antwort abzuwarten, sprang er geradezu gewichtslos auf – ein faszinierender Anblick – und war wie der Blitz an der Anrichte. Endlich fing Clovis Emeralds Blick auf und reagierte mit einem mimischen »Wieso nicht?«. Und sie fügte sich mit einem aufgebrachten Wimpernschlag in die Situation.

»Gute Idee«, kam es von John, der über all das so verblüfft war, dass er sich bemüßigt fühlte, das Wort zu ergreifen.

Nur Ernest Sutton schien sich angesichts dieses himmelschreienden Fauxpas noch steifer aufzurichten. Stieß sich denn niemand sonst daran?, fragte er sich mit vor Missbilligung gesträubten Nackenhaaren. Es war doch zweifellos Clovis' Aufgabe, sich um den Wein zu kümmern. Allerdings stand es nicht *ihm* zu, etwas dazu zu sagen, und so blieb er stumm.

»Was nehmen wir denn am besten?«, murmelte der Gentleman an der Anrichte vor sich hin. »Passend zum ersten Gang? Es riecht nach Suppe. Irgendetwas Fleischiges …« Seine Finger tänzelten über die Flaschen wie über eine heiß geliebte Klaviertastatur, schnippten gegen die silbernen Etikettenanhänger an ihren dünnen Kettchen. »La la la«, summte er. »Sherry!«

Mit einer einzigen fließenden Bewegung ergriff er die Karaffe, zog den Stöpsel heraus und schenkte ein. Dann setzte er sich, hob sein Glas in Richtung Emerald und zwinkerte ihr breit zu.

»Zum Wohlsein, und nochmals herzlichen Dank«, sagte er und leerte das Glas auf einen Zug.

Wo um alles in der Welt bleibt das Essen, und was sollen wir bloß mit all den vielen Leuten im Studierzimmer machen, sobald die geladenen Gäste abgefüttert sind?, fragte sich Emerald und bemühte sich, ein Gastgeberinnenlächeln auf ihre Lippen zu zaubern, die nicht mehr so rosig waren wie vorhin – der größte Teil der vorhin aufgetragenen Farbe war im Verlauf des angespannten, bisher nicht sehr gelungenen Abends von ihr abgeleckt worden.

Oben trippelte Smudge vor Aufregung von einem Fuß auf den anderen, den Blick auf die elegante, hin und her ruckende Kehrseite ihrer Mutter gerichtet, die die Schachtel mit dem Kätzchen unter dem Bett hervorzog.

»So«, sagte Charlotte beim Auftauchen. Der Schuhkarton war mit Schnur zugebunden und mit Löchern versehen. Ein gedämpftes Maunzen drang daraus hervor.

»Tenterhooks«, hauchte Smudge.

»Ich hoffe, es war nicht zu lange in der Schachtel. Lass sehen …« Charlotte reichte Smudge die Schachtel mit ihrem beweglichen Inhalt, ging im Zimmer umher, griff sich hier einen Schal, dort ein Tuch, und ließ sie wieder fallen. »Ich habe weder einen Brief noch eine Karte, aber es ist doch nett, ein Kätzchen geschenkt zu bekommen, und die kleine Bowes war froh, es los zu sein, und – ah!« Sie hatte ein Stück Samt gefunden. »Halt die Schachtel, damit …«, wies sie Smudge mit kalter Stimme an. »Nein! Wie kann man nur so ungeschickt sein – so doch nicht. Nimm die Hand da weg.«

Smudge versuchte, den schnell wechselnden Stimmungen ihrer Mutter zu folgen, und hielt lammfromm die Schachtel. Das Miauen des Kätzchens klang inzwischen herzzerreißend.

»Kann ich es jetzt nach unten bringen? Kann ich?«, bettelte sie. Charlotte küsste sie auf die Stirn.

»Ja, mein Liebes.«

Und Smudge rannte los.

Als sie jetzt für einen Augenblick allein war, blieb Charlotte schwankend stehen und drückte den Handrücken leicht gegen ihre Stirn. Ihre Wimpern flatterten.

Mein Gott, dachte sie. *Er* … Was hat das bloß zu bedeuten?

Und während sie sich nach Edwards starkem Arm sehnte, der ihr ein Trost gewesen wäre, war sie gleichzeitig zutiefst erleichtert, dass er nicht da war.

In ihrem Zimmer kramte Patience, leise vor sich hin summend, das hübsch eingewickelte Päckchen unter den mit zarten Spitzen besetzten Schlüpfern in den weich gepolsterten Tiefen ihres Schrankkoffers hervor. Sie zupfte die Schleife zurecht, schloss die Tür hinter sich und ging, immer noch summend, durch den stillen Korridor in Richtung Treppe.

Ihr blonder Kopf wippte beim Hinuntergehen auf und ab. Hoffentlich findet Emerald das alles immer noch so faszinierend wie früher, dachte sie, das Geschenk vorsichtig haltend, während sie leichtfüßig die gebohnerte Treppe hinunterhüpfte. Die Landschaften in Öl – bewaldete Berge und fremdländische Tempel – erinnerten sie an die Zeit in ihrer Kindheit, als sie, Ernest und ihre Eltern Sterne oft besucht und die Torringtons ebenso oft in Berkshire zu Gast gehabt hatten. Ihr persönlich war Sterne immer lieber gewesen; es war ein so glückliches Haus und robust genug, um Hiebe mit Krocketschlägern und aufprallende Tennisbälle unbeschadet zu überstehen, Ponyrennen auf dem Rasen …

Urplötzlich hatte sie das Gefühl, beobachtet zu werden. Sie hob den Kopf, bemerkte einen Mann in der Halle unter sich und erschrak zutiefst. Abgelenkt durch seinen Gesichtsausdruck, der voller Bewunderung war, rutschte ihr zierlicher Schuh von der Kante der Stufe ab, und in diesem Moment, in dem sie das Gleichgewicht verlor, erkannte sie: Es war dieser Mann, dieser Traversham, der sie beobachtete. Sie stieß einen Schrei aus, riss die Arme hoch und hätte fast – aber nur fast – das Geschenk fallen gelassen. Die Treppe war unglaublich glatt, die Steinplatten der Halle sicher kein Spaß; sie durfte unter keinen Umständen fallen. Mit weißen Fingern umklammerte sie das kostbare Kästchen, während ein Bein unter ihr wegrutschte und das andere nachgab und einknickte, und sie landete als schlitterndes Häufchen fast am Fuß der Treppe, sicher voller blauer Flecken, aber nicht wirklich verletzt. Ihr Kopf ruhte leicht an der massiven Balustrade.

Ihre Hände zitterten angesichts der Gefahr, in der sie sich befunden hatte. Glühend vor Verlegenheit hob sie den Kopf, um zu sehen, wie der Mann reagierte.

Er war nicht da. Die Halle war leer.

Er konnte doch unmöglich einfach weggegangen sein, wenn er Zeuge ihres Sturzes geworden war? Hatte sie sich nur eingebildet, ihn zu sehen? Hatte eins der hohen Gemälde, die überall hingen und deren elegante Gestalten fast aus den Rahmen zu steigen schienen, sie getäuscht?

Patience saß auf der Treppe, umklammerte Emeralds Geschenk und versuchte, sich zu fassen. Sie schüttelte den Kopf wie als Reaktion auf eine innere Stimme. Ja! In Erinnerungen versunken, hatte sie das wohl nicht ungewöhnliche Gefühl gehabt, das sich so oft einstellt, wenn man aus einem Tagtraum aufschreckt, nämlich beobachtet zu werden. Dabei hatte niemand sie beobachtet, höchstens sie selbst. Sie hatte sich sehr töricht verhalten – und konnte sich glücklich schätzen, dass ihr Sturz so glimpflich ausgegangen war. Armer Ernest, er wäre begeistert gewesen über einen verknacksten Knöchel, den er verarzten konnte.

Sie stand auf. Im gleichen Augenblick wurde die Tür des Studierzimmers geöffnet, und drei der Passagiere – eine Frau, ein Kind und ein junger Mann – kamen heraus. Zum zweiten Mal binnen drei Minuten stieß Patience einen Schrei aus.

»Alles in Ordnung mit Ihnen, Miss?«, fragte die Frau, deren besorgtes Gesicht unter einem arg ramponierten Strohhut hervorlugte.

In einem verwirrenden Augenblick des Wiedererkennens glaubte Patience, es sei *ihr* Hut – er hatte die gleiche Form, die gleichen Blumen an der Krempe, aber der hier war völlig zerknautscht und keineswegs das elegante Gebilde, das sie selbst während ihrer Reise aufgehabt hatte. Sie merkte, dass sie die Frau, deren Ausdruck nach wie vor fragend und besorgt war, völlig verwirrt anstarrte.

»Ja, durchaus, vielen Dank«, sagte sie schließlich. Sie wollte nur weg von hier. Wie konnte sie bloß gedacht haben, diese kleine blonde Frau habe ihren Hut auf? Sie sah ihr kein bisschen ähnlich. Wahrscheinlich hatte der Sturz sie völlig durcheinandergebracht.

»Vielen Dank«, wiederholte sie. »Es geht mir gut.«

»Werden wir bald weiterkönnen?«, erkundigte sich die Frau. »Wir werden allmählich ungeduldig.«

»Ich hoffe es«, antwortete Patience und machte sich auf den Weg zum Speisezimmer. Sie hörte, wie die Tür hinter ihr mit einem Klicken geschlossen wurde, und war nicht im Geringsten versucht, noch einmal zurückzusehen.

Die Szene, die sie bei ihrer Rückkehr zur Party vorfand, war ausgelassen. Zwar war immer noch kein Essen zu sehen, aber sie wurde von Gelächter begrüßt. Smudge sprang aufgeregt auf und ab und rief »Hurra! Hurra!«, während Emerald ein winziges Kätzchen in der Hand hielt und dessen niedliches Gesicht betrachtete.

Der Besucher, ihr Bruder, John und Clovis saßen lachend – und trinkend, wie sie bemerkte – am Tisch, während Charlotte auf der anderen Seite des Zimmers stand, eingerahmt von den Vorhängen, ein wohlwollendes, wenn auch etwas glasiges Lächeln auf dem Gesicht. Der Besucher sah beileibe nicht so aus, als wäre er, nachdem er sie auf der Treppe beäugt hatte, gerade erst ins Zimmer zurückgekehrt. Vertieft in die Betrachtung des Kätzchens, sah er nur kurz zu Patience hinüber.

»Sieh nur, Patience, sieh nur. Es heißt Tenterhooks«, rief Smudge, und Patience klatschte entzückt in die Hände.

»Wie süß!«, rief sie.

»Meint ihr, es ist hungrig?«, fragte Emerald.

»Das sind wir wohl alle«, bemerkte der Besucher, dessen Offenheit nach einer kaum merklichen Pause mit Gelächter quittiert wurde.

»Und was hast du da, Patience?«, fragte Ernest. Natürlich wusste er genau, was es war, er wollte nur die Aufmerksamkeit auf sie lenken, damit sie ihr Geschenk überreichen konnte. Emerald gab das Kätzchen an Smudge weiter, die es an ihren Hals drückte.

»Herzlichen Glückwunsch zum Geburtstag, Emerald«, sagte Patience und überreichte ihr das Kästchen. »Es ist von uns beiden – und natürlich von Mutter.«

Alle Augen richteten sich auf Emerald, die lächelnd die Schleife aufzog. »Wie hübsch du es eingepackt hast, Patience«, lobte sie.

»Sie hatte schon immer geschickte Fingerchen«, kam es, sehr von oben herab, von ihrer Mutter.

Die Schachtel wurde geöffnet. Sie enthielt ein Kästchen aus poliertem Walnussholz mit einem Verschluss aus Messing. Emerald öffnete es nur zögernd, denn plötzlich wusste sie, was sie darin vorfinden würde.

Mehrere Dutzend Glasplättchen, alle in knisterndes Seidenpapier gehüllt, schmiegten sich in den schwarzen Samt, mit dem das Kästchen ausgeschlagen war.

»Oh!«, machte Emerald.

»Und?«, fragte Patience mit eifriger Stimme.

»Wie großzügig! Und wie lieb!«, sagte Emerald, klang allerdings nicht sehr überzeugend.

Patience machte ein langes Gesicht. »Hast du denn gar kein Interesse mehr an deinem Mikroskop, Emerald?«, fragte sie unglücklich.

»Nein, doch, natürlich«, sagte Emerald.

»Sie hat es seit Ewigkeiten nicht mehr angerührt«, fiel Clovis ihr vergnügt in den Rücken.

»Das stimmt doch gar nicht«, widersprach Emerald mit einem schuldbewussten Seitenblick auf Patience.

»Sie hat ihre Notizbücher und den ganzen anderen Kram längst weggeräumt. Sie interessiert sich schon lange nicht mehr dafür, stimmt doch«, sagte Clovis.

»Wie schade«, murmelte Ernest, der sich noch gut daran erinnerte, wie Emerald und er beim Betrachten vielgliedriger Käferbeine die Köpfe zusammengesteckt hatten.

»Es ist ein wundervolles Geschenk«, sagte Emerald betont, aber Patience ließ sich nicht täuschen.

»Es war eine dumme Idee von mir. Ich hätte bei Rosenwasser bleiben sollen«, sagte sie so leichthin, wie es ihr möglich war, aber nun war sie es, die nicht sehr überzeugend klang, und ihre Kehrseite, auf die sie so hart aufgeschlagen war, fing an, entsetzlich wehzutun.

»Patience …«

»Du musst eben denken, dass es der gute Wille ist, der zählt«, sagte sie lächelnd.

John streckte eine mächtige Pranke aus. »Darf ich?«, fragte er, wickelte einen der Objektträger aus und hielt ihn gegen das Licht. »Sie könnten natürlich nie eine *wirkliche* Wissenschaftlerin werden«, sagte er.

»Madame Curie wäre da vielleicht anderer Ansicht«, kam es von Emerald.

»Die ist ja auch Ausländerin«, gab er zurück, und damit war das Thema für ihn anscheinend erledigt.

Er zerknüllte das Papier und ließ es fallen. Emeralds Hand zuckte instinktiv vor, um es aufzufangen, bevor es auf dem Boden landen konnte. Sie strich es auf dem Tisch glatt, und mit einem Stich, als hätte jemand sie mit einem Papiermesser in die Seite gepikst, dachte sie an die letzten Tage ihres Vaters zurück. Als sie damals gemerkt hatte, dass die Wissenschaft keine Antwort auf diese Krankheit zu bieten hatte, hatte sie alle kindischen Interessen beiseitegeräumt, sich auf weibliche Tugenden besonnen, sich nützlich gemacht, ihn gepflegt. Es war beileibe nicht das, was *er* sich für sie gewünscht hätte, wie es abgedroschen so oft hieß. Weit davon entfernt. Er hasste es. Aber so war es nun einmal. Ihr geliebter Vater war krank geworden, ihre Mutter völlig verzweifelt, ihr Bruder starr vor Schock. Ihr Opfer war notwendig. Und das war das Ende. Sie hatte nicht wissen können, dass sie wie eine verzauberte Prinzessin alles, was sie zuvor gewesen war, so komplett vergessen würde. Die Pflicht hatte ihr Herz mit einem Bann belegt.

Smudge strich mit dem Finger über den ausgewickelten Objektträger. »Es sieht aus wie Zuckerguss. Am liebsten würde ich hineinbeißen«, sagte sie, das Gesicht im Fell des Kätzchens vergraben.

»Du würdest Blut spucken und eines schrecklichen Todes sterben«, sagte Clovis.

»Was ist das eigentlich?«, fragte Charlotte und sah sich ruhelos um. Sie wusste es natürlich sehr wohl, runzelte aber gereizt die Stirn, weil Patience typischerweise wieder einmal zu voller Form aufgelaufen war und etwas absolut Langweiliges auf die Party gebracht hatte.

Ernest bemerkte ihren abfälligen Blick und runzelte finster die Stirn. Natürlich setzte er sofort wieder einen anderen Ausdruck auf, aber Charlotte hatte mitbekommen, wie er sie ansah, und hörte auf, sich nur auf sich selbst zu konzentrieren. Seine Reserviertheit hatte etwas durchaus Männliches, sinnierte sie, und seine Haare waren nicht mehr eigentlich rot, sondern eher ... Sie suchte nach einem treffenden Vergleich – eher wie das Holz eines Brombeerstrauchs. Früher einmal hätte es ihr Spaß gemacht, den Zauber zu finden, der ihn in ihren Bann gezogen hätte.

Traversham-Beechers beobachtete Charlotte wie ein Frettchen. Er erhob sich von seinem Platz und schob sich verstohlen auf sie zu. Atemlos beobachtete sie, wie er immer näher kam, und fürchtete, jemand könnte sie sehen und ihre Verbindung erraten, aber als sie gemeinsam am Fenster standen, blieben sie unbeobachtet.

»Du hast dich überhaupt nicht verändert«, flüsterte er, obwohl er nicht das Geringste über sie wusste.

»Seit ich dich das letzte Mal gesehen und verabscheut habe?«, fauchte sie.

»Damals warst du nicht so unfreundlich wie jetzt«, spöttelte er.

»Geh zurück auf deinen Platz, lass mich in Ruhe«, zischte sie, und er zog sich lächelnd zurück.

Ganz gleich aus welchem Grund dieser Mann auf Sterne aufgetaucht war, Florence Trieves wusste, dass sie sich erst einmal um das Essen kümmern musste.

»Und, Myrtle, sind wir so weit?«, keuchte sie, setzte sich in Bewegung und hielt die Tür mit dem Rücken auf.

»Ja, Ma'am.«

»Die verflixten Überlebenden sind sicher verwahrt?«

»Alle im Studierzimmer, Ma'am. Und kein Mucks von ihnen.«

»Dann los.«

Die Servierplatten in den Händen, begaben sie sich zur wartenden Tischgesellschaft.

»Ah!«, rief der bereits leicht alkoholisierte Besucher anerkennend, als ihm der Duft von Butter und zartem Fisch in die Nase stieg. »Ja!«

Alle anderen bewahrten ihre guten Manieren und begaben sich trotz ihres Hungers mit schicklicher Zurückhaltung zum Tisch. Charlotte machte es sich wohlig auf ihrem Platz bequem.

Florence tat allen auf, und bald waren die zarten gemalten Palmwedel und Blätter auf den kleinen Tellern verdeckt von Petersilie, Stinten, gekochtem Aal und den verschiedensten Soßen. Die ausgehungerten Gäste bedienten sich dankbar, während Florence den Tisch mit der Sherry-Karaffe umrundete. Als sie zu Traversham-Beechers kam, sah sie Charlotte an und deutete dann mit hochgezogenen Brauen in seine Richtung, und Charlotte gab ihr mit den Augen ein fast unmerkliches Zeichen. Die Bande zwischen ihnen verstärkten sich.

Die beiden Spaniels, Nell und Lucy, waren aufgewacht, als sie das Kätzchen rochen, und rannten aufgeregt im Zimmer herum, stießen mit den Köpfen gegen die Möbel und bellten wie von Sinnen. Emerald zerrte die hysterischen Hunde nach draußen, während das Kätzchen, so stachlig wie die Schale einer Kastanie und kaum größer als eine solche, giftig hinter ihnen herfauchte.

»Geben Sie mal her«, kommandierte Traversham-Beechers, und John hob das kleine Kätzchen hoch und tat wie geheißen.

Der Besucher nahm es. Das Kätzchen klammerte sich gewichtslos an seine dicken Finger. Über dem Tisch baumelnd, sah es sich blind um.

»Nicht! Sie halten es zu nah an die Flamme!«, rief Emerald, als sie, nachdem sie die aufgeregten Hunde ausgesperrt hatte, an ihren Platz zurückkam.

»Glauben Sie etwa, ich würde ein schutzloses Tier ansengen?«, fragte der Besucher, zog die Hand aber nicht zurück, sondern schwenkte das Kätzchen spielerisch über der leckenden Kerzenflamme hin und her.

Einer nach dem anderen unterbrachen die Anwesenden ihr Essen. Der Stint geriet in Vergessenheit, als alle Blicke sich auf das kleine Kätzchen richteten, das über dem Leuchter baumelte und die Krallen so weit ausgefahren hatte, wie es nur irgend ging. Der Gentleman schien sie provozieren zu wollen, schien sie herauszufordern, ein Machtwort zu sprechen, und erfüllte sie gleichzeitig mit dem Wunsch, seine Billigung zu finden. Niemand war so schwach wie Clovis, der zu kichern anfing. Emerald war fassungslos.

»Hören Sie damit auf!«, rief sie, und der Mann zog die Hand langsam zurück und grinste alle der Reihe nach aalglatt an.

»Wie dumm«, sagte er, »dass niemand geröstete Katze mag.«

Er ließ das Kätzchen auf Charlottes Hand fallen. Seine Pfoten fühlten sich auf ihrer Haut glühend heiß an.

Ein kurzes Schweigen trat ein, dann fingen alle auf einmal an zu reden, bis die Unterhaltung, gelöst durch Sherry, Essen und Erleichterung, eine solide, selbst laufende Richtung einschlug, die allen Anwesenden gefiel – außer vielleicht dem Besucher, der seinen Teller mit einer Brotrinde abwischte und unheilvolle Blicke über den Tisch wandern ließ.

Charlotte drückte das Kätzchen an ihre Wange und genoss dabei sowohl ihre vergleichbare Schönheit als auch den Eindruck der Liebenswürdigkeit, den sie durch ihr Verhalten erweckte.

»Armes Ding«, gurrte sie und tunkte den Finger in die fischigfeuchten Reste auf ihrem Teller, um ihn von der kratzigen Zunge des Tiers ablecken zu lassen.

»Ich weiß nicht, wer von euch beiden die schöneren Augen hat«, sagte Patience wie aufs Stichwort, wurde aber, da sie dem falschen Geschlecht angehörte, nicht weiter beachtet. Sie sah schüchtern zu Clovis hinüber und versuchte, die Verwirrung, die sein blendendes Erscheinungsbild bei ihr auslöste, durch eine Unterhaltung zu überspielen.

»Ich finde es sehr bedauerlich, dass wir Mr Swift nicht sehen werden, solange wir hier sind«, fing sie an.

Clovis war sich bewusst, dass sie von Traversham-Beechers beobachtet wurden, und seine Stimmung, so formbar wie Knetmasse, veränderte sich unter dem Einfluss des subversiven Fremden wie geschmeidiger Ton auf einer Töpferscheibe. Eine Rastlosigkeit, die durch die schnippische Patience nicht befriedigt wurde, machte sich in ihm breit.

Sie wartete auf seine Reaktion; ihr höflich aufmerksamer Blick überbrückte die Lücke zwischen ihren Stühlen. »Er ist in Manchester«, brummte er.

»Geschäftlich? Es scheint dort eine Menge Liquidationen zu geben, wenn man nicht einmal an einem Samstag auf seinen rechtlichen Beistand verzichten kann.«

Clovis ging nicht auf ihr Bemühen um einen leichten Ton ein und sah sie nur ausdruckslos an, aber der Besucher auf der anderen Seite des Tischs lachte plötzlich auf.

»Bildschön und auch noch geistreich«, sagte er anerkennend.

Patience, die sich daran erinnerte, wie er sie auf der Treppe angestarrt hatte (oder hatte sie es sich wirklich nur eingebildet?), errötete.

»Vielleicht könnte ich Sie in Versuchung führen.« Traversham-Beechers blickte sich am Tisch um. Sein vertraulicher Ton war eigentlich zu leise, um über den breiten Tisch hinweg bis zu Patience zu dringen, aber sie hörte ihn so deutlich, als hätte er ihr die Worte ins Ohr geflüstert; alle hörten ihn, als hätte er ihnen die Worte ins Ohr geflüstert.

»Vielleicht kann ich Sie alle in Versuchung führen.«

Binnen eines Augenblicks hatte er ihre gebannte Aufmerksamkeit. Die Unterhaltung geriet ins Stocken und verstummte dann vollends.

Wieder einmal richteten sich alle Augen auf Traversham-Beechers, der langsam in seine Brusttasche griff, ein silbernes Zigarettenetui hervorzog und es Patience hinhielt, die das schimmernde Ding verwundert ansah.

Charlotte setzte Tenterhooks auf dem Tischtuch ab. Wieder zeigte ihr Gesicht den Ausdruck, den es gehabt hatte, als sie den Besucher im Salon zum ersten Mal erblickte: erstaunt und alarmiert. Clovis, dem ebenso wie den anderen nichts davon auffiel, war einfach nur verwirrt.

»Ihr Zigarettenetui?«, fragte Patience. »Was soll ich damit?«

»Sich eine Zigarette nehmen? Sicher nicht, oder etwa doch, Miss Sutton?«

»Ganz gewiss nicht!«

»Nein, nein, glätten Sie Ihr Gefieder. Interessieren könnte Sie, was das Zigarettenetui repräsentiert – Sie und Miss Torrington.«

»Mich?« Emerald war ebenso perplex wie Patience.

»Gewiss. Als junge Damen auf der Schwelle zu ... so vielen Dingen, könnte es Sie vielleicht im Hinblick auf Ihre Bestrebungen interessieren.«

»Und welche Bestrebungen sollten das sein?«, wollte Emerald trocken wissen.

»Nun, natürlich das Bestreben, sich einen Partner zu angeln.«

»Ach so.«

»Was sonst? Falls Sie, Miss Sutton, nicht von der rudimentären Nonchalance meines jungen Gastgebers eingenommen sind, oder Sie, Miss Torrington, von diesen beiden anderen unerfahrenen Kreaturen«, er nickte in Richtung John und Ernest, »dann suchen Sie vielleicht nach Reife? Dieses Etui ist solide fünfunddreißig Jahre alt. Oder nach Eleganz? Das Etui ist sehr schmal, schmiegt sich unmerklich in die kleinste seidengefütterte Tasche und trägt den Stempel eines erstklassigen Silberschmieds. Oder ...« Er richtete den Blick auf Emerald. »Sind Sie vielleicht auf der Suche nach Reichtum?«

Die Frage hing in der Luft. Clovis hatte das Gefühl, einen Meister bei der Arbeit zu beobachten; John war gegen seinen Willen beeindruckt von der Unverfrorenheit des Burschen; einzig Ernest hielt mit zusammengebissenen Zähnen den Blick auf den Tisch gerichtet und weigerte sich, sich in diese Sache hineinziehen zu lassen. Er hatte das eigenartige Gefühl, dass man sich am besten gegen Traversham-Beechers' Charme wehren konnte, indem man ihn nicht ansah. Und Charlotte – nun, keiner bemerkte, wie extrem blass sie geworden war. Das Herz rutschte ihr in die Magengrube, ihr wurde schwindlig. Sie erlebte das alles nicht zum ersten Mal.

»Wenn ich, wie Sie sagen, tatsächlich auf der Suche wäre«, sagte Emerald mit zitternder Stimme, »würde ich, nun ja, würde ich gewiss nichts davon mit *Ihnen* besprechen – schon gar nicht bei Stint und Appetithäppchen«, kam sie betont zum Schluss.

»Stint und Appetithäppchen«, wiederholte er mit sinnlicher Stimme. »Sehr hübsch ausgedrückt, sehr hübsch.« Und er lächelte.

Im Gleichklang, wie ein gut aufeinandereingespieltes Ponygespann, merkten Patience und Emerald zu ihrem Entsetzen und gegen ihren Willen, dass sie sein Lächeln erwiderten. Er blickte von einer zur anderen, genoss seinen Triumph, während seine Finger leicht auf den kleinen, runden, harten Knöpfen seiner Weste herumtrommelten. Emerald schlug die Beine übereinander. Patience rutschte auf ihrem Stuhl hin und her.

Clovis spürte die unbehagliche Anziehung zwischen ihnen und fühlte sich verunsichert. Er hatte gehofft zu sehen, wie Patience in Verlegenheit gebracht wurde, aber nicht auf diese Weise. Gleichzeitig jedoch regte sich in ihm unleugbar der Jagdtrieb, auch wenn es ihm nicht gefiel, dieses Gefühl zu haben.

»Hersehen«, sagte der Fremde schnell, und mit einer kaum merklichen Bewegung war das silberne Etui verschwunden.

»Wo ist es hin?«, schrie Smudge, die sich nicht beherrschen konnte und aufsprang, bevor sie wieder auf ihren Platz zurückplumpste, das Kätzchen hochriss und es an ihre Brust drückte, als wollte sie sich selbst daran hindern, noch einmal bei Tisch zu sprechen, ohne dazu aufgefordert worden zu sein.

Selbst Emerald und Patience hatten erstaunt die Luft angehalten, als das Zigarettenetui plötzlich verschwand. John, Clovis und sogar Ernest lachten ungläubig und in plötzlicher Unschuld; sie tauschten kindliche, freundliche Blicke miteinander.

Charlotte hatte sich inzwischen gewappnet.

»Beruhigt euch, Kinder«, sagte sie kühl. »Es ist in seinem Ärmel.«

»Ach, tatsächlich?«, lächelte der Gentleman und fügte rätselhafterweise hinzu: »Auf diese Weise werden Sie mich nicht aufhalten. Und ich war sicher, es ist …« Er stand auf und griff hinter den kunstvollen Turm von Charlottes Haaren. Ein schneller Schauder durchlief ihren ganzen Körper.

»Hier!« Und mit großartiger Geste zog er das Etui, das im Kerzenlicht schimmerte, aus ihren Haaren hervor.

Patience klatschte in die Hände.

»Noch einmal!«, rief sie. »Ich liebe Zaubertricks.« Sie hatte ihr Unbehagen von vor wenigen Minuten völlig vergessen, so absolut hingerissen war sie nun von ihm.

Traversham-Beechers sah Charlotte an. »Alles für meine Gastgeberin«, sagte er, »die uns *alle* so freundlich aufgenommen hat.«

Während er das sagte, hörten sie ein anschwellendes Flüstern, einen leisen Aufschrei der vergessenen Passagiere im Studierzimmer, wie von einem nächtlichen Wald, durch den der Wind streicht. Alle am Tisch hielten lauschend inne, erinnerten sich schuldbewusst daran, dass sie ihren Fisch verzehrt hatten, während sich niemand um das Wohlbefinden der unglückseligen Passagiere kümmerte. Nur Smudge hatte das Geräusch nicht bemerkt – das Kätzchen an ihr Ohr gepresst, hörte sie nur sein Schnurren.

Das kurze Schweigen wurde durch Myrtles überstürztes Erscheinen gebrochen, die einen Brotkorb hereinbrachte und auf den Tisch stellte. Der Brotkorb erinnerte Smudge daran, dass sie sich um das Pony Lady kümmern musste. Auch wenn sie auf der Geburtstagsfeier noch so viel Spaß hatte, durfte sie ihr Großes Unterfangen nicht vergessen. Mit einem Seufzer sprang sie auf.

»Entschuldigt mich bitte!« Sie setzte Tenterhooks auf ihren Stuhl und flitzte aus dem Zimmer.

Es bereitete ihr Unbehagen, auf dem Weg nach oben an dem wimmelnden Studierzimmer vorbeizumüssen, und sie rannte sowieso immer, wenn sie allein im Haus unterwegs war. Durch den Flur, durch die mit grünem Stoff bespannte Tür, in die Küche mit dem dort herrschenden Chaos – hastig sah sie sich um und entdeckte in einer Kiste auf dem Boden einen wurmstichigen Apfel und einen alten Kanten Brot. Sie griff sich beides, riss die Tür zur Hintertreppe auf und rannte keuchend hinauf.

Lady hatte sich die Zeit damit vertrieben, das Federbett zu zerkauen und mehrere Kohlestifte unter ihren Hufen zu zermalmen, aber es war kein ernsthafter Schaden entstanden. Jetzt döste sie mit hängender Unterlippe vor sich hin, ein Hinterbein elegant auf die Hufkante gestellt. Smudge setzte sich vor sie, fütterte sie und versuchte, den Kopf an die Wand gelehnt, wieder zu Atem zu kommen.

Die Luft in der Küche war zum Schneiden, so angefüllt war sie von Dampf und Dunst und allen möglichen Gerüchen. Schluss mit appetitanregenden kleinen Fischen und zarter *beurre blanc;* jetzt war es Zeit für das Fleisch.

Florence wischte sich den Schweiß von der Stirn und trocknete sich die Hände an der Schürze ab. Sie hätte gern ein frisches

Kleid angezogen, das hier stand fast vor Schweiß. Sie konnte nichts mehr riechen; war schon zu lange mitten in diesem Getümmel; ihre Haarwurzeln, ihre Nagelhäutchen, die Sohlen ihrer Füße in den Stiefeln waren überzogen von fettigen Schichten; Bratensäfte, Fette, Stärken waren unbemerkt Teil von ihr geworden. Ihre Zunge war abgestumpft; sie hätte nicht einmal mehr eine eingelegte Zwiebel geschmeckt, hätte ihr jemand eine in den Mund gesteckt.

Sie richtete sich hoch auf, ganz still, absolut konzentriert. Keulen, Haxen, Brötchen, Schnur, Rosenkohl, Kaninchen, Beilagen, Verzierungen aller Art. Sie beugte sich vor. Ihre Finger arbeiteten an Achten, Spiralen, Rosetten, Muschelchen, winzig, winziger, am winzigsten.

Nachdem Smudge sich vergewissert hatte, dass das Pony keine unmittelbare Gefahr für sich selbst oder das Haus darstellte, trat sie den Rückweg ins Speisezimmer an. Als sie über den leeren oberen Treppenabsatz trottete, erwartete sie nicht, auf einen Mann zu stoßen, der soeben die Ecke der Treppe umrundete. Sie blieb wie angewurzelt stehen, die Hände vor sich gestreckt, wie um sich abzubremsen.

Er war riesig und wirkte noch riesiger und behäbiger durch den großen Reisesack, den er auf dem Rücken trug. Er hatte sich eine Mütze, so wie ein städtischer Angestellter sie tragen mochte, in die Stirn gezogen und tief liegende, brennende Augen über einem dichten Bart. Hinter ihm klammerten sich zwei kleine Kinder mit dünnen Beinchen verängstigt an das Geländer.

»Entschuldigen Sie, Miss«, sagte er.

Smudge wartete nicht ab, was er vielleicht sonst noch sagen wollte. Sie rannte den Korridor entlang, weg von ihm, und die Küchentreppe hinunter.

»Mrs Trieves!«

Florence kippte fast aus ihren Stiefeln. »Smudge! Miss Imogen! Großer Gott!« Ihre Kopfhaut kribbelte, vor Schreck oder Schweiß oder beidem.

»Sie müssen kommen und helfen«, rief Smudge, die zitternd und blass vor Angst am Fuß der Küchentreppe stand, aber Florence musste sich um andere Dinge kümmern.

»Nicht jetzt, nicht jetzt.«

»Ich war oben, weil ich – weil ich – und da war ein *Mann!* Ein Mann!«

»Ich *kann* jetzt nicht!«

»Dann vielleicht Myrtle?« Smudge war verzweifelt.

»Räumt den Tisch ab.«

»Irgendjemand. Emerald … *Mutter?*« (Dass sie ausgerechnet an ihre Mutter dachte, war Beweis für ihre Verzweiflung.) »Mrs Trieves, sie sind oben!«

»Oben? O mein Gott, das darf doch nicht wahr sein. Komm mit!«

Sie nahm Smudges Hand und zerrte sie aus dem Raum.

Als sie durch die mit grünem Stoff bespannte Tür kamen, stießen sie unverzüglich auf ein kleines Grüppchen Passagiere, die durch den Flur schlichen und sich leise miteinander unterhielten.

»Zurück!«, befahl Florence der kleinen Gruppe mit gebieterischer Stimme, packte Smudges Hand noch fester und lief mit ihr zum Speisezimmer.

»Sie haben das Studierzimmer verlassen und sind überall im ganzen Haus!«, rief sie.

»Was?«, »Großer Gott!« und andere Rufe des Entsetzens kamen von der Gruppe am Tisch.

»Meine Damen, Sie bleiben hier«, befahl John, der bereits aufgesprungen war. Clovis und Ernest taten es ihm nach. Gemeinsam begaben sie sich zur Tür.

»Trivering …« Clovis hatte den verflixten Namen schon wieder vergessen. »Kommen Sie nicht mit?«

»Muss ich wirklich?«, erwiderte der Mann träge und hievte sich gemächlich hoch.

»Nun machen Sie schon!«, drängte John, aber der Mann ließ sich nicht zur Eile antreiben.

Die anderen warteten ungeduldig in der Tür, dann gingen sie zu viert los.

Ohne die Herren, sicher hinter geschlossener Tür, waren die Frauen nun unter sich. Florence stand an der Anrichte, zögerte, sich zu den anderen an den Tisch zu setzen.

»O mein Gott«, sagte Charlotte, sich Luft zufächelnd. »Wie furchtbar.«

»Ich weiß wirklich nicht, was wir uns dabei gedacht haben, sie derart schäbig zu vernachlässigen«, sagte Emerald.

»Unsinn«, gab ihre störrische, reuelose Mutter zurück. »Man sollte sie alle vor die Tür setzen und durchprügeln! Wenn Robert doch nur hier wäre«, rief sie und schlug sich mit der Faust gegen die Stirn.

Smudge ging zu ihr, kniete sich vor sie und berührte ihr Kleid.

»Lass das!«, sagte sie zurückzuckend, und Emerald ergriff die Hand des Kindes. Stumm lauschten sie auf das Geschrei und das Gepolter jenseits der Tür des Speisezimmers.

Mehrere Überlebende hatten sich aus dem abgelegenen Studierzimmer herausgewagt und streunten nun hungrig durch das Haus. Ihre Stimmung war nicht verärgert oder bedrohlich, sondern vielmehr geprägt von fiebriger Unruhe. John Buchanan, mit einem Wanderstock bewaffnet, hatte den Rest des Hauses abgesucht, aber außer dem Mann mit den Kindern, der inzwischen wieder zur Gruppe zurückgebracht worden war, war niemand oben gewesen.

Die hungrigen Seelen suchten Ruhe oder Nahrung, suchten Trost und Kommunikation, suchten, wie es schien, die Torringtons, und standen nun widerspenstig in der Halle beisammen.

»Wir möchten mit der Dame des Hauses sprechen!«, rief eine Frau. »Wir wollen einfach nur weiter! Und wir haben Hunger. Wir haben solchen Hunger. Das alles ist doch nicht unsere Schuld!«

»Aber, aber, wir werden sehen, was sich tun lässt«, versuchte Ernest, sie zu beschwichtigen, und fragte sich, während er sie betrachtete, ob die Frau nicht vielleicht doch auf irgendeine Art verletzt war, die ihm vorher nicht aufgefallen war, oder ob ihre alarmierende Blässe nur die Nachwirkung des Unfalls und des langen Eingepferchtseins war. »Ich muss mich wirklich entschuldigen«, sagte er.

Obwohl er natürlich nicht für seine Gastgeber sprechen konnte, hatte er das Gefühl, dass irgendetwas für diese Leute getan werden musste, und beschloss, wenn schon nicht mit der unnahbaren Mrs Swift, so doch vielleicht mit Emerald zu sprechen.

»Wir haben gewartet und gewartet«, sagte eine andere Frau, und überall um ihn herum erhoben sich kläglich-vielstimmig die Rufe »Hunger!« und »Wieso?«.

»Aber, aber«, erklang die durchdringende, nasale Stimme von Traversham-Beechers hinter ihnen, und viele – unter ihnen auch John, der sich noch auf halber Höhe der Treppe befand, und Ernest, der die weinende Frau tröstete – drehten sich zu ihm um.

Die Hände in den Taschen vergraben, stand er in der Tür der Bibliothek.

»Hört mir zu, Leute. Durch Jammern werden wir gar nichts erreichen. Sie und ich müssen hier nun einmal für eine kurze, unbestimmte Zeit ausharren!« Sie hörten ihm aufmerksam zu. »Wir hoffen, dass man auf unsere Bedürfnisse eingehen wird. Wir vertrauen darauf …« Hier hielt er inne, und plötzlich flog über sein Gesicht ein Ausdruck, nur kurz zwar, aber, wie Ernest fand, überaus eindringlich. Ein Ausdruck, der an Grauen gemahnte. »Wir vertrauen darauf«, fuhr er fort, »dass Gott …« Das Wort hallte durch die kalte Luft und verharrte schwebend.

»Dass Gott dafür sorgen wird, dass unsere Bedürfnisse befriedigt werden. Bis dahin müssen wir uns in Geduld üben. Lasst uns nun wieder hineingehen!« Damit deutete er erneut auf die offene Tür des Studierzimmers.

Nach dieser Ansprache gaben die dicht gedrängten Passagiere jede Aufmüpfigkeit auf, anscheinend weil sie ihre Machtlosigkeit erkannt hatten. Ernüchtert trotteten sie zurück in den kleinen, quadratischen Raum.

»Gut so«, sagte Traversham-Beechers und machte die Tür entschlossen hinter ihnen zu. »Sollen wir nun zu den Damen zurückgehen?«

Als die Gäste wieder im Speisezimmer vereint waren, verkündete John: »Sie sind alle wieder da, wo sie hingehören.«

»Bravo, John«, sagte Charlotte.

Emerald ließ Smudges Hand los und wandte sich an die Versammelten.

»Wir haben mit unserem Essen angefangen«, sagte sie mit fester Stimme. »Die anderen müssen auch etwas zu essen bekommen.«

Sie fing Ernests ermutigenden Blick auf.

»Hört, hört«, sagte er.

»Das ist doch absurd!«, protestierte Charlotte.

»Nein, Mutter! Sie auch weiterhin zu ignorieren ist absurd. Ich lasse das nicht mehr zu.«

»Emerald!«

»Siehst du denn nicht, dass es so nicht geht? Es werden immer mehr. Ein Teil von ihnen muss zurück ins Frühstückszimmer, die anderen bleiben im Studierzimmer. Und sie müssen etwas zu essen bekommen«, sagte sie bestimmt. »Du verhältst dich sehr unhöflich, Mutter.«

Charlotte war das völlig egal. Sie hatte ihr Leben so eingerichtet, dass sie nie wieder dritter Klasse reisen musste. Sie würde auf keinen Fall mitleidig die Hände ringen wegen Leuten, die sie immer noch benutzten.

»Bitte nicht ins Frühstückszimmer«, verlangte sie trotzig. »Das Frühstückszimmer ist mein spezielles Zimmer.«

»Jedes Zimmer ist dein *spezielles* Zimmer, Mutter«, sagte Emerald bitter, brach an dieser Stelle aber ab, um es nicht in aller Öffentlichkeit zu einem Streit kommen zu lassen.

»Was sollen wir tun?«, fragte Patience.

Alle, mit Ausnahme des Kätzchens, das die Soßen aufleckte, und mit Ausnahme von Traversham-Beechers, der gähnend zur Decke blickte, wandten sich ihr erwartungsvoll zu.

»Ich belästige euch nur sehr ungern mit unseren häuslichen Angelegenheiten, aber ich glaube, es bleibt mir nichts anderes übrig«, sagte Emerald mit Blick auf Florence Trieves. »Unser Mädchen, Pearl Meadows, ist krank. Robert und sein Junge sind unterwegs, um die anderen Passagiere einzusammeln, die die Eisenbahn uns schickt. Wir sind nur sehr wenige. Mrs Trieves ist mit Myrtle in der Küche ganz allein, und ich fürchte …« Der Rest des Satzes lag lange Sekunden auf ihrer Zunge, bevor sie ihn hervorbrachte. »Ich fürchte, wir werden in der Küche helfen müssen.«

Sie achtete nicht auf das Stöhnen, das ihre Mutter angesichts dieser unglaublichen Zumutung ausstieß, aber Florence rief: »Nein, Emerald. Ich schaffe das auch allein.«

»Nein, Mrs Trieves. Wir helfen Ihnen.«

»Ich auf jeden Fall«, piepste Patience. »Ich brauche nur eine Schürze. Wo ist die Küche?«

»Danke, Patience.«

»Ich helfe auch«, brummte Ernest.

»Nein«, kam es erneut, aber nur schwach, von Florence.

»Ich auch, Em. Ich habe meiner Mutter oft geholfen«, sagte John.

»Ich meiner zwar nie, aber ich bin auch dabei«, reihte Clovis sich ein.

»Also gut«, rief Charlotte mit plötzlicher Vehemenz. »Dann hast du ja genug helfende Hände für deine schmutzige Arbeit. Und das an deinem Geburtstag! Es ist einfach lächerlich. Und ich sage dir, es wird einen Aufstand geben, wenn du versuchst, diesen grässlichen Leuten auch nur den kleinen Finger zu reichen. Smudge jedenfalls geht auf ihr Zimmer, oder willst du etwa die Kinderarbeit wieder einführen? Und ich ziehe mich ebenfalls zurück. Ich erwarte, nicht gestört zu werden.«

Sie wandte sich dem Anführer der ungeladenen Gäste zu, dem unverschämten Traversham-Beechers.

»Und Sie bleiben hier«, sagte sie betont und zeigte in diesem Augenblick alle Zähne und Klauen, die sie hatte. Das ganze Zimmer schien vor ihr zurückzuweichen.

Der Gentleman war unbeeindruckt.

»Ja, ich glaube, ich werde mich ein Weilchen hier vergnügen«, sagte er träge und zog eine lange Zigarre aus einer Innentasche.

Charlotte drehte sich auf dem Absatz um, hielt der widerstrebenden Smudge die Hand hin, verließ mit ihr zusammen das Zimmer und schloss die Tür.

»Mach dir nichts draus, sie wäre uns sowieso nur im Weg gewesen«, flüsterte Clovis seiner Schwester aufgekratzt zu.

Ihre Aufmerksamkeit wurde durch das anzügliche, rhythmische, saugende Geräusch abgelenkt, mit dem Traversham-Beechers seine Zigarre an einer Kerze anzündete. Gefangen zwischen dem Schock über dieses anstößige Verhalten und einer gewissen anarchischen Bewunderung, starrten die fünf jungen Leute ihn einen Augenblick lang fassungslos an. Dann wandte sich Ernest höflich an Florence: »Zeigen Sie uns bitte den Weg.« Und sie begaben sich in die Küche und überließen den Mann inmitten eines Ozeans schmutziger Teller seinen Vergnügungen.

Schon im Korridor wurde Myrtle mit dem Auftrag losgeschickt, die Passagiere auf die beiden Räume zu verteilen und Sitzgelegenheiten für sie herbeizuschaffen, während sich die Gäste, angeführt von einer unglücklichen Florence, zur Küche begaben. Sie kamen am Frühstückszimmer vorbei, bogen um eine Ecke und gelangten an die mit grünem Stoff bezogene Tür zum Wirtschaftsbereich.

»Vielleicht haben wir hinterher ja doch noch Zeit für ein Spiel – und für deinen Kuchen, falls es einen gibt«, sagte Patience im Gehen aufmunternd zu Emerald.

Die Mitglieder des Haushalts hatten aufgehört, sich über die unaufhörlich wachsende Zahl der Überlebenden zu wundern, und waren zu dem Schluss gelangt, dass an diesem verworrenen Abend niemand von ihnen erwarten konnte, den Überblick zu behalten.

»Sie vermehren sich wie die Fliegen«, schimpfte Myrtle leise vor sich hin, während sie die zusätzlichen Stühle, die sie angeschleppt hatte, auf den Boden knallte und der ganzen undankbaren Bande einen wütenden Blick zuwarf. Sie verfrachtete die Hälfte von ihnen ins Frühstückszimmer und wies die andere Hälfte streng an, im Studierzimmer zu bleiben.

Sie rissen ihr die Stühle mit kraftvollen Fingern aus den Händen, setzten sich irgendwohin, wo Platz war, und beobachteten Myrtle in atemloser Erwartung ihrer Mahlzeit mit glitzernden Augen.

Emerald, Patience, Ernest, John und Clovis, alle in Abendkleidung, sahen sich in der Küche mit ihren Bergen halb fertiger Speisen um.

Wäre Florence jünger oder weniger diszipliniert gewesen, wäre sie an dieser Stelle in Tränen ausgebrochen, aber sie hatte schon seit Jahren nicht mehr geweint. Manchmal hatte sie das

Gefühl, all ihre Tränen – die des Kummers und die der Freude – seien für Theodore vergossen worden, und ihre Augen in ihren Höhlen blieben trocken, während sie sich langsam auf einen oft bedachten, staubigen Tod zubewegte. Sie stellte sich vor, dass kleine Säckchen, die eigentlich mit wogenden Tränen gefüllt sein sollten, verschrumpelt zwischen ihren Augäpfeln und ihrem Gehirn lagen. Aber wenn sie Tränen gehabt hätte, hätte sie sie jetzt darüber vergossen, dass ihre ganze Schufterei auf diese Weise, durch diese üble Krise, vergeudet wurde. Sie wollte nicht in ihrer Küche gesehen werden – nicht so.

Sie kam sich vor wie eine große Uhr mit offener Rückseite; ihr Ziffernblatt bestand aus Perlmutt, Diamanten und goldenen Zeigern, aber innen enthielt das Gehäuse nur schmutzige alte Eisenteilchen. War alles, was so wundervoll erschienen war, wirklich nur das? Nur diese Federn? Nur diese winzigen Schräubchen? Nur diese Zahnräder? Sie ließ den Kopf hängen.

»Wo sind die Schürzen?«, sagte Emerald voller Energie. Auf eigenartige Weise genoss sie es geradezu, etwas zu tun, was den Wünschen ihrer Mutter so sehr widerstrebte. Unterschiedliche Teller standen wacklig übereinandergestapelt und warteten darauf, gefüllt zu werden. Die Helfer waren bereit, sie zu kredenzen. Ein großes Messer fest in der Hand, stand Florence über den verschiedenen vorbereiteten Speisen, aber sie brauchte mehrere Anläufe, bevor sie schließlich die Zähne zusammenbiss und die Klinge als Erstes durch die Kruste des *Bœuf en croûte* stieß. Anschließend nahm sie sich das Kaninchenfrikassee vor, dann die Geflügelpastete … Das Massaker war enorm, die Portionen allerdings notgedrungen klein. Was für acht ein Festmahl gewesen wäre, konnte für dreißig oder mehr höchstens spärlich ausfallen. Waren es am Anfang wirklich so viele gewesen?

Teller um Teller wurde weggetragen, dazu bündelweise Besteck und dicke Brotscheiben. Die hungrigen Besucher, die auf dreibeinigen Hockern, Bänken und Bugholzstühlen saßen, drängten sich um den Schreibtisch im Studierzimmer und die hastig frei geräumten Beistelltischchen und fielen über das ihnen vorgesetzte Essen her.

»Es sind zu viele«, stöhnte Patience. »Es reicht nicht für alle.«

Nachdem das Entree aufgebraucht war, wurde der nächste Gang in Angriff genommen. Florences Messer fand die schlüpfrigen Gelenke des *Poulet à la Marengo,* durchschnitt das zarte junge Fleisch der Kalbsrolle. Und immer noch waren sie nicht satt. Die Küche glich einem verlassenen Feldlazarett auf der Krim, nachdem die Schlacht sich verlagert hatte: überall Knochen, an denen noch Fleischfetzen hingen, nasse Lappen, fleckige, zerkratzte Schneidebretter und einfach fallen gelassene Utensilien, während sich die Horden über das Nächste hermachten – den Nachtisch.

»Wartet. Mein Gott, wartet!« Florence wandte der Szene der Zerstörung den Rücken zu und schloss die Augen.

»Lassen Sie mich das machen.« Ernest nahm ihr das Messer aus der Hand, während die anderen ringsum weiterarbeiteten.

Emerald beobachtete, wie seine starken Hände die Spitze der Klinge zwischen die zarten Rhabarberscheiben auf der Vanilleschicht der Torte schoben, ohne sie zu zerstören; ihre eigenen Finger zitterten leicht, als sie zwei hauchdünne Teller für die halbmondförmigen Fruchtgeleeschnitze hinhielt, die er als Nächstes vom Löffel schabte. Einen Moment lang streckte Patience ihren schlanken Arm zwischen ihnen hindurch, ergriff einen Krug mit Sahne und huschte damit aus der Küche.

»Hättest du etwas dagegen, wenn ich etwas sage?«, fragte er.

»Das weiß ich erst, wenn du es gesagt hast«, antwortete sie und ging im Geist ein Sortiment wünschenswerter und weniger wünschenswerter Möglichkeiten durch.

»Hast du die Wissenschaft wirklich aufgegeben?«

»Die Wiss… Oh, du meinst mein Mikroskop? Ja, ich glaube schon.«

Er tat einen winzigen Klecks Flammeri auf den Teller, gleich neben das Fruchtgelee.

»Das hätte ich nie erwartet – nach allem, was ich von früher von dir weiß.«

»Tatsächlich?«, fragte sie verwirrt.

»Ja. Noch zwei, bitte.«

Sie hielt ihm zwei weitere Teller hin.

»Verdammt!«, rief Clovis hinter ihnen, als ein fettig-glitschiges Desaster auf den Fliesen landete.

»Ich finde es wirklich sehr schade«, sagte Ernest. Ein weiteres Stück Rhabarbertorte fand ein neues Zuhause. Ein Klecks Fruchtgelee glitt von dem schnell wärmer werdenden Löffel. »Wo du doch so klug bist.«

Emerald sah nicht auf. Aber seine Bemerkung erfüllte sie mit Stolz. Es war ein ungewohntes, aber angenehmes Gefühl.

»Ich habe das Mikroskop während der Krankheit meines Vaters weggetan«, flüsterte sie fast, während eine ungewohnte Wärme das kalte Eis ihrer Zurückhaltung zum Schmelzen brachte.

»Ah«, antwortete er ebenso leise. Sein Tortenheber glitt unter den krümeligen Teig, die darin enthaltene Butter ließ das Metall glänzen.

»Großer Gott!«, ereiferte sich Florence, die aus dem Studierzimmer gehetzt kam, beim Anblick der zahllosen Desserts. »Sollen etwa alle so eine Auswahl bekommen?« Aber sie riss die Teller nichtsdestoweniger an sich. Ernest warf Emerald ein langsames, schüchternes Lächeln zu. Ich sehe verboten aus, dachte sie.

Sie hatte mit keinem Gedanken daran gedacht, sich umzuziehen. Jetzt hing ihr schönes Kleid schlaff an ihr herab, voller Fettspritzer, rettungslos ruiniert. Der Saum war völlig verdreckt, weil er ständig über den schmutzigen Boden schleifte. Haarsträhnen hatten sich aus Myrtles kunstvoll aufgesteckter Frisur gelöst. Patience dagegen machte wundersamerweise immer noch einen allgemein frischen Eindruck, der sich erst bei näherer Betrachtung als Illusion herausstellte (ihre Spitzenmanschetten waren mit Bratensoße bekleckert). Sie und Clovis hatten ein eigenes Tempo und einen eigenen Rhythmus gefunden, die an einen Staffellauf erinnerten. Er flitzte durch den Korridor bis zur grünen Tür, sie weiter in die Zimmer, allerdings war das Holen der Teller aus der Küche schneller zu bewerkstelligen als das Verteilen, da die Passagiere unterschiedliche Wünsche und Bedürfnisse hatten (die einen wollten Fisch, die anderen Fleisch, oder nur Geflügel, andere hätten gern alles gehabt, nicht zu erwähnen die verschiedenen Geschmäcker, als es um Obst, Süßspeisen und Zuckerwerk ging). Clovis musste oft hinter Patience herlaufen und ihr beim Herumreichen der Teller und beim Beantworten von Fragen helfen. Dabei fiel ihm auf, dass sie unerschütterlich liebenswürdig blieb, während sie sich nach dem Wohlbefinden der Passagiere erkundigte. Sie schien es richtig zu genießen, ihnen eine Freude machen zu können. Während sie, hell wie eine Goldmünze in dem halbdunklen Studierzimmer, von einer schäbigen Person zur nächsten huschte, fand Clovis ihren Anblick – herzergreifend. Sie schien ihn mit neuer Energie zu erfüllen. Einmal rutschte sie, vielleicht müde von der ungewohnten Dienstbarkeit, auf einem säuberlich abgenagten Knochen aus, der irgendwie auf den Boden gelangt war, denn die Passagiere mussten nicht nur ihr Essen, sondern auch ihre Kinder und ihr Gepäck auf dem Schoß balancieren. Ihr Fuß in dem dünnen Schühchen rutschte unter ihr weg, und Clovis – schnell wie ein Windhund – schoss quer durchs Zimmer, um ihr seinen Arm hinzuhalten.

»Du musst besser aufpassen, Patience. Alles in Ordnung?«, fragte er, als nicht nur sie, sondern alle verkniffenen, blassen Gesichter im Raum innehielten und einen Moment aufsahen. Und was ist mit uns?, schienen sie zu sagen. Wieso fragt keiner, wie es uns geht, wo wir einen so furchtbaren Unfall hinter uns haben und unter Schock stehen und nicht wissen, wie es mit uns weitergehen wird?

Aber Clovis und Patience hatten nur Augen füreinander, als sie dort standen, er immer noch mit der Hand unter ihrem Arm, umschlossen von der Wärme gegenseitiger Fürsorglichkeit. »Danke, Clovis, wie ungeschickt von mir.«

»Überhaupt nicht«, sagte er und bückte sich nach dem Kaninchenknochen, der Patience um ein Haar zu Fall gebracht hätte. Mit einem verlegenen Grinsen richtete er sich wieder auf.

Im Raum war bis auf das Kauen und Atmen aller zwanzig Anwesenden kein Ton zu hören.

»Ob sie allmählich satt sind?«, flüsterte Patience Clovis ins Ohr, aber er war so hingerissen vom Gefühl ihrer Nähe, dass er ihr nicht antworten konnte.

Im leeren Speisezimmer hatte sich Tenterhooks über die Fischreste hergemacht. Was immer hier und dort zu finden war, war aufgeleckt und aufgeschleckt worden, obwohl das Kätzchen vor lauter genüsslichem Schnurren kaum schlucken konnte. Kurz darauf hatte der Magen des Tiers heftig gegen die ungewohnten Essensmassen revoltiert und sie wieder von sich gegeben, und nun sah der Tisch nicht mehr annähernd so einladend aus wie zu dem Zeitpunkt, als die Gäste ihn verlassen hatten. Doch das spielte keine Rolle, da das Speisezimmer – für den Augenblick – menschenleer war. Sogar Traversham-Beechers war verschwunden. Nirgends war auch nur die geringste Spur von ihm zu sehen; kein noch so zartes Rauchwölkchen, kein noch so leiser Hauch von Haaröl hing in der Luft. War er bei den Passagieren, um sich wie sie den Bauch vollzuschlagen? Saß er, in einen schäbigen Wollschal gehüllt, in irgendeiner Ecke, den Kopf eines Babys in der Armbeuge? Oder wanderte er durch die Flure und ließ die Finger über das glatte Holz der

Wandverkleidung gleiten? Vielleicht gönnte er seinen müden Knochen auch einfach nur ein wenig Ruhe, bis sie das nächste Mal gebraucht wurden.

Gemeinsam mit Lady hinter der dicken, verschlossenen Tür ihres Zimmers verbarrikadiert, gestärkt durch den Stint und dankbar dafür, dass die anderen durch die anspruchsvollen Überlebenden abgelenkt waren, stürzte sich Smudge mit neuer Energie auf das Porträt des Ponys. Der Versuch, Ladys eine Seite mit Kohle einzureiben und sie dann gegen die Wand zu drücken und auf diese Weise einen Abdruck herzustellen, war mangels Erfolg als zu ehrgeizig aufgegeben worden. Jetzt war Smudge eifrig damit beschäftigt, ihre Nachttischlampe so zu platzieren, dass sie einen akkuraten Schatten des Ponys auf die Wand warf, den sie dann nachzeichnen wollte. Die Minuten flogen unbemerkt vorbei, die Stunden vergingen, ohne dass sie Notiz davon nahm. Sie war voll und ganz in ihr Kunstwerk vertieft.

Im Frühstückszimmer musterten Emerald, Clovis, John, Ernest, Florence und Patience die Reisenden, die endlich mit Essen fertig waren und sich nun verdrossen die Finger ableckten, die Hände ihrer Kinder umfasst hielten oder stumpf ins Feuer starrten. Obwohl sie für den Augenblick zufriedengestellt waren, hatte ihre Stimmung sich nicht merklich gebessert. Falls überhaupt, herrschte sogar eine gesteigerte Atmosphäre der Bedürftigkeit; sie schienen mit ihren nebelhaften Wünschen und Sehnsüchten die Luft selbst aus dem Raum zu saugen.

»Vielleicht können wir uns jetzt wegschleichen?«, murmelte Emerald.

Das kleine Grüppchen trottete in die heillos chaotische Küche, füllte Teller mit was immer noch an Essbarem zu finden war und trug sie ins Speisezimmer. Dort setzten sie sich mit ihren zusammengewürfelten Fleisch- und sonstigen Resten an den Tisch.

Emerald entdeckte das Katzenerbrochene neben ihrem Teller und ließ eine Serviette darüber fallen.

Aus den Augen, aus dem Sinn, dachte sie, ergriff das Glas, das ihr am nächsten stand (es hatte John gehört, aber jetzt saßen alle kreuz und quer durcheinander), und leerte den ganzen verbliebenen Sherry darin auf einen Zug. Sofort fühlte sie sich gestärkt.

»Wo ist dieser Mann?«, fragte sie und sah sich nach dem zusätzlichen Gast um, aber niemand wusste, wo er geblieben war.

Ohne Traversham-Beechers, die Tür des Speisezimmers fest geschlossen, schwelgte die kleine Gruppe einen kurzen, aufregenden Augenblick lang in einem Gefühl des Triumphs und der Erleichterung, immer noch in Hochstimmung nach ihrem abenteuerlichen Ausflug in die Welt der Dienstbarkeit. Clovis und Emerald tauschten einen verständnisinnigen Blick. Sie hatten die ständig größer werdende Meute erfolgreich abgefüttert. Ihre Mutter war abwesend, hatte sich hochfahrend und verantwortungslos in ihrem Zimmer versteckt, aber sie, die Jungen, waren immer noch zu Emeralds Geburtstag im Speisezimmer versammelt.

»Es ist noch gar nicht so spät«, sagte Emerald. »Vielleicht haben wir tatsächlich noch Zeit für ein Spiel, wie du vorhin gesagt hast, Patience.«

Es wurde gelacht.

»Greift erst einmal zu«, rief Clovis und machte sich mit Genuss über seinen Teller mit den kläglichen Resten her.

Florence, durch die Ungewöhnlichkeit des Abends in einer Position irgendwo zwischen Familienmitglied und Bediensteter gestrandet, stand unsicher zaudernd an der Anrichte und wusste nicht, ob sie sich setzen oder die Getränke servieren sollte. Emerald kämpfte mit einem harten Stück Pastetenkruste, das normalerweise am Rand der Schüssel zurückgelassen worden wäre, jetzt jedoch, mit reichlich Senf bestrichen, ein Genuss war.

»Florence – Mrs Trieves«, sagte sie, als sie wieder sprechen konnte. »Setzen Sie sich doch. Ich denke, die Umstände erlauben eine gewisse Flexibilität, finden Sie nicht auch?«

Nach einem kurzen Augenblick des Zögerns glitt Florence auf den Stuhl zwischen John und Patience, hielt die Hände aber im Schoß gefaltet. John, der für seine gehobene Stellung in der Welt hart gekämpft hatte, empfand es als Zumutung, neben einer Hauswirtschafterin sitzen zu müssen, und errötete vor Verlegenheit. Aber er überspielte sein Unbehagen, bewahrte Haltung und nahm den Teller entgegen, den Emerald ihm für Florence reichte.

»Mrs Trieves«, sagte er mit gerunzelter Stirn. »Etwas Brot? Oder Soße? Einen Augenblick.« Und er versorgte sie mit beidem.

Ihr war die Situation noch peinlicher als ihm. Den Blick auf ihren Teller gesenkt, sagte sie: »Vielen Dank, Mr Buchanan«, das spitze Gesicht hochrot vor Verlegenheit.

Als er sie ansah, wie sie sozusagen von Gleich zu Gleich neben ihm saß, wurde er weicher. Sie wirkte so verlegen und durcheinander. Fast gegen seinen Willen fiel ihm auf, dass ihr Hals, so wie sie den Kopf gesenkt hielt, umspielt von ein paar Haarsträhnen, die sich aus dem straffen Knoten gelöst hatten, den sie immer trug, im Lampenlicht bemerkenswert – was wäre der treffende Ausdruck? – fraulich aussah. Ja, bemerkenswert fraulich. Hübsch sogar. Er riss sich auf der Stelle zusammen, räusperte sich und griff nach einem Glas. Die weiblichen Attribute einer Hauswirtschafterin in mittleren Jahren wahrzunehmen gehörte zu der Art von Denkweise, mit der er sich nicht mehr beschäftigt hatte, seit er mit dreizehn und vierzehn seine körperliche Männlichkeit entdeckt und im ersten errötenden Fieber der Erkenntnis fast zwanghaft auf die anziehenden Formen jedes weiblichen Wesens reagiert hatte, das ihm über den Weg lief, angefangen bei

Ladenverkäuferinnen über hagere alte Tanten und Skulpturen bis, beunruhigenderweise, hin zu nicht menschlichen Wesen und sogar Dingen: die hin und her schwenkenden, daunigen Hinterteile von Enten, die bestrickenden Kurven von Treppengeländern. Mrs Trieves war natürlich kein Treppengeländer, aber, wies er sich selbst streng zurecht, sie kam ebenso wenig in Betracht wie ein solches. Und er wandte sowohl seine Gedanken als auch seinen Oberkörper abrupt von ihr ab. Schuld mussten der Wein und die bizarren Umstände sein. Sie war schließlich so alt wie Charlotte Swift – aber, ach du je, das war kein sehr guter Vergleich, da Charlotte in jedem Alter eine umwerfende Schönheit war. Und damit hob John, völlig verwirrt, den Kopf, sah geradeaus vor sich hin und versuchte, überhaupt nicht an Frauen zu denken – ein Vorhaben, das natürlich von vornherein zum Scheitern verurteilt war. Binnen einer Minute fragte er sich, ob Florences Knöchel wohl ebenso hübsch waren wie ihr Hals. Seine Rettung war Emerald, die er, im Profil, an einem Rosenkohl knabbern sah. Das war Eleganz, dachte er. Das war Schönheit, das war Angemessenheit. Er ließ den Blick auf ihr ruhen und fragte sich, ob die Tatsache, dass er sie die ganze Zeit nicht beachtet hatte, einen Einfluss auf die Gleichgültigkeit hatte, die sie ihm gegenüber an den Tag legte. Als sie seinen Blick spürte, sah sie keck zu ihm hinüber, und er hatte seine Antwort und spürte, wie sein Selbstvertrauen zurückkehrte.

»Ich muss sagen, es war ein sehr ungewöhnlicher Abend bisher«, sagte er aufgeräumt.

»Extrem ungewöhnlich«, stimmte Patience ihm zu.

»Ich hoffe, Emerald, Sie haben nichts dagegen, wenn ich sage, dass Sie das alles wunderbar gemeistert haben. Stimmt doch, oder?«, wandte er sich an den ganzen Tisch. »War sie nicht einfach wundervoll?«

»Ach was, ganz und gar nicht. Aber …« Emerald schlug die Hand vor den Mund. »Smudge! Ich muss sie unbedingt holen.«

»Vielleicht schläft sie schon«, sagte Ernest. Bei den Suttons war es nicht üblich, dass Kinder zur Teezeit im Nachthemd herumliefen oder zusammen mit den Erwachsenen am Abendessen teilnahmen.

»Smudge doch nicht«, kam es von Clovis. »Nicht wenn Kuchen zu erwarten ist.«

»Ich habe ihr versprochen, dass sie mir helfen darf, die Kerzen auszublasen.« Emerald stand auf, setzte sich aber gleich darauf abrupt wieder hin, als die Tür aufflog und Charlie Traversham-Beechers, der den Knauf mit tänzelnden Fingerspitzen spielerisch drehte, mit nasaler Stimme verkündete: »Und? Wer sind jetzt die Überlebenden? Ist noch etwas für uns übrig?«

EIN HÖCHST UNERFREULICHES SPIEL

Herausgerissen aus ihrer fröhlichen Stimmung, plötzlich bedrückt, sah die kleine Gruppe Traversham-Beechers einen Moment lang ausdruckslos an und wandte sich dann wieder dem Essen zu.

Er begab sich ohne Umschweife zur Anrichte, wählte unter den Karaffen einen sehr dunklen Rotwein und stellte frische Gläser zusammen. Sie klirrten auf dem dampfenden Tuch leise gegeneinander, während er so hastig einschenkte, dass Tropfen über den Rand der Gläser schwappten, rosig daran herabrannen und das damastene Tuch befleckten.

»Zum Wohlsein und so weiter«, rief er aufgekratzt, verteilte die Getränke und stellte die Karaffe auf den Tisch. Als er jedem der Anwesenden ein Glas vorsetzte, löste ihre Kameraderie sich in Luft auf. Was eine freundliche Gruppe gewesen war, verwandelte sich in einen Tisch voller vereinzelter, isolierter Seelen. Traversham-Beechers setzte sich neben Emerald und trank gierig.

»Haben wir es nicht gemütlich? Na, was ist? Sollen wir uns alle betrinken?«, fragte er.

Der Vorschlag traf auf schockiertes Schweigen.

»Ich glaube, ich kann die Frage mit einem klaren ›Nein‹ beantworten«, sagte John Buchanan. »Aber gegen ein Glas hätte ich nichts einzuwenden.«

»Ein Glas, vielleicht auch zwei. So ist's recht«, sagte Traversham-Beechers und schenkte alle Gläser randvoll nach. »Ein

Trinkspruch auf unsere Gastgeberin, die bildschöne Miss – tut mir leid, Mrs Torring… Oh, ich muss mich nochmals entschuldigen: *Mrs Swift*. Auf Mrs Swift!« Und er hob sein Glas, trank und erkundigte sich leutselig: »Wo ist sie überhaupt?«

»Sie – sie hat sich vor einer Weile zurückgezogen«, sagte Clovis und fügte, an Emerald gewandt, hinzu: »Meinst du, wir sollten unserer geliebten Mutter einen Teil der kläglichen Reste anbieten?«

»Gehst du dann bitte und holst sie, Clovis?«, antwortete Emerald, die im Augenblick keine große Lust auf eine Begegnung mit ihrer Mutter hatte.

Clovis verließ das unordentliche Speisezimmer, in dem die Gäste in ihren ziemlich mitgenommenen Kleidern ohne jede Sitzordnung Platz genommen hatten und der ganze Tisch mit Essensresten übersät war, und betrat die kühle Leere von Fluren und Halle.

Der Kater Lloyd saß reglos auf einem Treppenpfosten und folgte ihm mit den Blicken.

Clovis schlich zum Studierzimmer, aus dem gedämpftes Gemurmel drang, und lauschte einen Augenblick, bevor er weiterging. Obwohl er wusste, dass die Passagiere für den Augenblick zufriedengestellt waren, traute er der offenkundigen Leere des Hauses nicht so recht und hatte beim Gehen ständig das Gefühl, sie aus den Augenwinkeln herumhuschen zu sehen.

Oben wirkte alles so hell erleuchtet und heimelig wie zuvor. Er klopfte an die Tür des Schlafzimmers seiner Mutter, des größten, genau in der Mitte des Hauses.

»Wer ist da?«

Ihre Stimme klang verängstigt; anscheinend hatte er sie erschreckt.

»Ich bin es nur«, sagte er und trat ein.

Charlotte hatte sich auf einen Ellbogen aufgerichtet. Das große Erkerfenster befand sich genau hinter ihr, die seidenen

Vorhänge halb zugezogen, gerüscht und mit Fransen versehen wie in den Boudoirszenen in *La Bohème* in Covent Garden, wo Clovis, Emerald, Charlotte und Horace einen unvergessenen Abend in einer der Logen verbracht hatten, eingetaucht in Schönheit, durchtränkt von Schönheit.

»Alles in Ordnung, Mutter?«, fragte er.

Sie hatte sich mit einem Seufzer auf das Bett zurücksinken lassen, und seine Frage kam von Herzen.

»Setz dich, mein Junge«, sagte sie und nahm, als er ihrer Aufforderung Folge geleistet hatte, seine Hand.

»Die Gäste, das heißt die Leute vom Unfall, sind abgefüttert. Und jetzt sitzen wir anderen im Speisezimmer und essen auch eine Kleinigkeit. Willst du uns nicht Gesellschaft leisten?« Er fühlte sich an die schrecklichen Tage nach dem Tod seines Vaters erinnert, als er unzählige Male versucht hatte, sie zu überreden, ihr Zimmer zu verlassen. Clovis war siebzehn gewesen, als Horace Torrington starb; er hatte sich, so gut er konnte, um seine Mutter gekümmert und seine Sache durchaus gut gemacht – bis sie sich einen neuen Ehemann nahm. Jetzt hielt er ihre Hand. »Ma?«

Sie sah ihn nicht an. »Ist er immer noch da?«, fragte sie mit leiser Stimme.

»Wer?«

»Traversham-Beechers.« Sie sprach den Namen tonlos aus, völlig ohne Modulation. Aber anscheinend hatte sie keine Schwierigkeiten, sich daran zu erinnern.

»Wo sollte er denn sonst sein, Mutter? Magst du ihn nicht? Ich weiß, er redet zu viel, aber ich glaube, ich mag ihn. Sehr sogar.«

Sie antwortete nicht. »Wie spät ist es?«, fragte sie dann, setzte sich langsam auf und betastete ihre Frisur.

»Ich bin mir nicht sicher. So gegen zehn, denke ich. Hast du es eigentlich warm genug?«

Das Feuer in ihrem Kamin war fast ausgegangen. Clovis durchquerte das Zimmer, stocherte in der Glut herum, nahm dann den Kohleneimer und schüttete unter viel Geklapper und aufsteigenden Staubwolken Kohlen auf die Glut.

»Nicht so laut. Mein Kopf.«

»Tut mir leid«, sagte er gut gelaunt und trat ans Fenster. »Was für ein furchtbares Wetter. Morgen ist sicher alles dicht vor Nebel. Und? Was ist jetzt? Kommst du mit nach unten?«

Sie gab seiner unbeholfenen Zärtlichkeit nach und hielt ihm beide Hände hin. Er ergriff sie und zog sie vom Bett. Einen Augenblick schmiegte sie die Wange an den glatten Aufschlag seines Jacketts. Ungefähr seit dem Tag, an dem sein Vater beerdigt wurde, war er groß genug, dass sie das tun konnte, ohne sich verrenken zu müssen.

»Mein lieber Junge«, sagte sie, »könntest du deine alte Mutter je hassen?«

Clovis tätschelte sie. »Was für eine alberne Frage, Ma. Was ist bloß los mit dir?«

»Antworte mir. Ich muss es wissen. Egal was passiert? Könntet ihr, Emerald und du, mich je hassen?«

Clovis gab jede Zurückhaltung auf und senkte in grenzenloser Liebe den Kopf. Seine glatt rasierte Wange berührte leicht ihre Haare.

»Nein, Mutter, niemals. Wir könnten dich nie hassen. Du bist uns das Allerliebste, und das solltest du eigentlich wissen.«

Sie war wieder vergnügt, das war seine Belohnung. »Dann komm jetzt, du Dummchen, lass uns nach unten gehen. Wieso sollte ich hier oben bleiben, wenn wir doch Gäste im Haus haben?«

»Auftrag wie befohlen ausgeführt«, verkündete Clovis bei seiner Rückkehr, und Sekunden später stieß Charlotte, einen Arm bühnenreif in die Luft gereckt, die Tür weit auf.

»O mein Gott!«, rief sie, entsetzt über den Zustand des Zimmers. Der Tisch war ein einziges Chaos; eine an Caravaggio gemahnende Albtraumwelt; eine überquellende Abraumhalde. »Was ist denn hier passiert?«

»So sieht es nun einmal aus, wenn eine Affenhorde einfällt«, sagte Clovis.

Die Herren sprangen hastig auf.

Auch Florence war aufgestanden; sie hatte nur an ihrem Essen herumgepickt. Überhaupt aß sie seit Jahren kaum noch etwas. Essen bedeutete ihr einfach nichts mehr.

»Habt ihr alle den Verstand verloren?«, fragte Charlotte verwundert, während ihr Blick über das nicht zueinanderpassende Geschirr auf dem schmutzigen Tisch wanderte und über alle, die in den unterschiedlichsten Stadien der Auflösung um ihn herumsaßen.

Emerald war nicht in der Stimmung, sich kritisieren zu lassen. »Wenn du hier gewesen wärst, Mutter, wüsstest du, was wir alle hinter uns haben«, wehrte sie sich. »Mrs Trieves war einfach wundervoll, und Patience – einfach alle. Ich schlage vor, du nimmst es einfach so hin, wie es ist. So wie wir anderen auch.«

Alle Anwesenden starrten zu Boden, aber Charlotte lachte, als hätte ihre Tochter die bezauberndste Ansprache aller Zeiten gehalten. Um ein Haar hätte sie sogar in die Hände geklatscht.

»Ihr Ärmsten!«, trillerte sie. »Und eure schreckliche Mutter versteckt sich in ihrem Zimmer. Ich kann mir nicht einmal vorstellen, wie es gewesen sein muss. Was für ein absolut merkwürdiger Abend. Wo setze ich mich denn am besten hin?« Und wie ein aufgeregtes Kind suchte sie sich einen Platz und sah sich um. »Bei welchem Gang sind wir angelangt?«

Florence, immer noch unsicher, konnte ihr nicht in die Augen sehen. »Beim zweiten, Mrs Swift, oder beim dritten, wenn Sie die Suppe mitrechnen, die es nicht gab. Aber ich fürchte, viel hat es sowieso nicht gegeben. Die Passagiere haben zugeschlagen wie die Scheunendrescher.«

»Das ist nicht zu übersehen. Wie es scheint, ist wirklich nicht mehr besonders viel übrig«, sagte Charlotte fröhlich. »Haben unsere Eisenbahngäste auch den ganzen Nachtisch weggeputzt?«

Plötzlich redeten alle durcheinander, schilderten ihre gemeinsamen Anstrengungen und den unglaublichen Appetit der gestrandeten Hausgäste.

»Sie haben den ganzen Schweinebraten aufgegessen …«

»Und Unmengen des Kaninchenfrikassees!«

»Einigen von ihnen mussten wir sogar das Zinngeschirr vorsetzen …«

»Und das Besteck hat nicht für alle gereicht.«

»Von den Servietten ganz zu schweigen.«

»Servietten!«

»Was für ein Spaß«, sagte Charlotte. »Und was ist mit Robert und Stanley? Sind sie noch nicht zurück? Und gibt es Neuankömmlinge?«

»Keine Spur von den beiden, Ma. Und keine weiteren Gäste.«

»Was kann bloß aus ihnen geworden sein?«

Während alle redeten und rätselten, wo Robert und Stanley stecken mochten, und darüber spekulierten, ob das Unwetter bald nachlassen würde, blieb Traversham-Beechers als Einziger stumm. Er saß an seinem neuen Platz am Kopf des Tischs, Charlotte genau gegenüber, und sah sie an. Sie dagegen verhielt sich, als nähme sie ihn nicht einmal wahr. »Und nun, Mrs Trieves? Was kommt als Nächstes?«

»Der Kuchen, Ma'am«, sagte Florence mit grimmig entschlossener Stimme. »Aber davon bekommen die anderen nichts ab.« Und sie erhob sich, um ihn zu holen.

»Oh, der Kuchen!«, quietschte Patience, und alle fingen an, Teller von hier nach da zu räumen.

»Jemand muss Smudge Bescheid geben«, sagte Emerald.

»Ich kümmere mich darum.« Mit einem kurzen Nicken verließ Florence das Zimmer.

Die Anwesenden hatten den Tisch teilweise abgeräumt. Myrtle war losgelaufen, um Teller für den Kuchen zu holen, und das Gaslicht war so weit heruntergedreht worden, dass nur noch ganz schwach flackernde Flammen den Raum in eine behagliche Höhle verwandelten. Die Kerzen in den Leuchtern brannten noch, wenn auch inzwischen schmelzend, rauchend, tropfend und spuckend, und in Erwartung von Florences Rückkehr dämpften die Gäste ihre Stimmen zu einem leisen Gemurmel.

Charlottes Blick wanderte zu Traversham-Beechers. Dass er sie so gebannt beobachtete, erwies sich zu guter Letzt doch als unwiderstehlich.

»Marguerite Gautier s'est levée de son lit«, sagte er leise, und obwohl er am anderen Ende des Tisches saß, hörte sie ihn ganz deutlich. Gleichzeitig hatte sie den eigenartigen Eindruck, dass keiner der anderen seine Bemerkung mitbekam.

In der Vorratskammer hob Florence den grünen Kuchen vom obersten Regal. Die Platte auf ihrem hohen, schlanken, geriffelten Fuß schwankte gefährlich, als sie die Trittleiter hinunterstieg.

Myrtle tauchte atemlos in der Tür auf.

»Geh und hol Miss Imogen, Myrtle, falls sie noch wach ist, damit es hinterher kein Gezeter gibt.«

Myrtle lief die Küchentreppe hinauf und kam sehr kurz darauf mit der schier unglaublichen Information zurück, Miss Imogen wolle ihren Kuchen »erst später« essen.

»Sie hat ihre Tür schon wieder abgeschlossen«, fügte sie finster hinzu.

»Bei dem ganzen Hin und Her heute Abend kann ich es ihr ausnahmsweise nicht einmal verdenken. Und jetzt hilf mir«, sagte Florence.

Die Kerzen waren kleine, schnell brennende Geburtstagslichter. Florence hatte den Kuchen mit *Emerald* beschriftet. Die Zuckerkörner in der Schrift und in den grünen Rosen blitzten wie Diamantenstaub.

»Fang bloß nicht mit den Kerzen an, die dir am nächsten sind«, flüsterte Florence. »Sonst kommst du nicht mehr an die hinteren.«

Wie Verschwörer über den Kuchen gebeugt, mussten sie sich sehr beeilen, denn die Kerzen brannten zwar wunderschön, aber auch schnell herunter.

»Jetzt aus dem Weg«, befahl Florence, als die letzte Kerze brannte, und griff sich den Kuchen.

Myrtle huschte zum Speisezimmer, Florence dichtauf. Die Flammen neigten sich im Zugwind nach hinten wie Kometenschweife. Dann stieß Myrtle die Tür auf, und sie wurden von bewundernden Ausrufen und von Applaus begrüßt.

»Bravo!«, rief Charlotte.

Nur Ernest blickte nicht auf den hereinschwebenden Kuchen, sondern am dunklen Tisch entlang zu Emerald, um ihre Reaktion zu sehen. Er wurde belohnt durch ihr kindliches Entzücken. Die Kerzen brannten noch, als der Kuchen bei ihr anlangte, und die kollektiven Seufzer der Bewunderung zauberten ein wenig Farbe auf Florences blasse Wangen. Sie stellte ihr schimmerndes Kunstwerk vor Emerald ab, deren Gesicht – ihr Geburtstagsgesicht – vor Freude strahlte, so wie es beim Anblick der neunzehn anderen Geburtstagskuchen, die ihr präsentiert worden waren, jedes Mal gestrahlt hatte.

Patience stimmte ein »Happy Birthday to You« an, die anderen fielen immer schneller werdend ein, erst schlug Traversham-Beechers mit dem Fuß den Takt dazu, dann auch Clovis, bis das Ganze in fröhlichem Gelächter endete.

»Schnell, blasen Sie die Kerzen aus, sonst ruinieren sie den Kuchen«, sagte Florence, das Messer schon gezückt.

»Das Grün ist einfach wundervoll, Mrs Trieves«, lobte Charlotte.

»Schnell. Ausblasen.«

Emerald beugte sich vor, holte tief Luft und blies, brauchte aber Hilfe von Clovis und Patience, da die Flammen ungehorsam aufloderten. Gemeinsam schafften sie es, die Zuckerglasur im letzten Augenblick zu retten.

Das Geburtstagskind, dessen Kleid jetzt, im gedämpften Licht und im Schein der Kerzen, nicht mehr allzu mitgenommen aussah, stand am Kopf des Tischs und zupfte die ausgeblasenen Kerzen aus dem Kuchen. Ein spitzbübisches Grübchen erschien auf ihrer Wange.

»Und was soll ich mir wünschen?«, fragte sie, von einem Gesicht zum anderen blickend. »Was?«

»Ein umgänglicheres Naturell«, sagte ihre Mutter ungnädig.

»Unsinn«, sagte Traversham-Beechers. »Schmuck und Pelze, Kleider, eine große Auslandsreise … Automobile, Pferde, Fahrräder!«

»Alles, was dein Herz begehrt«, riet Patience (was von Charlotte mit einem Aufstöhnen quittiert wurde).

John suchte verzweifelt nach etwas Witzigem. »Eine neue Polsterbank für den Salon«, wagte er sich nach einer Weile, begleitet von einem pantomimischen Reiben seiner angeschlagenen Kehrseite, vor und wurde vom hellen Gelächter der Familie belohnt.

Er könnte es sich leisten, mir hundert Polsterbänke zu kaufen, dachte Emerald erbittert, bevor sie sich daran hindern konnte. Und die passenden Kissen noch dazu.

»Mrs Trieves?«, fragte sie und löste den Blick von John. »Einen weiteren Kuchen, ebenso schön wie dieser hier?«

»Könnte sein, dass der da mein Meisterwerk war«, sagte Florence. »Ich bin mir nicht sicher, ob ich noch so einen hinbekommen würde. Aber wie wäre es damit: dass wir dieses verflixte Gesindel spätestens am Sonntag los sind?«

»Nein«, sagte Charlotte mit drängender Stimme. »Das auf keinen Fall. Diese Leute können uns doch egal sein. Das Haus, mein Liebes. Sterne!«

»Ja, genau. Wünsch dir das Haus. Wünsch dir, dass wir Sterne behalten können!« Das kam von Clovis.

Emeralds Grübchen war verschwunden. Genau das hatte sie die ganze Zeit als ihren wahren Wunsch äußern wollen. Sie senkte den Blick auf den Kuchen mit seinem grünen Zuckerguss.

Er ist absolut rund, genau wie das Land, auf dem wir stehen, aber es ist kein Haus darauf, sondern nur mein alberner Name. Ob das ein schlechtes Omen ist? So dachte sie, sagte es aber nicht. Kein Vater mehr, und bald vielleicht auch kein Haus.

Die zuckerblitzenden Rosen und die glitzernden Buchstaben des *Emerald* fingen an zu verschwimmen, als Tränen ihre Augen füllten. Ihre Zukunft war eine Wüste, ihr einziger Wunsch war, da zu bleiben, wo sie war. Wieso eigentlich? Sie war nicht einmal glücklich.

»All diese Wünsche«, sagte sie hoffnungslos. »All diese Wünsche nach Dingen, die sowieso niemals wahr werden.«

»Wenn du dir wünschst, was das Beste ist, kannst du nicht verlieren.«

Emerald hob den Kopf. Es war Ernest, der das gesagt hatte. Sein Anblick war so belebend wie ein Aufwärmtrunk an einem frostigen Morgen und wärmte fast so sehr. Ach, du lieber Himmel, dachte sie.

Sie nahm das ihr dargebotene Messer, stieß es in den Kuchen und schloss die Augen, als erst die Glasur mit einem leisen Knirschen und dann der weiche Teig unter dem Messer nachgaben.

»Ich wünsche mir, was *das Beste* ist«, sagte sie inbrünstig.

Die Klinge stieß klirrend gegen den gläsernen Boden. Im gleichen Moment – bevor sie auch nur die Augen wieder öffnen konnte – stieß Traversham-Beechers ein wildes Heulen aus, so erschreckend wie eine herabsausende Axt, zur absoluten Verwunderung aller.

Es war so laut, so hündisch, so wölfisch, dass die ganze Gesellschaft zusammenzuckte und den Mann schockiert anstarrte.

Er heulte weiter, unmöglich hoch und lang. Es hörte sich an wie der verzweifelte, einsame Ruf eines Tiers in fernen, eisigen Gegenden; das traurigste, schrecklichste Geräusch, das eine menschliche Kehle von sich geben konnte. Es hielt unnatürlich lange an, bewirkte, dass sich die Härchen auf den nackten Unterarmen der Damen sträubten und Schauer über die Rücken aller Anwesenden liefen, und immer noch dauerte es an und verklang erst, als alles, was sich im Raum bewegte, längst erstarrt war.

Dann – endlich – war es vorbei. Traversham-Beechers senkte das Kinn, fuhr sich mit der Zunge über die Lippen und sagte leichthin, ohne auch nur im Geringsten außer Atem zu sein: »Das war, um den Teufel auszutreiben.« Und dagegen konnte niemand etwas sagen. Jeder Teufel wäre längst schreiend aus dem Raum gerannt.

Florence nahm Emerald das Messer aus der Hand und schnitt für jeden ein Stück des Kuchens ab, und alle griffen nach den winzigen silbernen Gabeln und ließen es sich schmecken. Da ihr Abendessen größtenteils von Fremden verspeist worden war, waren sie nicht so übersättigt, dass sie den Kuchen nicht mehr zu schätzen wussten, und das war zumindest ein Vorteil.

»Es gibt eben immer einen Silberstreifen am Horizont«, sagte Patience fröhlich. Neben ihr senkte Traversham-Beechers die Lider und musterte sie, als würde er am liebsten die Zunge hervorschnellen lassen und sich jede einzelne der Saatperlen schnappen, die ihre aufgetürmten blonden Haare zierten.

Während sie den Kuchen aßen, hob im Studierzimmer, gerade noch zu hören, ein Lied an. Raue, leise Stimmen sangen:

I likes me half a pint of ale ... I likes a little bit of meat ...
little bit of fish ... and half a pint of ale ...

Die Reisenden, satt, aber immer noch unzufrieden, hatten angefangen, ihre Stimmen aufs Neue zu erheben.

Traversham-Beechers trommelte mit den Fingern auf dem Tisch herum, während er sich gleichzeitig den Kuchen gierig in den Mund schaufelte und den Frauen am Tisch immer wieder heimliche Blicke zuwarf.

»Ausgezeichnet«, tat er kund.

Die Gespräche umfluteten ihn zusammen mit den Gesangsfetzen.

»Sie haben das alles wirklich wundervoll gemeistert«, sagte John noch einmal zu Emerald, die ihm gegenübersaß.

Katy smiled with a twinkle in her eye,
K-K-K-Katy, beautiful Katy ...

»Es ist interessant, auch einmal etwas Unerwartetes zu erleben.«

»Oh doch, Salmonellen können einen Menschen schneller umbringen, als man denkt, auch wenn es Sie vielleicht überrascht, das zu hören.«

But I gets much pleasure when I'm playing with me uke –
Keep your ukelele in your 'and ...

»Ich glaube, ich habe noch nie einen besseren Zuckerguss gegessen. Er schmeckt überhaupt nicht grün.« (Das kam von Patience.)

Traversham-Beechers griff nach dem Wein und entschied sich, zwischen Weiß und Rot hin- und hergerissen, für beides. Mit einer Vulgarität, die keiner der anderen je erlebt hatte, kippte er den Wein aus beiden Flaschen zweihändig in sein Glas.

»Wie bitte soll ›grün‹ denn schmecken?«, sagte er barsch zu Patience und sprang, bevor sie antworten konnte, das Glas schwenkend, auf.

Einen Moment starrte er auf den Wandteppich, der ihm gegenüberhing, und sagte dann plötzlich: »Wie wäre es mit einer Runde Treibjagd?«

Alle hörten auf zu reden und sahen ihn an.

»Treibjagd?«, fragte Clovis.

Leise drangen die Stimmen aus dem Studierzimmer zu ihnen:

I'm walking down the prom last night as peaceful as can be ...

»Es ist ein Spiel, das ich selbst erfunden habe«, sagte er.

»Erzählen Sie.« Auf den Ellbogen gestützt, beugte Clovis sich interessiert vor.

»Nun, wir brauchen ein Reh, und wir brauchen Hunde, zwei Sorten. Wer will das Reh sein?«

Sie sahen von einem zum anderen. Charlies Blick verharrte bei den Frauen, blieb aber schließlich an Ernest hängen.

»Sie!«

Es wurde gelacht – Ernest war derjenige von ihnen allen, der am wenigsten einem Reh ähnelte. Er war mindestens so groß und breitschultrig wie John.

»Ernest?«, fragte Patience. »Wieso ausgerechnet Ernest?«

»Müssen wir dazu im Haus herumrennen?«, wollte Charlotte skeptisch wissen.

»O ja, wie wilde Tiere durch Gestrüpp und Unterholz«, sagte Traversham-Beechers, und Clovis schlug lachend mit der Hand auf den Tisch.

Die Lampen brannten immer noch auf niedriger Flamme. Traversham-Beechers legte beide Hände flach auf den Tisch und beugte sich vor. Die Kerzen ließen sein Gesicht bizarr anmuten, veränderten die Form seiner Züge auf eine irgendwie unheimliche Art. Seine Nase schien zu zucken, seine Augenbrauen hüpften auf und ab, seine Zähne schimmerten gelb im Kerzenlicht.

»Sie werden von der Herde getrennt«, erklärte er. »Sie sind ganz allein und werden gnadenlos gejagt. Die Hunde werden Sie aufspüren … und hetzen … und dann wird man Sie erschießen.«

»Wieso Ernest?«, wiederholte Patience, wurde aber nicht beachtet.

»Und wie genau soll das gehen?«, fragte Emerald, trotz ihres Misstrauens dem Mann gegenüber interessiert und fasziniert von der Idee.

»Folgendermaßen. Als Erstes brauchen wir ein Glas …«

Er huschte zur Anrichte und griff sich ein frisches Glas. Dann wählte er sorgfältig eine Karaffe aus, eine mit Portwein, öffnete sie und schenkte die dunkle Flüssigkeit ein, bis sie sich fast über den Rand wölbte. Die Anwesenden beobachteten ihn gebannt. Das Geräusch des Gesangs drang unter der Tür hindurch und ringelte sich, während sie den Mann beobachteten, wie Rauch um sie herum.

Er nahm das im Kerzenlicht schimmernde Glas, trug es, ohne einen Tropfen zu verschütten, zum Tisch und stellte es vor Clovis.

»Als Erstes der Herr des Hauses«, sagte er. »Das Reh muss durch die Spürhunde von der Herde getrennt werden. Jeder der Spürhunde – also wir«, erklärte er ihnen, untermalt von einem bewundernswerten Zwinkern, »muss eine Möglichkeit finden, das Reh zu isolieren, bevor der Rest der Meute – wiederum wir, da wir zahlenmäßig nicht genug sind – die Jagd aufnehmen kann. Finden Sie diese Möglichkeit, trinken Sie aus dem Glas und geben Sie es dann weiter.«

Clovis runzelte verwirrt die Stirn. »Aber wie? Ich bin mir nicht sicher, ob ich Ihnen …«

»Nun machen Sie schon!«, bellte Traversham-Beechers. »Ich kann Ihnen doch nicht alles vorkauen. Das hier ist ein Spiel für

Erwachsene – nicht für Kinder! Wenn Ihnen nichts einfällt, geben Sie das Glas eben weiter, *ohne* daraus getrunken zu haben.«

Die anderen wollten nicht, dass er das tat. Sie hatten zwar keine Ahnung, wie das Spiel funktionierte oder was sie selbst sagen würden, aber die Vorstellung, das Glas einfach so weiterzureichen, ohne daraus getrunken zu haben, schien eine schreckliche Schmach zu sein.

Nur Ernest wirkte vollkommen ungerührt. Mit sanftem Blick sah er von einem zum anderen, als betrachtete er dieses törichte Treiben mit Nachsicht, während er gleichzeitig an andere Dinge dachte. (Ähnlich wie er es auch auf dem Schulhof getan hatte, wann immer die anderen anfingen, ihn *Karottenkopf* zu rufen.)

In der Stille, die unter den Geburtstagsgästen herrschte, war wieder der Gesang der Reisenden zu hören:

But every time that I go out the people stare at me …

Traversham-Beechers sah Clovis an. Der Portwein stand unberührt vor ihm, schimmernd und dunkel. »Clovis, trennen Sie das Reh von der Herde!«

Clovis sah Ernest an und überlegte, wie er das bewerkstelligen sollte. »Er trägt eine Brille«, sagte er schließlich.

Erleichterung. Es stimmte. Die Brille unterschied ihn unleugbar vom Rest der Gruppe.

»Ich möchte lieber nicht …«, fing Patience an, aber Ernest unterbrach sie.

»Schuldig«, sagte er und hob mit einem leisen Lächeln die Hand, während er für sich dachte: Aha. Es geht also wieder los.

»Großartig. Trinken Sie, Clovis. Und geben Sie das Glas weiter.«

Clovis musste sich über den Tisch beugen, um an dem Glas zu nippen, und reichte es anschließend nach links weiter, an Florence.

»Vorsicht«, sagte er, den süßen Geschmack des Portweins auf den Lippen.

Florence hatte ihr Misstrauen und ihre Abneigung gegen Traversham-Beechers völlig vergessen. Es war lange her, seit sie sich zum Essen an einen Tisch gesetzt hatte, und noch länger, seit sie es in einem Speisezimmer getan hatte. Sie hatte auch ihr steifes schwarzes Seidenkleid vergessen und fast das Gefühl, wie die anderen Frauen herausgeputzt zu sein und gemeinsam mit ihnen einen geselligen Abend zu verbringen. Ihre Dankbarkeit war tief und bedürftig.

»Er interessiert sich für Medizin, und das ist ein langweiliger Beruf«, sagte sie schnell, in der Hoffnung, nicht aufzufallen, und auch sie beugte sich vor, um von dem Portwein zu nippen, der süß und klebrig war und leise auf ihrer Zunge brannte. Dann reichte sie das Glas weiter

Ernest brachte es nicht über sich, in Bezug auf seinen geliebten Beruf mit »Schuldig« zu antworten. Daher nickte er bloß und begann, an andere Dinge zu denken (wie stark die seidenen Fäden von Spinnennetzen waren, was Penicillin alles bewirken konnte). Neben ihm rutschte Patience vor lauter Besorgnis auf ihrem Stuhl hin und her. »O nein«, sagte sie. Und: »Ich sehe nicht ein, wieso!«

Als Nächster war John an der Reihe. Er hatte sich nicht auf dem falschen Fuß erwischen lassen wollen, hatte sich nicht als Emporkömmling der Lächerlichkeit preisgeben wollen und sich bereits im Vorhinein etwas ausgedacht. Er nahm das Glas, hielt es und sagte mit fester Stimme: »Mr Sutton ist nicht beliebt. Er hatte keine Dame, die er zum Essen führen konnte.«

Er musste zugeben, dass es ihn freute, diese Feststellung treffen zu können. Emerald hatte *seinen* Arm genommen, was bewies, dass er Ernest als Rivalen nicht ernst zu nehmen brauchte.

Ein leises Auflachen und das ein oder andere »Oh« waren die Antwort auf seine Bemerkung. Er war froh, Eindruck gemacht zu haben, trank und reichte das Glas an Emerald weiter.

»Kein Liebestrunk, sondern ein entzweiender«, sagte sie. Sie hatte das Spiel bis zu diesem Augenblick nicht gemocht, obwohl sie sich gleichzeitig auch hingezogen fühlte. Noch klammerte sie sich an irgendeiner moralischen Überzeugung in ihr fest, die ihr quengelnd ans Herz legte, nicht an einem solchen Spiel teilzunehmen. Doch nun, als sie das Glas in der Hand hielt und die Augen der anderen auf sich spürte, während die leisen, anrüchigen Lieder der ungehobelten Besucher zu ihr getragen wurden, dachte sie: Ernest macht sich nichts daraus, es ist schließlich nur ein Spiel.

»Nun mach schon, Em«, sagte Clovis so ungeduldig, dass sie zusammenschrak.

Aber ihr wollte um nichts auf der Welt einfallen, was sie sagen konnte. Ernest selbst schien sich nur für irgendetwas an der Wand hinter ihrem Kopf zu interessieren.

Sie betrachtete ihn, zermarterte sich den Kopf. Charlie Traversham-Beechers fing an, rhythmisch auf dem Tisch herumzutrommeln – tap tap tap-tap-tap, tap tap tap-tap-tap –, kurz darauf fiel Clovis ein, dann auch John …

»Na los«, flüsterten sie, »na los …«

Emerald wollte Ernest nicht zu lange ansehen, weil es sie zum Erröten brachte. So beiläufig sie konnte, registrierte sie seine markante Wangenlinie, seine kühne Stirn. Sprachlos nahm sie die aufrichtige Stille wahr, die ihn umgab; seine Hände; wie gerade seine Schultern waren. Es wäre ein Leichtes gewesen, das Kind Ernest ins Lächerliche zu ziehen (nicht dass sie das je gewollt hätte), aber dieser Erwachsene war in jeder körperlichen Hinsicht unnahbar. Rund um sie herum wurde das Trommeln lauter.

»Na los, na los«, sagte Charlie. »Oder geben Sie das Glas weiter, ohne zu trinken. *Geben Sie es weiter, geben Sie es weiter …*«

Hitzig sah Emerald zu Ernest hinüber, der absolut kühl wirkte und sie überhaupt nicht beachtete. Ihr Herz raste, hämmerte in ihrem Inneren. Die Intensität, mit der sie sich zu ihm hingezogen fühlte, mischte sich mit der Angst, sich lächerlich zu machen, und schwächte sie. Ihre Verlegenheitsröte schien jeden Teil von ihr zu erfassen; ihr Zustand musste für jeden sichtbar sein – bei diesem Gedanken zuckte sie innerlich zusammen. Wieso bloß sah er sie nicht an? Wieso saß er so feierlich da, so zurückhaltend, so still? Sie sehnte sich danach, eine Reaktion aus ihm herauszuschütteln. Sie dachte an sein unnatürliches Interesse an Krankheiten und Verletzungen – welcher Mann würde sich schon mit gequältem Fleisch und kranken Organen umgeben wollen?

»Er ist sonderbar – er ist einfach sonderbar!«, stieß sie heftig und mit brennenden Wangen hervor und empfand einen Stich grausamer Befriedigung.

»Emerald!«, rief Patience vorwurfsvoll; sie fühlte sich von ihrer Freundin verraten.

Ernest fuhr zusammen und sah sie endlich an. Er war er selbst, der Junge, den sie gekannt hatte, der Mann, den sie nun begehrte. Sie sah, dass sie ihn verletzt hatte. Und wäre vor Scham am liebsten im Erdboden versunken.

Die anderen lachten laut auf. Ihr Pfeil hatte gesessen. Alle sahen Ernest an, warteten gespannt auf seine Reaktion.

»Nun, was sagen Sie dazu? Was sagen Sie dazu?«, rief Charlie. »*Sonderbar!*«

Es kostete Ernest unsägliche Mühe, nach außen hin gleichmütig zu bleiben. *Sonderbar*. Empfand sie ihn wirklich als sonderbar? Er bekämpfte den Drang, den Blick zu senken, dachte zurück an kindliche Ängste, um sich zu rüsten und zu wappnen. Schließlich war er jetzt ein Mann!

Als Kind hatte sie ihn akzeptiert, dachte er. Aber vielleicht hatte sie ihn auch damals schon für *sonderbar* gehalten, schon als sie gemeinsam auf Schmetterlingsjagd gingen, schon als sie kleine Frösche sezierten? Als die anderen sich endlich von ihm abwandten, schloss er einen Augenblick lang resigniert die Augen. *Sonderbar.*

»Jetzt Sie, Patience«, sagte Charlie. »Geben Sie ihr das Glas.«

Außer sich vor Empörung konnte Patience sich nicht länger beherrschen. Sie hatte gespürt, wie ihr besseres Ich in dieser gehässigen Atmosphäre in sich zusammenschrumpfte. Jetzt gewann es wieder an Kraft, verlangte, gehört zu werden. Sie hob die Hand und schlug so heftig gegen das Glas, dass es quer über den Tisch flog und der dicke, rubinrote Portwein nur so spritzte. Eine Pfütze bildete sich auf dem Tischtuch und sickerte langsam in den Stoff ein. Das Glas prallte mit einem lauten Scheppern gegen den schweren silbernen Kerzenleuchter. Dann war es still.

»Warum haben Sie das gemacht?«, wollte Traversham-Beechers wissen.

Er war ehrlich schockiert und zutiefst bestürzt, er war absolut fassungslos.

Die anderen starrten Patience an.

»Ihr seid allesamt Scheusale«, rief Patience. »Ihr seid absolut abscheulich! Mein Bruder ist ein besserer Mensch als ihr alle!«

»Bravo«, sagte Clovis mit aufgesetzter Nonchalance, um Charlie Traversham-Beechers zu beeindrucken.

»Jedenfalls ein besserer als du!« Aufgebracht deutete sie mit dem Finger auf ihn. Clovis zog die Augenbrauen hoch und lächelte (obwohl er innerlich zusammenzuckte).

Ein weiteres kurzes Schweigen. Traversham-Beechers und Patience, zwei magnetische Pole, kämpften über den Tisch hinweg stumm darum, die anderen auf ihre Seite zu ziehen. Wie Treibgut im Wasser konnten sie entweder an den Strand gespült oder aber aufs Meer hinausgerissen werden – die Stimmung stand auf der Kippe, noch schwamm das Treibgut hoch oben auf der Welle.

»Muss Ihre Schwester immer Ihre Kämpfe für Sie austragen?«, sagte Traversham-Beechers mit blasierter Stimme zu Ernest.

»Ach, er war doch seit jeher ein Schwächling«, kam es von Charlotte, die sich wie immer auf die Seite des Stärkeren schlug.

Damit wendete sich das Blatt. Nun bestand die Gefahr, dass alle mitgerissen wurden.

Emerald war völlig durcheinander. Eine seltsame Begeisterung, Scham, Schock – sie alle kämpften in ihr miteinander. Zusammen mit Florence tupfte sie an dem Portweinfleck herum, mit dem Ergebnis, dass sämtliche verbliebenen sauberen Servietten ebenfalls voller Flecken waren, ohne dass das Tischtuch auch nur einen Deut besser aussah. Ernest, in erster Linie um seine Schwester besorgt, schien von ihnen allen am wenigsten aufgewühlt.

»Patience?«, sagte er mit ruhiger Stimme. Und noch einmal: »Patience? Es hat nichts zu bedeuten. Es ist nur ein albernes Spiel.«

Patience sah ihn mit großen Augen an, schockiert über sich selbst und über die anderen. Sie hätte gern Frieden mit Clovis geschlossen; sie gab ihm nicht wirklich die Schuld, aber sein Gesichtsausdruck war alles andere als angenehm. Ernest wandte sich an den ganzen Tisch.

»Falls meine Gastgeberin nichts dagegen hat, würde ich mich gerne für ein Weilchen in die Bibliothek zurückziehen. Ich bitte, mich zu entschuldigen.«

Charlotte starrte ihn an. Mit einer steifen Verbeugung verließ er den Tisch.

Im gleichen Moment stand Charlie Traversham-Beechers, der von der rebellierenden Patience auf dem falschen Fuß erwischt worden war, hastig auf.

»Wollen Sie das wirklich?«, sagte er mit seltsam herrischer Stimme. »Dann verpassen Sie doch die nächste Jagd.«

Ernest zögerte. Der Gesang aus dem Studierzimmer, der sich vorübergehend gelegt hatte, war nun wieder lauter zu hören:

With all my might, I nearly balanced over,
But my old friend grasp'd my leg and pulled me back again

»Das Spiel soll tatsächlich fortgesetzt werden?«, fragte er und sah sich unter allen um.

Emerald betrachtete ihre Hände, Florence hantierte mit den feuchten Servietten herum, Clovis sah Traversham-Beechers auf eine Weise an, die an Bewunderung grenzte. Es war Charlotte, die seinen Blick unbeeindruckt erwiderte und sagte: »Für einen so jungen Mann kannst du ganz schön langweilig sein, Ernest. Bleib hier und amüsier dich mit uns.«

Ernest war hin- und hergerissen zwischen guten Manieren und dem Wunsch, nichts mit dieser verderbten Lustbarkeit zu tun zu haben.

»Das nächste Reh also«, sagte Charlie, als wäre alles beschlossene Sache. »Und das wird Miss Sutton sein.«

»Nein, Sie Flegel«, sagte Ernest, nun ebenso gebieterisch wie sein Gegenspieler. »Dabei wird sie auf keinen Fall mitmachen.«

»Wirklich nicht? Im Gegenteil, sie wird. Sie muss«, sagte Charlie glatt. »Der erste Spürhund, der aufgibt, wird in ein Reh verwandelt. Das weiß schließlich jeder! Sie hat das Glas weitergereicht, ohne daraus zu trinken. Ohne daraus zu trinken! So lauten die Regeln nun einmal!«

Ernest wandte sich an die ganze Tischrunde. »Mrs Swift? Bitte, Clovis? Grundgütiger!«

Keine Stimme erhob sich, um ihm zu helfen. Niemand schlug sich auf seine Seite. Alle waren völlig gebannt – Emerald geradezu verhext.

»Ist schon gut, Ernest«, sagte Patience unvermittelt. »Lass uns spielen. Es macht mir nichts aus.«

»Doch, es macht dir etwas aus. Und ich spiele *nicht* mit.«

»Setz dich, Ernest. Wirklich, es ist gut. Du hast es doch selbst gesagt. Es ist nur ein albernes Spiel.«

Er konnte es ihr nicht abschlagen, er konnte sie nicht allein lassen. Also setzte er sich, rückte seinen Stuhl aber dichter an sie heran, damit sie wenigstens Trost aus seiner Nähe schöpfen konnte.

»Es ist nichts Persönliches«, sagte der ungehobelte Gentleman. »Es ist einfach nur ein Spiel. Und Ihre Schwester ist an der Reihe. Also, fangen wir an.«

Er füllte ein frisches Glas mit Portwein aus der Karaffe.

»Ich bin der erste Spürhund«, sagte er. Alle warteten stumm.

Er hob das Glas, hielt es ganz still und sagte im hastigen, aufmunternden Ton eines Mannes, der einen Ball ins Rollen bringt: »Miss Sutton hat das Gefühl, dass sie nicht ganz so intelligent ist wie die anderen jungen Damen am Newnham College«, sagte er. »Richtig?«

»Genug«, rief Ernest. »Was wissen Sie denn schon von ihr?« Aber die anderen empfanden, obwohl sie, anders als vorhin, bei ihm nicht lachten, dieselbe zwanghafte Faszination des Augenblicks. Sie waren jetzt Jagdhunde, die Unbarmherzigkeit war ihnen angeboren.

Smudge war nach unten gekommen, um sich ihr Stück Kuchen nicht entgehen zu lassen und Tenterhooks zu holen, denn sie wollte das Kätzchen, das sicher leichter zu handhaben war als Lady, in ihre Kollektion kohlegezeichneter Tiere aufnehmen. Völlig überdreht vor Aufregung und Müdigkeit, schloss sie ihre Tür auf und schlich durch den Korridor. Sie konnte Myrtle in der Küche herumhantieren hören, wollte ihr aber nicht über den Weg laufen und nahm deshalb die Haupttreppe. Auf dem Weg zum Speisezimmer schlich sie auf Zehenspitzen an der Tür des Studierzimmers vorbei. Die ungeladenen Gäste hörten sich an, als hätten sie, wie Robert es ausgedrückt hätte, einen Heidenspaß – sie hatte ähnlich ausgelassene Geräusche durch die Türen von Gastwirtschaften gehört, aber natürlich noch nie zuvor in Sterne. Angst hatte sie keine – sie vertraute darauf, dass die Erwachsenen die Situation unter Kontrolle hatten –, aber exotisch war es schon.

»Sehr exotisch, würde ich sagen«, murmelte sie vor sich hin, als sie sich dem Speisezimmer näherte, um sich ihren Kuchen schmecken zu lassen und ihrer Schwester einen Geburtstagskuss zu geben.

In der Nähe der Tür fing sie an, auf Zehenspitzen an der Wand entlangzuschleichen, erst in instinktiver kindlicher Heimlichtuerei, dann aber hörte sie, dass drinnen ein Spiel im Gang war, und sie drückte sich an die Tür, um zu lauschen.

Während die Luft um sie herum von den derben Gesängen erfüllt war – hier noch lauter, da sie auch aus dem Frühstückszimmer drangen –, sah sie durch einen Spalt zwischen den Scharnieren, dass der fremde Gentleman ein Glas hochhielt, das zwar randvoll gefüllt war, aber dennoch gewichtslos wirkte. Die Flüssigkeit darin bewegte sich nicht, seine Hand war unnatürlich ruhig.

Gebannt von der seltsamen Atmosphäre des Zimmers, blieb Smudge ganz still stehen, während die singenden Stimmen aus den Räumen hinter ihr durch die Luft schwebten.

Nearly fainting with fright, I sank into his arms a sight,
Went into hysterics but I cried in vain …

Sie konnte die Gesichter rund um den Tisch nur undeutlich erkennen, spürte aber, wie Entsetzen sich ihrer bemächtigte, denn sie waren absolut leer und ausdruckslos, ganz anders als die Gesichter, die sie kannte. So wie das Haus, das sich plötzlich anfühlte, wie es sich noch nie zuvor angefühlt hatte. Nur der Fremde, Traversham-Beechers, war klar und deutlich zu sehen, und in ihren jungen, wachen Augen wirkte er, als wäre eine Linie um ihn herumgezogen, eine Linie der Dunkelheit, die fast genauso aussah wie die Kohlestriche, die sie erst so kürzlich auf ihre Wand aufgetragen hatte. Ihre Kohlestriche waren real, eine Mischung aus Staub, Fingerspuren, Verputz, sie waren Kunst. Das hier dagegen war unheimlich, gemacht aus nichts, was sie verstehen konnte oder verstehen wollte. Sie sah die Grausamkeit in seinem Gesicht, spürte die Atmosphäre. Er war wie ein Magnet, die Luft schien erfüllt von der Anziehungskraft, die von ihm ausstrahlte.

Unwillkürlich machte sie einen Schritt zurück und floh. Dieses Mal durch die grüne Tür in die Küche, denn das war der schnellste Weg nach oben, vorbei an Myrtle, die am Spülstein stand und sich nicht einmal umdrehte, als sie an ihr vorbeirannte.

Im Speisezimmer, nun wieder unbeobachtet von dem Kind, nur wahrgenommen von der Gruppe der anderen Spieler, ergriff Clovis das Wort.

»Jetzt ich«, sagte er und griff nach dem Glas.

Ein wenig Portwein schwappte über den Rand. Er leckte ihn ab – er leckte tatsächlich das Glas ab! Dann sah er Patience in die Augen und sagte: »Miss Suttons Gesprächsthemen sind extrem langweilig, und ihr Gesicht ist eher gewöhnlich. Es gibt eine Menge anderer Mädchen, die bedeutend hübscher sind.«

Patience schnappte nach Luft. Ernest nahm ihre Hand. Falls er je den Wunsch empfunden hätte, handgreiflich zu werden, dann jetzt, da Clovis so boshaft quer über den Tisch hinweg lächelte und seine Schwester totenblass geworden war. Er zuckte hoch, aber Patience hinderte ihn daran. Seine Hände ballten sich zu Fäusten, doch Patience hielt sie mit ihren eigenen kleinen Händen fest umfangen – ihr Bedürfnis, sich an ihn zu klammern, erwies sich als stärker als sein Wunsch, Clovis die Nase einzuschlagen –, und er blieb an ihrer Seite sitzen. Die anderen sagten kein einziges Wort.

Clovis spürte fast körperlich, wie zufrieden Charlie mit ihm war, und empfand tief in seinem Inneren eine große Befriedigung. Er hatte ihr die Wahrheit gezeigt, hatte bewiesen, dass er selbst etwas Besseres war, doch ein Teil von ihm – zu klein, um sich durchzusetzen – stand entsetzt abseits. Die junge Dame saß ihm tief gekränkt gegenüber.

Charlotte nahm das Glas. Sie musste unbedingt auf der Seite der Hunde bleiben, durfte auf keinen Fall unter die staksigen Rehe geraten. Die Grausamkeit, die dieses Gefühl begleitete, war ein unerwarteter Bonus. Sie konnte sehen, dass ihr Sohn von diesem Mädchen eingenommen war, aber sie würde ihn nicht so einfach gehen lassen.

»Weißt du, wie wir – wir alle – dich nennen? Die *unsägliche* Patience Sutton«, sagte sie.

Wieder war der ganze Tisch schockiert; Patience erstarrte geradezu. Emerald stieß immerhin ein »Oh« aus, widersprach aber mit keinem Wort.

Florence nahm das Glas. Ihre Stimme war laut. »Als ihr Kinder wart …«

»Aufhören!«, rief Patience unvermittelt und sprang auf. »Aufhören!« Und sie drehte sich um und lief vom Tisch weg. Ernest sprang ebenfalls auf, aber …

»Ja!«, schrie Charlie. »Das Reh ist von der Herde getrennt! Meute, ihr nach!« Er gab einen durchdringenden Schrei von sich, und ohne einen Gedanken und ohne jeden Grund stießen alle in wilder Hast ihre Stühle zurück, fingen an, wie Hunde auf der Jagd zu heulen und zu kläffen, und setzten hinter Patience her.

Sie lief zur Tür, als wollte sie in die Halle flüchten, wo die gegrölten Lieder immer lauter und lauter erklangen, als sie die Hand nach dem Türknauf ausstreckte, aber Charlie versperrte ihr den Weg, während die anderen auf sie zustürzten. Sie durchbrach ihre Reihen und lief an der Längsseite des Raums entlang, hin zu Ernests schützenden Armen. Die Meute verfolgte sie in wilder Hatz. Charlie, die langen Arme vorgereckt wie die einer Marionette, mit hektisch fuchtelnden Händen, rannte auf der anderen Seite um den Tisch herum, um ihr den Fluchtweg abzuschneiden, während hinter ihm die anderen Hunde ekstatisch bellten.

»Haltet sie auf. Haltet sie auf! Sie muss schon völlig erschöpft sein!«

Sie duckte sich hinter Ernest in die Ecke, und er hob abwehrend die Fäuste, während Charlie schrie: »Jetzt! Sie ist eingekesselt. Schnappt sie euch!«

»Deine Brille! Ernest, deine Brille!«, schrie Patience in Erwartung eines Handgemenges, während Emerald, Charlotte und Florence bellten und kläfften.

»Keinen Schritt näher! Ich schwöre, ich schlage zu!« Ernest meinte die Männer, war aber wütend genug, um auch Hand an die Frauen zu legen, wenn es nötig wäre.

Fassungslos stand er ihrer Hysterie gegenüber – ihrem Gejohle, ihrem Gelächter, ihren gebleckten Zähnen und den zu Klauen gekrümmten Händen –, während sich Patience, kreidebleich vor nacktem Entsetzen, immer schwächer werdend, in die Ecke hinter ihm drückte. Die Hunde geiferten und kläfften, schlugen mit den Krallen und heulten, bis Patience schließlich nicht mehr konnte und anfing, hysterisch zu lachen, wild, freudlos, bis sie keine Luft mehr bekam und ihre Augen sich mit Tränen füllten. Sie schnappte nach Luft, halb weinend, halb lachend, die Augen weit aufgerissen, während das Kläffen in ihren Ohren gellte.

»Das hier ist mein Gewehr!«, rief Charlie und schwenkte einen langen, silbernen Kerzenlöscher, den er von der Anrichte gerissen hatte, hoch über seinem Kopf. Dann deutete er damit an Ernest vorbei auf Patiences Gesicht und machte »PENG!«, woraufhin Patience wie vom Blitz getroffen ohnmächtig zu Boden sackte.

Ernest, der als Einziger mit dem Rücken zu ihr stand, war der Letzte, der merkte, was geschehen war. Der Ausdruck auf den Gesichtern der anderen verriet es ihm. Clovis trat besorgt einen Schritt vor, blieb aber sofort wieder stehen. Erschrocken drehte Ernest sich um. Patience lag zusammengesunken auf dem Boden, das Gesicht blutleer. Ihr Anblick machte dem Spiel ein Ende. Ihre Verfolger verstummten. Schweigend beobachteten sie, wie Ernest sich hinkniete und Patience hochhob.

»Ihr Scheusale«, sagte er, so wie sie es vorhin getan hatte, und trug sie zur Bank unter dem Fenster.

»Sie ist nur ohnmächtig geworden«, sagte Charlie, ging zurück zu seinem Platz, leerte das Portweinglas und strich sich glättend über die Haare. Die anderen, vor Schock verstummt, waren nach allem, was sie getan hatten, nicht in der Lage, Besorgnis zu zeigen, gleichzeitig aber auch so entsetzt über das, was passiert war, dass sie unfähig waren, irgendetwas anderes zu tun.

Es dauerte nicht lange, bis Patience wieder zu sich kam.

»Hallo«, sagte sie, wie Menschen es beim Aufwachen manchmal tun, so als seien sie weit fort gewesen und gerade erst zurückgekommen.

»Hallo«, antwortete ihr Bruder ernst, vergaß seine Empörung und empfand nur noch Erleichterung.

»Was ist passiert?«, fragte sie.

Niemand sagte etwas, da keiner von ihnen eine Antwort wusste.

»Ach ja, wir haben gespielt«, fiel es ihr selbst wieder ein. Sie stützte sich auf einen Ellbogen und sah sich um, und plötzlich erinnerte sie sich wieder an die Beleidigungen und Beschimpfungen, und sie runzelte traurig und errötend die Stirn.

Emerald kniete sich neben sie und nahm ihre Hand. »Patience?«, flüsterte sie, aber Ernest, neben ihr, ließ sie nicht zu Wort kommen.

»Was hast du dir nur dabei gedacht?«, fragte er aufgebracht.

»Es tut mir so leid. Ich weiß nicht, was über mich gekommen ist«, flüsterte sie, aber weder Bruder noch Schwester sagten etwas darauf.

»Sollen wir jetzt weitermachen?«, fragte Charlie Traversham-Beechers völlig ungerührt.

»Das kann doch nicht Ihr Ernst sein«, fuhr Charlotte ihn an und äußerte damit, was alle fühlten. »Das alles ist schon viel zu …«

»Viel zu weit gegangen?«, unterbrach er sie und tastete sein Jackett auf der Suche nach einer neuen Zigarre ab. »Das sagen die Leute immer. Und es stimmt nie. Wir sind gerade erst am Anfang, Mrs Swift. Als Nächstes sind Sie an der Reihe.«

»Ich?« Ihr Gesicht war aschfahl.

Gegen ihren Willen – schockiert und besorgt, wie sie es alle waren – sahen sie zwischen ihm und Charlotte hin und her, gezwungen, diesem empörenden Labyrinth bis zum Ende zu folgen.

»Ich?«, wiederholte sie.

Ernest stopfte Patience ein Kissen in den Rücken. Gemeinsam blieben sie auf der Bank sitzen, vereint, aber von niemandem beachtet, während Clovis, Emerald, Florence und John als widerstrebende Gruppe zu ihren Plätzen am Tisch zurückgingen. Immer noch fast krank vom üblen Geschmack ihrer eigenen Grausamkeit, waren sie noch nicht wieder sie selbst. Doch so wie ein Bild in einem Spiegel uns zwar die Wahrheit zeigt, aber nicht real ist, waren sie zugleich auch zutiefst und intensiv sie selbst. Sie mussten wissen, was zwischen diesem Mann und Charlotte war.

Charlotte selbst wich vom Tisch zurück, ohne den Blick von Traversham-Beechers' Gesicht zu lösen.

»Wie kann man nur so grausam sein«, sagte sie.

»Das war ich schon immer«, lautete seine Entgegnung. »Hinsetzen.«

»Nein.«

»Gott verdamme dich, hinsetzen!«

Ob die Versammelten bei diesem neuerlichen Verstoß gegen sämtliche gute Sitten die Luft anhielten oder ob der Schock den

Sauerstoff aus dem Zimmer saugte, bleibt ein Geheimnis, aber die Kerzenflammen duckten sich an ihre Dochte, und Charlotte Torrington Swift, geborene Thompson, setzte sich, wie er es ihr befohlen hatte.

»Nein«, sagte sie. »Er wird *dich* verdammen.«

»Ich entscheide, wer anfängt!«, sagte Traversham-Beechers unbeeindruckt. »Soll ich mit einem Spatz oder einem Adler anfangen? Mit hohem oder niedrigem Einsatz?«

»Mach, was du willst«, sagte sie.

»Also dann – Mrs Trieves – Sie zuerst. Wir sitzen in dieser Sache alle im selben Boot, wie es so schön heißt.«

Er reichte Florence das Glas. Ihre Augen füllten sich mit Tränen. Sie nahm es, schleuderte es aber nicht über den Tisch, wie Patience es getan hatte, sondern reichte es in stiller Rebellion einfach weiter.

»Sie passen also«, mokierte sich Traversham-Beechers.

Emerald nahm das Glas von Florence entgegen.

»Sie ist meine Mutter. Was soll ich sagen?«, sagte sie leise und reichte das Glas an Clovis weiter.

»Ganz richtig.« Clovis hatte furchtbare Angst und konnte sich nur hinter den Worten seiner Schwester verstecken.

Traversham-Beechers nahm ihm das Glas ungeduldig aus der Hand. »Sie ist eine Hure«!, sagte er mit kalter Stimme.

»Mein Gott!«, rief Charlotte. »Du bist derart abscheulich!«

»Nein, du bist abscheulich«, sagte er. »Wie abscheulich ist es denn, den eigenen Ehemann – zwei Ehemänner! – hinters Licht zu führen. Kinder in die Welt zu setzen und zu erwarten, dass sie ein anständiges Leben führen, wenn ihre Seelen mit deiner Lasterhaftigkeit befleckt sind. Die vornehmen Manieren einer Dame anzunehmen, wenn du weniger bist als ein Flittchen, weniger als das armseligste Ding von einem Mädchen, das an einer Straßenecke Blumen verkauft; weniger, in deiner Unmoral, als jede andere Frau hier in diesem Zimmer oder in deinem ganzen *großartigen neuen Leben.«* Die letzten Worte spie er betont langsam hervor, dann lehnte er sich unvermittelt, schwach vor Erleichterung, leise keuchend, zurück und schien zu schrumpfen.

Die anderen im Zimmer – Ernest und Patience auf der Bank, die anderen am Tisch – sagten kein Wort, und in diesem verwunderten, verzweifelten Schweigen fing Charlie Traversham-Beechers an zu lachen. Erst war es ein Kichern, ein seltsames, kitzelndes Geräusch, das sich über alle Anwesenden lustig machte. Dann stieg es in hingerissenen, boshaften Abstufungen immer höher an und hörte abrupt wieder auf. Er wischte sich die Tränen aus den Augen.

»Ich vermute, Sie möchten die ganze Geschichte hören?«, sagte er liebenswürdig zu Clovis.

Es war eine Frage, die keinem Sohn über seine Mutter gestellt werden sollte, und er wusste keine Antwort.

Charlotte rührte sich nicht. Ihre Augen waren starr auf den Feind gerichtet.

»Sprechen Sie«, sagte Emerald.

»Ich werde mich kurz fassen. Es ist eine abgedroschene Geschichte, und dazu eine ganz gewöhnliche. Wenn es nicht um Ihre Mutter ginge, würde sie Sie wahrscheinlich nicht interessieren. Sie würden sie für zu geschmacklos halten, um sich damit zu beschäftigen. Nun …« Er seufzte. »Wie auch immer. Vielleicht haben Sie von den sorglosen Tagen gehört, die Ihre Mutter in London verbracht hat, bevor sie Ihren Vater kennenlernte? Von ihrer konventionellen Kindheit in Richmond?«

Emerald warf Charlotte einen Blick zu. Diese privaten Informationen aus dem Mund eines Fremden? Welche Wahrheit steckte dahinter? Der Boden unter ihren Füßen schien zu schwanken.

»Das mit der Kindheit entspricht durchaus der Wahrheit«, fuhr er fort, »zumindest der Wahrheit, die sie mir erzählt hat, aber die sorglosen Tage waren nicht wirklich sorglos, nicht wahr, Mrs Trieves? *Florence?*«

Florence hielt den Blick in die Ferne gerichtet und antwortete ihm nicht.

»Ganz und gar nicht sorglos. Das Geld für die Miete musste aufgebracht werden, man musste es sich von Gentlemen leihen – so haben Sie es doch manchmal genannt, nicht wahr? *Leihen*. Und viele der Gentlemen waren auch nicht wirklich Gentlemen, nicht wahr, Charlotte?«

»Du zum Beispiel warst keiner«, sagte sie, ohne dass er darauf einging.

»Künstler – diese grüblerischen, redenden, trinkenden Künstler. Ist Prostitution ehrbarer, wenn man sie unter Intellektuellen betreibt? Ich würde sagen – nein.«

»Wir waren Modelle«, platzte es aus Florence heraus.

»Still!«, rief Charlotte, die weitere Provokationen seinerseits fürchtete, aber es war zu spät.

»Ah, Modelle! Musen. Göttinnen, nicht wahr? Du zumindest, Charlotte, eine Göttin für die Männer, die du verführt hast. Wie sie sich mühten, deinen himmlischen Zauber einzufangen – bevor sie mit dir ins Bett gingen.«

Er war zu vulgär. Es war unerträglich. John Buchanan, bis zu diesem Augenblick stumm, überwältigt von grausamer Leidenschaft während des Spiels und dann, nach Patiences Zusammenbruch, von Verwirrung und Schock, sprang auf.

»Genug!«, rief er. »Verlassen Sie dieses Haus, auf der Stelle! Wie können Sie es wagen!«

Traversham-Beechers war so unbeeindruckt von diesem Ausbruch, dass Johns Entschlossenheit in sich zusammensackte wie ein Ballon, aus dem die Luft herausgelassen wird. Er setzte sich wieder.

»Ich werde dieses Haus nicht verlassen. Ich bin hier, um diese Sache zu Ende zu bringen, und das werde ich auch.« Er sprach immer hastiger, wie ein Ankläger vor Gericht. »Ganz kurz also: Charlotte Thompson, mittellos in Bloomsbury im Jahr achtzehnhundertsiebenundachtzig – als jene Gegend noch nicht annähernd so empfehlenswert war wie heute, und das ist offen gestanden«, er lachte, »immer noch nicht sonderlich empfehlenswert –, war gezwungen, und ich benutze das Wort ironisch, *gezwungen*, auf ihren einzigen Aktivposten zurückzugreifen: ihre Schönheit. Tat sie es auf ehrbare Weise, so wie andere Frauen? Versuchte sie, einen Ehemann zu finden? Nein, das tat sie nicht. Sie legte ihre Kleider gegen Bezahlung ab und ließ sich in einer ganzen Reihe zweitklassiger Gemälde verewigen, hingeschmiert von liebeskranken oder zynischen Narren. (Ich selbst besitze eins oder zwei davon; und frage mich, ob Sie raten können, zu welcher Kategorie ich gehöre?) Als ich sie kennenlernte, ging sie – und Sie, Florence! Wir dürfen Sie nicht vergessen – gegen Geld mit Männern ins Bett. Eine Mätresse. Eine Muse. Ein Modell. Aber nur im seltensten Fall – nur im seltensten Fall, was, Lottie? – auf dem Straßenstrich zu finden.«

Er war so tief gesunken, wie er nur sinken konnte – beziehungsweise sie, und er hatte davon berichtet. Keiner im Raum konnte den anderen ins Gesicht sehen. Als Charlotte schließlich aufstand, wurde sie dabei von niemandem beobachtet, da alle Köpfe gesenkt waren.

Die Stimme, mit der sie ihm antwortete, war dumpf, und irgendetwas in ihrem Ton machte jedem Zweifel ein Ende, jeder verzweifelten Hoffnung, die ihre Kinder vielleicht bezüglich der Wahrhaftigkeit seiner Anschuldigungen gehabt hatten. Es war die Stimme einer Frau, die all das erlebt hatte, wovon er gesprochen hatte, und mehr. Es war die Stimme von Charlotte Thompson, wohnhaft in Bloomsbury, die mit dem aller Würde baren Mut der Erniedrigten sprach.

»Stimmt, Charlie, nur im seltensten Fall«, sagte sie und verließ das Zimmer.

Einer nach dem anderen standen sie auf. Der Raum leerte sich. Bei jedem Öffnen der Tür wurde das Singen lauter. Fetzen ausgelassener Gassenhauer begleiteten die Gäste bei ihrem Abgang vom verwüsteten Tisch. Verhöhnt von den munteren Klängen von »K-K-K-Katy«, zogen alle sich zurück. Ernest, den Arm um seine Schwester gelegt; Florence in ihre verwüstete, geplünderte Küche; Clovis – der nicht einmal seiner Schwester, geschweige denn den anderen, in die Augen sehen konnte – in irgendein Versteck in irgendeinem verborgenen Winkel des Hauses.

Schließlich waren nur noch Emerald und Charlie Traversham-Beechers übrig.

Vollkommen unbekümmert fischte er sich hier und da einen Bissen aus den Essensresten heraus und leckte sich die Finger ab. Emerald betrachtete ihn mit stetem Blick.

»Sie haben uns alle beschämt«, sagte sie.

»Sie haben sich selbst beschämt«, lautete seine lächelnde Antwort.

Wie wahr.

»Woher wussten Sie, wo wir zu finden sind?«

»Lange Zeit wusste ich es nicht. Aber in meiner Situation kommen sehr viele Dinge ans Licht.«

»Welche Situation wäre das?«

Er begegnete ihrem tapferen Blick, und gegen ihren Willen geriet sie ins Wanken. Seine Pupillen waren unmenschliche schwarze Splitter, und ihre zarte Seele zuckte davor zurück. Auch sie stand auf und verließ das Zimmer.

SELBSTVERGESSENHEIT

Charlie Traversham-Beechers hatte nicht viel Zeit auf dieser Erde. Sich so unvermittelt und so gewaltsam, durch den markerschütternden, kreischenden Aufprall einer Lokomotive auf ein Nebengleis, nach Sterne versetzt zu sehen war natürlich nicht von ihm geplant gewesen. Zu Lebzeiten hatte er nicht das Geringste über das Haus gewusst, nur dass Charlotte vor über zwanzig Jahren zusammen mit Horace Torrington aus London verschwunden war, von Liebe und Läuterung umschwebt wie von Konfetti. Seitdem hatte er sie ein- oder zweimal gesehen. Diese Begegnungen hatten sich seinem Gedächtnis eingebrannt, wie auch seine begehrlichen, vergeblichen Bemühungen, die Bekanntschaft mit ihr zu verlängern. Einmal hatte er sie unter Androhung einer Erpressung vor dem Warenhaus Whiteleys in London in ein Taxi gezerrt und einen Nachmittag lang versucht, sie sich mit Zuckerzeug und halb spielerischem Zwang gefügig zu machen. In den finsteren Windungen seines Hirns war sie das Licht, das ihn vielleicht retten könnte. Den ganzen Rest seines einsamen, ausschweifenden Lebens hatte er sie vermisst. Ihre Porträts an seinen Wänden verfolgten ihn. Jeder Drink, den er in sich hineinkippte, galt ihr, ihr und der Hoffnung, sie vergessen zu können.

Der Zufall ist ein zerbrechliches Gebilde, als Erklärung für das Funktionieren der Welt ebenso unbefriedigend wie das gewichtigere »Schicksal«, aber durch irgendeine alchemistische Kombination aus Begehren und brutaler Gewalt wurde irgendein winziges, zartes Fädchen im gewaltigen und komplexen universellen Gewebe zerrissen, als Charlie Traversham-Beechers bei einem Zugunglück auf einer Nebenlinie in der Nähe von Whorley ums Leben kam. Seine Nähe zu Sterne und die Intensität seiner Gefühle für Charlotte – eine signifikante stoffliche Bindung, deren er sich noch nicht bewusst war –, wie auch die plötzliche Art seines Todes, ließen sein Ich vorübergehend in der Schwebe verharren. Ein Umstand, das hatte er mit der neu gefundenen Klarheit seiner Position erkannt, der es ihm ermöglichte, zusammen mit einer Gruppe anderer Unglücklicher in mehr oder weniger körperlicher Form ein kleines Weilchen länger zu bleiben und Rache an der Person zu nehmen, die er sein Leben lang geliebt und gehasst hatte – Charlotte Thompson. Nachdem er dieses Ziel erreicht hatte, war er nun sich selbst überlassen. Gäste und Familienmitglieder hatten sich zerstreut, und Traversham-Beechers, die Ratte auf dem sinkenden Schiff, klammerte sich noch eine Zeit lang an das Wrack, bevor er anfing, durch die Gänge zu streifen, um zu sehen, welches neue Unheil er noch anrichten könnte. Er durchstöberte das Haus wie ein Hund eine Gosse.

Vierzig bis fünfzig Körper, auch wenn sie – *insbesondere* wenn sie – ausreichend mit Speisen und Getränken versorgt wurden, haben Bedürfnisse, die über die Kapazitäten eines fensterlosen Studierzimmers und eines spärlich möblierten Frühstückszimmers hinausgehen. Die Passagiere stellten fest, dass ein Problem des Bewohnens von Körpern die häufige Notwendigkeit der Entwässerung war, effizient, aber unangenehm. Sie sahen sich zunehmend in Verlegenheit. Zwei Übertöpfe aus Porzellan, die Pflanzen enthalten hatten, wurden einer niedrigen, aber notwendigen Verwendung zugeführt, ebenso wie auch der Kohlenkasten, der inzwischen bis zum Rand gefüllt war.

Trotz des üblen Geruchs wurde die Stimmung der Gäste immer ausgelassener. Die Lieder, die sie wohlgesättigt angestimmt hatten, als die Familie bei ihrem Resteessen saß, wurden lauter und ungebärdiger, während sie durch ihr vorübergehendes Zuhause schlurften.

It does seem so naughty, oh my!
Men are so rough, they'll splash me and duck me!

sangen sie. Und:

Come on, out, out!

Und mit den Liedern und Gesängen hob sich ihre Stimmung noch mehr, bis sie zum Schluss aus den beiden winzigen, inzwischen stickigen und besudelten Räumen hervorquollen. Beide Türen schlugen laut gegen die Wände, als hätte ein heftiger Windstoß sie gepackt.

Es ist schwer zu sagen, was stärker war, der Gestank, der aus den Zimmern in die Halle drang, oder die frische, angenehme Luft, die ihre armen, sich allmählich auflösenden Gesichter umfächelte. Der Sauerstoff erfüllte sie mit neuer Energie, ihr wohlgenährtes Singen wurde lauter, als sie weiter ins Haus vordrangen.

Das Heulen des Sturms hatte sich etwas gelegt, dafür war der Regen noch heftiger geworden und prasselte unerbittlich auf den bereits völlig aufgeweichten Boden.

In diesen Regen starrte Patience Sutton hinaus. Sie stand am Fenster im Zimmer ihres Bruders, in das die beiden sich zurückgezogen hatten, um sich nach den Demütigungen im Speisezimmer gegenseitig zu trösten. Von ihren Gastgebern war keine Spur zu sehen, es gab nur die rüpelhaften Gesänge und Rufe, die nun durch jeden Teil des Hauses hallten und zusammen mit dem Trommeln des Regens alle Ecken und Winkel durchdrangen.

Come, come, come and make eyes at me,
Down at the old Bull and Bush

Ernest lehnte mit dem Rücken an der Tür, sowohl der Bequemlichkeit, als auch der Sicherheit wegen, obwohl er sich Letzteres lieber nicht eingestehen wollte, und beobachtete seine Schwester, die am Fenster stand.

»Es ist alles so furchtbar«, sagte sie.

»Ja. Es ist …« Er suchte in seinem Herzen nach einem passenden Ausdruck. »Es ist zutiefst schockierend.«

Traversham-Beechers' Enthüllungen über Mrs Swift hatten ihn sehr schockiert. Doch an der hohen Meinung, die er von Emerald hatte, konnte weder die moralische Schwäche ihrer Mutter noch die bösartige Stimmung, die den ganzen Esstisch erfasst hatte, etwas ändern – all das ließ sich auf die rastlosen, anarchischen Ereignisse des Abends zurückführen. Aber dass sie ihn als »sonderbar« bezeichnet hatte, das konnte er nicht vergessen. Die Bemerkung steckte wie ein Angelhaken im Gewebe seiner Gefühle fest.

»Em hat das, was sie vorhin gesagt hat, nicht wirklich gemeint, Ernest«, sagte Patience, als könnte sie seine Gedanken lesen.

»Es ist nicht wichtig. Wahrscheinlich bin ich ja tatsächlich sonderbar.«

»Nein, das bist du nicht. Genauso wenig, wie ich *unsäglich* bin.« Patience rieb sich die Nase. »Sieh nur«, sagte sie, »da ist Mr Buchanan.«

Er trat zu ihr ans Fenster. Und tatsächlich lief John Buchanan, die Jacke über den Kopf gezogen, unter ihnen durch den auf die Auffahrt prasselnden Regen zu seinem Auto, riss die Tür auf und sprang hinein. Nachdem er eine Weile im Inneren herumgekramt hatte, kam er mit der Anlasserkurbel wieder zum Vorschein und stolperte durch den sintflutartigen Regen zur Kühlerhaube des Autos, aber obwohl er die Kurbel mehrere Male energisch betätigte, ließ sich der Motor nicht zum Anspringen bewegen. John lief zurück, zog die Tür auf und machte sich anscheinend am Anlasser zu schaffen. Dann hastete er erneut nach vorn und betätigte die Kurbel noch einmal.

»Es scheint nicht zu funktionieren«, sagte Patience.

»Ich gehe runter«, sagte Ernest. »Schließ aber bitte die Tür hinter mir ab, Patience. Ich habe das Gefühl, diese Passagiere haben irgendwo die ein oder andere Flasche gefunden. Sie hören sich an, als wären sie – unterwegs.«

»Unterwegs?«

»Sie klingen so laut.«

»Stimmt. Die Ärmsten. Keine Sorge, ich schließe ab.« Damit verließ Ernest das Zimmer, entfernte sich aber erst, als er hörte, wie sie den Schlüssel umdrehte.

Er ging durch den oberen Korridor des Hauses, ohne einer Menschenseele zu begegnen. Allerdings hing ein merkwürdiger Geruch in der Luft – einer, den er rätselhafterweise mit Formaldehyd in Verbindung brachte.

Als er jedoch um die Ecke zur Haupttreppe bog, stieß er auf eine ganze Anzahl Passagiere, von denen einige planlos herumstanden, während andere irgendwie entschlossen auf ihn zukamen. Ihre Mienen unterschieden sich, aber allen gemein war ein Ausdruck benommener Verstörtheit auf den schlaffen Gesichtern. Zuerst bemerkten sie ihn nicht. Einige sangen …

Her father killed rats and she sold sprats,
All round, and over the water …

Andere wiegten sich zum stockenden Rhythmus hin und her oder betrachteten unter leisem Gemurmel aufmerksam die Gemälde und Wandverzierungen von Sterne.

Ernest war unsicher, ob er sie zur Rede stellen sollte. Als sie ihn erblickten, drehten einige sich zu ihm um, und einer rief kämpferisch: »He, Mister, wie lange wird es denn noch dauern?«

»Werden wir hier übernachten müssen?«

Mit gesenktem Kopf drängte sich Ernest zwischen ihnen hindurch und murmelte etwas wie: »Das besprechen Sie am besten mit Ihren Gastgebern.« Dabei wurde ihm klar, dass er John Buchanan unbedingt davon abhalten musste wegzufahren, denn ohne ihn wären sie, sollte es zu einer Auseinandersetzung kommen, noch deutlicher in der Minderzahl.

»Entschuldigen Sie, es tut mir leid«, sagte er, als er zwischen ihnen hindurchhastete. Schuldbewusst registrierte er ihre extreme Blässe und dass viele von ihnen, entgegen seiner früheren Wahrnehmung, merklich hinkten.

In der Halle sah er noch einmal zurück zu dem etwa ein Dutzend, das auf der Treppe stand, und stieß auf dem Weg zur Tür mit einer weiteren armen Kreatur zusammen. Es war eine alte, einäugige Frau, die ihn schief anfunkelte und wissen wollte: »Wo sind die Betten?«

»Entschuldigen Sie«, sagte Ernest erneut und rannte geradezu nach draußen. Dabei hoffte er trotz der Tatsache, dass Patience die Tür abgeschlossen hatte, dass die Passagiere nicht versuchen würden, in die Schlafzimmer vorzudringen.

Der Regen traf ihn wie ein Eimer voller Flusswasser. Auf der Stelle völlig durchnässt, lief er durch die Dunkelheit auf den Rolls-Royce zu.

Als er John erreichte, schrie er über das Tosen des Regens hinweg: »John!«

John, vom Wolkenbruch ebenfalls völlig durchnässt, drehte sich um.

»Das verdammte Ding will nicht anspringen«, rief er aufgeregt. »Los, steigen Sie erst einmal ein.«

Sie suchten Zuflucht im Inneren des Wagens.

»Ich finde, Sie sollten wieder ins Haus kommen«, fing Ernest an.

»Verdammt!«, rief John über das laute Trommeln des Regens auf dem Dach hinweg. Das Auto leckte – Wasser rieselte im Dunkeln über das schimmernde Walnussholz der Innenverkleidung.

»Bei diesem Wetter werden Sie es nie schaffen, die Lampen anzuzünden«, sagte Ernest, ein vernünftiger Einwand.

»Verdammt!«, rief John noch einmal. »Ich bleibe auf keinen Fall unter diesem Dach!«

Ernest war klar, dass John sich etwas von der Seele reden wollte, also wartete er, während das Wasser von seinem Gesicht tropfte, obwohl er sich wegen der Kreaturen im Haus ziemliche Sorgen machte.

»Eine Hure! Eine Dirne! Eine Hure!«, rief John aufgebracht. Dann: »Die Tochter einer Hure! Ich will verdammt sein, wenn ich noch irgendetwas mit ihr zu tun haben will – verdammt – ich …« Und er verstummte verstört.

»Ah«, machte Ernest. »Es geht um Emerald.«

»Sie kann doch nicht erwarten, dass ich sie jetzt noch heirate.«

»Der Mann ist ein Flegel und ein Schurke.«

John ging nicht darauf ein.

»Ich hätte auf meinen Vater hören sollen. Der hat immer gesagt, dass die hier nicht hergehören.« In seiner Empörung war John in die Ausdrucksweise seiner Kindheit zurückgefallen.

»Oh«, machte Ernest. »Bitte, John. Kommen Sie wieder mit ins Haus. Die Passagiere …« Aber John war nicht in der Stimmung zuzuhören.

»Hier, ziehen Sie den Choke – so! Helfen Sie mir!« Damit sprang er aufs Neue aus dem Auto, und Ernest beobachtete, wie er eine Zeit lang an der Kurbel herumdrehte, ohne dass der widerspenstige Motor ansprang, bevor er wieder ins Auto stieg, dessen Scheiben durch die Hitze seiner Wut sofort beschlugen.

»Haben Sie den Choke betätigt?«, fragte er vorwurfsvoll.

»Nein«, sagte Ernest.

»*Was?*« Ernest fürchtete, er würde ihn schlagen.

»Es ist doch viel zu dunkel. Außerdem sind die Zündkerzen wahrscheinlich völlig nass. Gehen wir wieder ins Haus.«

»Ins Haus?«, schrie John.

»Sie *können* sie nicht im Stich lassen!«

»Ich werde auf keinen Fall in diesem Haus schlafen!« Seine Stimme klang hart.

»Dann hätten Sie das Auto nicht im Regen stehen lassen sollen«, sagte Ernest, inzwischen ebenfalls aufgebracht. »Bei all den vielen Leuten im Haus wäre es bedeutend besser, wenn wir zusammenhalten würden.«

»Das alles geht mich nichts an.«

»John, seien Sie doch vernünftig. Der Knecht und sein Sohn sind immer noch nicht zurück. Es sind Damen …«

»Ha!«

»Es sind *Damen* im Haus … und falls etwas passieren sollte …«

»Was sollte denn passieren?« Endlich hörte John ihm zu.

»Wir sind völlig in der Minderzahl.«

»Verstehe. Also gut, gehen wir.«

Damit gingen sie ins Haus zurück.

Allmählich hatte Smudge nur noch den einen Wunsch, Lady in den Stall zurückzubringen, wagte sich aber nicht aus ihrem Zimmer. Die Szene, die sie im Speisezimmer beobachtet hatte, hatte sie furchtbar verängstigt, und jetzt erschallten die ungestümen Gesänge der Passagiere so laut, dass sie bis in ihr abgelegenes Zimmer zu hören waren.

Auch das Pony selbst war ihr inzwischen zur Last geworden, denn die Pferdeäpfel, die es überall fallen ließ, machten das Zimmer offen gestanden zu einem mehr als unerfreulichen Aufenthaltsort. Wie die Passagiere stellte auch Smudge fest, dass Unbehagen, Schmutz und Gestank die Folge waren, wenn man Zimmer zu Zwecken benutzte, für die sie nicht gedacht waren. Wenn sie das Fenster öffnete, prasselte der Regen herein; wenn sie es geschlossen hielt, war die Luft kaum erträglich. Sie versuchte, sich abzulenken, indem sie Mähne und Schweif des Ponys zu Zöpfen flocht und später, auf dem Boden liegend, das Flohspiel spielte, während draußen der Sturm tobte, aber beim Gedanken daran, für den Rest der Nacht mit dem Pony zusammen hier oben eingepfercht zu sein, graute es ihr.

In der Halle zogen John und Ernest ihre triefend nassen Jacken aus. Ernest konnte die Gruppe auf der Treppe nicht mehr sehen, und auch die einäugige alte Frau war verschwunden, aber merkwürdigerweise wirkten das Singen und das Reden sogar noch lauter als zuvor, hallten körperlos durch die Leere, und der faulige Geruch hing immer noch in der Luft. Vielleicht, vermutete Ernest, hatte einer aus der Gruppe eine unsaubere, schwärende Wunde, denn so etwas konnte, wie er wusste, extrem unangenehm riechen, allerdings war der Gestank so stark, dass er zahlreiche Schwären zur Ursache haben musste.

John lauschte. Er beschäftigte eine große Arbeiterschaft und wusste, wann er einen Mob vor sich hatte.

»Im Moment scheinen sie ganz guter Dinge zu sein«, sagte er. »Aber ich verstehe, was Sie meinen. Wir könnten tatsächlich Unannehmlichkeiten bekommen.«

»Wir müssen die anderen finden.«

»Vielleicht sollten wir Traverall-Beechers …«, fing John zögernd an. »Er hat es schon einmal geschafft, sie wieder zur Vernunft zu bringen – obwohl ich seinen Namen nur höchst ungern in den Mund nehme.«

»Dann lassen Sie es«, sagte Ernest kurz angebunden. »Wir kommen auch ohne ihn zurecht.«

Sie liefen die Treppe hinauf. An Emeralds Tür angelangt, verzichtete Ernest auf jede Etikette und klopfte ohne weitere Umschweife einfach an.

»Ich bin's, Ernest«, rief er. »Bist du da drin, Emerald?«

»Ja«, lautete ihre gedämpfte Antwort.

»Ist die Tür abgeschlossen?«

Mit einer Kopfbewegung gab John ihm zu verstehen, was er vorhatte, und ging den Korridor entlang, um Clovis zu suchen.

»Wieso fragst du?«, fragte Emerald.

Ernest senkte diskret die Stimme.

»Ich halte es für das Beste, wenn du in deinem Zimmer bleibst«, sagte er.

Offensichtlich war die Neugier stärker als ihr Bedürfnis, sich zu verstecken, denn einen Moment später hörte er, wie der Schlüssel gedreht wurde, und Emerald spähte heraus.

»Wieso?«, fragte sie.

Wenn seine Schwester weinte, wurde ihr Gesicht ganz schmal und blass. Emeralds Gesicht hatte sich auf völlig andere Weise verändert. Ihre Lider und Lippen waren angeschwollen, ihre Wangen tränenverschmiert, ihre Haare zerzaust und aufgelöst. Er vergaß die Passagiere. Emerald erinnerte ihn an eine Pfingstrose in einem Wolkenbruch, nur weniger intensiv in der Farbe – vielleicht eher an eine Rose. Aufgewühlt sah er sie an.

»Wieso soll ich in meinem Zimmer bleiben?«, fragte sie erneut.

»Wegen der Passagiere. Sie treiben sich im ganzen Haus herum und verhalten sich ziemlich – ausschweifend. Wir müssen sie wieder unter Kontrolle bringen.«

»In einem abgeschlossenen Schlafzimmer kann ich nicht viel dazu beitragen, oder?«, sagte sie mit einem Schniefen. »Einen Augenblick.«

»Ich finde nicht, dass …«, fing er an, aber es hatte keinen Zweck. Sie machte ihm die Tür vor der Nase zu. Einen

Moment später kam sie wieder zum Vorschein, nachdem sie sich offensichtlich Wasser ins Gesicht gespritzt und einen Versuch unternommen hatte, ihre Haare ein wenig zu bändigen.

»Ernest«, sagte sie zerknirscht. »Es – das alles tut mir so unendlich leid.«

»Vergiss es einfach«, antwortete er so steif, dass nichts mehr zu sagen blieb. Trotz ihrer Bemühungen, sich etwas herzurichten, steckte der Kamm, der ihre Haare geschmückt hatte, schief in einer völlig wirren Strähne hinter ihrem Ohr. Ernest zog ihn heraus und reichte ihn ihr.

»Danke«, sagte sie, ließ ihn auf den Schreibtisch neben ihrer Tür fallen und folgte ihm. Ein Chor von Stimmen begleitete sie aus der Ferne.

Clovis und John kamen aus der anderen Richtung auf sie zu, Clovis ein Stück hinter John, der ihn so barsch aus seinem Zimmer kommandiert hatte, wie man es höchstens bei einem Hund tat. Clovis war sich zutiefst bewusst, wie beschämend und demütigend das, was Traversham-Beechers gesagt hatte, für sie alle war.

»Ich kann nicht in meinem Zimmer bleiben«, sagte Emerald, zu John, aber der schien nicht mit ihr reden zu wollen.

»Dann sollten wir auch Patience holen«, sagte Clovis abrupt und gleichzeitig befangen.

Es war jedoch nicht nötig, Patience zu holen. Sie hatte ihre Stimmen gehört und erschien von selbst. Umsichtigerweise hatte sie sich umgezogen und trug nun ein schlichtes Sergekleid. Sie war für jede Unternehmung gerüstet.

»Patience, es tut mir so leid«, sprudelte Emerald hervor, und Clovis schloss sich ihrer Entschuldigung mit rauer, kaum hörbarer Stimme an, worauf Patience knapp antwortete: »Lasst uns nicht mehr darüber reden. Dieser Trivering-Beeching ist der Übeltäter, nicht ihr.«

Plötzlich ertönte hinter ihnen eine laute Stimme – die Stimme einer Frau –, die aus voller Kehle schmetterte:

Daisy! Daisy! Give me your answer do!
I'm half crazy! ...

Aber als sie sich umdrehten, war niemand zu sehen. Der Korridor war leer.

»Ach du meine Güte«, sagte Patience. »Mrs Swift?« Und sie machten sich gemeinsam auf den Weg, um nach ihr zu sehen.

Clovis, der sich wieder gefasst hatte, klopfte an ihre Tür. »Mutter?«

Schweigen.

»Du solltest aus dem Zimmer kommen«, sagte Emerald leise zu der hölzernen Tür vor sich. »Die Passagiere laufen überall im ganzen Haus herum. Wir müssen ihrer Herr werden. Weißt du, wo ...?« Sie brachte Traversham-Beechers' Namen nicht über die Lippen, nicht nur, weil sie sich nicht daran erinnern konnte, sondern vor allem, weil allein der Gedanke an den Mann ihr so zuwider war. »Weißt du, wo der *andere* Gast abgeblieben ist? Mutter?«

Hinter der Tür war kein Geräusch zu hören.

»Mrs Swift?«, rief Ernest.

»Ja, ich bin hier. Aber ich komme nicht zu euch«, lautete die entschlossene Antwort der Hausherrin.

»Ich finde, du solltest«, sagte Emerald.

»Ich komme trotzdem nicht.«

Die anderen blieben einen Moment stehen, in Gedanken bei der skandalösen Vergangenheit der Frau, die sich weigerte, zum Vorschein zu kommen, ganz zu schweigen davon, wie unleidlich sie sein konnte.

»Niemand von uns ist gerne hier!«, schrie John, der sich nicht mehr beherrschen konnte, die störrische Tür an. »Ich zumindest nicht. Ich hätte nicht übel Lust, Sie alle zusammen Ihrem Schicksal zu überlassen. Wie es aussieht, haben Sie sich das alles selbst zuzuschreiben!«

»Um Himmels willen, Mann!«, sagte Ernest.

»Geht weg«, sagte Charlotte hinter der Tür.

»Schließen Sie wenigstens ab, Mrs Swift!«, legte Ernest ihr noch ans Herz, bevor sie sich entfernten.

Charlotte hörte ihre Schritte immer leiser werden. Die Tür war bereits abgeschlossen. Sie hatten sie dabei unterbrochen, wie sie, ihr Taschentuch zerknüllend, im Zimmer auf und ab gelaufen war und spitzenbesetzte Kleidungsstücke in einem Versuch, sie zu packen, im ganzen Zimmer verstreut hatte. Auf dem Bett lag ein Koffer. Ein Schrankkoffer, aus dem Ankleidezimmer herbeigezerrt, stand offen auf dem Boden davor. Beide waren bis zum Bersten gefüllt. Auch ihr Schmuck, beziehungsweise das, was davon noch übrig war, war gepackt. Sie konnte die Lieder und das gelegentliche Geschrei der Passagiere hören, aber beides kümmerte sie keinen Deut. Die Passagiere waren ihr völlig egal. Sollten sie doch *verrotten,* dachte sie. Dem Gestank nach zu urteilen, der unter ihrer Tür hindurchdrang, taten sie das bereits.

Sie unterbrach ihr hektisches Treiben, trat ans Fenster und krallte die Hand in die Troddeln des Vorhangs.

Sie war ein für alle Mal ruiniert. Das Einzige, was ihr noch blieb, war die Flucht. Am Morgen, vor der Rückkehr ihres Mannes, würde sie sich unauffällig davonschleichen. Beim Gedanken an den unerschütterlichen, ehrbaren Edward Swift mit seinen glatt rasierten, hellhäutigen Wangen und dem ordentlich festgesteckten Ärmel stieß sie ein unwillkürliches Ächzen aus. Beim Hinausblicken sah sie nur ihr eigenes blasses Spiegelbild. Wenn doch nur Robert, Stanley und die Kutsche endlich zurückkämen.

»Bitte kommt zurück«, flüsterte sie. »Bitte.«

»Sie kommen nicht«, sagte eine ruhige männliche Stimme hinter ihr.

Charlotte fuhr herum und wollte ihren Augen nicht trauen, als sie Traversham-Beechers mitten im Zimmer stehen sah. Einen amüsierten Ausdruck auf dem Gesicht, den Blick auf sie gerichtet, zwirbelte er die Enden seines Schnurrbarts zwischen Daumen und Zeigefinger. Es war eine Geste, die sie gut kannte.

Es war nicht Traversham-Beechers an sich, das Werkzeug ihres Untergangs, der sie so mit Schrecken erfüllte – er war schon immer ein Rohling und ein Widerling gewesen. Es war die Art seines Erscheinens, die Unmöglichkeit dieses Erscheinens, durch die abgeschlossene Schlafzimmertür hindurch.

»Mein Gott!«, rief sie. »Du ...« Sie hatte sagen wollen: »Du musst sofort gehen«, merkte aber, dass sie keinen Ton herausbekam. Es gab keinen anderen Weg als den durch das Fenster oder die Tür, und beide waren fest verschlossen.

»Du packst, Lottie?«, erkundigte er sich beiläufig.

»Ja«, antwortete sie matt. »Du hast mich vernichtet.«

»Zumindest deinen Ruf.«

»Gibt es etwas anderes?«

»Alles, was du dir hier geschaffen hast ...«, sinnierte er.

»Dahin.«

»Du meinst, sie werden dir nicht verzeihen?«

»Meine Familie? Würdest du es tun?«

»Wenn meine Mutter ...? Grundgütiger, nein«, lachte er.

»Ach Gott, Charlie«, sagte sie und ließ sich müde auf den gepolsterten Hocker vor dem Frisiertisch sinken. »Warum hast du das getan?«

»Smudge?«, flüsterte Emerald, klopfte und drehte den Knauf, während die anderen still hinter ihr standen.

»Smudge?« Aber von drinnen kam keine Antwort. »Sicher schläft sie schon«, sagte Emerald. »Und die Tür ist abgeschlossen. Zum Glück.« Damit entfernten sie sich wieder, um sich um die singende Meute unten zu kümmern.

Smudge schlief keineswegs. Ihr tief verwurzelter Stolz hinderte sie daran, die Tür aufzureißen und den anderen das Pony und das Ausmaß ihres eigenen, schändlichen Tuns zu offenbaren.

Die arme Smudge war völlig erschöpft. Übertroffen wurde ihre Erschöpfung nur von ihrem verzweifelten Wunsch, das Pony in den Stall zurückzubringen und es endlich los zu sein. Aber Lady hatte sich hingelegt, eine Katastrophe, und war weder durch gutes Zureden noch durch Klatschen oder Pfeifen dazu zu bewegen, wieder aufzustehen. Im Bewusstsein ihres mächtigeren Körpers sah sie Smudge nur herablassend an und blieb einfach liegen.

Für eine Weile gab Smudge ihre Bemühungen auf, schmiegte sich an den Bauch des Ponys und lauschte auf das Gurgeln, das darin zu hören war, und auf die fernen Gesänge der Passagiere. Die warme, runde Schwellung war so behaglich, das gepflegte Fell so weich, dass Smudge am liebsten eingeschlafen wäre. Aber das durfte sie nicht. Den Tränen nahe, rappelte sie sich wieder hoch.

»Nein, Lady! Wir dürfen nicht schlafen!«, schimpfte sie.

Lady sah sie an, als wollte sie sagen: Du kannst meinetwegen machen, was du willst. Ich dagegen …

»Also gut, dann schlaf, aber nur *ganz* kurz. Danach gehen wir nach unten. Hast du mich verstanden?«

Sie trat ans Fenster und öffnete es. Die kühle, frische Nachtluft umströmte sie, der feine Regen benetzte ihr Gesicht.

»Du hast eine schreckliche Schweinerei angerichtet«, sagte sie zu dem Pony. »Ich bin gleich wieder zurück.«

Sie setzte sich auf die Fensterbank. Ein schneller Streifzug über die Dächer würde sie wunderbar erfrischen. Anschließend würde sie sich um das unmanierliche Pony kümmern.

»Bis gleich«, sagte sie.

Der Wind hatte sich gelegt. Die Dachschiefer waren zwar noch nass, aber Smudge kannte den Weg. Noch auf der Fensterbank sitzend, ein Bein drinnen, eins draußen, raffte sie ihre schweren Röcke und stopfte sie in Clovis' Schal, den sie sich um die Taille gebunden hatte. Dann richtete sie sich vorsichtig auf. Eine Hand flach an die Innenseite der Wand gelegt, tastete sie mit der anderen hoch über sich nach der Metallschelle, mit der das dicke Regenrohr am Haus befestigt war.

Ein gutes Stück weiter, am anderen Ende des Korridors, bewegten sich Patience, Clovis, Ernest, Emerald und John unsicher und zögernd auf die Haupttreppe zu und gingen hinunter.

Sie stießen auf ein Gewimmel zechender Passagiere, mindestens zwanzig in der Halle und dazu mehrere andere, die singend und lachend überall herumschlenderten.

The folks, amazed, all thought her crazed,
All along the Strand, Oh,
To hear a girl with sprats on her head ...

»Wir hätten die Küchentreppe nehmen sollen!«, sagte Emerald und blieb wie angewurzelt stehen, als ein Mann im Mantel mit seiner nassen Schulter gegen ihren nackten Arm streifte.

Lieder und Rufe, untermalt vom Weinen von Babys, dazu das kreischende, anfeuernde Geschrei von Frauen, das noch gedämpfte Stampfen von Füßen und das Schnippen von Fingern, als sie – mit eigenartiger Selbstvergessenheit – zu tanzen anfingen.

»Mein Gott!«, sagte Ernest. »Was sollen wir bloß tun?«

Plötzlich wurden sie von einigen der singenden Passagiere bemerkt.

»Macht mit!«, riefen sie.

»Tanzt mit uns!«

Die Passagiere hatten sich in Halle und Flur zu schiefen Reihen formiert und führten einen eigenartigen kleinen Tanz auf.

»Es sind so furchtbar viele!«, flüsterte Patience beklommen.

»Na los!«, schrie einer aus der Menge ihr zu und hielt ihr seine welke Hand hin. »Wie wäre es mit einem Tänzchen in den Mai?«

»Nein, danke«, antwortete Patience höflich.

»Wir müssen verhindern, dass sie noch wilder werden«, sagte John, aber noch während er sprach, verwandelte sich das Singen in Geschrei, das Tanzen in ein Stampfen, und die Stimmen erhoben sich klagend und fordernd.

»Was nun?«, schrien sie. »Was nun?«

Smudge klammerte sich an das Regenrohr. Unter ihr ging es steil, glatt und ununterbrochen hinunter bis zum Boden. Das hier war immer der kniffligste Teil, dachte sie, aber ihr wild hämmerndes Herz würde dafür sorgen, dass sie nicht unaufmerksam wurde. Sie hielt sich gut fest, schob sich über den Sims, löste die Hand von der inneren Wand und schob sich weiter, bis sie das Rohr packen und ihre Zehen in den Spalt zwischen Metall und Wand schieben konnte. Jetzt war das Schlimmste überstanden. Am Regenrohr hochzuklettern war zwar ein Abenteuer, aber gar nicht so anders, als unten im Garten auf einen niedrigen Baum zu steigen. Jedenfalls war es bei jedem Wetter zu schaffen. Ihre kleinen Hände packten die Verklammerung, ihre Stiefel pressten sich fest an das Rohr. Sie war schon oft zur breiten Regenrinne des Dachs hochgeklettert. Wie immer gab es einen kurzen, spannenden Moment, als sie den Überhang der vorspringenden Brüstung bewältigen musste und, als sie sich nach hinten lehnte, das nasse Metall unnachgiebig und glatt unter ihren klammernden Fingerspitzen spürte, aber obwohl ihre dünnen Ärmchen vor Anstrengung schmerzten, schaffte sie es, den Vorsprung zu überwinden, benutzte alle

Kraft in ihren Beinen, um sich mit zwei großen Schritten nach oben zu schieben, und befand sich wenig später hoch oben auf der breiten Rinne, durch die das Wasser rauschte, die mit Kies und Steinen bedeckte Fläche vor dem Haus tief unter sich. Keuchend lehnte sie sich gegen die kalten Schieferplatten des Dachs, von denen noch Regenwasser ablief. Innerlich jubelnd ließ sie sich nach hinten fallen. Die huschenden Wolken zogen über ihr vorbei, gelegentlich von einem wässrigen Mond beleuchtet. Ihre Haare und ihre Haut waren klatschnass, ihr Herz jubilierte triumphierend. Hier war sie frei, war weit weg vom Geschrei der Passagiere und den übel riechenden Ausscheidungen des Ponys. Wie herrlich es war, sich gegen das Dach zu lehnen, die Arme weit ausgebreitet, die Füße fest in der Regenrinne verankert – der Regenrinne, durch die eisiges Wasser strömte, über ihre Stiefel rauschte, ihre Zehen in Eisklumpen verwandelte und sie zu guter Letzt daran erinnerte, dass sie nicht ewig hier bleiben konnte. Jetzt kam der einfache Teil; jetzt würde sie auf Erkundung gehen. Immer noch gegen das Dach gelehnt, spähte sie durch die Dunkelheit, erkannte die helle Steinbalustrade des Balkons ihrer Mutter, etwa fünfzehn Meter weiter und drei unter ihr und bewegte sich darauf zu.

Lange, mit Rüschen besetzte Pantaletten, Schlüpfer und Unterröcke bedeckten Charlottes Bett wie Schaum ein aufgewühltes Meer. Charlie Traversham-Beechers schob sie wie ein entschlossener Schwimmer beiseite.

»Komm her, Charlotte. Komm, setz dich zu mir.«

Aber Charlotte blieb, wo sie war: auf dem Hocker. Ihr erster Schock über sein unerklärliches Auftauchen in ihrem Zimmer hatte sich ein wenig gelegt, und sie dachte nur, was für ein unangenehmer Mensch er immer gewesen war.

»Es ist schon spät«, flüsterte er. »Aber wir haben noch Stunden bis zum Morgen.«

»Jemand wird kommen …«

»Dein Sohn? Glaubst du wirklich, dein Sohn wird kommen, um dich zu holen? Jetzt, wo er weiß, was du bist?«

»Du bist so grausam. Was willst du von mir?«

»Ich habe nicht sehr viel Zeit. Und da dachte ich, ich amüsiere mich ein bisschen.«

Und er hob eins der Kleidungsstücke vom Bett (eine Pluderunterhose mit Spitzenbesatz) und begann, es in Streifen zu reißen.

»Rohling!«, rief sie.

»Keins deiner Kinder macht sich noch etwas aus dir, Charlotte. Keins von ihnen wird kommen«, sagte er.

Einen Augenblick lang wurde sie durch ein Scharren auf dem Dach über ihr abgelenkt.

»Ich möchte, dass du gehst«, sagte sie. »Du hast deinen Spaß gehabt – mit mir wirst du keinen mehr haben.«

Während das Kind auf dem nassen Dach lag und die Frau in ihrem Schlafzimmer bedrängt wurde, brachten die tanzenden Horden in der Halle, Stöcke und Arme schwingend, mit den Füßen stampfend, die Fundamente von Sterne zum Erbeben mit ihrem Schrei: »Was nun? Was nun?« Gerichtet war er an die kleine Gruppe, die sich auf der Treppe eng zusammendrängte: Emerald, Patience, Clovis, John und Ernest. Die Hände der Damen suchten Schutz in den Ellbeugen der Herren.

»Wir können sie nicht so weitermachen lassen«, rief Ernest.

»Aber was sollen wir dagegen tun?«, fragte Patience. Ihre in dünnen Schühchen steckenden Füße tasteten sich rückwärts die polierte Treppe hinauf.

Emerald wandte sich an Clovis. »Clo«, sagte sie, seine beiden Hände nehmend. Torrington-Augen versenkten sich in Torrington-Augen. »Wir müssen das alte Haus öffnen und sie dort unterbringen, allesamt!«

Ohne den Grund dafür zu verstehen, war Clovis augenblicklich davon überzeugt, dass ihr Vorschlag richtig war; er war so solide wie ein gut geölter Riegel, der in seine Halterung geschoben wird. »Natürlich«, stimmte er ihr mit neuer Energie zu. »Das alte Haus wird sie aufnehmen.«

Florence war allein in der Spülküche. Sie hatte Myrtle davongejagt. Denn als Florence, erfüllt von ohnmächtiger Wut, aus dem Speisezimmer in die Küche gekommen war und nichts anderes gewollt hatte, als ihres Kummers Herr zu werden und ihre Fassung wiederzufinden, hatte Myrtle, die bis zu den Ellbogen in Spülwasser steckte, es gewagt, sie zu fragen, was los sei. Als die aufgebrachte Florence daraufhin mit einer langstieligen Schöpfkelle auf sie losging, hatte sie sich Hals über Kopf in eine Ecke geflüchtet und dort zusammengeduckt.

»Mach, dass du hier rauskommst! *Raus! Raus!*«, schrie Florence, und Myrtle war völlig verängstigt die Küchentreppe hochgerannt, und weiter, die kleine Speichertreppe hinauf und in die Sicherheit ihrer Kammer, wo sie sich auf ihr Bett warf und vor Wut und Erschöpfung in Tränen ausbrach.

»Ich gehe heute Abend auf keinen Fall wieder runter«, versprach sie sich selbst. »Ich hasse die alte Hexe!« Kurz darauf war sie, die seit achtzehn Stunden ununterbrochen auf den Beinen war und geschuftet hatte wie ein Berserker, tief und fest eingeschlafen, während die Seifenlauge noch auf ihren Armen trocknete.

Florence war folglich allein. Sich in ihrem verschwitzten Kleid wütend aufrecht haltend, ging sie umher und versuchte, mit nichts als ihren beiden sehnigen Händen und ihrem schmerzenden knochigen Rücken wieder einen Anschein von Ordnung herzustellen. Gleichzeitig gab sie sich alle Mühe, den gedämpften Tumult, der von jenseits des Wirtschaftsflurs zu ihr drang, nicht zu beachten, aber als Emerald und Clovis durch die grüne Tür und in ihre Küche gestürzt kamen, drehte sie sich um.

»Alles in Ordnung mit Ihnen?«, fragte Clovis mit wilden Augen.

»Wieso sollte mit mir etwas nicht in Ordnung sein?«, fragte Florence verbittert zurück und trocknete sich die Hände an einem Geschirrtuch ab.

»Wir müssen das alte Haus öffnen, Mrs Trieves. Für die Passagiere. Wir können nicht zulassen, dass sie noch länger überall im Haus herumlaufen.«

»Das alte Haus öffnen?« Florence konnte es nicht fassen. »Da drin ist es doch stockdunkel!«

Aber sie beharrten darauf. Clovis sah sich nach einer Kerze um, fand einen Stummel auf einem Regalbrett und zündete ihn an.

Emerald ging zur großen Tür am Ende der Spülküche, umfasste mit ihren weißen Händen den gusseisernen Riegel und zog daran.

»Lassen Sie mich das machen«, kam Florence ihr zu Hilfe. Gemeinsam zogen sie den Riegel zurück.

Oben, umgeben von den gerüschten Vorhängen an Charlottes Bett und Fenster, der buttrigen, schimmernden Intimität ihres Boudoirs, ihres Reisekostüms und ihrer überquellenden Koffer, machte der amüsierte Schurke es sich auf ihrem Bett bequem. Er sah nicht mehr ganz so tadellos aus wie zu Beginn, sondern wirkte ein wenig mitgenommen. Zwar war er immer noch lebensgroß, aber nicht mehr so voller Vitalität. Trotzdem war er – gnadenlos. Gegen ihren Willen, völlig erschöpft, fing Charlotte an, kläglich zu weinen.

»Du hast mich ruiniert«, sagte sie.

»Das hast du selbst getan, bevor du mich auch nur kanntest.«

»Du hast meine Kinder verstört.«

»Sie sind alt genug, um die Wahrheit zu erfahren.«

»Ich werde dieses Haus verlieren.«

»Wieso? Wird dein Ehemann dich vor die Tür setzen, wenn er es erfährt?« Er gähnte, als wäre ihm das alles völlig egal, als ermüdete es ihn über alle Maßen.

»Höchstwahrscheinlich. Aber darum geht es nicht. Wir sind völlig pleite. Ob ich weglaufe oder nicht – es ist ein und dasselbe. Ich werde alles verlieren und völlig verarmt sein ...«

»So wie du es verdienst.«

»Ich habe dieses Haus geliebt. Meine Kinder werden ihr Zuhause verlieren.«

»Meinst du, mir kommen deswegen die Tränen? Absolut nicht.«

»Ich gehe weg. Robert und Stanley werden bald zurückkommen.« Sie stand auf und ging ans Fenster.

»Ich habe sie weggeschickt, Charlotte.«

»Du?« Sie fuhr zu ihm herum.

»Natürlich.«

»Was meinst du damit?«

Er sah sie abfällig an. »Was glaubst du denn, wer sie weggeschickt hat? Wer dafür gesorgt hat, dass du schutzlos zurückbleibst. Die *Eisenbahn?«*

»Natürlich«, bestätigte sie. »Sie haben mit Emerald gesprochen und gesagt, wir sollen noch mehr Passagiere aufnehmen.«

»Glaubst du wirklich, eine altehrwürdige Institution wie die Great Central Railway ruft ausgerechnet *dich* an?« Er seufzte und tat dann etwas Seltsames.

Etwas überaus Seltsames.

Er gab ein Geräusch von sich, das klang, als käme es aus der kleinen, klaffenden Höreröffnung eines Telefons. Sein Mund öffnete sich, und die von Knistern begleitete, selbstsichere, dröhnende Stimme von Mr William Flockhart von der Great Central Railway war zu hören.

»Sie müssen weitere Passagiere aufnehmen«, schrie er, begleitet von telefonischem Knacken und Knistern, und wechselte abrupt zu einer leisen, an ein Kind gemahnenden Stimme aus weiter Ferne: »Ich habe die Eisenbahngesellschaft für Sie«, sagte er affektiert, und dann, ohne menschliches Atemholen, wechselte er zur Stimme von Elsie Goodwin im Postamt über: *»Vermittlung! Miss Torrington auf Sterne!«*, kreischte er.

»Hör auf!«

Sie spürte, wie ihre Beine angesichts dieser Erscheinung unter ihr nachgaben und sank, schwach vor Angst, auf das Bett, wo sie die Hände vor das Gesicht schlug. Sofort darauf nahm sie sie wieder weg, entsetzt von der Vorstellung, was er tun würde, wenn sie ihn nicht sehen konnte, und war noch entsetzter, als sie sah, dass er auf sie zukam – aber – *war er es wirklich?*

Während sie widerstrebend hinsah, schien er sich zu verändern. War das möglich? Im einen Moment noch scharf vor dem blassen Hintergrund ihres Zimmers abgezeichnet, schien es nun, als verschwömme er um den Rand herum, als waberten seine Konturen wie eine Seifenblase, die sich ständig verändert. Smudge mit ihren kindlichen Augen hatte etwas Ähnliches bemerkt, als sie glaubte, ihn von Kohlestrichen umrandet zu sehen, aber das hier ging weiter. Charlotte wurde nun Zeugin des unnatürlichen Anblicks eines Mannes, der gleichzeitig größer und breiter wurde; unerklärlicherweise schien er sogar die Form seines Schädels zu verändern. Sein Kopf, eben noch rund und so glatt wie der eines Seehunds, wurde derber, kantiger, wie der Schädel eines Bullen. Verlor sie den Verstand? Träumte sie?

Charlie Traversham-Beechers wurde ausgetauscht.

Seine rotweinfarbene Weste verdunkelte sich zu anthrazit, wurde, während sie zusah, noch dunkler, wurde schwarz. Ihre Augen hefteten sich glasig auf seine goldene Uhrkette, die dicker zu werden schien – dicker wurde –, nicht nur, weil sie vor lauter Angst nicht mehr richtig sehen konnte, sondern tatsächlich. Aus der zarten Goldkordel wurden derbe Bronzeglieder. Sie riss die Augen von seiner Brust los und hob sie noch einmal zu seinem Gesicht. Die unheimliche Eckigkeit seines Kopfes hatte sich – sie spürte, wie die Galle in ihre Kehle stieg – erneut verändert – konnte das sein? Seine Haare, schimmernd vor Haaröl, hinter die bösartigen Ohren zurückgekämmt, sträubten sich, wurden filzig vor Wolle oder Staub, verfilzten sich immer mehr, verdichteten sich, bis es keine Haare mehr waren, sondern der dicke Filz einer Kopfbedeckung, einer Mütze, der Mütze eines Eisenbahnangestellten. Der Schirm wuchs aus seinem Kopf heraus; erst wie ein gigantischer Fingernagel, dann schwarz und glänzend. Das Eisenbahnemblem in seiner ganzen metallischen Solidität bildete sich schimmernd aus. Sie war wie gebannt. Er trat auf sie zu; ein Dienstmann. Ein Eisenbahndienstmann. Mit einem freundlichen Zwinkern zog er mit kurzen Stummelfingern die billige Uhr aus seiner Weste und sagte mit einer Stimme, in der der örtliche Akzent und Kohlenstaub mitschwangen: »Es hat einen schrecklichen Unfall auf der Nebenlinie gegeben, Sir.« Noch näher kommend, lächelte er. »Sie müssen zur Kreuzung fahren, Sir, um sie abzuholen. Bringen Sie sie nach Sterne, wenn ich bitten darf. Die Eisenbahn wäre Ihnen sehr dankbar.«

Und dann, auf einen Schlag, schneller als das Verschwinden von Dampf in einem Zimmer – viel schneller als die Rauchwolken eines Zauberers auf der Bühne –, war der Dienstmann verschwunden und Traversham-Beechers wieder da.

Es war, als wäre er einfach nur durchs Zimmer geschlendert, als hätte der Dienstmann nie existiert. Er saß ihr gegenüber auf dem Bett – zu nahe – und zog lässig eine Zigarre aus seiner Tasche. Nur sein harsches, schweres Atmen ließ darauf schließen, dass die Vorstellung, die er gegeben hatte, anstrengend gewesen war.

»Nun, da wären wir also wieder«, sagte er. Ein dünner Schweißfilm überzog seine Stirn.

Nur die Uhr schien vergessen zu haben, sich wieder zurückzuverwandeln. Sie schwang an ihrer Bronzekette hin und her, streifte leicht über das Paisleymuster der Daunendecke, ganz leicht, in immer kleiner werdenden Bögen.

Charlotte hätte in Ohnmacht fallen, hätte völlig verstört im Zimmer umherlaufen können, hätte erneut anfangen können zu weinen. Aber sie tat nichts davon. Sie schrie. Sie schrie so laut, wie er selbst geschrien hatte, als Emeralds Kuchen angeschnitten wurde. Sie schrie so laut, wie Ferryman geschrien hatte, als er sich dagegen wehrte, eingeschirrt zu werden – lauter sogar. Sie schrie, dass die Hallen und Flure und Türen und Bodendielen von Sterne vom Echo ihres Entsetzens widerhallten.

Smudge, auf dem Dach, ein dürres Zweiglein auf den Schiefern, hörte den Schrei und erstarrte. Der Schreck verschlug ihr den Atem.

»Mutter?«, hauchte sie.

Lady hörte den Schrei ebenfalls, kam endlich auf die Beine und stellte nervös die Ohren auf.

Die lärmenden Passagiere in der Halle; die wenigen anderen, die sich gefügt hatten und zurück ins Studierzimmer gegangen waren; John, der einen Stock in der hoch erhobenen Hand hielt; Ernest, der versuchte, sich über den Lärm Gehör zu verschaffen; Patience auf der Treppe – alle erstarrten, als der Schrei ertönte.

Emerald und Clovis standen nebeneinander und blickten in die gähnende Dunkelheit des alten Hauses. Emeralds erster Gedanke lautete, dass irgendwo ein Tier zu Tode gekommen war – es war bekannt, dass Kaninchen schreien konnten wie abgeschlachtete Babys, wenn sich die Zähne eines Fuchses um ihre Kehlen schlossen. Aber es war nicht zu leugnen, dass dieser

Schrei – da musste sie nicht lange überlegen – der Schrei ihrer Mutter war.

»Großer Gott!«, sagte Clovis und rannte in Richtung des Geräuschs.

Gefolgt von Florence, liefen Emerald und Clovis zu den anderen in die Halle, vermittelten ihr Entsetzen, ohne dass auch nur ein Wort gesprochen wurde. Langsam gingen sie die Treppe hinauf.

Mitten in der Bewegung erstarrt, standen die Passagiere in der Halle unter ihnen wie ein stummer Wald voller zerzauster, nebelverhangener Bäume und sahen ihnen nach.

»Lassen Sie mich«, sagte John, als sie den Treppenabsatz erreichten, ging schnellen Schritts zu Charlottes Tür, hämmerte dagegen und forderte: »Was ist da drin los? Mrs Swift? Öffnen Sie die Tür!«

Innen war absolut nichts zu hören.

Emerald, die inzwischen hinter ihm stand, während Florence sich an ihre Schulter lehnte, sagte: »John, machen Sie die Tür auf.«

Aber die Tür war verschlossen.

Als sie John gegen die Tür hämmern hörte, trieb sich Smudge, immer noch auf dem schlüpfrigen Dach, zur Eile an und hastete trotz ihrer weichen Knie auf Charlottes Balkon zu. Plötzlich rutschten ihre Stiefel auf den nassen Schieferplatten aus, und sie konnte nur um ein Haar verhindern, dass sie stolperte und Hals über Kopf in die Tiefe stürzte, in den leeren Raum, auf die harte Erde. Gewarnt, schob sie sich nun langsamer, Zentimeter für Zentimeter, über das Dach.

Sekunden vorher war Charlotte, nachdem sie den Schrei ausgestoßen hatte, vom Bett aufgesprungen, um sich in die Ecke neben dem Kleiderschrank zu flüchten, aber Traversham-Beechers duldete nicht, dass sie sich so weit von ihm entfernte, warf sich über das Bett und packte ihr Handgelenk.

»Charlotte«, sagte er, und die Augen in seinem Kopf wurden riesig, wie Tintenflecke, die sich immer weiter ausbreiten. »Charlotte, warum hast du mich verlassen?«

Sie spürte seinen Atem auf ihrem Gesicht. Er hatte immer schlecht aus dem Mund gerochen, erinnerte sie sich, war aber überrascht, wie viel unangenehmer der Geruch jetzt war. Wie eine verwesende Taube in einer Regenrinne. Sie senkte den Blick auf seine sich nun schuppenden, anscheinend immer schwächer werdenden Finger.

»Was ist mit deinen Händen?«

»Es ist ...« Er betrachtete sie, aber bevor er fortfahren konnte, hämmerte John gegen die Tür und schrie sein: »Was ist da drin los?«

Charlotte löste ihr Handgelenk langsam aus dem Griff des Unholds, der, immer blasser werdend, seine sich auflösenden Fingernägel und weicher werdenden Finger betrachtete, durchquerte das Zimmer auf wackligen Beinen und öffnete die Tür.

John, Clovis, Emerald, Ernest, Patience und Florence stürzten ins Zimmer. Charlotte warf sich unverzüglich in Clovis' Arme.

Traversham-Beechers drehte sich zu ihnen um und lächelte leise.

»Ihr seid gekommen«, sagte er traurig überrascht.

Die übernatürliche Energie, die er für seine böse Verwandlungsschau gebraucht hatte, schien ihn ermüdet zu haben. Jedenfalls strahlte er nicht mehr diese unglaubliche Kraft aus, die er noch vor wenigen Stunden an den Tag gelegt hatte.

»Was haben Sie im Zimmer meiner Mutter zu suchen?«, herrschte Emerald ihn an. »Gehen Sie! Auf der Stelle.«

Alle starrten Traversham-Beechers an, der sich nicht vom Fußende des Betts wegbewegt hatte.

»Ihr kommt ihr zu Hilfe?«, murmelte er, ziemlich tonlos. »Dieser *Person?«*

Aber es gab keinen Grund, darauf zu antworten, da alle Anwesenden genau das getan hatten und sich nun mit familiärer, rechtschaffener Empörung auf den Schurken zubewegten, der am Bettpfosten stand. Allerdings ließ er sich nicht so leicht einschüchtern.

»Ihr könnt mir nichts anhaben«, sagte er. »Ich bin nicht wie diese anderen, erbärmlichen Opfer. Die glauben, ich hätte mich an ihre Rockschöße gehängt. Dabei hängen sie an meinen.«

»Was soll denn das bedeuten?«, fragte Emerald, gegen ihren Willen interessiert.

»Meinen Sie etwa, die *wollten* hierherkommen?«, antwortete er voller Verachtung. »Sie wissen nichts von *Ihnen,* nichts von *ihr …«* Dabei deutete er auf Charlotte, die, immer noch an der offenen Tür, allmählich wieder zu sich kam. »Die Ärmsten, sie hätten sich in aller Stille von ihren Genickbrüchen und ihren zerschmetterten kleinen Körpern weggestohlen, aber *mein* Anliegen, *mein* Hunger, *mein* Begehren, hat sie hierhergeführt, hat uns allen diese …«

»Diese?«, wiederholte Ernest.

»Diese?«, fragte Patience.

»… diese eine, letzte *Gelegenheit* geboten. Unsere Körper noch länger zu bewohnen. Und sie wissen ja selbst, wie sehr sie es genossen haben. Schließlich sind sie, trotz all ihrer Klagen, noch einmal satt geworden. Man weiß die Funktionen des Körpers, so niedrig sie auch sein mögen, erst dann wirklich zu schätzen, wenn sie …« – er blickte traurig auf seine schlaffen Finger, zupfte eine Hautschuppe ab, ließ einen nutzlosen Fingernagel auf den blumengemusterten Teppich fallen – »… vorbei sind.« Dann hob er den Kopf, wachsam wie eine Ratte. »Fast vorbei, aber noch nicht ganz. Noch habe ich genug Kraft in mir. Ich lasse mich nicht wegschicken.«

»Hier oben bleiben Sie jedenfalls nicht«, sagte Clovis drohend.

»Ich sage doch, ich lasse mich nicht wegschicken.«

»Ach nein?«, sagte Emerald.

»Nein!«, rief Charlie Traversham-Beechers, aber sein Gesicht war, wie das der anderen Reisenden, von denen er sich hatte distanzieren wollen, leichenblass geworden, hatte eine fahle, gelbliche Farbe angenommen.

Er fischte die Abendhandschuhe aus seiner Tasche und fing an, sie überzustreifen. Allerdings schienen sie ihm Schwierigkeiten zu bereiten, als wären seine Finger nicht kräftig genug, sich in die engen, weißen Öffnungen zu zwängen. Daraufhin versuchte er, einen Finger der einen Hand mit den Fingern der anderen in den Handschuh hineinzustopfen, aber er knickte um. Es war, als versuchte man, einen Handschuh über die weichen Gelenke eines gekochten Hühnchens zu streifen.

Genau da stieß Emerald ein Bellen aus.

Die anderen drehten sich, für einen Moment völlig frappiert, zu ihr um. Dann fing auch Clovis an zu bellen. Einen Augenblick später schloss sich Ernest mit dem dumpfen, volltönenden Grollen eines Bluthunds an, dann Patience mit dem hohen Kläffen eines Yorkshireterriers. Bald war die ganze Gruppe vereint in einer Kaskade des Gebells. Selbst Charlotte gab ein tollwütiges Gemisch aus Grollen und Kläffen von sich. Charlie Traversham-Beechers' Augen wurden groß, seine Pupillen huschten nervös zwischen ihnen allen hin und her. Einen Moment später begann er, attackiert von dem Lärm, langsam und wie gegen seinen Willen zurückzuweichen, immer noch mit den Abendhandschuhen beschäftigt. Einer davon fiel zu Boden. Das Bellen wurde lauter, frenetischer.

»Aufhören!«, rief er. »Das gehört nicht zum Spiel! Es verstößt gegen die Regeln!«

Aber sie hörten nicht auf, sondern machten weiter, alle sieben – Emerald, Clovis, Charlotte, John, Ernest, Patience und

Florence. Als Meute, sich in Raserei hineinbellend, trieben sie ihn zum Fenster. Charlottes Geheul wurde immer lauter, sie war wie ein Wolf, der ein noch feuchtes kleines Lämmchen reißt – wenn sie schon ein Hund sein musste, dann zumindest ein wilder.

Zurückweichend schien Traversham-Beechers zu schrumpfen. »Aufhören! Aufhören!«, rief er.

Rachsüchtig bellten sie ihren Hass aus sich heraus, kläfften ihr Missvergnügen und ihren Spott hervor, zwangen den nun ängstlichen, bedrängten, geschwächten Schurken immer näher an das große Erkerfenster, dessen vom Fußboden bis zur Decke reichendes Schiebefenster auf den geschwungenen Balkon sechs Meter über der Auffahrt hinausging.

Sie grollten, sie heulten, sie schnappten mit den Kiefern, und er, die schlaffen Finger seiner teils behandschuhten Hand vor sich haltend, taumelte rücklings gegen das Glas. Die Scheiben waren groß, aber nicht so groß, dass sie zerbrochen wären, als er gegen sie taumelte, und er wirbelte, von der gesteigerten Lautstärke der wahnsinnig gewordenen Hunde verunsichert, herum, bückte sich, schob mit einem letzten Aufbegehren die Finger in die Griffe, stieß das Fenster hoch und öffnete es so weit es ging. Er schob es hoch, hoch über seinen Kopf und taumelte – nicht etwa in die leere Luft, sondern, in einem verworrenen, stolpernden, ihn aus dem Gleichgewicht bringenden Zusammenstoß, mitten hinein in die erschrockene Smudge, die sich genau in diesem Augenblick von der Regenrinne herabließ.

Das Bellen hörte abrupt auf. Nur Smudges erschrockenes Quietschen durchbrach die plötzliche Stille.

Nachdem er sich, um das Gleichgewicht nicht zu verlieren, unwillkürlich an Smudge festgehalten hatte, machte der Schurke sich nun katastrophalerweise sein Glück zunutze und hielt das Kind fest, drückte es gegen die niedrige, schwache Balustrade, die nicht dazu gemacht war, sich dagegenzulehnen.

»Hört augenblicklich auf!«, schrie er, völlig überflüssigerweise. Denn beim Anblick von Smudge hatten sie ihre Attacke natürlich sofort eingestellt und waren jetzt nur noch um ihr Wohlergehen besorgt.

Traversham-Beechers war zu Lebzeiten kein gewalttätiger Mann gewesen; nun jedoch gähnte vor ihm der Eingang in die Ewigkeit. Seine Demütigung und seine Wut steigerten sich ins Unermessliche, während er zwischen Menschlichkeit und dem unbändigen Impuls, das kleine Mädchen über den Balkon in den sicheren Tod zu kippen, in der Schwebe verharrte.

»Mutter!«, schrie Smudge, die in höchster Not alle Bindungen bis auf die wichtigste vergaß.

Ganz kühl, ohne eine Spur des Entsetzens, das allen anderen Anwesenden so deutlich ins Gesicht geschrieben stand, machte Charlotte einen Schritt auf ihn zu.

»Was hast du vor, Charlie?«, sagte sie, absolut ruhig. »Willst du deine eigene Tochter ermorden?«

Der Schurke hatte die eine Hand um den Hals des Kindes gelegt, die andere hinter ihre Beine, wie um sie über die Brüstung zu heben. Beim scharfen Atemholen aller Anwesenden, das auf diese erstaunliche Frage folgte, ließ er die Hände sinken, und Smudge drehte sich weg, machte sich frei und lief zu ihrer Mutter.

Traversham-Beechers fasste sich wieder.

»Was soll das heißen?«, fragte er, vollkommen aus der Fassung gebracht, und fügte dann zusammenschaudernd hinzu: *»Whiteleys?«*

»Ihr alle – lasst uns bitte allein«, sagte Charlotte mit fester Stimme, ohne die Augen von ihm zu lösen.

Obwohl sie nur zu gern getan hätte, was Charlotte verlangte, gab Florence den Gefühlen aller Ausdruck, als sie sagte: »Er ist eine Gefahr.«

»Ich muss mit ihm allein sein.«

»Ich bleibe«, sagte Florence Trieves mit grimmiger Stimme.

»Aber, Mutter!«, sagte Clovis.

»Das darfst du nicht!«, sagte Emerald.

»Emerald!« Charlottes Stimme war wie Stahl. »Kinder, tut, was ich gesagt habe. Geht.«

Angesichts ihrer Entschlossenheit und der Vorstellung, dass ihr bereits angeschlagener Charakter in ihren Augen noch mehr Schaden nehmen könnte, wandten alle sich ab und verließen gehorsam das Zimmer.

Als sie die Tür zumachten, setzte Charlotte zum Sprechen an und Florence griff sich den Schürhaken.

Auf dem Treppenabsatz schloss Emerald Smudge voller Dankbarkeit in die Arme, während Patience, Ernest, Clovis und John in stummer Reaktion auf die Szene, deren Zeuge sie soeben geworden waren, beieinanderstanden. Außerdem einte sie die Angst vor dem, was sich hinter der geschlossenen Tür abspielen mochte. Sie waren erschöpft vom Bellen. Längere Zeit sagte niemand ein Wort.

Die Gesänge von unten hatten völlig aufgehört. Eine merkwürdige Stille legte sich über sie.

Ein oder zwei Uhren schlugen unterschiedliche Stunden.

Von drinnen war das leise Gemurmel von Stimmen zu hören.

»Gehen wir ein Stück weiter«, flüsterte Patience.

Sie zogen sich an den Kopf der Treppe zurück.

Der Regen hatte aufgehört. Nachdem sein Trommeln endlich verstummt war, waren sie jetzt nur noch vom Knarren des Hauses umgeben und vom Tröpfeln der Simse.

»Mein Gott!«, stieß Clovis hervor.

Da seine Schwester mit Smudge beschäftigt war, war es Patience, die seine Hand nahm.

Nach der längsten, bittersten Wartezeit hörten sie, wie die Tür geöffnet wurde und erst Florence und dann Charlotte aus dem Schlafzimmer kamen.

Stumm, atemlos; keiner von ihnen wusste, was er sagen sollte. Die beiden Frauen kamen bei ihnen an.

»Nun denn«, sagte Charlotte mit einer kleinen Bewegung des Kopfes und einem Gesichtsausdruck, der wie eine offene Herausforderung war. »Sollen wir alle nach unten gehen?«

Emerald deutete wortlos auf die Schlafzimmertür.

»Er ist weg«, sagte Florence voller Überzeugung. »Wir können euch beide versichern, dass er weg ist.«

»Ist das wahr?«, fragte Emerald.

»Ja«, sagte Charlotte. »Er ist wirklich *weg.*«

Eine weitere Erklärung gab sie nicht.

»Gehen wir«, sagte Florence.

Und so gingen alle, immer noch neugierig, aber gehorsam, nach unten, bis Charlotte, die das Schlusslicht bildete, »Wartet!« rief und alle sich zu ihr umdrehten.

Sie ließ sich auf ein Knie nieder, immer noch ein Bild der Lieblichkeit in ihrem jadegrünen Musselin und ihrer zarten Seide. Auf einer Höhe mit Smudges Augen, blickte sie unter der hohen Tolle ihrer hellen Haare hervor von einem zum anderen und sagte mit leiser, eindringlicher Stimme: »Was ich vorhin zu ihm gesagt habe, ist nicht wahr. Habt ihr mich verstanden? Es ist nicht wahr!«

Allgemeines Räuspern und abgewandte Blicke. Keiner von ihnen wusste, was er darauf sagen sollte. Bis auf Smudge.

»Natürlich nicht, Mama«, sagte sie. »Wie soll er denn mein Vater sein? Ich habe ihn vor heute doch noch nie gesehen.«

DIE RUHESTATT

Wie eine Königin stand Charlotte auf dem halben Treppenabsatz und blickte auf die finsteren Horden hinab – Smudge an der Hand, flankiert von ihren reichlich mitgenommen aussehenden älteren Kindern, ihrer Hauswirtschafterin und, ein Stück entfernt, ihren Gästen. (Die größte Distanz wahrte John Buchanan, der, obwohl er dabei geholfen hatte, den Schurken Traversham-Beechers zu vertreiben, nichts mehr mit diesen lasterhaften Menschen zu tun haben wollte.)

Die Familienmitglieder blickten in die bleichen Gesichter unter ihnen. Die armseligen Reisenden blickten zurück. Wie es schien, hatte die Vertreibung des Schurken sie noch kraftloser gemacht: Ihre Ausgelassenheit war vorbei, ihre Lieder verklungen. *Poulet à la Marengo* und schmelzende Zunge waren nur noch eine ferne Erinnerung.

»Das alte Haus also?«, sagte Charlotte. »Ist das die Lösung?«

Emerald sah, dass ihre Mutter sich endlich mit der Anwesenheit der Reisenden abgefunden hatte, und begrüßte es.

»Ja, Mutter. Sie werden es dort ganz behaglich haben«, sagte Clovis. »Jedenfalls werden sie sich ausruhen können. Und das ist es doch, was sie wollen.«

»Dann schlage ich vor, dass ihr, Kinder, schon mal dafür sorgt, dass es dort zumindest ein wenig wärmer wird. John und Ernest, wären Sie vielleicht so nett …«, sie suchte nach dem passenden Ausdruck, »… unseren Gästen ihr neues Quartier zu zeigen?«

Dann blickte sie in das schmutzige Gesicht ihrer jüngsten Tochter. »Smudge«, sagte sie, »ab ins Bett.«

Wie Wurstbrät in eine zu kleine Pelle drängten sich die Passagiere, angeführt von John und Ernest, durch die mit grünem Stoff bespannte Tür. Die zahlreichen Körper verkeilten sich, sortierten sich und drängelten unruhig und ungeduldig in den Wirtschaftsflur.

Der Geruch, der aus ihren Kleidern aufstieg, wurde nicht dadurch besser, dass sie nichts dafürkonnten. Das verblichene Material ihrer Gamaschen und Muffs war, wie auch ihre Haut und ihr Fleisch, nass geworden und wieder getrocknet. Zusammengenommen rochen sie wie die unerfreulichen Tiefen eines rostigen Mülleimers, der von den Müllmännern vergessen wurde, überzogen von den übel riechenden Ausdünstungen, die selbst ganz normaler Abfall, wenn man ihn lange genug herumstehen lässt, ausströmt. Kurz gesagt rochen sie nach Tod, die Ärmsten.

Clovis hob den Kerzenstummel von den Steinplatten der Spülküche auf, auf die er ihn hatte fallen lassen, und er und Emerald traten erneut in das höhlenartige Innere des alten Hauses. In ihrer Nähe befanden sich mehrere gut gefüllte Regale – gefüllt mit allem, was in der kürzlich geplünderten Speisekammer keinen Platz mehr gefunden hatte –, aber weiter hinein ging nie jemand, jedenfalls schon seit vielen Jahren nicht mehr.

Ihre Füße betraten die rissigen Steinplatten. Rings um sie herum wisperte die kalte Luft. War es der Wind draußen, der die Kälte so lebendig scheinen ließ? Die Luft strich, ungesehen, um ihre Köpfe herum.

Clovis hielt die Kerze hoch und spähte in den gewaltigen Raum über ihnen. Die Flamme zeigte nichts als Leere.

»Licht!«, rief er über die Schulter nach hinten. »Wir brauchen Licht!«

Die Horden drängten weiter zur Küche. Im Vorbeigehen erhaschte John einen Blick in Florence Trieves' gemütliches Büro in all seiner intimen Schäbigkeit. In diesem Moment schob sich ein hohlwangiger Mann, der bisher noch nichts gesagt hatte, nach vorn, fixierte ihn mit Blicken und fragte: »Sollen wir etwa hinter der Küche schlafen? Denken Sie so von uns?«

Der Atem, der seinem Mund entströmte, roch frisch nach gärendem Apfel. John, der nicht wusste, was für die Reisenden vorgesehen war, konnte ihm keine befriedigende Antwort geben.

»Sie haben die Eisenbahn nicht geholt!«, sagte eine körperlose Frauenstimme. Und eine andere: »Sie sollten sich schämen!«

»Bitte, ganz ruhig und langsam«, rief John mit mannhafter Autorität und lenkte und scheuchte sie wie ein hartnäckiger Collie weiter.

»Immer nur weiter«, rief Patience, die zusammen mit Charlotte den Schluss bildete, mit munterer Stimme.

»Was ist denn da hinten?«, schrie ein winziger alter Mann und hob John sein zahnloses Gesicht entgegen.

»Das werden Sie gleich sehen.«

Der Mann hielt den Kopf auf bizarre Weise schief (eine Kindheitsverletzung? Oder jüngeren Datums?), und seine Augen unter struppigen grauen Augenbrauen zwinkerten krampfhaft.

»Na los, machen Sie schon, junger Mann. Ich habe keine Angst vor Ihnen«, sagte er, während Spucke seine Lippen benetzte und eins seiner Augen sich weigerte, sich an das andere anzupassen. So versuchte er, John in Grund und Boden zu starren.

Ernest lief vor in die Spülküche und machte sich daran, Öllampen von den obersten Regalen herunterzuholen.

»Lassen Sie mich«, sagte Florence an seiner Seite. Beide standen in der kalten Zugluft aus dem alten Haus, die durch die offene Tür strömte.

»Vielen Dank, Mrs Trieves«, sagte Ernest und kramte eilig nach Streichhölzern.

Die Passagiere schoben sich blind durch die Küche, durch die Spülküche und weiter, vorbei an Ernest und Florence, ins alte Haus, in dem noch Dunkelheit herrschte.

Sie wandten die Köpfe hin und her.

»Es ist dunkel!«

»Es ist kalt!«

»Hier bleibe ich nicht, da können Sie sagen, was Sie wollen – hier bleibe ich nicht!« Diese und viele ähnliche Äußerungen des Zorns und der Enttäuschung wurden laut.

Die armen, verzweifelten Horden. Es würde keine Federn für sie geben, keine Daunen, keine sauberen Laken. Sie sollten wie Tiere in einem Stall untergebracht werden.

»Nein!«

»Wenn Sie sich nur noch ein kleines Weilchen gedulden wollen«, versuchte Emerald sie im Dunkeln zu beschwichtigen, »dann bekommen Sie Licht.« Und Patience, die nervös folgte, ließ Mitgefühl und Liebenswürdigkeit auf die schlurfenden Kreaturen herabschweben wie Feenstaub.

»Können wir sie wirklich hier unterbringen?«, flüsterte Charlotte Ernest zu. »Ist das wirklich zumutbar?« Und die Menge, die diese Zweifel teilte, reckte die Hälse – sofern sie gerade genug waren, um gereckt zu werden –, um sich ein Bild zu machen.

Die Frau, die Patience gefragt hatte, ob sie verletzt sei, als sie auf der Treppe gefallen war, tauchte nun aus dem Halbdunkel auf. Ihr Gesicht war kaum zu erkennen, aber es war kummervoll.

»Wir haben doch nichts getan. Womit haben wir das hier verdient?«

Sie fing an zu weinen, und Patience wäre fast ebenfalls in Tränen ausgebrochen. Zorn und Verzweiflung durchzogen das riesige Gebäude, äußerten sich in Tränen und Murren, im Stampfen von Füßen und allen möglichen beunruhigenden Ausrufen.

»Wann werden wir denn endlich abgeholt?«

»Wieso ist es so dunkel?«

»Es ist schon so spät!«

»So dunkel!«

»Hier«, rief Ernest. Ein Tablett voller brennender Öllampen vor sich hertragend, drängte er sich wie ein Leuchtturm durch die Menge. »Hier!«, rief er. »Licht.«

Und er ging umher und platzierte die überschwappenden Lampen hier und da, während Florence mit einem weiteren Tablett mit noch unangezündeten Lampen folgte. Patience huschte mit einem brennenden Fidibus und gerafften Röcken hinter ihr her (und versuchte, nicht an Ratten zu denken) und zupfte die öligen Dochte zurecht.

»Sehen Sie«, rief sie, während die hell brennenden Lampen aufgestellt wurden. »Alles wird gut. Sie werden sehen.«

Bald wirkte die Dunkelheit wie bräunlich durchfiedert, und überall gab es bernsteinfarben und hellgolden schimmernde Tümpel von Licht.

Das gewaltige Dach ragte hoch über den Köpfen der Reisenden auf; die Wände aus Granitblöcken umgaben sie, solide und hoch. Die verunsicherten Seelen verstummten endlich, wanderten umher und beobachteten das Entzünden der Lampen, das ihr neues Quartier allmählich erhellte.

»Und jetzt, ein Feuer«, sagte Clovis.

Die drei jungen Männer eilten durch das eisige alte Haus und hinaus in den Regen, zu den Vorratsschuppen, um Brennmaterial zu holen. Binnen kürzester Zeit war ein hüfthoher Stapel aus Anmachholz, Scheiten, Kohlen und Papier im Kamin aufgeschichtet, ähnlich einem Freudenfeuer am Guy-Fawkes-Abend. Als Ernest ein Streichholz daranhielt, schoben die Passagiere sich begierig näher.

»Der Abzug scheint blockiert zu sein.«

John reichte ihm das Schüreisen, und Ernest stocherte damit im Kamin herum, schwang das Eisen hin und her wie ein unfähiger Ritter, der sich einem Drachen gegenübersieht, sein Schwert. Kurz darauf gab es ein lautes, scharrendes Geräusch, und ein dicker Klumpen staubiger Federn und vertrockneter Vogelkörper plumpste auf das noch nicht brennende Feuer. Lose Köpfe und Krallen kullerten rund um seine Füße.

»Oh«, machten die Zuschauer.

»Gleich werden sie verbrannt sein«, sagte John.

Kleine Leichen fingen an zu kokeln, als das Feuer sie ergriff. Wenige Augenblicke später leckten die reinigenden Flammen hoch in die dunkle Höhle des Kamins hinauf.

Ernest, John und Clovis, alle drei völlig verdreckt, häuften weiteres Brennmaterial auf den Rost und legten wieder und wieder nach, bis das Feuer wie ein Leuchtturm auf einer einsamen Klippe hoch aufloderte und den Kamin hinauffauchte.

Wärme sickerte in die Steine des alten Hauses, die seit zweihundert Jahren nicht mehr beheizt worden waren, wie Blut, das durch Adern kreist. Die dicht auf dicht gefügten Steine der Mauern dehnten sich; die Hülse wurde zum Körper. Die Passagiere spürten die Wärme auf den feuchten Membranen ihrer verletzlichen Haut und dem kalten Fleisch darunter, fast so warm wie das Leben selbst.

»Oh, Wärme!«

»Wärme!«

»Näher!«, riefen sie, und die jungen Männer konnten sich ein Weilchen Ruhe gönnen.

Die Passagiere drängten sich unter zufriedenem Gemurmel um das Feuer. Sie breiteten sich aus, sie glühten, wurden weicher. Ihre steifen Körper erwärmten sich zu Schmiegsamkeit.

»Wie herrlich«, sagten sie.

»Gut.«

Auch die Mäuse, eine andere Kolonie als die, die in den samtbezogenen und troddelbehangenen Winkeln des neuen Hauses nisteten und spielten, verließen ihre Katakomben und reckten ihre zuckenden Nasen in Richtung Feuer. Mit wölfischem Geheul fand der Spürhund Forth den Weg aus dem sintflutartigen Regen ins Innere und legte sich misstrauisch vor die ununterscheidbaren Füße der sich ausruhenden Passagiere. Selbst die Spinnen wärmten sich auf.

Emerald nahm den Spaniel Nell, der mit nassen Pfoten aus der Spülküche hereingetrottet kam, auf den Arm.

»Sehen Sie nur«, sagte sie zu John, der knapp außerhalb der Reichweite des Feuers stand, und hielt den hübschen Hund hoch, damit er ihn bewundern konnte. Aber stolz, wie John Buchanan war, zog er es vor, für sich zu bleiben.

Das Feuer bewahrte sich seine Anziehungskraft. Aus allen Teilen des Hauses kamen die anderen Tiere herbei: Lucy, um sich zu Nell zu gesellen; Lloyd, zurückhaltend, von irgendeinem hochgelegenen Beobachtungsposten; sogar das Pony Lady stieß in Smudges Zimmer ein Wiehern aus, das von seiner Einsamkeit sprach, allerdings von niemandem gehört wurde, außer von Smudge.

»Pst«, sagte Smudge schläfrig.

Mäuse und Hunde und übel riechende Passagiere, sie alle nahmen verzaubert die Wärme in sich auf, während ihre Gastgeber danebenstanden und die Luft anhielten und das Zupfen unsichtbarer Hände, die sie bedrängten, an ihren Gedanken spürten.

»Sie müssen schlafen«, verkündete Emerald unvermittelt und voller Entschiedenheit. Überall um sie herum flüsterten und wisperten die Passagiere wie ein Echo.

Ihr wurde klar: Das Abfüttern der Passagiere, das Öffnen der Tür, das Entzünden des Feuers, das Versammeln der Seelen rund um es herum – all das waren Schritte auf einem Pfad, der bis zum Ende beschritten werden musste.

»Wir müssen ihnen Betten herrichten«, sagte Emerald mit fester Stimme.

»Schlafen«, stimmten sie ihr zu.

»Wir sind müde.«

»Wir müssen sie zur Ruhe betten«, sagte Emerald mit fürsorglicher Getriebenheit, den Blick ins Feuer gerichtet. »Und wir müssen dafür sorgen, dass sie es *bequem* haben.«

»Bequem«, murmelte es zustimmend aus den Reihen der Passagiere. »Ja, bequem.« Und leise fingen sie erneut an zu singen, eine Stimme gesellte sich zur anderen.

A mother was bathing her baby one night
The youngest of ten, and a tiny young mite

»Lasst uns Laken holen«, sagte Patience.

»Und Decken«, ergänzte Ernest, in dessen Brille sich die Flammen spiegelten, das Gesicht wie die anderen dem Feuer zugewandt, die Gedanken nur darauf gerichtet, den Passagieren zur Ruhe zu verhelfen.

Alle, bis auf Florence und John, nickten zustimmend. Florence hielt sich zurück, weil die Schande der Enthüllungen Traversham-Beechers' eine Distanz zwischen sie und die anderen gelegt hatte, und John, weil er wegen des Gehörten eine Distanz zwischen sich und ihnen aufrichtete. Die Krise war abgewendet worden, er hatte keine Lust, seinen entehrten Gastgebern noch länger zu helfen.

»Auf mich dürfen Sie nicht zählen«, sagte er, trat einen Schritt beiseite und wandte das Gesicht ab. »Sie können meinetwegen machen, was Sie wollen.«

»John?«, murmelte Emerald, sich an ihn wendend (alle anderen, die Tiere und die Zweibeiner, waren darin versunken, die beweglichen Flammen zu beobachten, während die Stimmen leise weitersangen).

Sie ergriff seine Hand und flüsterte mutig: »John? Verabscheuen Sie mich jetzt?«

»Sie verabscheuen?« In der tiefen Nacht, während das ganze Haus dämmrig war vor Verzauberung, wollte es ihm scheinen, als gehörte die unschuldige Unterhaltung vom Tag, im Wohnzimmer – erst an diesem Nachmittag, als er ihr die Kamee geschenkt hatte –, in ein völlig anderes Leben. Wie er sah, trug sie sein Geschenk immer noch, an ihrem sündigen Hals.

»Wollen Sie uns nicht doch helfen? Bitte.«

Widerstrebend willigte er ein.

Clovis, Ernest, Charlotte und Patience lösten sich aus dem warmen Kreis des Feuerscheins und gesellten sich zu ihnen.

»Wir richten ihnen die Betten auf der Galerie her«, bestimmte Clovis und blickte die breite, dunkle Treppe hinauf zu dem schiefen Geländer, das man gerade noch schimmern sehen konnte.

»Woraus sollen wir sie machen?«

»Wir finden schon irgendwas. Ernest?«

»Sicher.«

Er und Clovis setzten sich entschlossen in Bewegung.

Emerald sah sich nach Florence um. »Wo ist Mrs Trieves?«, fragte sie, aber niemand hatte sie gehen sehen.

»Patience, komm mit mir. John – würde es Ihnen etwas ausmachen? Sie brauchen Betten.«

Alle Gestalten am Feuer drehten sich einmütig um, sodass, da das Licht nun hinter ihnen war, ihre Gesichter nur noch als schwarze Silhouetten wahrzunehmen waren.

»Worauf sollen wir schlafen?«, fragten ihre hohlen Stimmen.

»Ja, wo sollen wir schlafen?«

Die Klagen wurden lauter, jammernd. Die Rufe vervielfachten sich.

»Was ist mit meinem Baby?«

»Mit meiner Mutter!«

»Es ist schwach …«

»Sie ist alt …«

Emerald spürte die Dringlichkeit ihrer Erschöpfung, das heftige Zerren des großen Vergessens, das sie alle im Griff hatte.

»Kommt mit, schnell«, sagte sie. Und sie, Patience, Charlotte und John verließen das alte Haus mit dem Versprechen, zurückzukommen.

Im Laufschritt hasteten sie durch das neue Haus, um die Schlafzimmer zu plündern, erleichtert darüber, die Passagiere hinter sich gelassen zu haben. John folgte ihnen nur unwillig.

Emerald stieß die Schlafzimmertüren auf.

»Mein schönes Leinen!«, rief Charlotte, aber selbst sie war jetzt von dem Bedürfnis ergriffen, zu helfen, und ihre Proteste waren nur schwach. »Zieht alle Betten ab«, kommandierte sie mit eiserner Stimme.

Sie wussten, dass im Wäscheschrank weitere Beute zu finden war. Sie wussten, wo er stand – auf dem oberen Treppenabsatz. Mrs Trieves hatte die Schlüssel dafür. Sie waren schon oft an dem Schrank vorbeigegangen, aber der Inhalt – die geheimnisvollen Borde, in Schönschrift beschriftet (und alles auf ihnen weiß!) – war für sie ein fremdes Land, das sie nicht betreten konnten.

»John, holen Sie Mrs Trieves«, sagte Emerald. »Wir nehmen uns die Schlafzimmer vor.«

John war perplex. Er wollte nicht mit Mrs Trieves sprechen, die er nun zutiefst verabscheute, konnte sich aber nicht gut weigern. Also stapfte er verdrossen die Treppe hinunter und blieb zögernd vor ihrer Tür stehen.

Der Geruch nach Holzrauch von dem riesigen Feuer in der großen Halle driftete durch den Flur zu ihm. Seine weißen Handschuhe steckten zusammengeknüllt und sicher vor der Schinderei des Abends, vor Maschinenöl und vor Holzscheiten in seinen Taschen. Er hob die schmerzende, bloße Hand, um zu klopfen.

(»Sie werden gebraucht; die Passagiere benötigen Bettzeug«, übte er.)

Er wollte sie nicht sehen. Er konnte sich nicht vorstellen, dass Mrs Trieves, die Hauswirtschafterin, dieselbe Person sein sollte, die Charlie Traversham-Beechers so eloquent beschrieben hatte, die Person, die sich ungeniert in Bloomsbury herumgetrieben hatte. Was für unzüchtige Geheimnisse verbarg sie unter ihrem schwarzen Kleid? Welche Freuden des Fleisches hatte sie während ihrer lasziven, lüsternen Vergangenheit genossen, geschehen lassen oder herbeigeführt?

Die Überlebenden sangen schon wieder.

Ihre Stimmen drangen aus der großen Halle zu ihm, erhoben sich hoffnungsvoll und aufgeregt, behaglich und vergnügt …

What could be nicer than this?
A nice old cuddle and kiss?

Nein, es war überhaupt nicht nett, was er sich da vorstellte. Was Florence gewesen war, was alle Männer wollten und einige sogar kauften, von Frauen wie …

All beneath the pale moonlight,
Oh, what a luverly night tonight …

Er klopfte und öffnete die Tür, ohne eine Antwort abzuwarten. Florence stieß einen Schrei aus und fuhr zu ihm herum. Sie war dabei, sich zu waschen. Ihre Haare waren lang – länger – sehr lang und fielen verschwenderisch – man konnte es nicht anders beschreiben – über ihre weißen Schultern und ihren schmalen Brustkorb.

»Oh!«, machte er.

Sie trug nur ihre schwarzen, fest geschnürten Stiefel und hielt das abgelegte Kleid schützend vor sich. Sie war vom Waschstand in der Ecke herumgefahren, wo sie sich mit Wasser und einem großen Stück Kernseife gewaschen hatte, das sie nun vor lauter Schreck auf den Boden fallen ließ, wo es mit einem lauten Plumpsen aufschlug.

Das Haus war erfüllt von einer seltsamen Magie, überall herrschte Chaos, und diese … diese *Frau* wusch sich in aller Seelenruhe.

In jener abgelegenen nächtlichen Einöde trieben Handlungen herum wie Pusteblumensamen im fernen Raum. Verließ John das Zimmer auf der Stelle mit niedergeschlagenen Augen? Das tat er nicht. Er blieb, wie es so schön heißt, wie angewurzelt stehen, wie ein glotzender Tannenbaum.

Sie fasste sich schneller als er und sagte in einem Ton, der an Empörung grenzte: »Was soll das heißen: ›Oh‹? Sind Sie jetzt etwa schockiert?«

Verwundert über ihre Attacke, antwortete er barsch: »Schockiert über Sie!«

»Weil ich mich *wasche?«* Völlig uneingeschüchtert erwiderte sie, seinen Blick herausfordernd, anscheinend kein bisschen beschämt über die Tatsache, dass der ganze Haushalt nun über ihre schändliche Vergangenheit Bescheid wusste.

»Nein, nicht darüber.« Auch John hatte sich gefasst und spürte, wie seine eigene Empörung zurückkam. Wieso sollte er derjenige sein, der verlegen war? Sie war schließlich diejenige, die sich in Grund und Boden schämen sollte. »Sie – Sie – Sie sollten nicht …«

»Nicht in einem Haus arbeiten, in dem anständige Menschen leben?« (Sie konnte sich besser ausdrücken als er. Schließlich hatte sie auch mehr vom Leben gesehen.) »Mich nicht in meinem eigenen Zimmer waschen?«

»Ich …«

»Ja? Raus damit, Sie Stockfisch.«

Stockfisch? Das war ja wohl das Letzte.

»Ich werde nicht hier stehen und mich beleidigen lassen von einer – einer Person ohne jede Moral. Ich kam in aller Höflichkeit hierher, um zu fragen …« (Verflixt, er konnte sich nicht mehr erinnern, was er eigentlich fragen wollte.) »Um Sie etwas zu fragen, und Sie keifen mich an wie ein – wie ein …«

Das alles war für ihn absolut ungewohnt. Er wusste, dass die Autorität ihm zustand – dem Mann, ihr haushoch überlegen –, aber er hatte noch nie einer wütenden, kaum bekleideten Frau gegenübergestanden (außer in seiner Jugend, in seiner eigenen Familie). Und während er noch versuchte, seine Gedanken zu sammeln, warf sie ihm an den Kopf: »Wie ein Fischweib? Wie eine Straßendirne?«

Weit davon entfernt, sich von ihm zum Schweigen bringen zu lassen, kam sie – o Gott –, sie kam auf ihn zu.

Ihre weißen, knochigen Schultern, ihr schmales Gesicht – das war nicht die Frau, an der er Tausende von Malen ohne einen zweiten Blick vorbeigegangen war; sie war nicht die Hauswirtschafterin, die Dienstmagd, das *Wesen,* das irgendwie nicht einmal mehr als Frau galt. Ihre Haut schimmerte noch feucht vom Wasser, mit dem sie sich gewaschen hatte, sie glühte geradezu vor Zorn, ihre langen dunklen Haare wirbelten wie die einer aufgebrachten Meerjungfrau, und John konnte nur denken, dass er sich in den Fängen eines Traums befinden musste, in dem sie, Mrs Trieves, mit all ihrer kantigen Strenge durch diese Furie ersetzt worden war, diese Mänade, diese nackte Personifizierung der Weiblichkeit.

Sie war nur noch einen Schritt von ihm entfernt, das schwarze Kleid an die Brust gedrückt wie eine abgeworfene Haut, mit lodernden Augen, eine Hand an den Hals gelegt – an ihren weißen, schlanken Hals –

»O Gott!«, sagte er laut.

Sie blieb stehen. Er starrte sie mit wilden Augen an.

»John Buchanan«, sagte sie mit einer Stimme, die kaum mehr als ein Flüstern war, und die zärtliche Sanftheit ihres Tons beruhigte und erschreckte ihn zugleich. »John, Sie wissen *nichts* über mich.«

Er sah in ihre Augen (blau!), und sie fuhr fort. »Ehe ich – so war wie jetzt, wurde ich geliebt.«

Was immer er an Schockierendem erwartet hatte, das war es nicht. Und es kam noch mehr.

»Mein Mann hat mich geliebt«, sagte sie kläglich.

Ihr Mann? John dachte darüber nach. Konnte es sein, dass ihre beschämende Vergangenheit sie nicht vollständig umschrieb? Dass es andere Dinge gab, die sie bekümmerten, zwingendere? Vor seinen Augen hatte sie sich verwandelt, von der geschmähten Bediensteten zur Hexe zu … Er war völlig verwirrt. Sie kam noch näher. Ihr Gesicht verschwamm vor seinen Augen, erschien ihm auf einmal – liebreizend.

»Wir hätten gern einen Jungen gehabt«, sagte sie und küsste ihn.

Von der Bediensteten zur Hexe zum … *Mädchen.* Und John erwiderte ihren Kuss. Ihr Gesicht roch nach der Seife, mit der sie sich gewaschen hatte. Es kam ihm vor, als wäre es schon über eine Stunde her, seit er sie dabei unterbrochen hatte.

Abrupt hörte sie auf, ihn zu küssen, und sah ihn an.

»Ach du meine Güte!«, rief sie erschrocken.

Und das hätte das Ende sein können, aber so selbstverständlich, als hätte er es die ganze Zeit über beabsichtigt, kein bisschen überrascht über sich selbst, nahm John ihr das schwarze Seidenkleid aus der Hand und ließ es wie ein lebloses Etwas auf den Boden fallen.

Ihr nacktes Fleisch, die zarte Weißheit ihres Körpers, geschmiegt an seine nach Holzrauch riechenden, mit Kohlenstaub verschmierten Kleider, und bevor ein weiteres Wort gesprochen werden konnte, bevor es Zustimmung gab oder Diskussion, mit einer Rauheit, die nichts mit Hass zu tun hatte, aber doch etwas Grobes an sich hatte, packte er ihre Arme, drehte sie herum und drückte sie gegen die Tür – die daraufhin zufiel.

»Ja«, ächzte sie und zerrte an seinem Hemd.

»Ich habe das noch nie getan«, stammelte er und küsste sie mit gedankenloser Leidenschaft, berührte alles an ihr, was er berühren konnte – ihre Haare, Taille, Hüften –, packte sie, erkundete sie mit Händen, die so gar nicht daran gewöhnt waren, jemanden zu erkunden, und so dankbar, es jetzt tun zu können. Ihre Haut fühlte sich wundervoll an. Er konnte sich nicht vorstellen, welchen Zweck seine Finger bisher gehabt hatten. Keinen, der ihre Existenz auch nur im Geringsten gerechtfertigt hätte.

Die Tür war hart und klapperte laut, als sie dagegenstießen, aber in ihrem überstürzten Hasten hin zu hitziger, keuchender – o wundervoller – Vollendung dachte keiner von ihnen daran, sich davon fortzubewegen. Und ohne jeden Gedanken an Vernunft und Würde seinerseits oder irgendwelche Gefühle außer Verwunderung und glorioser Heimkehr ihrerseits trafen sie sich in tiefer Hingabe. Sie waren erfüllt von intensiver und unvergleichlicher Hitze, bis ins Mark hinein, wie Erde, die aufplatzt und von heißer Lava versengt wird. Es war der Himmel.

Es hatte eine Speisekammer gegeben, gut gefüllt, aber nicht oft durchgesehen, und irgendwo auf den vielen, vollgestellten Borden gab es hoch oben ein staubiges Gefäß, fest verschlossen und nie in Augenschein genommen, versehen mit einem Etikett, auf dem stand: *Florence Trieves, Hauswirtschafterin, alt*. (Diese Beschriftung war kürzlich durchgestrichen und mit einem fetten SCHLECHT überschrieben worden.) Jetzt hatte sich diese Florence Trieves, aufgerüttelt durch die wie ein Blitz auf sie herabfahrende Verurteilung, wundersamerweise gegen die Glaswände geworfen und hatte ihr enges, schmieriges Gefäß vom Bord heruntergestoßen, sodass es auf dem Boden zersplitterte; sie war aus den Scherben herausgesprungen, vollblütig, lebendig, und verlangte danach, gegessen zu werden.

Nun saßen die beiden – die weinen oder sich gegenseitig mit Vorwürfen überschütten oder sich jede Menge schädlicher, grausamer Dinge hätten antun können – in chaotischer Herrlichkeit auf dem Fußboden und lachten, bis sie ganz wirr im Kopf waren.

Florence kam als Erste wieder einigermaßen zu sich, holte tief Luft und sagte: »Das wird dich lehren, so stolz zu sein, Mr John Buchanan.« Worauf er – im Gedanken an Emerald und an die verschwitzte, gesättigte Kreatur, die er selbst geworden war – nur demütig antworten konnte: »Gewiss.«

Ein Augenblick verging.

»Was wolltest du eigentlich hier?«

»Ach so, ja. Die Passagiere brauchen Bettwäsche.«

Florence seufzte und sah sich in ihrem kleinen Zimmer um.

»Ich bin so hungrig«, sagte sie. »Ich kann mich nicht erinnern, je so hungrig gewesen zu sein.«

»Dann kümmern wir uns als Erstes darum«, sagte John und half ihr auf die Beine. Er sah sich selbst, das Selbst von vor nur ein paar Minuten, eine verbitterte schwarze Krähe, eine Mischung aus seinem Vater und dem Pastor in der Kirche, und bemitleidete sich. Er dachte: War das alles, was mich zu dem gemacht hat? Das Fehlen einer Frau? Nur das? Er schien ein entzücktes neues Verständnis für alles Lebendige auf der Erde zu haben, schien wieder mit seinem kindlichen Selbst vereint zu sein, das im Gras herumgetollt war und ohne jede Angst an allem herumgeschnuppert hatte. Dass Wissen einem die Unschuld zurückgeben konnte, war eine wundervolle Gleichung.

Sie richteten sich her (sie zog das frische Kleid an, das sie hatte anziehen wollen, als er sie überraschte, nicht das verschwitzte alte) und begaben sich in behaglicher Gemeinschaftlichkeit in die Vorratskammer. Dort fanden sie einen letzten Rest Brot, setzten sich auf den Boden und fielen ausgehungert darüber her. Für Florence war es wie Brot aus der Erinnerung: der leise Hauch von Salz, die knusprige Kruste, das weiche Innere.

Schließlich schlossen sie sich den anderen an, die Bettzeug aus den Zimmern zerrten, und auch wenn ihre kürzliche Intimität unachtsamen Beobachtern nicht auffiel, so unterschieden John Buchanan und Florence Trieves sich doch so sehr von ihrem üblichen Selbst wie frische grüne Erbsen von ihrer haarigen Schote.

Und alle unterwarfen sich der verlorenen Nacht und plünderten alles, was in dem bereits geplünderten Haus noch geordnet, knisternd, frisch war.

Wie eine aufgescheuchte Rinderherde stampften sie durch das Haus, rissen Spitze, Damast, luftige Baumwolle in ihre Arme und deponierten die Sachen triumphierend auf der rußigen Galerie, wo kaputte Räder, alte Sprungfedern, ausrangierte Schafhürden und klamme Strohballen zu Betten zusammengebaut worden waren. Betten, die dazu geeignet waren, sich in ihnen zur Ruhe zu legen.

Smudge, in ihrem Zimmer, hatte keinerlei Interesse an den Ereignissen jenseits der Tür zur Spülküche. Sie hatte nicht den Wunsch, die kleinen Betten auf der Galerie zu sehen; sie interessierte sich nicht für die umschatteten Seelen, die mit ihren Bündeln ziellos, orientierungslos, herumwanderten. Sie fand es nicht bemerkenswert, dass sich sogar ihre Mutter eine Schürze übergestreift hatte und sich an den verdoppelten Bemühungen der anderen beteiligte, Schlafplätze für alle zu schaffen; sie war alles andere als abgelenkt durch die Tatsache, dass sich, an ihr Haus angrenzend, eine riesige, nun beleuchtete Höhle befand, voller Körper, voller Bewegung, stinkend nach Verwesung. Sie interessierte sich einzig und allein dafür, dass nach einer kleinen Weile das Geräusch der durch das Haus polternden Füße und die gelegentlichen Rufe »Polster!« oder »Vorhänge!« nachließen und sie wieder Ruhe hatte.

Das neue Haus gehörte ihr.

Es gab die vertrauten Geräusche der Uhren, die nicht im selben Rhythmus tickten, ein gelegentliches melodisches Knarren, und von dem ganzen Durcheinander abgesehen, war alles im Haus wie gewohnt. Sie und Lady waren die beiden einzigen lebenden Seelen, und – dachte Smudge grimmig – eine davon war auf dem Weg nach draußen.

Sie stand von ihrem zerwühlten Bett auf, krempelte entschlossen die Ärmel hoch, wappnete sich.

»Lady!«, sagte sie.

Das Pony hob den Kopf von der Brotkruste auf dem Boden, an der es geschnuppert hatte.

»Genug ist genug«, sagte Smudge. »Wir gehen jetzt runter, egal was du denkst.«

Entschlossen riss sie die Tür weit auf. Frische Pferdeäpfel dampften leise vor sich hin.

In Sicht- oder Hörweite ihres Zimmers war niemand. Das hier war ihre Chance.

Sie griff sich die Leine und führte das Pony vorbei an allen Schlafzimmern und den Sprossenfenstern zum Treppenabsatz.

Draußen waren die vom Regen zerfledderten Magnolienblüten nicht zu sehen; drinnen flackerten und rauchten die Flammen der Öllampen.

Sie würden denselben Weg nehmen, den sie gekommen waren: Sie führte das Pony an der Haupttreppe vorbei und ging in Richtung Hintertreppe. Am hinteren Ende des Korridors zog sie die Tür auf und stieg vorsichtig über die kalten Pferdeäpfel hinweg, die von den hastenden Füßen derer, die den Wäscheschrank geplündert hatten, zertreten worden waren.

Sie setzte den Fuß auf die oberste Stufe.

An diesem Punkt angelangt, warf das bislang fügsame Pony den Kopf hoch, stemmte die Vorderfüße in den Boden und blieb stehen.

Smudge sah stumm zu Lady auf. Lady sah nach unten, die schlüpfrige Holztreppe hinunter.

Auf der Stelle war klar, dass das Pony diese Treppe unter keinen Umständen hinuntergehen würde. Zudem erkannte Smudge, dass diese Weigerung eine sehr kluge Entscheidung war. Der Weg nach unten würde unweigerlich in der grässlichsten Katastrophe enden: im hilflosen Sturz von zartem, zweibeinigem Mädchen und stämmigem, vierbeinigem Pony in die Tiefe, wo sie mit zerschmetterten Knochen auf den Fliesen liegen bleiben würden.

Smudge fing an zu zittern.

»Zurück«, sagte sie, und Lady, die wusste, was gut für sie war, gehorchte.

Vielleicht weil das Pony den Ernst der Lage erkannte, oder weil es seinen Stall und seinen Futtertrog vermisste, begann das Tier, das den ganzen Abend über einigermaßen fügsam gewesen war, nun unruhig zu werden. Ein Pony und ein Haustier, wenn alles ruhig war, war Lady unverkennbar ein Pferd, wenn sie erregt war. Sie stampfte mit den Hufen und warf den Kopf hoch, riss an der Leine in Smudges kleiner Hand und erschreckte das Kind und sich selbst, bis sie, schwerfällig nach hinten zurückweichend, gegen die Badezimmertür stieß und sich erschrocken aufbäumte. Als sie wieder nach unten kam, glitten ihre Hufe auf den Dielen aus, rutschten weg und zerknitterten den dünnen Teppich auf ganz grauenhafte Weise.

Smudge versuchte, Lady zu beruhigen. Was noch vor wenigen Augenblicken willkommenes Alleinsein gewesen war, fühlte sich jetzt wie schreckliche Einsamkeit an. Sie hatte keine Ahnung, was sie tun sollte. Das Pony verdrehte die Augen beim entsetzlichen Anblick der Treppe vor sich, und auch Smudge war kurz davor, in Panik auszubrechen.

Noch mehr erschrak sie – und stieß tatsächlich einen Schrei aus –, als sie bei einem Blick zurück zu ihrem Zimmer Ernest Sutton stocksteif am hinteren Ende des Korridors stehen sah. Er war gerade die Treppe von der Spülküche heraufgekommen. Auch Lady hielt in ihrem dramatischen Tun inne und sah ihn an. Mädchen und Pony standen dem jungen Mann mit dem kastanienbraunen Haar stumm gegenüber.

»Verzeih mein Aussehen«, sagte er, der tatsächlich nicht mehr sehr elegant aussah. »Ich habe Feuer gemacht und Betten gebaut und sehe, wie ich fürchte, verboten aus.«

Diese kühle Nichtbeachtung von Ladys Existenz war für Smudge ein Trost.

»Ich dachte, du bist auch unten«, fuhr Ernest fort.

»Nein, bin ich nicht«, sagte Smudge.

»Offensichtlich. Eigentlich wollte ich mir nur einen Schal holen.«

Smudges Herz hämmerte. Fast glaubte sie, dass Ernest das Pony tatsächlich nicht bemerkt hatte – vielleicht waren seine Augen nicht so viel besser geworden, wie alle dachten –, bis er mit sanfter Stimme hinzufügte: »Seid ihr auf dem Weg nach unten oder nach oben?«

»Nach unten«, sagte Smudge. »Aber Lady will nicht.«

»Nicht die Treppe hinunter?«, fragte er nachdenklich. »Ich muss sagen, ich kann es ihr nicht verdenken.«

»Ich auch nicht. Hufe eben.«

»Sehr unpraktisch, wenn es um Treppen geht.«

»Ja. Daran hatte ich nicht gedacht«, krächzte Smudge und hatte plötzlich einen Kloß im Hals.

»Soll ich vielleicht deine Schwester holen?«, fragte Ernest, worauf sie erschrocken rief: »O nein, bitte nicht! Sie würde sich nur furchtbar aufregen!«

Lady, von Smudges Panik aufgeschreckt, machte einen neuerlichen Satz und trampelte schwer auf den schmalen Bodendielen herum.

Ernest dachte einen Augenblick nach. Seine erste Reaktion beim Anblick des Kindes und des vermaledeiten Tiers war gewesen, die Arme hochzuwerfen und zu rufen: »Großer Gott! Ein Pony!« Er war froh, dass er diesem Impuls nicht nachgegeben hatte, denn er sah, dass sowohl Smudge als auch Lady der Hysterie nahe waren.

»Imogen«, sagte er mit einem Blick auf seine Uhr (eine verlässliche silberne Angelegenheit, die *immer* sie selbst war). »Es ist mitten in der Nacht. Später sogar, um genau zu sein. Und das hier scheint mir die Art von Problem zu sein, bei der wir dir helfen müssen – wir alle.«

Das bockige Kind schüttelte stumm den Kopf. Sie war völlig übermüdet und wäre am liebsten in Tränen ausgebrochen. Ernest schlug elegant einen anderen Kurs aus.

»Patience liebt Ponys«, bemerkte er wie nebenbei.

»Wirklich?«, kam es hingerissen von Smudge.

»Ihr erstes war ein Graubrauner namens Toffee. Sie konnte ihn dazu bringen, praktisch alles zu tun.«

Wie ein zuversichtlicher Forellenfischer wartete er auf seine Belohnung.

»Dann solltest du sie vielleicht holen«, sagte sie schließlich.

»Zu deinen Diensten«, erwiderte er, zögerte kurz und fragte: »Nur interessehalber. Wieso hast du sie ins Haus gebracht?«

»Um sie zu porträtieren. In meinem Zimmer.«

»Verstehe.« Er nahm seine Brille ab und rieb sich die Augen. Als er sie wieder aufsetzte, sagte er: »Mach dir keine Sorgen. Ich bin gleich wieder da, versprochen.«

Damit ging er die Treppe hinunter. Smudge sah sich verloren um.

EIN BAD IM STERNENLICHT

Im alten Haus wurden Laken, Decken und anderes Bettzeug übereinandergeschichtet und in gemütliche Nester und Liegestätten verwandelt. Die Passagiere warteten, die Hände dem Feuer entgegengestreckt. Gelegentlich hob sich eins der blassen Gesichter hoffnungsvoll zur schrägen Galerie. Als Ernest hereingeplatzt kam und schrie: »Großer Gott, oben im Haus ist ein Pony! Imogen hat es nicht im Griff!«, lief die ganze Familie entsetzt an das wacklige Geländer, während die Passagiere in ihrem Nebel des Wartens nur verstimmt »Schon wieder eine Verzögerung« murmelten.

»Um Himmels willen! Ich nehme an, sie wollte es porträtieren«, sagte Clovis.

»Anscheinend. Im Augenblick steht sie damit auf dem Treppenabsatz in der Nähe der Hintertreppe.«

Die Familienmitglieder vergaßen das Bettenbauen und stürzten ohne Entschuldigung die geschwärzte Treppe hinunter, in ihrer Hast immer wieder strauchelnd und stolpernd.

Erschöpfte Blicke folgten ihnen, bis sie verschwunden waren.

In der hell erleuchteten Halle blieben sie stehen.

»Vielleicht sollte ich fürs Erste allein hochgehen«, sagte Emerald, während sie atemlos am Fuß der Treppe verharrten. Von oben drangen ein Schnauben und das Stampfen eines Hufs an ihre Ohren.

Sie ging nach oben, während die anderen stehen blieben und Bemerkungen austauschten wie: »Was sollen wir bloß machen?« oder »Wie sollen wir es bloß nach unten bekommen?«

»Habe ich schon erwähnt«, sagte Ernest, »dass der Künstler Stubbs sich damit begnügte, seine Pferdeporträts in Ställen anzufertigen, und erwiesenermaßen sehr gut damit fuhr?«

»Sie hat die Bilder der anderen Tiere an ihren Wänden«, sagte Clovis als Erklärung für die Exzentrizität seiner Schwester. »Es wäre nicht dasselbe gewesen.«

»Verzeihung«, sagte Ernest.

»Keine Ursache«, erwiderte Clovis großzügig. »Nach normalen Begriffen ist Smudge tatsächlich absolut verrückt. Wir sind einfach nur an sie gewöhnt.«

Am Kopf der Haupttreppe blieb Emerald stehen, fasste sich und ging weiter. Ernest war keineswegs ein Fall für die Irrenanstalt (bei ihrer Schwester sah das möglicherweise anders aus). Das Pony und das Kind trugen auf dem Treppenabsatz tatsächlich einen stummen Kampf aus. Das Pony war Smudge auf die Zehen gestiegen und lehnte nun trotzig an der Wand und betrachtete eine venezianische Landschaft, während Smudge, die vor Schmerz fast ohnmächtig wurde, vergeblich versuchte, das Tier von ihrem Zeh herunterzustoßen. Aber Lady war anscheinend taub geworden, hörte nicht auf ihre Anweisungen und verlagerte ihr Gewicht noch stärker auf den Fuß der armen Smudge.

»Mein Gott!«, rief Emerald und eilte ihr zu Hilfe. Gemeinsam entfernten sie den Huf, und Smudge hüpfte auf und ab und umklammerte ihren Fuß, während ihr die Tränen über das Gesicht liefen.

»Sie hat es nicht mit Absicht getan«, sagte sie, als sie wieder Luft bekam.

»Unsinn. Sie ist ein hinterhältiges Biest«, rief Emerald und versetzte Lady einen klatschenden Schlag gegen die Brust. Lady, die wusste, wann sie es mit ernst gemeinten Disziplinarmaßnahmen zu tun hatte, ging nicht zum Gegenangriff über, sondern klapperte nur in hilfloser Empörung mit den Zähnen.

»Wie um alles in der Welt sollen wir sie bloß die Treppe runterbekommen?«, fragte Emerald, woraufhin Smudge erneut in hilflose Tränen ausbrach.

»Ich dachte, du weißt eine Lösung«, jammerte sie.

»Ruhig, ganz ruhig.« Emerald tätschelte ihre Schulter und sah sich auf der Suche nach einer Inspiration um. »Bringen wir sie zur großen Treppe.«

Vom Kopf der Treppe aus blickte das Pony auf Charlotte, Florence, John, Patience, Ernest und Clovis hinab, die ihrerseits zu ihm aufblickten.

»Also wirklich, Imogen!«, ächzte Charlotte mit theatralisch gedämpfter Stimme.

»Tut mir leid, Mutter«, sagte Smudge.

»Es ist nicht zu fassen«, kam es von Clovis. »Sie sieht größer aus als sonst.«

»Ich bin gewachsen«, sagte Smudge.

»Nicht du. Das Pony!«

»Na ja, sie misst fast fünfzehn Handbreit, wie ich euch immer sage.«

»Ich nehme an, sie wird nicht einfach so nach unten kommen?«, fragte Patience, die ewige Optimistin, ungeachtet der Tatsache, dass die Treppe nicht einmal mit Teppich ausgelegt war.

»Keine Chance«, antwortete Clovis fröhlich. »Vielleicht könnten wir ihr eine Schlinge umlegen und sie aus dem Fenster herunterlassen.«

»Pass auf, sonst lege ich dir gleich eine Schlinge um und werfe dich aus dem Fenster«, explodierte Smudge, und er stellte seine Neckereien ein.

»Wir könnten Teppiche und Läufer zusammensuchen und sie auf die Treppe legen, damit sie wie eine Art Rampe aussieht«, kam es von Ernest, und da dieses Unternehmen Aussicht auf Erfolg versprach, machten sie sich unverzüglich an die Arbeit.

Die Teppiche wirkten so solide, dass ein Pony sich vielleicht zu der Annahme verleiten lassen würde, es handele sich um einen Abhang, wie er auch in einer natürlichen Landschaft zu finden war, aber als Lady einen Huf daraufsetzte, gerieten sie in Bewegung und überzeugten das ohnehin schon misstrauische Tier, dass es in eine Falle gelockt werden sollte und die Wölfe jeden Augenblick über es herfallen würden. Eine Zeit lang zögerte es am Kopf der persischen Rampe und wich dann nach hinten zurück, bis es gegen die Wand stieß.

»Die Begeisterung hält sich in Grenzen«, sagte Clovis.

»Allerdings«, stimmte Patience zu.

»Hafer«, sagte Emerald.

»Ich hole welchen«, rief Clovis und sprintete zu den Ställen.

Der Hafer wurde gebracht. Das Pony schnupperte daran, trat einen Schritt vor, fraß die Körner, spürte erneut den beweglichen Untergrund der Teppiche und weigerte sich, auch nur einen weiteren Schritt zu tun. Mehr Hafer wurde ihm angeboten, auf der Hand und auf die Teppiche gestreut und schließlich aus einem Eimer auf den halben Absatz gekippt, aber Gier und Hunger erwiesen sich nicht als genügender Ansporn für mutiges Verhalten.

»Wenn wir sie schlagen, weigert sie sich wahrscheinlich erst recht, einen Schritt zu tun, oder?«, fragte Florence, die Pferde nicht leiden konnte und dieses hier nur allzu gern gezüchtigt hätte.

»Wir könnten ein Seil um ihr Hinterteil schlingen und sie ziehen«, schlug Emerald vor, und ein Seil wurde gebracht.

Der Regen hatte wieder eingesetzt. Clovis war nach seinen beiden Ausflügen in den Stall völlig durchnässt. Während Ernest und Emerald langsam das Seil um Ladys Hinterteil legten, reichte Patience ihm ihr Taschentuch, damit er sich das Gesicht trocknen konnte. Von allen jungen Frauen war Patience wahrscheinlich die einzige, bei der man sich darauf verlassen konnte, dass sie an einem Abend wie diesem ein sauberes Taschentuch zur Hand hatte.

Bedauerlicherweise nahm Lady Anstoß an dem Seil und riss in dem resultierenden Wutanfall ein Bild von der Wand. Das Glas zerschmetterte und zersplitterte, was Smudge veranlasste, einen alarmierten Schrei auszustoßen.

Der Kater Lloyd und die beiden Spaniels hatten sich vom faszinierenden Feuer im alten Haus losgerissen und waren gekommen, um dem Treiben zuzusehen. Von ihren Beobachtungsposten in sicherer Entfernung verfolgten sie das Geschehen mit selbstgefälliger Miene. Für sie waren Treppen ein Kinderspiel. Selbst das neue Kätzchen mit seinen winzigen Beinchen, das zusammengerollt in Patiences Armbeuge lag und friedlich schlief, hätte den Abstieg geschafft, hätte man ihm ein wenig Zeit gelassen.

Alle befanden sich jetzt in einem Zustand, der weit über Erschöpfung hinausging, ihre Nerven waren bis zum Zerreißen angespannt, weil sie so lange ruhig und beschwichtigend auf das vermaledeite Pony einreden mussten, ohne sich ihren Ärger anmerken lassen zu dürfen. Die Aufgaben als Gastgeber für die Passagiere zerrten unaufhörlich an ihnen, ähnlich wie Hunger, wie mentale Zahnschmerzen, und sie waren hin- und hergerissen zwischen zwei Welten, weder mit ihrer ganzen Aufmerksamkeit im neuen Haus mit seiner irdischen Katastrophe noch körperlich im alten mit seinen anders gearteten Zwängen.

»Könnte sie nicht einfach ein Hauspony werden?«, fragte Smudge mit schläfriger Stimme. Sie hatte sich mit ihrem geschwollenen Fuß in eine Ecke des halben Treppenabsatzes gesetzt und hoffte, ihr Anblick würde das Pony ermutigen, doch nach unten zu gehen.

»Sei nicht absurd«, fauchte Emerald, selbst den Tränen nahe. Dann hatte sie eine Idee. »Wir bringen sie über die Treppe im alten Haus nach unten. *Die* geht sie bestimmt runter, weil sie nicht so steil ist – und die Stufen sind breiter.«

»Da wäre nur eine winzige Kleinigkeit«, warf Clovis ein. »Die Mauer zwischen den beiden Häusern.«

»Wir reißen sie ein«, sagte Emerald mit erzwungener Ruhe.

»Die Wand in meinem Schlafzimmer?«, wollte Smudge eifrig wissen.

»Einreißen?« Charlotte war schockiert.

»Mutter, es ist doch nur eine Wand. Die Männer schaffen das bestimmt. Nicht wahr?«

»Wenn du es willst«, sagte Ernest hingerissen.

»Ihr seid genauso verrückt wie die gute Smudge«, kam es fröhlich von Clovis. »Dann mal los.«

»Wir können die Stufen mit Erde und Steinen abdecken. Dann sehen sie genauso aus wie der Boden draußen – und das können wir in diesem Haus unmöglich machen. Sie wird wie ein Lämmchen runtergehen.« Emerald, von ihrem eigenen Vorschlag mitgerissen, brannte darauf, ihn in die Tat umzusetzen. »Und wenn sie ins Rutschen kommt, kommt sie eben ins Rutschen. Wir können ihre Beine bandagieren.«

Pony und Kind wurden in Clovis' Schlafzimmer geschickt, wo Smudge auf dem Bett einschlief und Lady dümmlich aus dem Fenster sah.

»Also los«, rief Florence Trieves. »Wir brauchen Schubkarren!« Und alle sieben rannten durch die Vordertür in die wilde, stürmische Nacht hinaus.

Kaum ein Licht war zu sehen. Binnen eines Augenblicks wurden sie von der Dunkelheit verschluckt.

Clovis rannte zurück, um Lampen zu holen. Ernest und Emerald liefen zu den Außengebäuden und suchten Schaufeln, Hacken und Picken zusammen – alles, was sie benutzen konnten, um das Draußen nach drinnen zu schaffen und das vermaledeite Pony zu retten.

Charlotte stieß die schwere Haupttür des alten Hauses auf, die modrig war vor Nichtgebrauch. Die Reisenden drehten sich aufgebracht vom Feuer um und machten große Augen, als Clovis die Tür festkeilte und die kalte Luft hereinströmte. Eine Lampe in der hoch erhobenen Hand, schrie er: »Bringt die Schubkarren rein!«

»Was ist denn jetzt schon wieder?«, murmelten die Reisenden. Und: »Diese verfluchte Eisenbahn. Der Teufel soll sie holen.«

Der feine Regen war noch feiner geworden. Der Wind hatte sich gelegt, war von heftig zu frühlingslind abgeklungen. Wolkenfetzen huschten über ihnen dahin und gaben Sterne frei, die sich in spätnächtlicher Konstellation wie von Tau benetzte Spinnengewebe spitzenartig über dem Haus ausbreiteten.

Das Schleppen der nassen Erde begann. Ernest, Florence, Charlotte – mit plötzlicher Begeisterung für körperliche Arbeit –, Emerald, Clovis und Patience, sie alle griffen sich Gerätschaften und machten sich an die Arbeit.

Matsch klebte an ihren Beinen, saugte ihnen fast die Schuhe von den Füßen. Stellenweise versanken sie bis zu den Knöcheln darin, dann wieder schlitterten sie wie auf Kufen über Steinplatten, die mit Wasser und glitschigem Schlamm überzogen waren, stapften über Backsteinwege und stolperten Hals über Kopf in Sträucher und Rosenbüsche.

Aus der dunklen Nacht trotteten sie in das halbdunkle Haus und klatschten die Erde mit Schaufeln auf die Stufen der großen Treppe. Es lag eine seltsame Befriedigung in diesem Tun.

Clovis beeilte sich mit der Beleuchtung, und bald standen überall Lampen, erhellten hier das Tor zum Küchengarten, da die Rabatten. Ein Tümpel Helligkeit breitete sich bei den Beeten aus, in denen Emerald am Morgen Unkraut gerupft hatte, ein wässriger Strahl hob eine Mauer oder einen kleinen Baum hervor. Alles diente nur dazu, die gewaltige, undurchdringliche Nacht um sie herum noch undurchdringlicher zu machen.

John und Florence, die einander auf ewig abgeschworen hatten, damit er sich eine passendere Gefährtin suchen konnte, ergriffen die Gelegenheit, sich im Schutz der Dunkelheit und des Regens leidenschaftlich zu küssen.

Der dünne Regen rieselte auf sie alle hernieder. Die schmutzigen Kleidersäume der Frauen schleiften durch den Matsch, während sie die Erde in Schubkarren schaufelten und sie, manchmal zu zweit, zur Tür des alten Hauses karrten.

»Ich hole Säcke, damit die Erde besser auf den Stufen haftet«, sagte Clovis, dem der Regen in Bächen über das Gesicht und in den Mund lief.

»Ja, für besseren Halt«, rief Patience über den Kiesweg hinweg.

John, Clovis und Patience hatten eine Kette zum Haus gebildet und schafften die Erde hinein. Die Schubkarren ratterten und rumpelten über die Kopfsteine und pflügten durch die klatschnasse Erde.

Der tröstliche Regen fiel herab; die bleierne, schmatzende Erde umfing sie. Sie wurden hineingewaschen in die brodelnde Nacht, wie zerfledderte Nachtvögel, wie fallende Blätter; wie Geister.

»Oh« und »Seht nur«, beschwerten sich die Reisenden, während sie beobachteten, wie die Mitglieder des Haushalts kamen und gingen, hinein- und hinausliefen und Schaufeln voller Erde auf die Treppe in der großen Halle warfen.

An den Beeten arbeiteten Ernest und Emerald, deren Kleider an ihnen klebten, Hand in Hand. Er brach die schwere Erde auf, sie schaufelte sie in die Karren.

»Das hier ist der reine Wahnsinn«, rief sie, während das Blut nur so durch ihren Körper jagte. Ihre Hände am Stiel der Schaufel waren nass und glitschig, die Haare klebten ihr im Gesicht.

Und er, der die Hacke schwang, sie in die Erde stieß, damit Emerald sie mit der Schaufel aufnehmen konnte, sah zu ihr auf und antwortete: »Ja, es ist großartig. Einfach umwerfend!«

Und im aufgewühlten Matsch am Rand des Beets rutschte Emerald aus, schwankte und fiel. Ihre Hand schlug klatschend auf die nasse Erde und sank tief hinein, fast bis zum Ellbogen.

»Hier.« Ernests Hand streckte sich ihr helfend entgegen. Als sie versuchte, sich an seinem Arm hochzuziehen, geriet auch er ins Wanken und fiel ebenfalls in den Matsch – zumindest seine eine Seite. Erde schwappte und gluckerte um sie herum. Emerald fing an zu lachen, denn für einen kurzen Moment war es, als wollte das Beet sie verschlingen, als würden sie sich nie wieder aus dieser üppigen Erde erheben und für immer darin begraben liegen, wie Tote auf einem Friedhof.

»Ach du lieber Himmel«, rief sie, während sie sich gemeinsam abstrampelten. »Hilfe!«

Sich aneinander festhaltend, knieten sie voreinander.

Clovis hatte mehrere Schritt weiter eine Lampe abgestellt. Deren wässriger Strahl ließ ihre Zähne und Augen aufblitzen; beleuchtete blasse, mit Matsch verschmierte Wangen und verklebte, regenglatte Haare. Emerald schmeckte raue, mineralische Erde auf ihrer Zunge; ihre Hände umklammerten Ernests Unterarme und kämpften um Halt. Sie spürte die Hitze seines Körpers ganz nah an ihrem, im Inneren seiner jetzt völlig ruinierten Kleider, und roch einen Hauch von Zitrone. Sie sah zu ihm auf, er auf sie hinunter. Sie umarmten einander, sanken mit den Knien immer tiefer in die urzeitliche Blumenrabatte ein.

Seine Brille war heruntergefallen. Das Lampenlicht leuchtete ihn an. Sie hatte die Farbe seiner Augen völlig vergessen gehabt. Sie legte eine matschige Hand an seine Wange, berührte sein Ohr und spürte, wie das unschlüssige, ängstliche Zentrum ihres Ichs frohlockte.

»Du bist ein Engel«, sagte er.

»Nein …« Der Gedanke an ihre Mutter ließ sie innehalten, und sie sagte mit erstickter Stimme: »Das ist keiner von uns.«

»Dann bist du eben *Emerald!*«, sagte er und zog sich matschige Lippen zu, als er die Finger ihrer eisigen Hände küsste.

Triefnass, wie Emerald war, hätte sie vor Glück tanzen können, während die Sterne auf sie herabschienen, als wollten sie sie mit einem Funkenregen bedecken.

Noch heute Morgen habe ich hier vor diesem Blumenbeet geweint, dachte sie und schmiegte die Wange an Ernests gesenkten Kopf.

Der Wind war nur noch ein Flüstern. Der Regen – welch ein Wunder! – hatte ganz und gar aufgehört. Emerald fing zu zittern an.

»Sollen wir eine Taube ausschicken?«, sagte Ernest, gefolgt von: »Ich habe meine Brille irgendwo verloren.«

Gemeinsam tasteten sie im Matsch herum, bis sie sie gefunden hatten.

Während Smudge friedlich schlief, machten sich die völlig matschverkrusteten Männer, verstärkt durch einen innerlich jubelnden Ernest, auf der Galerie des großen alten Hauses mit Picken und roher Gewalt über die Mauer her.

Schwarz wie Bergleute von der dunklen Erde, machten sie sich daran, Verputz und Verschalungen zu zerstören. Knochentrocken splitterte alles unter ihren Schlägen. Staub und Farbpartikel, vermischt mit Pferdehaar, stoben in Wolken auf, und bald, sehr bald, kam Smudges kleines Schlafzimmer in Sicht, wie Glöckchens Wohnung in *Peter Pan*, nur karger und schäbiger.

Unter ihnen beobachteten die blassen Horden der Reisenden stumm und ehrfürchtig dieses brutale Treiben, das sie, wenn auch nur kurz, von ihrer unterbrochenen Reise ablenkte.

Der Lärm weckte Smudge, die das Pony zurückließ und zu ihrer Schlafzimmertür lief, um ebenfalls zuzusehen.

»Oh«, sagte sie. »Das alte Haus!«

Von ihrer Seite aus war der Anblick noch merkwürdiger. Jenseits des Lochs in der Wand öffnete sich das riesige alte Haus wie eine weite Unterwasserwelt, die man von einer behaglichen Schiffskabine aus durch ein Bullauge erblickt; das Geländer der langen Galerie; die vielen Bettenreihen, die kreidebleichen Passagiere tief unten, die zu ihr aufblickten, die tanzenden Schatten, die das Feuer warf. Das hier war wirklich ein überaus seltenes Abenteuer.

»Hallo!«, rief sie ihnen zu. »Hallo! Hallo!«

»Räum das hier beiseite«, sagte Clovis zu ihr und kickte ein paar Gesteinsbrocken von der Lücke weg – die inzwischen fast zwei Meter breit war –, damit das Pony hindurchgehen konnte.

Patience stand hinter den Männern auf der Galerie und gab aufgeregte und besorgte Geräusche von sich. Florence und Charlotte standen neben ihr, und Emerald betrachtete das Wunder, das Ernest war, und durchlebte noch einmal die Umarmung im Blumenbeet.

»Ich finde, es ist an der Zeit, es zu versuchen. Meint ihr nicht auch?«, sagte Clovis.

Während Smudge und er das Pony beibrachten, liefen Emerald und Ernest zum Stall, um Levi zu holen, der als Ermutigung für das Pony in der Tür stehen sollte. Patience, Charlotte und Florence bauten sich an unterschiedlichen Stellen als menschliche Barrieren auf, um Lady daran zu hindern, über die Galerie zu stürmen und die Bettenreihen zu zertrampeln, die sie so mühevoll aufgebaut hatten.

Als Smudge das Pony in ihr Schlafzimmer brachte und Lady sah, dass dort, wo vorher eine Wand gewesen war, eine Öffnung gähnte, blieb sie stehen und starrte.

»Blödes Tier«, sagte Charlotte.

»Sollte vielleicht jemand anders sie hinunterführen?«, fragte Patience besorgt.

»Nein«, rief Smudge völlig außer sich. »Sie ist mein Pony!«

Beim Anblick von Smudges untröstlichem Gesicht murmelte Charlotte: »Imogen würde es gern selbst tun«, und sie ging langsam auf sie zu. »Smudge?«, sagte sie leise und streckte ihr die Hand hin.

»Es tut mir leid, Mutter«, sagte Smudge.

»Ist schon gut. So etwas kommt vor.«

Damit ergriff sie das Halfter des Ponys, während Smudge die Leine nahm, und gemeinsam führten sie Lady durch die Lücke.

Das Kind sah sich mit großen Augen um. Die Mitglieder des Haushalts, mit Matsch verkrustet, sprachen ihr Mut zu. Die große Gruppe der Reisenden sah mit hohlen Augen, ohne zu atmen, zu ihr auf.

Emerald erschien mit dem glänzenden, makellosen Levi in der offenen Tür, aber trotz seiner Liebe zu ihr scheute er vor der Menge der blassen Beobachter zurück. Er schien ihren Anblick überhaupt nicht zu mögen. Daher begnügte sie sich damit, dass nur sein Kopf, sein Hals und die Vorderhufe im Haus waren, und als er Lady hoch oben auf der Galerie sah, schien er die Situation zu erfassen, begrüßte das Pony mit einem Wiehern und blieb entschlossen in der offenen Tür stehen.

Smudge sah mit leeren Augen auf alle hinab.

»Vielleicht ist sie williger, wenn ich sie reite«, sagte sie mit kläglicher Stimme.

»Vielleicht hast du recht«, antwortete Charlotte, und sie bückte sich, raffte ihren Rock und schlang einen Knoten hinein, damit sie auf der Treppe nicht darüber stolpern konnte. Lady stand stockstill, als Charlotte Smudge beim Aufsteigen half. Die Treppe, verborgen unter nassem Matsch, vollgehäuft mit Steinen, senkte sich steil nach unten.

»Komm schon«, sagte eine leise, fast gehauchte Stimme von unten.

Es war eine Ermutigung aus der Gruppe der Überlebenden.

Andere griffen die geflüsterten Worte auf. »Komm schon, Kind. Komm schon.« Dann herrschte wieder Stille.

»Bereit?«

Smudge nickte. Zitternd, zögernd, berührte sie Lady mit ihren nackten Hacken. Lady tat einen Schritt auf die oberste Stufe, hob eins ihrer Hinterbeine an und bewegte es prüfend hin und her. Die Vorderbeine zitterten. Ein Huf trat vor. Das hintere Bein senkte sich, ein Gleiten, ein Stolpern – ein Ächzen aller Versammelten –, dann hatte das Pony sich wieder gefangen.

Der erste halbe Schritt war getan, aber die Hinterbeine standen immer noch auf der Galerie, und die vorderen spreizten sich ungleichmäßig auf der Stufe.

»Lehn dich nach hinten«, flüsterte Charlotte.

Smudge lehnte sich nach hinten.

»Komm schon, Lady, sei ein braves Mädchen«, sagte Charlotte. »Oberschenkel, Smudge. Tu so, als wäre es eine Böschung, wie bei einer Jagd.«

Smudge presste gehorsam die Beine zusammen, obwohl ihre Schenkel vor Angst zitterten und keine Kraft hatten.

Alle Augen auf der Galerie richteten sich auf die Hinterbeine des Ponys, alle hielten den Atem an und warteten gespannt, ob sie, sobald sie die Festigkeit der Galerie verließen, den Halt verlieren würden.

Smudges Augen füllten sich mit Tränen. Sie biss die Zähne zusammen.

Das Pony glitt noch einen Schritt mit einem Vorderbein nach unten, versuchte, den Moment hinauszuzögern, in dem alle vier Hufe auf dem Abhang standen. Doch nun hatte sie sich zu weit gestreckt und war gezwungen, mit den Hinterbeinen zu folgen. Mit winzigen, scharrenden, schlitternden Bewegungen zog sie die hinteren Hufe nach, bis das Holz an der Kante aufhörte und ein Huf nach unten kippte, hinein in den aufgehäuften, matschigen Hang.

»Weiter«, sagte Charlotte.

Unter ihnen hob Levi den Kopf und stieß ein tröstendes Schnauben aus. Emerald lehnte sich an seinen warmen Körper und umklammerte Ernests Hand in atemloser Spannung.

Lady machte einen weiteren, langsamen Schritt nach unten. Ihre Hufe fanden Matsch, Steine, die Stufen. Schlitternd und ruckend, die Beine gespreizt, kam sie langsam voran. Ihre Hinterläufe zitterten. Sie warf den Kopf hoch, verdrehte die Augen, dass nur noch das Weiße zu sehen war. Smudge rutschte auf dem glatten Fell ein Stückchen nach vorn und lehnte sich noch weiter zurück, um die Balance zu halten. Ihre Finger krallten sich in die lange Mähne, die Knöchel weiß vor Anstrengung, während ihre Mutter eine Hand fest auf ihre Hüfte legte.

Das Pony, dessen Hufe in Matsch, aufgehäuften Säcken und Steinen Halt fanden, wirkte nun zuversichtlicher und, falls man nach den Ohren urteilen konnte, fast sogar unbeschwert.

»Braves Mädchen«, sagte Charlotte.

Sie hatten die Hälfte der Treppe hinter sich.

Sie stolperten.

Eins der Hinterbeine rutschte seitlich weg. Lady geriet aus dem Gleichgewicht und setzte sich fast auf die Treppe, während das Kind zur Seite kippte und sich an der Schulter der Mutter festhielt.

»Oh«, riefen die Beobachter von unten. »Oh«, riefen die Beobachter von oben, als die Vorderbeine des Ponys, durch das Gewicht des Hinterteils überlastet, nachgaben.

Beide Knie knickten ein, wie um einen Purzelbaum zu schlagen, und Charlotte, die auf dem glitschigen Boden ebenfalls den Halt verlor, schrie auf. Ihr Schrei galt allerdings nicht dem Sturz, sondern hatte einen anderen Grund.

Als das Pony ins Stolpern geriet, erblickte sie nämlich – durch ihre Haarsträhnen hindurch, halb verborgen in den verschwommenen Klumpen der aufgehäuften Erde – das weiße Gesicht von Charlie Traversham-Beechers, im Matsch vergraben. Seine Augen waren offen und sahen sie an. Noch während sie schrie, senkte sich ein zitternder Huf des Ponys auf das Gesicht hinab. Und fand Halt. Das Pony stand. Der Sturz war aufgehalten worden. Lady warf den Kopf hoch. Das Gesicht des Mannes, noch tiefer in den Matsch hineingepresst, war verschwunden.

Das Pony war in Sicherheit. Es zitterte zwar, aber es war in Sicherheit, und Charlotte merkte, entsetzt und fassungslos, dass sie anfing, drucksende und schluchzende Geräusche von sich zu geben. Ihre Gliedmaßen, ihre Finger, ihr Kopf, ihre Innereien – alles bebte. Nur mit Mühe gelang es ihr, den Mund wieder zu schließen; angestrengt versuchte sie, ihre Fassung wiederzufinden.

»In Ordnung, Smudge?«, krächzte sie.

Smudge, immer noch auf dem Rücken des Ponys, hatte die Erscheinung zwar nicht gesehen, war aber über die ganze Situation immer noch so erschrocken, dass sie nur nicken konnte.

»Sollen wir weitergehen?«

Sie gingen weiter.

Matsch und Steine unter Charlottes völlig ruinierten Schuhen waren wieder nichts weiter als Matsch und Steine. Kein Körper war mehr unter ihnen zu sehen. Kein Gesicht eines Toten war da, auf das man treten konnte, nur der glitschige, provisorische Hang der Treppe.

Von oben reckten die Mitglieder des Haushalts die Hälse, von unten beobachteten die fahlen Besucher das Geschehen in besorgtem Schweigen.

Noch ein paar Schritte – das Pony hätte jetzt hinunterspringen können, wenn es gewollt hätte –, und sie hatten den ebenen Boden erreicht.

Vier Ponybeine und zwei menschliche standen wieder auf festem Grund.

»So«, sagte Charlotte, schluckte schwer und gab ein Lachen von sich, das wie ein Schluchzen klang.

Die Zuschauer – selbst die erschöpften Reisenden – brachen in kurzen, schwachen Applaus aus.

Smudge strahlte auf sie hinab. Dann glitt sie dankbar vom Rücken des Ponys in die Arme ihrer Mutter.

Charlotte küsste sie auf den Scheitel. Smudge dachte, dass es eine gute Sache war, dass das Kleid ihrer Mutter sowieso ruiniert war und sie es nicht mit ihrer schmutzigen Umarmung verderben konnte.

Ein Hauch von Milde lag in der Luft, als Emerald und Ernest Levi und das erleichterte Pony in den Stall zurückführten. Das Quartier des Pferdeknechts war dunkel und immer noch leer. Sobald sie das Pony in seine Box gebracht hatten, wandte es sich ab und machte sich hungrig über das Heu in seiner Futterkrippe her. Anscheinend hatte es das Abenteuer völlig unbeschadet überstanden. Emerald gab Levi einen Kuss auf die Nüstern, und sie und Ernest gingen Hand in Hand zum Haus zurück. Der Geruch des Frühlings, der nach dem heftigen Regen in der Luft lag, umhüllte sie wie ein Zauberbann.

Am alten Haus angelangt, betraten sie es durch die große Eingangstür, machten sie hinter sich zu und wurden sofort vom Geruch eingehüllt, der von den Reisenden ausging.

»Sie müssen froh sein, endlich ins Bett zu können«, sagte Emerald, als sie den Riegel vorschob.

Über ihnen, auf der breiten Galerie, nahmen die anderen letzte kleine Veränderungen am provisorischen Schlafsaal vor, aber die Passagiere – mit der für sie typischen Voreiligkeit – gingen bereits langsam, aber entschlossen die Treppe hinauf.

»Sie können hochkommen«, rief Clovis von der Galerie.

Sie ließen ihre Habe liegen und stiegen schwerfällig die Stufen hinauf. Die noch unten standen, flüsterten hinter ihnen. Einer nach dem anderen erreichten sie die schiefe Galerie über der großen Halle – ihr merkwürdiges Schlafzimmer.

Emerald und Ernest drängten sich so höflich es ging durch die Menge. Sie mussten die Luft anhalten, um nicht vom Gestank überwältigt zu werden, und kamen atemlos oben an.

»Ist es gut so?«, fragte Clovis mit Blick über die Galerie.

Die Bettenreihen erwarteten ihre Benutzer. Aus Schafhürden, Kisten und Brettern gemacht, aber ausgepolstert mit dicken Schichten des weichsten Bettzeugs, das es auf Sterne gab, waren sie hier mit einem bestickten Kissen ausgepolstert, dort mit einer Stola, und abgedeckt mit Charlottes Umschlagtüchern oder mit Läufern aus den Zimmern.

»Es ist das Beste, was wir für sie tun konnten«, sagte Patience.

»Einen Moment«, rief Emerald und lief los, um eine Decke glatt zu ziehen.

»So«, rief Florence, als auch das letzte Bett fertig war. »Ich denke, das war's.«

Und die Mitglieder des Haushalts geleiteten jeden der müden Reisenden zu einem Bett, ergriffen Arme, hielten Hände, überwanden ihren natürlichen Abscheu vor den völlig erschöpften, schmutzigen Gestalten, die müde zu ihren Ruhestätten trotteten.

»Danke«, sagten sie.

»Danke für Ihre Freundlichkeit.«

»Danke.«

»Nein, wir waren nicht freundlich«, sagte Emerald im Gedanken an all die Unannehmlichkeiten und ihre widerwillige Dienstbarkeit.

»Doch, das waren Sie, das waren Sie, zum Schluss«, antworteten sie.

Einer nach dem anderen, Stück für Stück, fanden die zerlumpten und abgestumpften Passagiere ihre Plätze und legten sich zur Ruhe. Mütter drückten Kinder an ihre Brust, Ehemänner betteten sich neben ihre Frauen. Es gab keine Klagen mehr, nur eine gewaltige, alles umfassende Erleichterung, als jeder Einzelne, mit Seufzern wohliger Ruhe, feststellte, dass kein Federbett, kein herzögliches Sofa, keine breite Matratze irgendeiner Art sich mit diesen harten Lagerstätten vergleichen ließ, diesen an Särge gemahnenden Portalen zu ihrem lang währenden Frieden.

In Reihen ausgestreckt, ruhig die Glieder reckend – sofern sie noch welche hatten –, kreuzten alle die Hände auf der Brust, taten ihren letzten, leichten Atemzug und fielen in tiefen, tiefen Schlaf. Und wurden befreit.

Alles im alten Haus war absolute menschliche Stille, unter den Lebenden und den Toten.

Charlotte, Emerald, Smudge, Patience, Florence, Ernest, Clovis und John standen nebeneinander am Loch in der Wand, das in das kleine Schlafzimmer führte, und betrachteten die Liegenden. Der Gestank, der das Haus erfüllt und allen angehaftet hatte, ließ nach, verblasste, hob sich und war, ganz plötzlich, nicht mehr vorhanden. Die Luft war lebendig und jung. Ihr Gewissen, das sich seit der Ankunft der Fremden wie Blei angefühlt hatte, wurde leichter, wurde frei. Es gab nichts mehr zu tun.

»Ich glaube, es ist auch für uns an der Zeit, uns auszuruhen«, sagte Charlotte, und alle zogen sich zurück.

Aufgeregt, fiebrig, im Glauben, dass sie niemals Schlaf finden würden, wurden alle, einer nach dem anderen, von schierer Erschöpfung eingeholt – und vielleicht vom Nachlassen irgendeiner Wachsamkeit, die sie bisher angetrieben hatte –, bis sie schließlich wie die zufriedenen Passagiere in tiefsten Schlaf sanken.

Emerald, in einen Paisley-Schal und ähnliche Dinge gehüllt, hielt Smudge in den Armen. Ihr gemeinsamer Atem war süß und gleichmäßig, wie der Atem aller anderen im Haus auch, denn in den wenigen Stunden vor Anbruch der Morgendämmerung fanden sie den Frieden einer langen Nacht. Keiner von ihnen verfügte über die Laken und Decken, die eigentlich in ihre Zimmer gehörten, oder überhaupt über Laken und Decken. Sie alle schliefen aufs Geratewohl, in unorganisierter Behelfsmäßigkeit. Ernest schlief in seinem Mantel und sah sehr würdevoll aus. Clovis, einen Arm weit von sich gestreckt, lag quer über seinem Bett wie ein Hündchen, und die Spaniels Nell und Lucy ergänzten den Wurf. Patience, sogar im Schlaf adrett, hatte sich in ihren Schrankkoffer gekuschelt und lag da wie ein Goldring in seinem Kästchen. Florence – ah, Florence Trieves: Sie bot in dieser Nacht ein völlig anderes Bild als sonst. Sonst schlief sie wachsam, fast im Stehen, wie Tiere auf dem Feld es tun, misstrauisch dem Leben gegenüber. Aber in dieser Nacht waren ihre Glieder locker, ergaben sich tiefem, tiefem, erholsamem, vertrauensvollem Schlaf – Seite an Seite mit John Buchanan, der Wärme wegen.

Charlotte lag auf ihrem Fenstersitz, in Ermangelung von Bettzeug zugedeckt mit ihrer Unterwäsche und anderen Kleidungsstücken, und hielt Ausschau nach ihrem Ehemann. Der Kater Lloyd schlief, Levi und das Pony Lady in ihren Boxen schliefen, der Spürhund Forth, die Spaniels Lucy und Nell, Tenterhooks und sogar die Mäuse. Alle schliefen.

EDWARD SWIFT KEHRT ZURÜCK

Die Nacht wich einem milden, absolut wundervollen Tag. Alle Elemente, die einen Frühlingsmorgen ausmachen, zeigten sich von ihrer prachtvollsten Seite: Chöre aus Vogelgezwitscher, leiser Dunst, der von der nassen Erde aufstieg. Es war ein denkwürdiger Maifeiertag.

Die Sonne stürzte sich durch die Fenster und ließ ihre Strahlen auf dem unglaublichen Schmutz spielen, der im Haus herrschte. Feuchter Matsch blitzte im himmlischen Glanz auf. Emerald tanzte durch das Chaos.

»Guten Morgen, Myrtle. Immer noch keine Pearl Meadows?«, trällerte sie und merkte nicht einmal, dass Myrtles Stimmung ganz und gar nicht der ihren entsprach. Myrtle, die mit dem Abwasch beschäftigt war, kam sich vor wie eine Schildkröte, die einen hohen Berg zu erklimmen hat.

»Morgen, Miss Em«, sagte sie. »Würde es Ihnen etwas ausmachen, mir zu sagen …« Und sie deutete auf die Tür zum alten Haus, die weit offen stand, sodass die mit Erde überhäufte Treppe und die Reste des immer noch rauchenden Feuers zu sehen waren.

Emerald tänzelte fröhlich an Myrtle vorbei und betrat das alte Haus. Eine Frau in einem blauen Kleid stand, dem Sonnenlicht zugewandt, mit ausgebreiteten Händen dort, als ließe sie sich von einem Wasserfall berieseln.

»Florence?«, fragte Emerald. »Mrs Trieves?« Florence drehte sich um. »Ihr Kleid …«, hauchte sie mit schwacher Stimme.

Sie wusste, dass sie Mrs Trieves anstarrte, aber es wollte ihr nicht gelingen, ein anderes Gesicht aufzusetzen.

»Guten Morgen, Miss Em«, sagte Florence. »Die Passagiere sind alle weg.«

»Weg?« Emerald hob ihren Rock an, um die matschige Treppe hinaufzugehen. Es stimmte. Die Betten waren da, aber die Passagiere waren verschwunden. Die Luft, die durch die große Eingangstür strömte, duftete nach Hyazinthen, Narzissen und Gras.

»Die Eisenbahn muss sie abgeholt haben«, sagte Florence.

»Wurde ja auch Zeit«, bemerkte Emerald.

Sie ging zu dem kleinen Nest, das ihr am nächsten war und in das sie selbst ein kleines Kind gelegt hatte, und hob das daraufliegende Kissen an. Es war frisch, gestärkt, makellos weiß, faltenfrei und absolut unbenutzt, so als sei es gerade erst aus dem Schrank geholt worden. Sie drückte es an sich und sah sich um. Überall waren die Betten gemacht, mit Laken aus frischer Baumwolle bezogen, absolut unberührt.

Allmählich kamen alle Mitglieder des Haushalts zum Vorschein, gähnend, aber erfrischt, seltsam beschwingt nach ihrem kurzen Schlaf an den unmöglichsten Orten. Sie wanderten durch das Haus, sammelten sich in Zimmern, die die Spuren der Aktivitäten der Nacht trugen – Dutzende von Tassen, die hier und da verstreut herumstanden, Teller, die sich neben dem Kamingitter im Frühstückszimmer stapelten, Zigarrenstummel auf allen Fußböden –, und empfanden Freude und Befriedigung beim Anblick der Beweise dafür, dass alles, was stattgefunden hatte, real war, fast so, als wäre es vorstellbar, dass sich die Ereignisse der Nacht nur in ihrer Fantasie abgespielt hatten. Es blieb jedoch die Tatsache, dass, ganz gleich wie viele kleine Beweise sie fanden – die vierzig Stühle, die in die beiden kleinen Zimmer hineingezwängt worden waren, Clovis' fehlender

Kragen samt Fliege und die Tatsache, dass jedes Messer, jede Gabel und jeder Löffel im Haus benutzt und schmutzig war –, es nicht die materiellen Fakten waren, die sich ihnen entzogen, sondern die undeutlichen Abdrücke, die das alles in ihren Hirnen hinterlassen hatte. Sie schienen nichts bewahren zu können.

Falls dennoch jemand Zweifel daran gehabt hätte, dass sie wahre Horden bewirtet hatten, blieben als unumstößlichste der unleugbaren Wahrheiten das Durcheinander und der Dreck. Keine Geburtstagsfeier, die einer von ihnen je erlebt hatte oder sich hätte erträumen können, hätte ein derartiges Chaos produzieren können.

Die gigantische Aufgabe, im Haus wieder einen Anschein von Ordnung herzustellen, wurde in einer Atmosphäre der Fröhlichkeit von Gästen und Familienmitgliedern in Angriff genommen. Der Matsch war das größte Problem, dicht gefolgt vom Fett. Diverse Scheuerbürsten wurden bis aufs Holz abgenutzt.

»Vielleicht sollten wir die alte Treppe einfach so lassen, wie sie ist, damit Gras darauf wachsen kann«, schlug Patience vor.

»Falls Pearl Meadows sich je dazu herablässt, uns mit ihrer Anwesenheit zu beehren, kann sie die alleinige Verantwortung dafür haben, sie wieder auf Hochglanz zu bringen«, hörte man Myrtle grummeln. Sie war beim ersten Tageslicht schlecht gelaunt aufgestanden, fest entschlossen, jede Entschuldigung, die Florence Trieves vielleicht in der Folge ihrer fürchterlichen Attacke vom gestrigen Abend anbringen wollte, weit von sich zu weisen, aber die Tatsache, dass die Frau in einem Baumwollkleid singend ihrer Arbeit nachging, hatte sie auf der Stelle wenigstens zum Teil entwaffnet, und der Rest ihrer Abwehr fiel, als Florence sie in die Arme schloss – herzlich – und sie anlächelte – noch herzlicher – und sich entschuldigte, nicht beiläufig, sondern aus ganzem Herzen, nicht nur dafür, dass sie sie am Vorabend angeschrien hatte, sondern für jeden historischen Anfall schlechter Laune, an den das Mädchen sich erinnern konnte. Wer hätte da noch böse sein können? Gewiss nicht Myrtle. Allerdings machte sie trotzdem lieber einen weiten Bogen um Florence, nur für den Fall, dass Mrs Trieves' gute Laune lediglich auf einen Anfall geistiger Verwirrung zurückzuführen war, dessen nächste Stufe Gewalttätigkeit heißen würde.

Wenn wir über den Morgen hüpfen wie ein Kieselstein über Wasser, sehen wir Smudge, die in Emeralds Bett tief und fest schläft und schließlich aufsteht, um sich, spät, aber glücklich, an den Aktivitäten zu beteiligen. Eimer mit Wasser werden hochgehievt und schwappend herumgetragen, beliebig schlagende Uhren kennzeichnen mit den unterschiedlichsten Tätigkeiten verbrachte Stunden, in denen sich das Haus allmählich dem hellen Tag darbietet.

Im Verlauf des Morgens sehen wir, wie Emerald und Ernest, die sich nach Zeit sehnen, die sie allein miteinander verbringen können, um sich an ihren Ähnlichkeiten zu freuen, sich für eine halbe Stunde entschuldigen, um auf dem Dachboden nach dem staubigen Mikroskop zu suchen.

Der Dachboden – was für Träume und Vergnügungen dort zu finden waren, zwischen den fleckigen Vorhängen und den wackligen Tischen, die darauf warteten, repariert zu werden. Vorsichtig stiegen die beiden über Balken hinweg und wateten durch Streifen hellen Sonnenlichts.

»Weißt du, wo es ist?«, fragte Ernest.

»Natürlich. Es ist da drüben.«

Sie brauchten nicht zu suchen.

Ernest kniete neben ihr, als sie die schwere Holzkiste, einem Sarg ähnlich, von ihrem Brett nahm. Klick, klick, klick öffnete sie die vertrauten Messingverschlüsse. Er öffnete die Schachtel mit den Objektträgern, nahm die Karte heraus (Alles Liebe von deiner Freundin Patience) und reichte ihr einen, damit sie ihn auswickeln konnte. Sie zog ihn aus dem Seidenpapier und legte ihn unter die Linse, sicherte ihn mit Fingern, die sich an alles erinnerten. Er fing an, unter den Sachen in ihrer Nähe herumzukramen, sah sich nach einem passenden Gegenstand für ihre Untersuchung um, während sie einen Platz frei räumte und das Mikroskop gerade hinstellte. Sie bewegten sich ganz selbstverständlich, aufeinander eingespielt, sich beide derselben praktischen Faszination bewusst, der sicheren Sympathie des jeweils anderen.

»Spinne«, sagte er.

»Groß?«

»Nicht besonders.«

»Sonst etwas?«

»Feder?« Bei Ernest zu sein, während sie geschäftig im Durcheinander des Dachbodens herumsuchten, war, als hätte sie bei der millionsten Betrachtung des Wandteppichs im Speisezimmer ein neues Rudel Rehe entdeckt, das unter den Bäumen hervorkam, neue Trompeten, einen neuen Fleck gestickter Blumen. Sie sah zu ihm hoch. Das Licht fiel auf ihr Gesicht. Seins, das auf sie hinabblickte, lag im Schatten.

»Welche Farbe haben deine Augen?«, fragte sie.

»Ich habe nicht die leiseste Ahnung. Wieso?«

Dann küssten sie sich.

Zuerst verfehlten sich ihre Lippen, da keiner von ihnen so etwas je zuvor getan hatte, aber sie ließen sich dadurch nicht entmutigen und machten bald wundervolle Fortschritte. Sie küssten sich, bis sie keine Luft mehr bekamen und fürchteten, sich zu vergessen.

Sie löste sich von ihm und sagte ein wenig unsicher: »Wir haben weder Schmetterlingsflügel noch Käferbeine. Gib mir eins von deinen Haaren.«

Nur Charlotte war kein Teil der allgemeinen Fröhlichkeit. Nicht weil sie nicht helfen wollte (obgleich das zutraf), sondern weil sie vorsichtiger dabei war, die Ereignisse im Geist bis zu ihrer erfreulichen Vollendung zusammenzustückeln, und zu beschäftigt mit Fragen, um die Unannehmlichkeiten und Schrecken der Nacht zu vergessen.

Als das Speisezimmer an der Reihe war, in Ordnung gebracht zu werden, ging sie als Erste hinein, blieb stehen und betrachtete das zersplitterte Glas und den Portweinfleck auf dem damastenen Tischtuch, der klar und deutlich von der Treibjagd sprach – dem Spiel, das ihr Untergang gewesen war. Und doch war sie unbeschadet daraus hervorgegangen. Gedankenverloren nahm sie eine schmale Scherbe zwischen Daumen und Zeigefinger und schien zu hören, wie der Ruf »Geben Sie das Glas weiter, geben Sie das Glas weiter« von der Wandverkleidung zurückgeworfen wurde. Charlie Traversham-Beechers hatte sich über die Naturgesetze von Leben und Tod hinweggesetzt, um sie ins Verderben zu stürzen, und doch … liebte er sie. Sie hatte nicht den geringsten Zweifel daran, dass sie *sein* Gesicht auf der Treppe unter dem Huf des Ponys gesehen hatte, sie zweifelte nicht daran, dass er es war, der sie und Smudge und das Pony gerettet hatte. Sie zitterte. Das Lachen ihrer Familie drang aus der Ferne zu ihr, während ein eisiger Hauch sie einhüllte. Wo war er jetzt?, fragte sie sich. Und wohin war er gegangen, als sie ihn gebannt hatte? Sie wusste, dass die unschuldigen Passagiere erlöst worden waren und nun in Frieden ruhten, aber was konnte einen Mann wie Charlie Traversham-Beechers vom ewigen Warten erlösen?

So wie Emerald und Ernest sich Zeit allein miteinander wünschten, so brauchte Charlotte, mitgenommen von ihrem Martyrium, das Alleinsein, damit sie ihr inneres Gleichgewicht zurückgewinnen konnte. Sie schlüpfte aus dem Haus und ging, wie Emerald am Tag zuvor, an der Rabatte entlang, die nun voller Löcher und von vielen Füßen zertrampelt war, bis sie das Tor zum Hof hinter der Sattelkammer und dem Stall erreichte.

»Großer Gott!«, rief sie laut und unvermittelt. »Wo um alles in der Welt sind Robert und Stanley abgeblieben?«

Die Bäume rund um die Lichtung, auf der sie stand, reckten blasse Gliedmaßen in den enteneierblauen Himmel, ihre giftig grünen Blätter bewegten sich, im Sonnenlicht aufleuchtend, im leisen Wind. Und dieser Wind trug das Geräusch von Hufen und Rädern zu ihr.

»Edward!« Sie drehte sich um und lief zurück zur Auffahrt.

Alle kamen gleichzeitig aus dem Haus gelaufen, als das Fuhrwerk vorfuhr, gezogen von Ferryman, gelenkt von Robert. Stanley saß hinten, während Edward, aufrecht und gesund und munter, neben Robert auf dem Kutschsitz hockte. Das Fuhrwerk kam vor der Haustür zum Stehen.

»Wir sind so froh, euch zu sehen«, sagte Emerald und strahlte den Pferdeknecht und seinen Jungen an, als Robert abstieg, um alle zu begrüßen.

Charlotte, die nervös an ihren Haaren herumnestelte, langte bei ihnen an.

»Wir haben keine Passagiere angetroffen«, sagte Robert.

»Wo um alles in der Welt waren Sie die ganze Zeit?«, wollte Emerald wissen, während ihre Mutter zu ihrem Ehemann lief und ihm, an seinem Ärmel zupfend, das Gesicht entgegenhob, damit er sie küssen konnte.

»Nun …« Robert wirkte durcheinander. »Stanley?«

Stanley hob Edwards Koffer von der Ladefläche herunter. »Es hat geregnet«, sagte er und hielt inne. »Wir haben an der Stelle gewartet, die man uns genannt hatte, und dann …« Unsicher verstummte er. »Dad?«

»Wir waren eine Zeit lang im Wald«, sagte Robert. »Mr Edwards Zug war pünktlich«, beendete er den Satz, als wäre dies das Ende der Geschichte. Und er und sein Sohn schienen in einer Art Träumerei zu versinken.

Edward war vom Fuhrwerk gestiegen, legte seiner Frau den Arm um die Taille und lächelte allen zu. Er strahlte die Freude eines heimkehrenden Soldaten aus, das Wohlwollen eines Prinzen.

»Es war ein bisschen ungewöhnlich, mit dem Fuhrwerk abgeholt zu werden, wo wir doch eine Kutsche haben«, lächelte er.

Charlotte klammerte sich an ihn, während er die Männer mit Handschlag und Patience mit einem ehrerbietigen Lüften des Hutes begrüßte.

»Ich habe es sehr bedauert, an deinem Geburtstag nicht da sein zu können«, sagte er zu Emerald. »War es schön?«

»Ich muss vielleicht verhauen werden«, kam es leise von Smudge, die sich hinter dem Rock ihrer Mutter hervorwagte.

»Weswegen?«, fragte er streng. »Du weißt, dass ich es tun werde.« (Nie im Leben.)

»Weil sie Lady ins Haus geschleppt hat«, sagte Charlotte und machte ihm mit den Augen ein Zeichen.

»Nach oben?«

»Nach oben«, sagte Emerald.

»Dann ist die Sache ja wirklich ernst. Ich habe das als Junge auch einmal getan, und wir mussten Brian Doonan mit seiner Winde holen. Es war ein furchtbares Desaster, aber das arme Pony hat es überlebt.«

»Wie hat es geheißen?«, wollte Smudge wissen.

»Godfrey.«

Smudge nickte.

»Es war ein Großes Unterfangen«, sagte sie.

»Das bezweifle ich nicht«, lautete seine Antwort.

Alle gingen ins Haus, während ihm berichtet wurde, wie sie das Pony wieder nach unten geschafft hatten.

»Was für ein Spaß«, sagte er. »Und gleichzeitig gab es dieses furchtbare Zugunglück in der Nähe von Whorley.«

Bei dieser Bemerkung erstarrten alle, unterbrachen sich mitten im Gehen, sodass Edward ohne es zu bemerken ein oder zwei Schritte allein weiterging.

»Ein Zugunglück?«, erkundigte sich Charlotte mit schwacher Stimme.

»Ja, und zwar ein schweres. Fünfzig Menschen kamen ums Leben, wie George mir sagte. Männer, Frauen und Kinder – alle Insassen eines Waggons, und im nächsten gab es zahlreiche Verletzte. Es heißt zwar, in den Augen Gottes sind wir alle gleich, aber es waren ausschließlich Passagiere der dritten Klasse, die ums Leben kamen. Ein unfairer Nachteil. Die einzige Ausnahme bildete ein Pechvogel aus der ersten Klasse.«

Er empfand ihr Schweigen nicht als merkwürdig, schließlich war es eine schockierende Neuigkeit. Einen Augenblick später flüsterte Emerald: »Und was war mit den anderen?«

»Welchen anderen?«

»Den anderen aus dem Zug. Den Überlebenden?«

»Die wurden nach Whorley gebracht, glaube ich. Dort gibt es ein Hotel und einen Gasthof. George sagte, die Eisenbahn musste ganz auf die Schnelle einen Motorbus und mehrere Pferdefuhrwerke für die Fahrt besorgen. Es muss furchtbar enervierend gewesen sein. Alle standen natürlich unter Schock, wie ihr euch denken könnt.«

Sie selbst standen inzwischen in der Halle und versuchten, diese Neuigkeit über das Zugunglück zu verarbeiten, aber keiner von ihnen machte Anstalten, über seine Empfindungen zu sprechen.

»Sollen wir dann?«, sagte Charlotte schließlich. Und sie setzten ihren Weg fort.

Bei hellem Tageslicht, und angesichts ihrer eigenen konkreten Sorgen, die sie beschäftigten, ist es vielleicht nicht so seltsam, dass ein Zugunglück anderswo, das nur Fremde betraf, für Emerald, Charlotte und Clovis, die wissen wollten, ob es gelungen war, das Haus zu retten, keine große Bedeutung hatte. Auch nicht für Ernest, der nur an Emerald dachte, oder für Patience, die den Blick nicht von Clovis wenden konnte. Edward war nach Manchester gefahren, um sich um die Rettung von Sterne zu kümmern. Jetzt war es an der Zeit herauszufinden, ob es ihm gelungen war.

»Ich habe Neuigkeiten«, sagte er. »Es handelt sich um eine Familienangelegenheit und ist ein wenig heikel, da es finanzielle Dinge betrifft.«

»Dann werden wir gehen«, sagte Ernest.

»Nein – *wir* werden gehen. Wir gehen ins Frühstückszimmer, wenn es allen Recht ist.«

»Selbstverständlich«, sagte John, als die Familie das Zimmer verließ. Nur Smudge blieb zurück, da sie wusste, dass sie bei diesen Dingen nicht erwünscht war.

»Smudge!«, rief Charlotte ihr im Gehen zu.

Smudge wusste nie, ob ihr Name »Geh weg« oder »Komm her« bedeutete. Für gewöhnlich Ersteres.

»Komm her!«, rief Charlotte und umarmte sie, als sie es tat.

»Wir werden jetzt über erwachsene Dinge sprechen«, sagte sie. »Aber wenn du wartest, bis wir fertig sind, sollen wir dann anschließend gemeinsam etwas unternehmen?«

Einem geschenkten Gaul schaut man nicht ins Maul. Smudge wäre die Letzte gewesen, die das Geschenk der Aufmerksamkeit ihrer Mutter näher in Augenschein nahm. Sie nickte, überwältigt von atemberaubender, überraschter Wonne.

»O ja, Mutter«, sagte sie.

»Patience, würde es dir etwas ausmachen, dich ein wenig um Imogen zu kümmern und vielleicht ein Haarband für sie zu suchen?«, fuhr Charlotte fort.

Natürlich war Patience entzückt, mit dieser Aufgabe betraut zu werden, streckte Smudge gut gelaunt die Hand hin und zog sie mit sich. Clovis sah ihr nach und fragte sich, wie es ihm gelingen sollte, sie am Montag frohgemut in die Kutsche nach Berkshire zu setzen. Sie war für ihn eine Art Droge geworden.

»Mrs Trieves«, trällerte Charlotte. »Sie gehören natürlich auch dazu. Kommen Sie.«

Und Florence Trieves folgte ihnen in respektvollem Abstand.

Es war seltsam für die Familie, nach den Abenteuern der vergangenen Nacht das sonnendurchflutete Frühstückszimmer erneut zu betreten, dieses Mal angeführt von Edward Swift, dem Stiefvater. Alle setzten sich, Florence am weitesten entfernt, hinter Charlotte, während die anderen sich vor dem Kamin um Edward gruppierten.

Emerald bemerkte eine blau-weiße Teetasse, die gefährlich nah an der Kante eines hohen Regalbretts balancierte.

»Wie es scheint, ging es auf deinem Geburtstag recht ausgelassen zu, Emerald«, sagte Edward, vor dem Kamin stehend, den einen Arm auf dem Rücken.

»Ausgelassen ist vielleicht nicht ganz der richtige Ausdruck«, antwortete sie lächelnd.

Clovis, der auf dem Sofa Platz genommen hatte, Nell und Lucy zu seinen Füßen, merkte plötzlich, dass er seinem Stiefvater gern zeigen wollte, wie viel erwachsener er geworden war, wusste aber nicht, wie er es anstellen sollte.

»Wir hatten unglaubliche Mühe, Ferryman vor das Fuhrwerk zu spannen«, sagte er als Einstieg in eine neue Höflichkeit, und Edward kam ihm gern entgegen.

»Das hat Robert auch gesagt. Aber auf dem Weg vom Bahnhof hierher hat er sich ganz manierlich verhalten.«

Sie lächelten einander an, und mit diesem kurzen Austausch war ein Großteil der unguten Gefühle der Vergangenheit beigelegt.

Charlotte saß ganz still da, die Hände im Schoß gefaltet, und sah ihren Mann erwartungsvoll an.

Die Unterhaltung geriet ins Stocken und verstummte vollends. Der große Moment war gekommen. Nun war es an Edward, ihnen darzulegen, was aus Sterne werden würde.

»Sterne«, sagte Charlotte.

»Bitte«, flüsterte Emerald und ballte die Hände zu Fäusten. »Sag uns, was du erreicht hast.«

»Ich muss sagen, es war alles sehr merkwürdig«, sagte Edward. Einen Moment wirkte er unsicher, fuhr dann aber fort: »Wie ihr alle wisst, bin ich nach Manchester gefahren, um mit Mr Jarvis zu sprechen und ihn um ein Darlehen zu bitten. Er war genauso, wie ich ihn mir vorgestellt hatte, ein mehr als unangenehmer Mann, der meine Bitte um ein Darlehen auf eine mehr als unangenehme Weise abschlug.«

»Er hat abgelehnt?«

»Ja, das hat er.« Ein kurzes Schweigen. Alle dachten darüber nach, was das bedeutete. »Ihr wisst ja, was ich von Mr Jarvis halte und wie schwer es mir fiel, ihn um dieses Darlehen zu bitten. Daher war ich zwar enttäuscht, gleichzeitig aber auch erleichtert. Wie auch immer, dieses Vorhaben ist gescheitert. Und das wäre also das.«

»Oh!«, machten Emerald und Charlotte gleichzeitig, während Clovis nur den Kopf hängen ließ und blicklos den runden Kopf von Nell anstarrte.

Das war also das. Edward hatte kein Geld mitgebracht. Er war gescheitert.

Wie schnell sich Neuigkeiten mitteilen ließen. Wie schnell und entschieden die Hand des Schicksals zuschlagen konnte.

»Aber das ist nicht alles«, fuhr er hastig fort. »Es kommt noch viel mehr. Ich …« Er brach ab und wandte ihnen den Rücken zu, schien die Fotografie von Charlotte und Horace zu betrachten, die auf dem Kaminsims stand, während die Familie hinter ihm wartete und kaum zu atmen wagte. »Folgendes ist passiert«, sprach er mit ruhiger Stimme weiter, immer noch ohne sich umzudrehen. »Und wenn es mir nicht selbst passiert wäre, und wenn ich die Papiere nicht selbst gesehen und sie selbst auf ihre Echtheit hin überprüft hätte, würde ich es nicht glauben …«

»Was glauben?« Charlotte war jetzt eher verängstigt als neugierig. Alle drei Torringtons überlief ein Schauder, vergleichbar mit einem kalten Windstoß, der über ein Weizenfeld streicht. Es schien, als hätten die seltsamen Ereignisse der Nacht ihre Hände ausgestreckt und seien zurückgekommen, um sie in diesem heiteren, sonnigen Zimmer heimzusuchen.

Konnte es sein, dass Edward Swift, die Rationalität in Person, ebenfalls eine Begegnung mit dem Unwirklichen gehabt hatte und es ebenso wenig fassen konnte wie sie?

Er drehte sich wieder zu ihnen um, aber er wandte sich einzig und allein an Charlotte, als er sagte:

»Jemand aus deiner Vergangenheit hat deine Angelegenheiten in die Hand genommen.«

Seine Worte besaßen eine bleierne Schwere. Clovis setzte sich abrupt auf und sah mit schief gelegtem Kopf zum leeren Kamin hinüber. Emerald spürte einen Kloß im Hals, ihre Kopfhaut kribbelte. Das Gespenst der Schande erhob sich aufs Neue.

»Oh«, machte Charlotte.

Blindlings streckte sie eine Hand hinter sich und spürte, wie sie voller Wärme von Florence Trieves' starken Fingern ergriffen wurde. Die beiden hielten sich aneinander fest, während Edward fortfuhr.

»Etwas überaus Ungewöhnliches und Wundervolles ist geschehen.«

»Etwas Wundervolles?«, flüsterte Charlotte.

»Als ich gestern aus Mr Jarvis' Büro kam, war es noch sehr früh, also beschloss ich, auf dem Weg zum Mittagessen in meinem Club noch kurz in der Kanzlei vorbeizugehen. Ich hatte keine Termine und erwartete nicht, jemanden anzutreffen – außer dem Portier, versteht ihr?«

»Sprich weiter.«

»Nun – als ich dort ankam, als ich dort eintraf, war der Portier – du kennst ihn, Hargraves – nicht da.«

»Nicht da?«, flüsterte sie.

»Nein. An seiner Stelle saß da sein Cousin – das heißt: ein Mann, der behauptete, sein Cousin zu sein.«

»Behauptete? Zweifelst du daran?«

»Eigentlich hatte ich keinen Grund, daran zu zweifeln, aber es war seltsam. Ich weiß selbst nicht, wieso ich es erwähnt habe. Er war ein eigenartiger Bursche – sehr blass, sichtlich nicht wohlauf, würde ich sagen. Jedenfalls sagte er, dass er Hargraves manchmal vertritt, wenn niemand da ist, und sie hatten natürlich nicht damit gerechnet, dass ich an einem Samstag vorbeikommen würde. Aber der Herr, sagte er, den ich erwarte, sei bereits in meinem Büro.« Er sah sich unter ihnen um, wie um sich zu vergewissern, dass sie zuhörten. »Ich erwartete aber niemanden. Der Name des Mannes lautete …« Er unterbrach sich. »Er lautete … Modkin oder Malcolm oder – Himmel, es ist sonst gar nicht meine Art, einen Namen zu vergessen. Vielleicht auch Martin. Jedenfalls, wie immer er hieß, er war ein alter Mann, sehr gebrechlich, ziemlich vornehm. Und er behauptete, etwas Geschäftliches mit mir zu besprechen zu haben. Vor allem aber sagte er, ich wisse schon seit vierzehn Tagen darüber Bescheid. Lässt mein Verstand allmählich nach, Charlotte?«

»Nein, Edward.«

»Emerald?«

»Nein, natürlich nicht. Sprich bitte weiter.«

»Er sagte, ich sei über die Sache informiert. Er selbst sei wegen einer anderen Angelegenheit in Manchester, habe aber gedacht, es sei höflicher und angemessener, persönlich mit mir zu sprechen. Angesichts der hohen Hinterlassenschaft, um die es gehe.«

»Welche hohe Hinterlassenschaft?«

»Eine Hinterlassenschaft für Horace – entschuldige, Charlotte, dass ich seinen Namen erwähne, wo ich doch weiß, wie sehr es dich schmerzt, ihn zu hören –, für Horace Torringtons Kind. Die Hinterlassenschaft einer wohlhabenden entfernten Verwandten namens ...« Wieder hielt er verwundert inne. »Vielleicht bin ich müde«, sagte er. »Es ist wirklich nicht meine Art, Namen zu vergessen.«

»Setz dich, sprich weiter«, sagte Charlotte, die so weiß geworden war wie die Kissen, auf die die Passagiere ihre armen, verrottenden Gesichter gebettet hatten.

Er setzte sich und zog dabei einen dünnen Packen Papiere, der mit einem schwarzen Band umwickelt war, aus seiner Brusttasche. Er löste das Band, indem er das lose Ende mit den Zähnen aufzog, wie es seine Gewohnheit war, schlug die Papiere auf und las: »Eine Großtante namens Mabel Eglantine Breeches – so hieß sie! – Mabel Eglantine Breeches, ein sehr merkwürdiger Name, kein Wunder, dass sie nie heiratete, wenn sie so merkwürdig war wie der Name. Aber wie gesagt hinterließ sie dem jüngsten Kind von Horace Torrington die Summe von – Emerald, kümmere dich bitte um deine Mutter.« Emerald setzte sich neben ihre Mutter und nahm ihre Hand. »Die Summe von sechzigtausend Pfund.«

»Dem Kind?«, flüsterte Charlotte. »Sicher doch den *Kindern?*«

»Nein, es heißt ganz klar ›Kind‹, und Smudge wird namentlich genannt. Siehst du: ›Imogen Artemis Torrington. Um ihr und ihrer Mutter, die das Geld nach Belieben verwenden darf, ein würdevolles Leben zu ermöglichen.‹ Seltsame Wortwahl für eine alte Frau. Ein würdevolles Leben. Siehst du? Ich verstehe das alles nicht.«

Er hielt ihr das Papier hin. Charlotte machte keine Anstalten, danach zu greifen, also nahm Emerald es für sie entgegen.

»Das ist alles sehr – ich verstehe diese Formulierungen nicht sehr gut, Edward«, sagte Charlotte.

»Vertrau mir. Das hier ist nicht das eigentliche Testament, verstehst du? Es ist ein Dokument, das dieser Herr aufsetzte, dieser Mr – wie hieß er noch mal? McCloud? Er hat das Testament, unterschrieben und mit Siegel versehen, in seiner Kanzlei in London vorliegen. Jedenfalls war dieser Modkin nicht ihr Anwalt, sondern wurde einfach nur von ihr beauftragt, mir die Papiere auszuhändigen. Alles ganz legal und korrekt, wenn auch ein wenig unkonventionell.« Stille trat ein. »Miss Breeches verstarb vor ein paar Monaten.« Immer noch sagte niemand ein Wort. »Sie hatte keine anderen Verwandten.«

»Horace hatte niemanden«, sagte Charlotte mit schwacher Stimme. »Seine Verwandten waren alle tot – arm und tot.«

»Das hast du immer gesagt. Aber du hast dich geirrt.«

»Wie hieß sie noch mal?«

Er sah noch einmal in dem Dokument nach. »Mabel Eglantine Breeches.«

»Und sie ist tot?«

Geduldig antwortete er: »Ja, Charlotte, sie ist tot.«

»Ich verstehe. Sechzigtausend Pfund?«

»Ja.«

»Und das Haus ist gerettet?«

»Ja, mein Liebes. Und alle, die darin wohnen.«

»Wir haben ein Dach über dem Kopf?«

»Ein großes.« (Er war nicht der Mann, der sie darauf hingewiesen hätte, dass sein eigenes ansehnliches Gehalt ausgereicht hätte, ihnen allen bis zu ihrem Lebensende einen bescheideneren Lebensstil in einem kleineren und angemesseneren Haus zu ermöglichen.)

»Würdevoll«, sagte Charlotte. »Würdevoll.« Und dann senkte sie den Kopf und brach in Tränen aus.

»Aber, Liebes, aber …«, sagte Edward.

John Buchanan verabschiedete sich. Sein blitzendes Auto, wieder funktionstüchtig, schien geradezu im Kies zu scharren, so versessen war es darauf, von hier wegzukommen. Als er die Außentreppe hinunterging, stieß er auf Emerald, die wartend dastand, einen liebevolleren Ausdruck auf dem Gesicht, als sie ihm je zuvor zugedacht hatte.

»John«, sagte sie. »Ich weiß nicht, ob ich mich bei Ihnen entschuldigen oder bedanken soll.«

John blieb neben ihr stehen: »Sie brauchen mir für nichts zu danken, Emerald, und gewiss ist auch keine Entschuldigung nötig. Sie sind …«

Er wusste nicht, was er sagen sollte, denn er erkannte binnen eines Augenblicks, dass er sich vielleicht Emeralds Haus gewünscht hatte, ihre Haare, ihre strahlende Vortrefflichkeit, das alles jetzt aber nicht mehr wollte. Sicher, sie war eine wundervolle Frau. Und er selbst war ein durchaus ansehnlicher Mann, dachte er, aber doch eine ganz andere Spezies als Emerald Torrington. Sie hätten ein durch und durch unglückliches Paar abgegeben. Unfähig, diese ungewohnten Einsichten in Worte zu fassen, begnügte er sich damit, ihr einen herzhaften Klaps auf den Arm zu geben.

»Nochmals herzlichen Glückwunsch zum Geburtstag«, sagte er. »Ich hoffe, ich kann Sie und Clovis dazu überreden, gelegentlich einmal für konventionellere Vergnügungen in die Stadt zu kommen. Zum Spaß.«

»Spaß wäre großartig. Auf Wiedersehen, John.«

»Auf Wiedersehen.«

Damit gesellten sie sich zu den anderen, die ebenfalls draußen waren.

John warf noch einen einzigen Blick zurück auf die in Sonnenlicht getauchte, elegante Fassade von Sterne und schluckte den letzten Rest seiner Enttäuschung darüber hinunter, dass er nun, da das Haus gerettet war, niemals sein Besitzer werden würde, weder durch Geld noch durch Heirat. Dann schüttelte er allen in der Runde die Hand, grinste breit und machte seinen Abgang, indem er Ernest und Clovis auf den Rücken klopfte und den Damen eine gewandte Verbeugung zukommen ließ. (Er besaß die Unverfrorenheit, Florence zuzuzwinkern; sie schämte sich nicht, dieses Zwinkern zu erwidern.)

»Auf Wiedersehen«, rief Emerald.

»Auf Wiedersehen«, riefen alle, und er klatschte sich mit den Autohandschuhen auf die Schenkel, stieg in sein Gefährt, vollführte einen sauberen Halbkreis und preschte zwischen den Eiben davon. Noch einmal winkte er der Gruppe auf der Auffahrt zu und hängte den Spürhund Forth, der ihm nachsetzte, knatternd und dröhnend ab, noch bevor er die Straße erreichte.

Smudge, von den Armen ihrer Mutter umfangen, sagte: »Ich mag Farmer John Buchanan. Er ist ganz in Ordnung«, als hätte jemand das Gegenteil behauptet.

Das blitzende Auto hielt ihre Aufmerksamkeit nicht lange gefangen, und als Forth zu ihnen zurückgerannt kam, sah Emerald zu Ernest auf, und Clovis nahm Patiences Hand und zog sie in den Schatten der Veranda. Er küsste sie kurz, presste die Lippen auf anbetungswürdige Weise auf ihre.

»Ich mag dich auch«, flüsterte sie. »Und jetzt lass das, du ungezogener Bursche.«

Wie zwei verlegene Akrobaten, die gerade einen überaus schwierigen dreifachen Salto vorgeführt haben, traten sie wieder auf die Auffahrt.

Edward, der sie beobachtete, sagte: »Ich war nur eine einzige Nacht weg, Charlotte, und die Kinder sind völlig verändert.«

»Ja«, antwortete sie vage und trat näher an ihn heran.

Er bückte sich, um sie zu küssen, aber sie hielt ihn davon ab.

»Was ist das für ein wundervoller Geruch?«, rief sie im gleichen Moment, in dem er bemerkte, dass auch seine Nase etwas Verführerisches erschnupperte.

Alle drehten sich um, als Florence Trieves aus dem Haus kam.

»Sagen Sie nicht, Sie haben irgendwo Frühstücksspeck aufgetrieben?!«, fragte Charlotte.

»Doch, habe ich.«

»Florence, Sie sind unglaublich!«

Der Frühlingsmorgen, ein einigermaßen sauberes Haus, frische Kleider, Liebe und vier Pfund Frühstücksspeck waren für die Torrington-Swifts und ihre Gäste die höchste aller Wonnen.

Im Speisezimmer gab es keinerlei Tischschmuck. Es gab nur sie selbst, die Teller, den riesigen Berg gebratenen Speck und Kannen voller Kaffee (mit nur einer winzigen Menge Sahne für sie alle zusammen).

Emerald saß dicht neben Ernest und staunte über die Art, wie das Sonnenlicht seine Wangen berührte, und über die faszinierende, intensive Tönung seiner Haare. Seine Augen waren bernsteinfarben, stellte sie jetzt, bei Tageslicht, fest. Es war, als äße man Speck mit einem Löwen; sie hätte für immer hier sitzen und seine glorreichen Farben mit denen des Wandteppichs vergleichen und sich darüber freuen können, dass er sie für klug hielt. Ernest selbst konnte Emerald überhaupt nicht ansehen, aus Angst, auf der Stelle über sie herzufallen. Patience leckte sich die Finger so zierlich ab wie ein Kätzchen – das wirkliche Kätzchen, Tenterhooks, lag zusammengerollt auf ihrem Schoß, während der Kater Lloyd auf der Anrichte saß und alle böse anfunkelte.

Sie hatten kein Brot, keine Eier, kein nichts, nur den Speck, der einerseits knusprig, andererseits saftig war, triefend vor heißem Fett und wundervoll salzig.

»Wir sollten Hühner halten«, sagte Emerald.

Charlotte zuckte die Schultern. »Ach, du weißt doch, wie Hühner sind. Sie sind so entsetzlich engstirnig.« Worauf es keine vernünftige Antwort gab.

VORHANG

INHALTSVERZEICHNIS